LA ÚLTIMA OBRA DE ARTE

LA

ÚLTIMA

OBRA

DE ARTE

Sofia Lundberg

Traducción de Mia Postigo

Ọ Plata

Argentina – Chile – Colombia – España
Estados Unidos – México – Perú – Uruguay

Título original: *The Last Piece of Art*
Editor original: Bokförlaget Forum
Traducción: Mia Postigo

1.ª edición: mayo 2024

© 2023 Sofia Lundberg
Published by agreement with Salomonsson Agency
All rights reserved
© de la traducción, 2024 *by* Mia Postigo
© 2024 *by* Urano World Spain, S.A.U.
Plaza de los Reyes Magos, 8, piso 1.º C y D – 28007 Madrid
www.letrasdeplata.com

ISBN: 978-84-92919-56-7
E-ISBN: 978-84-10159-04-4
Depósito legal: M-5.595-2024

Fotocomposición: Urano World Spain, S.A.U.
Impreso por: Rodesa, S.A. – Polígono Industrial San Miguel
Parcelas E7-E8 – 31132 Villatuerta (Navarra)

Impreso en España – *Printed in Spain*

Para mis hermanas, a quienes quiero tanto:
Helena y Cathrin.

Stiltje

(Sustantivo, sueco):
Quietud absoluta, calma; la ausencia total de viento.

1

MODERNA MUSEET,

20 DE SEPTIEMBRE DE 2022

Una multitud llena el vestíbulo del Moderna Museet y no parece que vaya a dejar de aumentar. El ruido canturrea en el ambiente, entre las expectativas, la emoción y las voces. Hay un grupo de periodistas, tanto suecos como internacionales, con sus cámaras de vídeo adornadas con los nombres de sus respectivos canales en mayúsculas. Se han quedado frente a un pequeño escenario con un único micrófono, y su pedestal de cromo reluce gracias a la luz del sol que lo ilumina todo desde las enormes ventanas. A un lado del escenario, frente a las puertas que conducen hacia la exposición, hay una gran obra de arte cubierta por una tela negra. La custodian un par de guardias de seguridad, plantados uno a cada lado con las piernas separadas, enfundados en un traje, con gafas de sol y pinganillos. Hanna nota que el plástico les brilla detrás de las orejas y que se les enrosca al lado de la nuca, cubierta por su pelo cortado casi al ras. Los hombres mantienen la cabeza quieta, no se mueven ni un centímetro. Y ella se pregunta cómo es que pueden soportarlo.

La tela negra no cubre la obra de arte en su totalidad por la parte de atrás, por lo que se puede apreciar el marco de un cuadro en la base. Tiene unas molduras decorativas y unos cuantos arañazos donde se ha desprendido parte de la pintura dorada. No tardarán en quitar la tela negra; no tardarán en desvelar la obra de arte al público.

Los cámaras se agitan cuando una mujer se aproxima al escenario con pasos rápidos. Los fotógrafos se revuelven como si fueran uno y siguen sus movimientos a través de las lentes de las cámaras. En el instante en que la directora sube, muy decidida, el par de escalones que la conducen al escenario y al micrófono, el ruido del vestíbulo desaparece. Hanna abre la puerta un poquitín, tan solo una rendija minúscula, de modo que pueda oír mejor lo que dicen al otro lado.

La mujer se queda en silencio durante algunos segundos, con la vista clavada en la multitud y su cuello largo y su postura entera muy tensa. Su vestido negro, que se va volviendo más ancho conforme le llega a los pies, cae de forma recta desde sus hombros delgados. La tela se agita con sus movimientos cuando, tras un rato, alza los brazos para dar la bienvenida y empezar su discurso.

—Es un placer ver a tantas personas aquí reunidas. El Moderna Museet tiene el gran honor de inaugurar la exposición de una de las mejores artistas contemporáneas del mundo, reconocida por sus cuadros exquisitos y sus esculturas de bronce, por los ángeles que comparte con nosotros.

Hace una pausa, mientras espera una ronda de aplausos espontánea, tras lo cual asiente, conforme. Cuando estos cesan, vuelve a inclinarse hacia el micrófono.

—Y, como bien sabéis, hoy nos acompaña la mismísima artista en persona, para desvelar su última obra de arte. Es la primera que presenta en varios años, y nos la describe como su mejor trabajo hasta la fecha. Estamos muy agradecidos por que haya decidido hacerlo en nuestras instalaciones, en Estocolmo. ¡Démosle un aplauso y una cálida bienvenida al escenario a Hanna Stiltje!

La mujer extiende los brazos en dirección a las puertas que conducen a la sala de exposiciones. La pequeña rendija se hace grande, y Hanna sale desde allí. Lleva un vestido rojo con un cinturón ancho que hace que la tela se le ciña tanto por arriba como por debajo, para luego agitarse y curvarse alrededor de las piernas, como si estuviera enfundada en un tulipán del revés.

Un sombrerito desenfadado le oculta los ojos conforme se dirige al escenario, pues tiene la vista clavada en el suelo. Y no va sola. Un hombre la sigue muy de cerca, y, cuando llega al primer escalón, ella se aferra a la mano de él en busca de apoyo. Él se la sujeta durante algunos segundos sin moverse, mientras Hanna le da la espalda a su público. Murmura algo, un susurro difuso que no llega hasta los oídos de los espectadores, pero sí hasta él, quien ríe por lo bajo, le deja un suave beso en la mejilla y la ayuda a subir los escalones. Tras ello, la suelta y retrocede algunos pasos. Se queda allí, esperándola, apoyado contra la pared.

Hanna se acerca al micrófono y se aferra al pedestal con una mano. Como tiene que ponerse de puntillas ligeramente para llegar al micrófono, una mujer no tarda en acercarse para bajarlo a su altura, al tiempo que se agacha un poco para no meterse por medio. El público espera con paciencia mientras la manipulación al aparato consigue crear un chirrido que resuena por los altavoces. A la artista eso no parece molestarle, sino todo lo contrario: parece hasta entretenida. Una sonrisita se le asoma en las comisuras de los labios y alza la mano para saludar un poco antes de, por fin, empezar a hablar, con un acento norteamericano.

—Cada obra de arte tiene su propia historia, sus propias emociones —dice, antes de volver a quedarse en silencio durante varios segundos. Estudia a su público con la cabeza bien alta y devuelve sus miradas llenas de expectativas. Cuando les sonríe, los ojos se le esconden detrás de unas arruguitas y parecen brillar.

»Mi nueva obra, la cual estáis a punto de ver, es la mejor que he hecho hasta el momento. Y también es la última que compartiré con el mundo. En resumen, lo dejo. Dejo el arte.

Hanna no dice nada más, sino que deja que esas pocas palabras, llenas de dramatismo, floten por toda la estancia. Cuando retrocede un paso del micrófono, se lleva una mano a la joya que le adorna el cuello, un relicario ovalado hecho de plata. Les hace un ademán con la cabeza a los dos encargados de seguridad, y ellos sostienen la tela negra antes de retirarla por completo, con lo que esta se desliza hacia el suelo y revela la obra de arte que antes cubría.

Un murmullo se extiende por todo el público. Las cámaras vuelven a cobrar vida, y un hombre con una cámara de vídeo se abre paso hacia adelante. Se agacha y resigue los contornos, antes de levantarse muy cerca para capturar todos los detalles. Una periodista del mismo canal casi le pisa los talones, y, cuando el cámara se vuelve hacia ella para enfocarla, esta alza su micrófono.

—Y aquí tenemos lo que será…, lo que acabamos de oír que será… la última obra de arte de Hanna Stiltje. Una… Eh… Una cajonera.

La periodista no puede evitar fruncir un poco el ceño al pronunciar la última palabra, como si lo que viera la confundiera e incluso hiciera que perdiera el respeto por la artista.

La cajonera que se encuentra frente al público parece una mescolanza de baratijas. Cada parte que la compone es diferente, en color, forma y material. La parte de arriba, hecha de piedra negra, tiene distintas marcas y muescas aleatorias, además de una rosa de papel pintada de negro que parece marchita y sin vida sobre uno de los bordes. Los cajones y demás compartimentos se han montado a base de un amasijo de ventanas viejas, trozos de rodapiés, tablones sucios y manchados y puertas de alacenas. Detrás de un armario con puerta de cristal hay una pila de sobres abiertos que tienen los bordes irregulares y rasgados.

Hanna respira hondo y contempla a su público. Han empezado a moverse; muchos le han dado la espalda al escenario y se han dispuesto a hacer cola para adentrarse en la sala de exposiciones y presenciar la grandiosa retrospectiva por la que han acudido al museo. Aquella con las magníficas pinturas al óleo y esculturas de bronce que han hecho que se la reconociera a nivel mundial.

—Hanna Stiltje, ¿puedes contarnos un poco más sobre tu obra? ¿Es una alusión a lo que representa la vida? ¿Quiere decir que llevamos con nosotros distintos compartimentos? —pregunta otro periodista, plantándole su micrófono prácticamente en las narices. El objeto se le acerca a tanta velocidad que Hanna no puede evitar echarse atrás y, cuando se choca contra alguien, se disculpa. Las preguntas empiezan a llegarle desde todas direcciones.

—¿Por qué has optado por renunciar a las esculturas de bronce?

—¿Crees que esto de verdad es una obra que esté a tu altura?

—¿Y qué nos dices de los cuadros? Sí que seguirás pintando en un futuro, ¿verdad?

—¿Por qué dejas el arte cuando aún tienes tantos años por delante?

Los periodistas la encierran y se dan codazos entre ellos para ganar espacio. Hanna deja de oír sus preguntas y lo que oye en su lugar es un zumbido colectivo.

—Vuestras preguntas tendrán que esperar, podéis hacerlas durante vuestros turnos de entrevista —les dice, con firmeza.

El hombre que la ha acompañado al escenario la espera a su lado y se remueve en su sitio, impaciente. Hanna se estira para darle la mano y se aferra a él con fuerza al tiempo que se aleja en sus tacones brillantes, serpenteando entre el mar de personas que se dispersan por la sala. Está rodeada de voces decepcionadas que no dudan en expresar en voz alta el chasco que se han llevado.

Al llegar a la puerta que conduce al restaurante y a la pequeña estancia diseñada para las entrevistas, Hanna echa un vistazo hacia atrás y observa de refilón a todas las personas que se marchan del museo. Estas cruzan las puertas de salida y desaparecen por el patio.

En el exterior, una niña pequeña juega al lado de su padre, quien está hablando por el móvil y no la mira. Tiene a la niña de la mano, mientras que ella salta de arriba abajo con sus botitas amarillas para la lluvia. Su cabello largo y rizado le cae sobre los hombros, y cuando se sujeta con ambas manos de la de su padre para treparle por la pierna, casi roza el suelo con el pelo.

—John, esa niña de ahí, mira —le dice Hanna en un susurro, antes de señalar; solo que su acompañante no la oye, pues ya ha abierto la puerta y la espera al otro lado.

Hanna observa a la niña y a su padre hasta que estos se giran y desaparecen de su campo de visión. Se queda quieta unos segundos, plantada en su lugar como si se hubiese convertido en piedra. Y solo despierta de su ensoñación cuando oye una voz conocida llamándola. Sin demora, se adentra en la estancia y cierra la puerta a sus espaldas, tras lo cual busca el pestillo con torpeza.

—¿Qué coño has hecho? ¿Dónde carajos están las pinturas? —grita la voz, furiosa, desde el exterior.

Cajón de abajo.

Rodapiés con molduras y decorado con fragmentos de vajilla.
Con una ramita como tirador.

Knut

ESTOCOLMO,

3 DE OCTUBRE DE 1965

La bebé estaba tumbada sobre su propia inmundicia. En el suelo, en medio de la sala. Desnuda y envuelta en una manta asquerosa que prácticamente ya no la cubría ni un poco, daba pataditas insistentes con sus piernecitas descubiertas, como si estuviese luchando por liberarse. Las sacudía en el aire, y los brazos también, con los puñitos apretados con fuerza. Sin embargo, la bebé no lloraba, no emitía ni un solo sonidito. Era como si estuviese librando una batalla silenciosa por salvar la vida. Con los ojos bien abiertos, miraba sin ver hacia la habitación.

Knut se arrodilló a su lado, la tomó en brazos y la acunó con fuerza contra el pecho, sin que le importara que su camisa de franela se estuviese ensuciando. Se dispuso a calmar a la bebé, la meció mientras movía el cuerpo entero y le susurraba despacito al oído:

—Ya está, pequeñaja, ya está. Todo va bien, ya lo verás.

Había botellas de alcohol y vasos a medio beber desperdigados por la mesa, además de latas de cerveza, abiertas y apestosas, que alguien había estrujado con las manos hasta que el aluminio endeble había cedido bajo la presión. También había una jeringa, tirada por ahí, y una goma elástica aún con el nudo hecho, uno doble, que hacía que el color amarillo sucio del caucho se abultara. Una cucharilla que alguien había calentado por debajo hasta que el acero se había oscurecido y se había llenado de hollín. Unos rastros de un polvo blanco sobre un trozo de espejo. Knut se quedó observando todo eso mientras cambiaba de posición a la bebé hasta situársela sobre el hombro, de modo que no tuviese que ver aquel espectáculo tan lamentable. Quizás eran anfetaminas, aquellas drogas horribles sobre las que había leído en incontables ocasiones.

La madre yacía tendida en el sofá, medio desnuda, junto a un hombre que él no había visto en su vida. Ambos dormían, y las costillas les subían y bajaban de vez en cuando. Con la respiración acompasada, emitían un silbido por las fosas nasales.

La madre. La hija.

La drogadicta.

Knut notó cómo se le revolvía el estómago y le venía una arcada, pues no podía contenerlo más tiempo. Aún con la niña en brazos, vomitó sobre la alfombra hasta que los ojos se le llenaron de lágrimas. La bebé empezó a lloriquear; un suave lamento al principio que no tardó en aumentar de volumen hasta volverse inconsolable. Seguro que tenía hambre. Knut la tranquilizó y le dio un beso en la cabecita. Su cabello de bebé le pareció muy suave contra los labios, casi como si fuese de seda. Y su aroma era inocente, dulzón.

Con un jersey que había colgado en una silla envolvió a la bebé. Antes de irse, se asomó en el baño en busca de algunos pañales, pero se dio media vuelta de inmediato al ver lo asqueroso que estaba. Se dijo a sí mismo que tendría que pasarse por la tienda y comprar lo básico para la niña de camino a casa. Salió del piso sin mirar atrás. Le dedicó una sonrisa y moduló un «gracias» para la vecina, quien lo esperaba fuera de casa. Era ella quien lo había llamado.

—¿Podría usar su teléfono antes de irme? —le pidió.

La mujer asintió y abrió la puerta que daba hacia unas escaleras. Allí todo estaba limpio. La alfombra de trapo estaba tendida sobre el pasillo, recta e impecable, y las plantas eran de un color verde lleno de vida. Aunque tan solo unos metros separaban ambos pisos idénticos, eran extremos opuestos.

—Lo he hecho por la bebé, por eso lo he llamado —dijo, apoyando una mano sobre la espalda de la niña—. No debería tener que vivir así.

—Ha hecho bien —contestó Knut, sin entrar en detalles, mientras marcaba el número de la policía. Giró el dial rotatorio más rápido después de marcar cada número, de modo que pudiese marcar el siguiente sin perder tiempo.

—Tenéis que venir y encargaros de un antro de drogas. Es el piso de mi hija. No puede controlarse, necesita ayuda —les dijo, antes de darles la dirección.

Contestó sus preguntas de forma tan concisa como le fue posible. Les contó cuántas personas se había encontrado en el interior y qué había visto allí. También les habló de la bebé, de en qué estado estaba.

—Me la llevo conmigo, que lo sepáis —añadió, antes de terminar la llamada—. Necesita que alguien se haga cargo de ella, y yo soy su abuelo. Será lo mejor.

Se despidió de la vecina y volvió a la calle, donde lo esperaba su Volvo de color azul oscuro. El borde inferior del coche estaba tan oxidado que había empezado a deformarse. Unas burbujas marrones se extendían hacia la puerta y estaban devorando el metal. Tumbó a la bebé de espaldas sobre el asiento del copiloto y, con una mano apoyada de forma protectora sobre su barriguita, arrancó el coche y empezó a conducir. El estruendo de las sirenas se estaba acercando, y, antes de que hubiera doblado la esquina, vislumbró la parte delantera de una patrulla de policía por el retrovisor.

LA CABAÑA, MAYO DE 1969

La niña brincaba y daba saltitos en el jardín delantero. La coleta se le agitaba de un lado para otro mientras iba saltando de charco en charco, con lo que hacía que el agua saliera disparada sobre sus botas de agua amarillas, sus piernas descubiertas y su vestido. La tela de color azul celeste no tardó en verse manchada con salpicones de agua y barro. Ella soltó una risita, y el sonido le resonó a través de los labios, casi como una melodía. Era lo más adorable que había oído en la vida. Podía sentarse en aquel porche y quedarse contemplándola para siempre. Escuchándola.

Knut sacó su armónica de su bolsillo delantero y se puso a tocar una melodía improvisada. La niña dejó de dar saltitos de inmediato y corrió de vuelta hacia él, para luego sentarse a sus pies y ponerse a cantar. Una canción sobre una rana llamada Mariana que comía una banana y se hacía anciana. La letra se le iba ocurriendo de forma espontánea, y ambos se echaron a reír cuando sus ocurrencias se volvieron más y más disparatadas. La niña se tumbó de espaldas, con su coleta larga extendida por encima de la cabeza. Alzó las piernas en el aire e hizo bailar los pies al son de la armónica. El agua empezó a gotear desde sus botas, lo que hizo que el vestido se le empapara más aún.

Un reloj de pie cobró vida en el salón y soltó tres campanadas con dificultad antes de volver a quedarse en silencio. Knut bajó la armónica y se la volvió a meter en el bolsillo. Alzó la vista hacia el lugar en el que la cabaña daba hacia la calle principal, pero no vio ningún coche.

—Será mejor que prepare el café, si es que piensa venir —dijo, estirando una mano en dirección a la niña. Ella se la dio, y él la ayudó a ponerse de pie.

»Mira cómo te has puesto; tendremos que lavar el vestido de nuevo —añadió, frotando la tela de la prenda entre los dedos. La niña se negó a quitárselo y se cruzó de brazos. Tenía una expresión decidida y los ojos tan entornados que apenas eran unas rendijas en su rostro.

—Pero quiero un vestido —dijo ella, entre resoplidos.

—En ese caso, puedes ponerte el rojo —accedió él. Se balanceó de atrás hacia adelante unas cuantas veces antes de ponerse de pie. Su gran barriga le dificultaba moverse, y ya estaba jadeando cuando volvió al interior de la pequeña cabaña, la cual solo se componía de un salón y un dormitorio diminuto. Además de la cocina, donde dormía la niña. El sofá seguía dispuesto como una cama, con el edredón grueso de plumas cubierto de peluches: un osito, un perro y varios conejitos de distintos tamaños. Knut los apiló todos al lado de la almohada, en fila, y luego bajó el asiento de arriba. Aplanó los cojines y acomodó los almohadones de la esquina, de modo que nadie sospechara que, hasta hacía poco, había sido una cama.

El fuego crepitó cuando abrió la trampilla del fogón de leña y metió unos cuantos troncos. Tras ello, puso una olla de agua a hervir. La niña se quedó sentada esperando en la entrada, hecha una bolita. No se había quitado el vestido sucio y mojado.

—¿Qué hora es? —preguntó.

Knut echó un vistazo hacia el salón, al enorme reloj de pie que se encontraba contra una pared. Ya habían pasado quince minutos desde que había sonado, aunque eso no lo dijo.

—Quizá se le ha hecho tarde —comentó, por mucho que la carretera siguiera desierta—. Ve a cambiarte, anda. Ponte algo que esté limpio y seco.

La niña apoyó la espalda contra el marco de la puerta y se quedó mirando hacia la carretera, con los pies estirados hacia el otro lado de la puerta.

—Para lo que importa… —contestó.

Pese a que Knut sabía que tenía razón, no se lo dijo. Habían acordado que dos sábados al mes eran días de visita. A las tres en punto y durante dos horas. Sin embargo, la madre de la niña no solía ir a verlos muy seguido.

—Sí que importa, así no te entrará frío —dijo Knut, al tiempo que sacaba una camiseta y unos pantalones del armario, para luego dejárselos sobre el regazo—. Venga, cámbiate —le insistió.

—Quiero el vestido rojo, quiero estar mona para cuando venga —contestó la niña, enfurruñada, antes de lanzar la ropa hacia un lado. Las prendas se deslizaron por los tablones de madera del suelo hasta quedarse en una montañita desordenada.

—¿Y si dejamos ese para la próxima vez?

La niña no le hizo caso. Se puso de pie de un salto y volvió corriendo hacia fuera, aún enfundada en el vestido sucio y mojado, de vuelta a los charcos y a trepar un árbol. Iba a la casita del árbol que habían construido juntos. La escalera de cuerdas golpeteó el tronco cuando la niña la escaló con agilidad y desapareció en el interior de la casita. Era lo que hacía cuando estaba triste. La casita del árbol era su santuario, un lugar solo para ella.

Knut se dirigió al teléfono y marcó el número que había marcado en tantas ocasiones anteriores. No obstante, como solía pasar, el teléfono timbró y timbró sin que nadie contestara.

Había un calendario colgado en la pared, y Knut dibujó una equis roja sobre la fecha de aquel día. Al lado de la equis, escribió unas pocas palabras: *llamada sin contestar*.

Era la segunda equis del mes. Retrocedió unas cuantas páginas y vio que cada mes era igual: equis rojas dos sábados al mes.

Pronto iban a ser seis meses desde su última visita.

La madre.

La hija.

La drogadicta.

Algunas fotos adornaban el escritorio del salón, y Knut se detuvo a contemplarlas. Había cuadros de fotos de unas niñas sonrientes. La niña, Hanna. Y la madre de la niña, Johanna. Se parecían muchísimo. Ambas tenían el cabello largo y castaño, como una cascada de rizos burbujeantes. Escogió uno de los cuadros para mirarlo más de cerca. Los labios torcidos en una sonrisa y los ojos brillantes y llenos de vida. En la foto, Johanna se encontraba cerca del roble que había detrás de la casa, con la espalda apoyada en el árbol y un pie sobre el banco que tenía frente a ella. Un fotógrafo profesional le había hecho la foto; había ido casa por casa ofreciendo sus servicios.

Aquello sucedió cuando aún eran tres personas las que vivían en esa casa. Cuando Aina seguía con vida. Cuando Johanna aún era una niña inocente.

Qué bonito recuerdo. Era así como quería recordarla. No como aquello en lo que se había convertido.

¿Acaso era culpa suya? ¿Iba a cometer el mismo error de nuevo?

Limpió el cristal del cuadro con la manga de su camisa y volvió a dejarlo en su sitio, junto a la fotografía de Hanna, la que él mismo había tomado, con la cámara de segunda mano que había comprado cuando ella era apenas una bebé. Alternó la vista entre ambas fotografías. El mismo cabello, la misma sonrisa. Y, aun con todo, no eran iguales.

No, no podía pasar de nuevo. No podía y punto.

Salió hacia el jardín delantero.

—¡Hanna! —la llamó.

La niña sacó la cabeza por la casita del árbol, con la cara manchada de carboncillo. Knut hizo como que se sobresaltaba por el susto.

—¡Buh! —chilló ella, antes de soltar una risita que hizo que sus dientes blancos relucieran contra el color negro. La decepción que sentía porque su madre no se hubiese presentado una vez más parecía haber pasado al olvido. Quizá ya se había acostumbrado a esperar en vano. No podía seguir preparándola y poniéndola guapa para esas visitas, Johanna iba a tener que presentarse un día y ya está, si es que algún sábado le daba la gana de ir a verlos. Knut solía preguntarse qué estaría haciendo, cómo se encontraría. Cada vez que oía el teléfono, la preocupación lo invadía, el miedo de que quizá se hubiese metido una sobredosis.

Knut extendió los brazos y atrapó a Hanna cuando ella saltó hacia él. La niña se le acurrucó contra el cuello.

—Abu —le susurró, abrazándolo con fuerza.

—Ay, mi marranita. El abu te quiere mucho —contestó él, también en susurros y acariciándole el cabello. Entonces la dejó con cuidado en el suelo y señaló su taller de carpintería—. Venga, acompáñame para que veas lo que tengo para ti.

El cobertizo era muy amplio, más grande que la cabaña pequeñita en la que ambos vivían. Allí dentro guardaba su mesa de carpintería y sus herramientas, así como todos los proyectos en los que estuviese trabajando en aquel momento. Unas sillas, unas cuantas ventanas, una cajonera. Solía hacer reformas en su mayoría, quitaba pintura, hacía algunas reparaciones y volvía a pintar algunos muebles. De vez en cuando, fabricaba un mueble desde cero, si alguien se lo pedía. En el centro del taller había una mecedora que él había hecho con sus propias manos. Aún no había acabado de pintarla, así que iba a ser negra con unas florecillas rojas y unos zarcillos dorados que se enroscaban por toda la silla.

Hanna se sentó en ella antes de que pudiera impedírselo. Knut contuvo el aliento, con la esperanza de que la pintura hubiese tenido tiempo suficiente para secar. Estiró una mano hacia la mecedora para tocar el respaldo, nervioso, y soltó un suspiro de alivio al ver que no estaba pegajosa. Meció a su nieta, y la niña se apoyó en el respaldo con las manos en los brazos de la silla. Solo que entonces vio lo que su abuelo había querido mostrarle, y sin previo aviso, se bajó de la mecedora de un salto.

Cayó de costado, pero no tardó nada en ponerse de pie nuevamente. En la parte trasera del taller había un caballete, y, sobre él, una página de papel en blanco. En el taburete que había al lado también había una paleta de acuarelas.

—Así tal vez puedas dejar de pintarte a ti misma —dijo él, sonriéndole a la niña con la carita embadurnada de carboncillo, quien no dejaba de dar saltitos mientras agitaba cuatro pinceles nuevos con las manitas.

Hanna siempre lo acompañaba cuando trabajaba; se sentaba en un rincón del taller y se ponía a dibujar. Le encantaban sus tizas, cubría las páginas de principio a fin con ellas y llenaba cada resquicio de blanco con colores llenos de vida. Aunque solía contarle qué era lo que dibujaba, en ocasiones era difícil distinguirlo. Un bosque, un ciervo, un lago. Veía imágenes dentro de su cabecita que tenía que plasmar en papel y ya, pues el impulso era demasiado fuerte como para contenerlo, del mismo modo que le había pasado a su madre antes que a ella. Cuando era pequeña, Johanna pintaba sobre cualquier superficie que podía, incluso alguna vez sobre las paredes. Y Knut se enfadaba. Sin embargo, en aquella ocasión no pensaba cometer el mismo error. Hanna siempre iba a tener un lugar en el que pintar; iba a poder sacar aquello que tenía dentro, todas aquellas imágenes, aquellos pensamientos, aquellas emociones.

Hanna ya no oía lo que su abuelo le decía, sino que se había puesto a pintar. Unos trazos vacilantes sobre la cartulina. El color se extendía conforme el material absorbía el agua. La niña usó el rojo, luego el azul y luego lo mezcló todo hasta que se convirtió en marrón. Knut la ayudó a secar las pinturas con un paño.

Y entonces Hanna volvió a empezar.

Un árbol, un bosque, sangre... Se echó a reír cuando la palabra llegó a sus labios.

—¿Alguien se ha hecho daño? —le preguntó su abuelo, ladeando la cabeza mientras observaba el color escarlata.

La niña asintió, llena de energía.

—Sí. El cuervo ha muerto porque el zorro se lo ha comido —le explicó, señalando a algo negro y algo rojo que había en medio de sus trazos.

—Ya veo —asintió él, fascinado por la imaginación que tenía la niña—. Pobre cuervo, ¡mira cuánta sangre, madre mía!

Hanna retiró el papel con cuidado, lo apoyó contra la pared y retrocedió unos cuantos pasos para observarlo.

—Ya está —dijo, contenta, y enseguida dio un golpecito con un par de pinceles, impaciente—. Para el siguiente necesito más papel.

Knut obedeció, sacó otra hoja de papel y se la colocó en el caballete. Se contuvo para no decirle a la niña que pintase más despacio, con más cuidado.

—¿Y esta vez qué toca? —preguntó en su lugar. La niña no contestó, sino que se limitó a atacar el papel con dos pinceles, mientras dejaba que la pintura fluyera al pintar con ambas manos.

Quizás algún día surja algo de todo esto, pensó Knut, muy entretenido conforme observaba las pinceladas llenas de pasión que hacía su nieta.

Solo que aquel día no había llegado aún.

Knut tomó el cepillo y lo pasó despacio y con cuidado sobre el tablón aferrado por el tornillo del banco. La herramienta emitió un sonido regular y de raspado conforme las virutas finas y enroscadas caían al suelo. Hanna se paseó por sus pies, a gatas, mientras las iba recogiendo, para luego correr de vuelta a su caballete y pegarlas en su cartulina con un poco de cola. Al principio no parecía seguir ningún patrón, como si simplemente las estuviese salpicando por aquí y por allá sobre las pinceladas marrones, al azar. Sin embargo, Knut no tardó en comprender lo que la niña intentaba hacer. Hanna pasó el pincel por la pintura verde y procedió a embadurnar de forma meticulosa cada viruta, una a una. Una vez que hubo terminado, era obvio: se trataba de un bosque, no cabía duda. Eran troncos marrones con copas de árboles verdes. Dejó el cepillo a un lado, por el momento.

—Qué chica más lista —la felicitó, acercándose un poco.

—¡Mira, mira! Es el bosque —dijo Hanna, muy satisfecha, antes de dejarse caer en el suelo con las piernas cruzadas frente a su pintura, como si quisiera adentrarse en lo más profundo de la esencia de la imagen. Knut tiró de un taburete y se sentó a su lado—. *Shhh* —le dijo la niña, cuando las patas del taburete arañaron el suelo—. Que se despierta el lobo.

—¿El lobo?

—Sí, está durmiendo allí, sobre el musgo que hay detrás de los troncos de los árboles. Lo que pasa es que no podemos verlo aún.

Knut se echó a reír con tantas ganas que terminó tosiendo. La garganta le silbó, adolorida, y se llevó una mano al pecho.

—¿Qué pasa, abuelo?

Knut siguió tosiendo y tosiendo hasta que el cuello se le tensó y las mejillas se le pusieron coloradas.

—Es que… eres una… pequeña artista, sí señor —le dijo, con algo de esfuerzo. El ataque de tos volvió a empezar, por lo que se llevó una mano a las costillas.

—Espera, te traeré un poco de agua —indicó la niña, antes de salir corriendo por la puerta. Knut la oyó tararear una cancioncilla mientras se dirigía a la cabaña. Ya se había acostumbrado a oírlo toser. Por las noches bebía agua con miel, pero eso no lo ayudaba; tenía la garganta llena de una flema espesa y empalagosa, y cada vez que respiraba le silbaba el pecho y le dolía.

Cuando Hanna volvió al taller, el vaso que traía ya solo estaba medio lleno. Se apresuró hasta él y siguió derramando un poco más con cada saltito que daba. Knut lo recibió, agradecido, y se lo bebió de un solo trago antes de carraspear un poco. Tras ello, alzó a la niña en brazos, se la sentó en la rodilla y empezó a mecerla con suavidad de un lado para otro.

—¿Qué canción era esa que estabas tarareando antes? —le preguntó, al tiempo que sacaba su armónica del bolsillo, donde siempre la llevaba. Hanna se puso a cantar de inmediato y entonó cada palabra con tanta fuerza y claridad que Knut se quedó boquiabierto ante la energía sin fin que tenía su nieta en un cuerpecito tan diminuto. Aunó las fuerzas suficientes para ponerse a tocar, como siempre hacía, y acompañó la melodía de la niña con su armónica. Los dos se volvieron uno con la música mientras ella se mecía sobre su rodilla y bailaba agitando los brazos y las piernas en el aire.

La niña yacía dormida en el asiento de atrás, arrebujada en una manta bien gruesa. Knut le echó un vistazo por el retrovisor y distinguió la silueta de su cuerpo pequeñito, su cabello suelto. La oscuridad del otoño ya había descendido sobre los bosques, y los faros del coche no bastaban para iluminar la carretera. Tuvo que entrecerrar los ojos y adelantar la cabeza. El motor del viejo coche soltó un gruñido escandaloso; el silenciador estaba oxidado y tenía un agujero. Aun así, iba a tener que bastarle, siempre y cuando siguiera funcionando, siempre que siguiera llevándolo al pueblo, a sus amigos, a la música.

Siempre llevaba a la niña consigo, se negaba a dejarla sola en casa. Era reacio a contratar a una canguro, pues no confiaba en nadie. Su nieta era demasiado valiosa, no podía defenderse por sí misma. Por mucho que siempre se excedieran de su hora para ir a dormir, Hanna nunca se quejaba. Dormía donde podía: en el asiento trasero del coche o debajo de una mesa en el restaurante en el que tocaban.

Aquellos días no ocurría muy a menudo. Cuando Johanna era pequeña, Knut solía tocar varias veces por semana. A Aina aquello no le hacía mucha gracia, pero él creía que le venía bien escaparse un poco. Solo que aquello era por aquel entonces, cuando soñaba con ser tan grande como Toots Thielemans, con tocar en recintos enormes con grupos importantes. Aquello era por aquel entonces, cuando la música era lo más importante para él.

Al ver la ciudad más cerca, pudo relajar los ojos y el cuello, pues las farolas iluminaban la carretera y podía ver mejor. Olvidó lo que estaba pensando. Ya iba tarde, de modo que aceleró un poco más.

La mayoría de las veces llegaba justo cuando era su turno para subir al escenario, con la niña en brazos y la armónica en el bolsillo. Y se marchaba en cuanto terminaban la última canción. Los otros se quejaban de que ya no quisiera quedarse con ellos y celebrar. Quizás era por eso que cada vez tenían menos oportunidades para tocar. Habían corrido los rumores de que el hombre de la armónica tenía una carga demasiado pesada: una niña.

Knut aparcó en un espacio apretujado entre otros dos coches, haciendo unas maniobras un tanto forzosas que despertaron a Hanna.

—¿Ya hemos llegado a casa? ¿Es hora de ir a dormir? —preguntó, no del todo despierta.

—Hemos llegado a Estocolmo. Será mi turno en el escenario —le dijo él, mientras apagaba el motor.

La niña se sentó, estiró los brazos por encima de la cabeza y bostezó.

—Quiero helado —farfulló, al tiempo que se ponía las deportivas y hacía un par de orejitas de conejo con los cordones para luego atarlos con cuidado. Quedaron casi rectos. Era un nudo un poco torcido, pero al menos estaban atados.

Knut siempre la sobornaba con helado, para conseguir que se mantuviera de buen humor. Unos cuencos enormes, con nata y virutas de colores. Hanna era la consentida de las camareras y siempre las encandilaba con su gran imaginación y su carácter efervescente.

Las gafas se le empañaron cuando abrieron las puertas. El lugar ya estaba lleno de gente y de caos. El grupo estaba tocando en el fondo y la cerveza y el vino circulaban por doquier. Knut agarró a Hanna de la mano y se abrió paso por la pista de baile serpenteando entre la gente. Conforme se acercaban, Hanna le soltó la mano y salió corriendo hacia Elsebeth, la cantante. En mitad de canción, la niña saltó hacia sus brazos. El público rompió a reír al ver que los músicos perdían el ritmo, por lo que el trompetista tocó una tonadita espontánea. Sin embargo, Elsebeth siguió cantando, con un brillo en los ojos. Se agachó para compartir el micrófono con la niña y dejarla cantar con ella. La voz fina y aguda de Hanna contrastaba con el tono más ronco y grave de Elsebeth. Y la niña se sabía la letra de memoria, incluso las palabras en inglés. Se sabía todos los matices y las distintas notas, de tantas veces que la había oído.

Knut dejó a un lado la manta y la mochila y sacó su armónica. Entonces subió al escenario, se quedó a un lado, esperó hasta encontrar el ritmo en la melodía y se llevó el instrumento a los labios. Cada vez que tocaba, todas las nubes de tormenta desaparecían, todos sus pensamientos. Lo único que existía era la alegría de la niña, sus pasos de baile alegres y su voz cantarina. No había forma de que aquello le hiciera daño. Eso era lo que se decía a sí mismo cuando la veía meterse a gatas bajo una mesa, envolverse en la manta y quedarse dormida al son de las notas llenas de emoción del grupo de jazz.

Al día siguiente, durmieron hasta tarde. Era casi la hora de comer cuando Knut salió hasta el buzón que había en la calle principal para recoger el periódico y se encontró un gran paquete bajo este. Tenía la forma de una caja y estaba rodeado con montones de cinta de embalaje que aseguraban el cartón corrugado. El nombre de la niña estaba escrito en él, en una letra que Knut conocía a la perfección. Pese a que intentó levantarlo, era tan voluminoso que no le fue posible. Así que volvió a la cabaña, a por la carretilla. Hanna, quien jugaba en su casita del árbol, sacó la cabeza por la ventana al verlo pasar.

—¿Nada en el correo? —preguntó, al verlo volver a casa con las manos vacías.

—Ven y compruébalo tú misma —contestó él, en voz alta.

Él también tenía curiosidad por saber qué era en aquella ocasión. Y de dónde provenía el dinero. Al inicio había intentado devolver las cosas, pero había terminado rindiéndose.

Como no solía ir a visitarlos, lo que hacía era enviarle regalos a su hija. El osito de mami, la muñeca de mami, el libro de mami. Así los llamaba Hanna, para enfatizar que, como todos los demás, ella también tenía una mami.

Aquella vez tenía que ser algo considerable, de tan grande que era el paquete. La niña se subió a la carretilla de un salto y se sentó allí dentro, con los pies colgando por un lado. Knut la balanceó un poco hacia un lado mientras la llevaba, y, cuando Hanna soltó una risita, el sonido fue como música para sus oídos.

—¡Otra vez, abu, otra vez! —le exigió Hanna, aferrándose a los bordes de la carretilla.

Y él obedeció: levantó un manillar más arriba y luego el otro, con lo que la única rueda del vehículo marcó un camino zigzagueante sobre la gravilla de la entrada.

Hanna se bajó de un salto antes de que llegaran al buzón, pues podía ver la sorpresa desde lejos. Para cuando la alcanzó, ella ya había empezado a intentar quitar la cinta de embalaje. Levantó los bordes y le dio tirones a la caja, impaciente por ver lo que había dentro.

—Lo más seguro es que necesitemos un cuchillo —dijo Knut, mientras cargaba con el paquete.

Hanna avanzó a su lado dando saltitos según volvían a la cabaña.

—Es de mi mami, la mejor mami del mundo —dijo.

Knut murmuró para sí mismo, sin ser capaz de comprender cómo era que los niños podían perdonar tantas cosas. Sin embargo, la niña no parecía sentirse nada decepcionada; era como si no tuviese ninguna exigencia, ninguna expectativa. Siempre había sido así. Y quizás era lo mejor. Quizás aquello la protegía. La pobrecita no conocía sus carencias, al fin y al cabo.

La imagen de la bebé diminuta y desnuda que había salvado hacía mucho tiempo seguía grabada a fuego en su memoria y lo iba a estar por siempre, pues era algo muy difícil de perdonar. El hecho de que Johanna la hubiese sometido a algo así. Las manchas marrones de sus propias heces, los bracitos delgaduchos y, lo peor de todo, la mirada que le había dedicado: en pánico, como si estuviese en un trance. Tan distinta a los ojitos brillantes que tanto adoraba. Por su bien, decidió seguirle la corriente.

—Sí, a tu madre se le dan muy bien los regalos. Me pregunto qué será esta vez, ¿quieres que lo abramos?

La niña se puso a dar brincos de arriba abajo mientras él sacaba su cuchillo de carpintería y cortaba la cinta. Las solapas se soltaron y Hanna las separó para abrir la caja, antes de arrancar el papel de embalaje y lanzarlo por doquier, sin prestar atención. Cuando vio lo que había en el paquete, sus movimientos cesaron. Se quedó boquiabierta. Knut se acercó un poco para asomarse y ver qué había en el interior de la caja. Era un cochecito, solo que más pequeño. Un cochecito reclinable para muñecas con dosel de color rojo oscuro. Se agachó para sacarlo y lo dejó en el suelo para que rodara hasta ella con sus ruedecitas diminutas.

—Todo tuyo —le dijo.

Hanna lo empujó de atrás hacia adelante y también meció la silla. Después, lo soltó y salió corriendo hacia la cabaña y el sofá de la cocina. Knut oyó un crujido cuando Hanna levantó el asiento. Entonces la vio volver con los brazos llenos. Había ido a por sus peluches y su muñeca, aquella que tenía los rizos dorados que le había llegado en otro paquete, en otra ocasión.

Los dejó con cuidado sobre el cochecito, uno al lado del otro, hasta que se quedó sin espacio. Entonces procedió a poner el resto sobre los demás. Al terminar, los cubrió con la mantita de modo que lo único que se podía ver de ellos era su cabecita.

—Adiós, abu, me voy a dar un paseo con los peques —le dijo a Knut, muy orgullosa ella, mientras empezaba a alejarse.

—¿A dónde vas? —preguntó él, dando un par de pasos para seguirla.

La niña se detuvo y se volvió, sin soltar el manillar del cochecito. Parecía que le sonreía con su carita entera llena de pecas.

—A casa de Märta —contestó.

—En ese caso, tráeme unas galletitas cuando vuelvas —le dijo él, antes de guiñarle un ojo. Bien sabía que esa era la razón por la que siempre se iba corriendo a ver a la señora que vivía en la mansión, la vecina que tenían más cerca. Hornear galletas y demás postres era demasiado para él, por lo que cuando Hanna estaba en la cabaña, tenía que conformarse con las obleas que compraban en la tienda.

Knut se quedó en el jardín durante un largo rato, mientras contemplaba a la niña marcharse. La vio girar desde la calle principal y seguir el caminito delineado por árboles hasta la mansión enorme y amarilla que había más allá de los terrenos, donde vivía Märta. Era una viejecita que vivía sola y se deleitaba con todas las visitas que recibía, por breves que fueran. Hanna avanzó muy recta, con su falda ancha ondeándole alrededor de las piernas. Unas frías ventiscas soplaban desde el mar, un vendaval que parecía querer arrancar las copas de los árboles. Cuando miraba a la niña, veía a otra madre. A Aina. Había estado orgullosísima tras el nacimiento de Johanna y lo había dado todo por su hija. La había llevado en brazos mientras la arrullaba y le daba de comer. Solo que Johanna había sido muy inquieta incluso desde pequeña y se pasaba la noche entera llorando de forma inconsolable.

Habían heredado la cabaña de parte de un familiar de Aina y habían dejado atrás la gran ciudad y los clubes de jazz en los que a él le encantaba tocar. Se habían mudado a un lugar aislado y tranquilo, todo por la niña, para que ella pudiera respirar el aire fresco que provenía del mar. Aina recorría ese mismo caminito, de un lado para otro, mientras paseaba a Johanna en su carrito hasta que finalmente se dormía. Y él no la ayudaba, porque los hombres no hacían esas cosas en aquellos tiempos. Solo que tendría que haberlo hecho; se había dado cuenta tarde de eso, al ver la cantidad de trabajo que exigía un niño pequeño.

Aina se fue agotando cada vez más, triste y sola. Iba por la vida sin más, sin ninguna pizca de alegría. Conforme Johanna se hizo mayor, llegaron los problemas en la escuela: se saltaba clases, bebía, se escapaba de casa por las noches. Daba igual que se hubiesen mudado de la gran ciudad, pues aquella destrucción estaba en todos lados, en todo momento. Aina sufría; era ella quien peleaba, gritaba y era una figura de autoridad. Las discusiones entre ella y Johanna podían volverse tan acaloradas que en ocasiones se lanzaban cosas. Mientras tanto, Knut se refugiaba en su cobertizo, para trabajar con sus muebles. Allí podía distanciarse de todo, tranquilo gracias al aroma de la madera y el pegamento y a las voces de la radio que siempre mantenía encendida.

Cuando Johanna se fue de casa, tuvieron unos cuantos años buenos. Hasta que llegó el infarto que le arrebató a Aina. Y él le echó la culpa a Johanna. No quería ver de nuevo a aquella condenada niñata.

—¡Esto es culpa tuya! —le gritó hecho una furia en el funeral de su mujer—. Discutías tanto con ella que la has mandado a la tumba antes de tiempo.

Sabía que debía disculparse con ella por haberle dicho esas cosas. A menudo solía pensar en ello. Sin embargo, no conseguía obligarse a hacerlo. El recuerdo de su hija en el sofá con las marcas amoratadas que tenía en los brazos por culpa de inyectarse drogas lo atormentaba día y noche. No quería que se acercara a su nieta, no mientras siguiera enganchada a aquella porquería, no mientras las drogas le nublaran los sentidos.

Cuando ya no pudo ver a Hanna, recogió los restos de la caja de cartón y los puso detrás de la casa, con todo lo demás que estaba destinado para la fogata. Y entonces entró en la cabaña, en dirección al teléfono. Tras dudarlo un poco, marcó el número, como había hecho tantas otras veces. Quizás algún día le contestara; quizás el hecho de que se disculpara con ella podría ayudarla a escoger un camino diferente.

Solo que no sería en aquella ocasión, pues el teléfono timbró y timbró sin respuesta.

LA CABAÑA, SEPTIEMBRE DE 1971

—¿Y las visitas? ¿Qué tal han ido?

La mujer sentada frente a Knut tenía una libreta en la mano y escribía todo lo que él decía. Le hacía preguntas sin mirarlo y anotaba sus respuestas de forma metódica, línea tras línea.

—No ha venido, no ha habido visitas.

—¿Ni una vez?

—No. No desde hace mucho tiempo. Al principio iba bien, venía dos sábados al mes. Pero luego desapareció. Ni siquiera sé si sigue viva. ¿Usted lo sabe? La llamaba y la llamaba y nunca contestaba, así que terminé rindiéndome.

—Pero estamos hablando de su propia hija, de la madre de su nieta. ¿De verdad no mantiene ningún contacto con ella?

Lo miró con una expresión llena de acusación que lo hizo estremecerse, como si le hubiera lanzado dagas de hielo a la piel.

—No.

—¿No deberían...?

Knut se pasó una mano por el cabello y notó que el sudor se le estaba acumulando en la cabeza. Odiaba aquellas visitas, con tantas preguntas.

—Lo he intentado durante muchos años, si usted supiera...

Se dirigió a la cocina, sacó el calendario que tenía colgado en la pared y se lo mostró cuando volvió hacia donde estaba la mujer. Pasó las hojas mes tras mes y le señaló todas las equis rojas, todas las anotaciones que decían que había llamado, que lo había intentado.

—Ya veo —dijo la mujer, dejando su libreta a un lado. Levantó la taza de café que había en la mesa del salón. Era una tacita blanca y delicada con rosas coloradas. A Aina le encantaba. Él ya no solía usarla; el borde estaba astillado y un trocito considerable se había desprendido. La mujer la giró para evitar poner los labios sobre el borde roto, bebió un sorbo y tragó de forma sonora.

—Qué buen café.

—Lo muelo yo mismo —dijo Knut, señalando la cafetera que había en la pared. Le gustaba el aroma, el olor puro que surgía de los granos cuando se presionaban contra el molinillo.

—¿Y la niña? ¿Dónde está?

Knut le echó un vistazo al reloj de pie: pasaban de las dos de la tarde. Se quedó callado y esperó a que la aguja del reloj se moviera un poco.

—No tardará en verla asomarse por esa calle —le dijo, una vez que el minutero se movió. Señaló a la ventana, y la mujer se puso de pie y se acercó hasta allí, todavía con la taza de café en la mano.

—¿Cómo puede saber que…? —empezó, hasta que vio a la niña. Hanna dejó la calle principal para adentrarse en el caminito de entrada y avanzó dando saltitos en dirección a la cabaña, con los guijarros bailoteando conforme las puntas de sus zapatos rozaban la gravilla. La mochila se le sacudía de un lado para otro en la espalda.

—Siempre vuelve del preescolar a esta hora. No se parece en nada a su madre; es una niña bien portada, amable y muy lista.

Su canción fue lo primero en asomarse a la cabaña, pues las notas llegaron hasta los oídos de los adultos a través de la ventana abierta. La niña cantaba tan alto y de forma tan clara como siempre. Sin embargo, cuando abrió la puerta de par en par y vio a la desconocida, se quedó callada y bajó la cabecita, avergonzada.

—Ay —dijo, cubriéndose la boca con una mano.

Pero Knut ya estaba listo, con la armónica en la mano. Le dedicó un ademán con la cabeza a la mujer y tocó un par de notas en su armónica, antes de bajarla de nuevo.

—Esta de aquí es Rosmarie, ha venido para ver cómo estás. ¿Quieres que le toquemos una cancioncilla?

Knut volvió a soplar en la armónica y movió los dedos y la boca con habilidad para producir distintas notas musicales. Solo que Hanna se mantuvo en su sitio, cabizbaja.

—¿No quieres? ¿Qué ha pasado? Si tú cantas muy bien —intentó animarla, tras apartarse la armónica de los labios.

—Sí, he oído una canción de lo más bonita cuando llegabas. Y me han contado que se te da muy bien —dijo la mujer, estirando una mano hacia Hanna, al tiempo que se agachaba un poco, para quedar a su altura. Intentó tomarla de la mano, pero Hanna se apartó.

—¿Y Maj? —preguntó ella, fulminando con la mirada a la mujer. Los ojos le quedaban medio cubiertos por el flequillo, el cual Knut le había cortado con las tijeras de cocina sin mucha pericia y ya estaba demasiado largo.

—Maj ya no está. Ahora su trabajo lo hago yo, así que me encargaré de ver que tú y tu abuelo estéis bien.

—Estamos bien. No tiene que encargarse de nada, ya lo hacemos nosotros la mar de bien…

Hanna salió corriendo sin terminar de hablar, y las suelas de sus zapatos resonaron contra el suelo de madera. Knut dio unos cuantos pasos en dirección a la cocina, para ver a dónde había ido. La vio levantar el asiento del sofá, meterse de un salto dentro y cerrarlo tras ella. Como la tapa había quedado superpuesta en las esquinas, había espacio considerable para que entrara el aire, y Knut vio sus ojitos verdes y brillantes en el interior, devolviéndole la mirada.

—¿A dónde ha ido? —preguntó Rosmarie al entrar en la cocina. Se volvió sobre sí misma, mientras buscaba a la niña—. ¿Y dónde está su habitación, por cierto? —añadió—. Tiene que haber otra estancia en la casa, ¿verdad? ¿Dónde duerme la niña? Tiene una habitación propia, ¿no?

Hanna levantó un poquitín el asiento para asomarse. Lo único que quedaba visible de ella eran la frente y los ojos. Knut negó con la cabeza de forma casi imperceptible y le hizo un ademán con la mano para que cerrara la tapa. La niña obedeció.

—Ay, las moscas —dijo, moviendo la mano que tenía alzada por delante de la cara—. Están por todos lados. Y los ratones también.

—Ah, sí, supongo que en el campo es así —contestó la mujer, con una expresión de asco mientras se aferraba a su bolso.

—Puedo adoptarla, si eso hace que todo esto sea más sencillo. Así no tendrá que estar molestándose en venir hasta aquí una y otra vez.

—No es ningún problema. Me alegro de ver que están bien los dos. Además, es una salida agradable. Me gusta el campo —dijo ella.

Knut empezó a caminar en su dirección, de modo que la mujer se vio obligada a retroceder. Con unos pasos torpes, hizo que saliera de la cocina, y pareció que ya se había olvidado de lo que acababa de preguntarle. Knut no veía la hora de conseguir que se fuera.

—¿Le gustaría llevarse algunas manzanas de vuelta a la ciudad? —le preguntó, al salir hacia el jardín delantero. Señaló hacia uno de los árboles; uno con unos frutos grandes, rojos y de estación—. Esas están maduras. Vamos a recogerlas este fin de semana para hacer compota para el invierno.

La mujer se tambaleó un poco y se frotó con discreción un pie contra la parte trasera de la pantorrilla para quitarse unas manchitas de lodo del zapato. Cuando casi perdió el equilibrio, Knut se apresuró en ofrecerle una mano para ayudarla a recobrarse.

—Lo siento —dijo ella, avergonzada, antes de señalar sus zapatos—. Es que me los he manchado un poco, así que quería…

—Así es la vida en el campo. Tendrá que lustrarlos al volver a casa.

Knut se estiró hacia el árbol, sacó unas cuantas manzanas bien grandes y las limpió con una esquina de la camisa. Cuando se las entregó, estaban relucientes.

—Al menos llévese algunas para el camino. Puede recoger más si quiere.

La mujer asintió antes de aceptarlas. Se metió una en el bolso y luego le dio un buen bocado a la otra. La acidez de la fruta la hizo poner una mueca.

—Ah, casi lo olvido —dijo, tras haber tragado—. No he llegado a ver su habitación. Donde duerme la niña, quiero decir.

—Es la misma que ha sido siempre. Maj no tenía mayor problema con ello.

Conteniendo la respiración, Knut esperó su respuesta. Maj sí que había tenido problemas con que el sofá fuera el lugar en el que la niña pasaba las noches. Solo que, al final, se las había arreglado para convencerla, y la verdad era que no tenía nada de ganas de pasar por lo mismo con aquella mujer. Rosmarie parecía más estricta, más minuciosa. Aun con todo, tras unos momentos de dudas, pareció contentarse con la respuesta y se dispuso a recorrer el jardín de nuevo en dirección al coche azul celeste que había dejado aparcado en una zanja. Los tacones de sus zapatos se hundieron en la tierra blanda, y cuando se subió al asiento del conductor, se llevó tierra y barro al interior del coche.

Antes de marcharse, bajó la ventanilla y sacó la cabeza.

—Les está yendo muy bien juntos. Recomendaré la adopción, así podrán estar tranquilos sin estas visitas. Si su hija está dispuesta a firmar los papeles, el proceso es bastante simple. E imagino que lo estará, dado que no tiene mayor contacto con ninguno de ustedes.

Si está dispuesta. Knut clavó la vista en la tierra. Pensó en Johanna y en las conversaciones que habían mantenido, en cómo gritaba que Hanna era suya. Siempre se las arreglaba para dejárselo claro durante las pocas veces en las que habían hablado. Como si la niña fuese un objeto que había dejado a su cargo. Un escalofrío lo recorrió al pensar en la posibilidad de hablarle sobre la adopción.

—Abu, ¿por qué todo está bonito después de que llueva?

Knut miró en derredor. Las plantas de un color verde lleno de vida se asomaban por el camino por el que iban. Hojas de helechos, hierba amarilla, ramitas de arándano, así como hojas de álamo en unas ramas delgadas, todo brillaba debido a la humedad, de un color verde intenso. Por todos lados había gotitas adornando las hojas, relucientes y redonditas.

—Pues la verdad es que no lo había pensado. Pero la lluvia es más bien algo molesto, ¿no crees? Es una lástima que llueva en nuestro día libre.

Hanna negó con la cabeza. Con delicadeza, pasó un dedo por un helecho, para luego sacudirlo y mandar las gotitas volando por todos lados. Aquello la hizo reír. Knut se había mojado los pantalones y los zuecos. El agua se le coló por el cuero de los zapatos y le heló los pies sin calcetines, por lo que se quejó en voz baja.

—¿Y si volvemos a casa? Así nos bebemos un tecito y encendemos la chimenea.

Solo que la niña no estaba por la labor. Avanzó por el sendero un poco más, dando saltitos, para chapotear en los charcos sin ningún miramiento y en ocasiones agacharse y recoger ramitas. No tardó en tener los brazos llenos de ellas.

—Es sábado, y sabes que los sábados son los días para jugar —le dijo ella con su vocecita chillona, mientras se levantaba el borde de la falda y dejaba caer su alijo de ramitas en su cesta improvisada.

—¿Para qué necesitas todas esas ramitas? —le preguntó Knut, con impaciencia.

Se detuvo, y la distancia entre ambos se extendió conforme la niña seguía avanzando por el sendero para adentrarse más y más en el bosque con su falda aún levantada. Tenía un gran corazón que adornaba la parte de atrás de sus braguitas blancas, de un color rojo brillante.

—Necesitamos muchas porque vamos a construir algo grande. Algo muy muy grande —le dijo ella en voz alta según le daba tirones a una rama larga con una mano. La rama se rompió y Hanna cayó hacia atrás, con lo que soltó todas las ramitas que llevaba en la falda. Knut se acercó deprisa hacia ella y la ayudó a recogerlas, una a una, al tiempo que las giraba y las acomodaba.

—¿Y estas son ramitas especiales? —le preguntó a su nieta, en voz baja.

—Sí, superespeciales. ¿Es que no lo ves? —contestó ella, de mal humor, mientras se quitaba tierra y agujas de pino mojadas que se le habían pegado a las piernas descubiertas—. Son para construir. Vamos a construir... eh... ¡Una estatua de oro!

Knut le quitó un trozo de corteza a una de las ramitas, al darle un golpecito a la madera. Seguía siendo sólida y firme. Le retiró el resto de la corteza y se dio cuenta de que por debajo había una madera blanca y lisa.

—Una estatua de oro —repitió.

—Sí, vamos a juntar todas las ramitas hasta que la estatua sea grande y enorme —siguió parloteando la niña, emocionada—. Y luego la pintaremos con tu pintura dorada tan bonita.

Knut asintió, sonriendo. Su nieta estaba llena de ideas. Era como si tuviera la cabecita a rebosar de ellas. Apiló las ramitas en un brazo, cruzándolas entre ellas.

—La pintura dorada es demasiado cara, pero puedo ayudarte a hacer algo con las ramitas —le dijo, señalando a algunos lugares—. Podemos hacer patrones aquí, allá y más allá —añadió, haciendo unos dibujos con uno de los dedos, como si fuese un lápiz.

Hanna dio saltitos de alegría, una y otra vez, y asintió, emocionada. Llevó a rastras la rama larga conforme volvían a la cabaña, y esta dejó un rastro profundo en la tierra tras de sí, como un surco.

—¡Va a ser una torre grandotota! Con muchos zigzags, y en la cima pondremos… ¡pondremos una taza de café! —chilló ella, agitando las manos con entusiasmo. Al imaginar lo que tenía en mente, soltó una risita.

—¿Una taza de café?

—Sí, la favorita de la abuela, así esa mujer no la usa la próxima vez que venga.

Knut se detuvo en seco. No sabía qué decir. Hanna no se dio cuenta, sino que siguió avanzando por el sendero mientras arrastraba con dificultad su enorme rama y le daba tirones con ambas manos.

¿Cómo…? ¿Cómo lo había sabido? Que cada vez que aquella mujer se había llevado aquella taza a los labios se le había formado un nudo en el estómago por el miedo a que se le cayera, a que la rompiera. ¿Acaso su nieta lo había comprendido, por mucho que solo fuese una niña? ¿Había comprendido que se había arrepentido de haberla sacado? Por muy pequeñita que fuera, era tan… tan… atenta y considerada.

—Pues una torre es lo que haremos —dijo él, muy decidido.

Se apresuró a darle alcance y se agachó para recoger más ramitas conforme andaba. El bosque estaba lleno de ellas, y Hanna tenía razón: iban a necesitar muchísimas, porque no todas les iban a servir. Evaluó todas las que veía con sus ojos bien entrenados y rompió unas cuantas de un árbol. Ya tenía un diseño en mente.

La lluvia azotaba los cristales de las ventanas. El ambiente en el taller era cálido, y alguna gotita de condensación que ya no conseguía aferrarse más a su sitio se había deslizado hacia abajo hasta formar algunos patrones sobre el cristal. El otoño iba llegando, día a día, y con él, el frío. La hornilla que tenían en el cobertizo estaba encendida, por primera vez en meses. Unas volutas de humo se colaban por los resquicios y llenaban la estancia de su olor a pino. La niña se había subido a una silla, para unir una ramita con otra con unos clavos. La obra que tenían ante ellos era impresionante. Había ramitas que iban en distintas direcciones, montadas sobre ramas más grandes para mantenerse estables sobre el suelo. Y todo había salido como ella había querido: muy grande y frondoso.

Hanna soltó un grito cuando se dio en el pulgar con el martillo. El clavo al que había intentado darle se había torcido contra la madera, por lo que lanzó el martillo hacia el suelo y soltó un quejido. Knut se le acercó, acompañado de un abrazo y de un poco de consuelo. Hanna se arrebujó entre sus brazos y escondió el rostro en su cuello. Él le miró el pulgar, aunque no vio nada de lo que preocuparse.

—Ya está, ya está, no ha sido nada —le dijo, dejándola con cuidado sobre el suelo una vez más.

Fue a por la rama que tenía en el torno, la sacó y le mostró el bonito patrón que había tallado en ella, al usar sus cinceles de distintas dimensiones. La niña le echó un vistazo anhelante al botecito de pintura dorada que se encontraba en la mesa de trabajo. Él la vio, pero no cedió. En su lugar, se acercó a la torre y dejó la ramita sobre la cima. Justo en lo más alto.

—Quizás así —propuso—. Así podremos pegar la taza ahí.

Solo que Hanna no pudo resistir la tentación. Corrió hacia la mesa de trabajo y agarró el bote de pintura.

—Porfa, porfa, porfa —le suplicó, al tiempo que abría la tapa sin permiso.

Él no era rival para su mirada suplicante, para aquellos ojazos verdes que eran un reflejo de los suyos: el mismo tono, con unas motitas marrones. Cuando lo miraba de aquel modo era imposible no ceder; terminaba dándole cualquier cosa que quisiera. Así que le quitó el bote de las manos.

—Vale, puedes usar un poquito de pintura, pero yo te sujeto el bote —le dijo.

La niña esbozó una sonrisa tan grande que se le formaron unos hoyuelos en las mejillas. Salió disparada hacia el rincón en el que se encontraba su caballete y escogió un pincel de su latita.

—Va a salir requetebién, sí, sí, sí —entonó, mientras pintaba con cuidado la ramita tallada.

Knut la ayudó a encajarla en su sitio. La ramita dorada se alzaba como una jabalina en medio del caos. Muy extraña, aunque también muy bonita por alguna razón.

—Y ahora la taza —dijo ella.

Se la llevó a su abuelo, con todo el cuidado del mundo, y la taza tintineó contra el platito. Knut dudó antes de aceptarla.

—¿Y si…?

—No. La vamos a poner, me lo has prometido —lo interrumpió Hanna, con un mohín.

Se la volvió a extender, con tanta intención que la taza se deslizó un poco por el platito. Knut reaccionó por instinto y se las arregló para atraparla antes de que se cayera al suelo. Pasó un dedo por su borde astillado, por el recuerdo que le traía. La tristeza en los ojos de Aina cuando se había plantado en la cocina con aquel trocito de cerámica en las manos. Cuando aún estaba viva. El borde estaba áspero, y notó su textura en la punta del dedo.

—Lo mejor será que la peguemos a su platito primero, así no se cae —le dijo, al tiempo que se giraba hacia su mesa de trabajo y el tubo de pegamento.

Colocó una capa sobre ambos objetos y esperó algunos segundos antes de presionarlos juntos. Luego hizo lo mismo con la parte de abajo del platito y la rama. Y, por fin, la taza ocupó su lugar en lo más alto de la torre.

—La taza está en su sitio —anunció Hanna, llevándose las manos a las caderas en un gesto de satisfacción.

Knut estaba apoyado en el borde del sofá. Había arropado a Hanna en la cama y estaba esperando que se sumiera en un sueño profundo y tranquilo. Sin querer, se fue quedando dormido y empezó a dar cabezadas, hasta que el rugido de un motor lo despertó de sopetón y sin nada de consideración. Tras levantarse con un poco de esfuerzo, se apresuró hacia la ventana. Un coche se acercaba, muy deprisa, demasiado deprisa, de hecho, en dirección a la cabaña. Un Saab viejo y anaranjado. Abrió la puerta de par en par y salió, agitando los brazos.

—¡Para, para! —exclamó.

Los frenos chirriaron y los neumáticos se hundieron en la gravilla cuando el coche derrapó hacia un lado hasta detenerse justo frente a la casa. La gravilla salpicó los escalones del porche y luego todo quedó en silencio.

—¿Quién es, abu?

Hanna salió desde detrás de él, pues se había despertado de nuevo. Se le prendió a las piernas y apoyó sus pies descalzos sobre los de su abuelo.

Un hombre bajó del coche. Uno alto y delgado. Unas venas azules e hinchadas le brillaban en las manos y tenía los brazos cubiertos de tatuajes. Llevaba los ojos escondidos detrás de unas gafas de sol y el pelo grasiento. Empezó a avanzar hacia ellos, pero se detuvo, pues se tropezó un poco y tuvo que aferrarse a una rama del manzano. Unas cuantas frutas se soltaron y cayeron hasta el suelo entre crujidos.

—¿Quién carajos eres? ¿Qué haces en mi propiedad? ¡Largo de aquí! —rugió Knut, alzando su escoba.

El hombre levantó las manos hasta ponérselas delante de la cara.

—Veníamos a recogerla... A la niña —dijo, haciendo un ademán hacia Hanna.

Las palabras le salieron entre tartamudeos y con dificultad. Seguía sujetándose al árbol con una mano y se balanceaba como si estuviese en medio de una tormenta en altamar. Knut cubrió a su nieta con una mano y la sujetó con fuerza, para acercarla a él. Movió un poco el cuello para ver por el parabrisas del coche y distinguió a alguien más dentro del vehículo.

El hombre rodeó el coche y abrió la puerta con un movimiento brusco. Una a una, unas piernas cubiertas de cuero pisaron el exterior. Sus zapatos de charol de un rojo brillante tenían unos tacones de infarto y unos rayones y arañazos que dejaban ver el plástico blanco que había debajo. Knut reconoció de inmediato de quién se trataba, pues el lunar que tenía en el pie derecho la delataba.

—Corre —le susurró a Hanna, mientras la levantaba y la hacía pasar por encima de la baranda—. Ve por el caminito hasta la casa de Märta. Y no te detengas hasta que llegues. Pase lo que pase, ¡no te detengas!

Hanna se escabulló por el lateral de la casa y no tardó en desaparecer por el bosque, descalza, con su camisón de dormir agitándosele alrededor de las piernas. El hombre estiró sus brazos delgaduchos para atraparla y los agitó en el aire, pero no consiguió pescarla. Estaba demasiado colocado y no dejaba de tropezarse, por lo que tuvo que volver a aferrarse del árbol para no perder el equilibrio.

—Me la llevo, no pienso dejar que adoptes a mi hija. Ni de coña. ¡Es mía! —rugió una voz ronca. Se trataba de una voz que Knut casi no reconocía; era completamente distinta a la que recordaba.

Knut dio un paso atrás al ver al resto de su hija bajar del coche. Johanna estaba tan pálida, tan cadavérica… Tenía unas ojeras muy marcadas, el pintalabios corrido por el labio superior y el cabello corto y desordenado.

Tras retroceder unos pocos pasos más, Knut cerró la puerta de la cabaña y se refugió detrás de ella.

—Vete, no hay nada para ti aquí —le gritó, una vez que consiguió poner el pestillo a la puerta. El corazón le latía a mil por hora y notaba cómo el sudor se le acumulaba en la nuca.

Sin embargo, ellos no cedieron, sino que se pusieron a aporrear y darle patadas a la puerta. Knut vio cómo esta empezaba a astillarse, cómo la vieja cerradura se caía del marco de la puerta. Se cubrió el rostro con los brazos para protegerse de los golpes que empezaron a caerle encima, uno tras otro, sin parar. Solo que estos eran más bien sin demasiada fuerza, por suerte, pues el hombre estaba sumamente borracho y drogado.

—Johanna —le pidió—. Llévate a tu amigo y vete de aquí. Déjanos en paz. Nunca te ha importado Hanna, y eso no va a cambiar. Aún puedes venir a verla, si eso es lo que quieres.

Su hija le escupió, directo a la cara.

—Dámela. Es mía. Devuélveme a mi hija —chilló, abriéndose paso a empujones.

Johanna emitía una peste rancia, y su jersey blanco estaba lleno de mugre, con unas manchas amarillentas y marrones. La observó mientras ponía la cabaña patas arriba, mientras rasgaba los cojines y las mantas y arrojaba libros de sus estanterías. Algo de cerámica se rompió, y Knut cerró los ojos al darse cuenta de qué era lo que su hija había destrozado.

—Marchaos en este instante. No quiero que vuelvas a pisar esta casa en tu vida —siseó.

2

MODERNA MUSEET,

20 DE SEPTIEMBRE DE 2022

Había personas que querían a Hanna.

Y otras que no.

Toda su vida parece girar en torno a ello. A lo frágil. Lo impredecible. Tanto en el amor como en la vida. Las sombras oscuras del pasado que cubren el presente.

Dentro de poco, otra persona más pasará a la lista de aquellos que no la quieren. Lo sabe bien. Lo comprende por la mirada que le dedican esos ojos, por las dagas que le arroja a través de los paneles de cristal que tiene la puerta cerrada. No hace falta que le dedique ninguna palabra con los labios. Los tiene fruncidos y arrugados, con unos bordes tan afilados como cuchillas. El pintalabios rojo se cuela entre las arrugas y se le escapa de los bordes de los labios.

—¡Abre la puerta!

Los puños apretados de Sara aporrean el cristal. Hanna retrocede unos pocos pasos y se da media vuelta, pues no quiere hablar con ella. Observa por la ventana, más allá del agua, donde un trasbordador blanco se desliza en dirección al archipiélago, y el agua que arroja a sus espaldas salpica la superficie brillante como una gruesa «V» formada por gansos blancos y llenos de plumas. Los rayos moteados del sol bailotean por encima del agua oscura y la hacen brillar y relucir.

—¡Que abras la puerta!

Una mano se apodera del pomo de la puerta y la abre de golpe, ya que no estaba cerrada con llave.

—Pero qué... ¿qué has hecho? —dice, al tiempo que se adentra en la estancia hecha un bólido—. ¿Dónde están todos los cuadros y las esculturas? Valen muchísimo... Valen muchísimo dinero.

Aunque le cuesta articular las palabras, al final lo consigue y las suelta en una retahíla a trompicones. La mujer que va de negro, su agente, se lleva las manos en puño hasta el pecho, como si le costara respirar.

—Dime —le dice, a duras penas.

Hanna no le hace caso, sino que se sienta y entrelaza las manos sobre el regazo, para luego estrujárselas. Se observa las venas que las recorren y también las arrugas, la piel seca. Tendría que ponerse más crema humectante.

—Vas a acabar con todo lo que hemos hecho. Absolutamente todo. ¿Acaso eres tan mimada que no valoras tu propio éxito? Nadie tiene la cima asegurada, ¿es que no lo ves? Ni siquiera tú, joder, a quien el arte le ha llovido del cielo toda la vida.

Hanna estira una mano hacia su bolso y rebusca un poco en el interior hasta que da con un botecito. Le quita la tapa y se deja un poquito de crema en el dorso de la mano. Se frota las manos y nota la aspereza de su cicatriz, la falta de sensaciones que despierta su toque. Y no dice nada.

—Esa cosa que está ahí afuera no está a tu altura. Es que es una mierda —sigue hablando la mujer. La voz le sale con dificultad y cada palabra revela lo rápido que le va el corazón.

Hanna suelta un suspiro. Vacía todo lo que lleva en los pulmones y siente cómo la espalda y el cuello se le relajan. Vuelve a inhalar, aquella vez por la nariz. Y luego exhala.

—Es que ni siquiera es arte, joder. Una mierda, te lo digo —repite, antes de cerrar los ojos—. ¿Y dónde están los cuadros? ¿Al menos eso sí me puedes decir? ¿Has sido tú quien los ha movido? Es un puto caos ahí afuera, creen que los han robado.

Hanna se gira en su silla para mirar a la cara a su agente. Una sonrisa le tira de la comisura de los labios.

—Tranquilízate. Están en la sala de exposiciones, encerrados en una habitación. Y las esculturas también. Todo está allí, es solo que no podéis verlo. Los de seguridad lo saben, ellos nos ayudaron.

—¿Que me tranquilice? La gente ha venido hasta aquí para ver tu exposición, estamos hablando de grandes sumas de dinero. Y tú te estás burlando de tus seguidores. ¿Te das cuenta de eso?

—Con algo que es una mierda... —Hanna no puede evitar soltar una risita.

—Pero ¿qué coño te pasa? ¿Has perdido la chaveta? ¿Qué está pasando?

Hanna se levanta y se acerca a la ventana. Se quita el sombrero, lo deja sobre una mesa y se alborota su cabello corto con las manos. Se lo acomoda hasta que sus rizos con canas parecen apuntar todos en una dirección distinta.

—Haré que los periodistas empiecen a entrar, entonces —continúa su agente—. Cada uno durante quince minutos, y puedes tomarte un descanso de cinco minutos entre uno y otro. Sé humilde y responde sus preguntas. Explícate, si es que es posible. Aunque lo mejor será que dirijas la conversación hacia tus obras de verdad, las que tienen un significado.

—Quizá deberías ser tú quien contestase sus preguntas. En vista de que sabes tanto sobre arte.

Su agente da un paso en su dirección, agitando los brazos por la impaciencia.

—De verdad que no sé qué te pasa. No pareces tú. Y estás muy pálida. ¿Estás bien? —le pregunta.

Hanna le da la espalda y se cruza de brazos.

—No me cambies de tema. Contéstame esta pregunta, ya que sabes tanto al respecto —le insiste—. ¿Qué es el arte? Sin duda no soy la única que he hecho algo que parece una basura. Ni siquiera es original.

—Pero eres… Hanna Stiltje. Eres calidad, una belleza exquisita, perfección… Por el amor de Dios, Hanna, eso no te da derecho a tomar por idiota a toda esta gente.

Un suave toque a la puerta las interrumpe. Hay un hombre esperando fuera y lleva una tacita con motivos florales que le extiende a Hanna. Está muy caliente, y de ella salen virutas de vapor que se alzan en el aire y danzan alrededor de la vajilla frágil. Un bombón de chocolate envuelto en un papel metálico dorado la acompaña sobre un platito.

—Gracias, es justo lo que necesitaba —dice, aceptando la taza, para luego hacerle un ademán con la cabeza a su agente—. Ya puedes dejar pasar al primero. Estoy lista para hablar de… toda la mierda.

Vitrina.

Cristal de ventana. Rodapiés del estudio.

Ingrid

SOLHEM, SEPTIEMBRE DE 1971

La ventanita le quedaba unos centímetros demasiado alta. Ingrid se subió a un banquito y se puso de puntillas. Estiró un brazo, sujetando el pincel por el extremo del mango y, con mucha dificultad, dejó las marcas de pintura roja, una a la vez. Estas se extendieron sobre el cristal y empezaron a gotear hacia abajo en unos caminitos de rojo oscuro. Movió el pincel de un lado a otro para esparcir la pintura por toda la superficie e impidió que goteara sobre el marco de madera que había debajo. Una vez que hubo terminado, se enganchó el pincel en el moño que llevaba en el pelo, se dio la vuelta y bajó de un salto del banquito, justo cuando Victor entraba en la estancia. Con un gritito, saltó a sus brazos y lo rodeó como si de un koala se tratara. Él le hundió la nariz en el cuello, e Ingrid notó la calidez de su respiración. Aspiró su aroma, aquel que tanto le gustaba, y jugó con los suaves rizos que tenía en la parte de atrás de la cabeza.

—¿Se puede saber qué haces? ¿Piensas destrozar toda la casa? —farfulló él, aún con los labios apoyados contra la piel cálida de ella. Dejó un montón de besos suaves en aquel lugar, uno tras otro.

Ingrid echó un vistazo a la ventana. Los paneles pequeños y con forma de rombo que había entre las barras barnizadas habían adquirido un color rojo y azul.

—Creo que ha quedado bastante bien —dijo ella.

Victor la dejó en el suelo para luego subirse al banquito y estirar el cuello para ver mejor.

—Deberían ser cristales tintados y no pintados, ¿no crees? Podría haberte ayudado a cambiar los paneles.

—Pero nadie se dará cuenta, con lo altos que están. Quiero que la casa tenga un toque de color. Además, todo lo bonito siempre tiene un poquitín de imperfecto —contestó Ingrid, apoyándose las manos en las caderas. Echó la cabeza hacia atrás, hasta ver el techo y sus marcas.

—Ni siquiera nos hemos mudado aún. No hemos deshecho las maletas. Pero aquí estás tú, pintándolo todo. ¿De verdad tienes que hacer esto ahora cuando están por llegar? —preguntó él, con un suave suspiro.

Ingrid se llevó una mano hacia el cabello, se quitó el pincel que llevaba ahí y lo agitó de forma juguetona frente al rostro de Victor. Él se echó hacia atrás, dio media vuelta y salió corriendo cuando ella intentó pintarle la cara. Ingrid lo persiguió por la planta baja, a través del salón, la sala de fumadores, el comedor y la sala de estar. En una mansión, cada estancia tenía un propósito. Llevaba estudiando los viejos dibujos desde que era pequeña. A la espera. Con añoranza. Y allí estaban. En medio de toda su pena, también había un poco de felicidad. Victor se detuvo cuando llegó al solario. Ingrid apartó el pincel y lo besó, apoyándole las manos en las mejillas. No podían dejar de tocarse. El vestido le acarició los hombros antes de caer hasta el suelo y exponer su piel desnuda. Él la contempló y resiguió sus curvas con un dedo, como si fuera una obra de arte.

—Eres preciosa —le dijo, aunque el comentario fue más una observación que un cumplido.

Solo que ella casi ni lo oyó, pues tenía la mirada fija en la ventana. Sin perder tiempo, se agachó y se volvió a subir el vestido, para luego meter los brazos por las mangas como bien pudo y dirigirse hacia la puerta. Victor intentó impedírselo; estiró las manos hacia ella y la atrajo hacia su cuerpo. No dejaba de tocarla: en los pechos, el vientre y entre las piernas.

—Quítatelo, te deseo —ordenó él, a media voz.

Aun así, Ingrid se cubrió sus pechos desnudos, se abrochó el vestido con prisa y le apartó las manos de encima.

—Para. Había alguien fuera mirándonos. Una niña —le dijo, al tiempo que salía de la casa. Dejó la puerta abierta a sus espaldas y avanzó descalza y de puntillas por el césped bien cuidado, el cual prácticamente era todo un prado. Victor la siguió.

—Una niña, dices. Te la estás imaginando, Ingrid. Ves lo que quieres ver —contestó él, preocupado. La sujetó del brazo y la obligó a estarse quieta, pero ella se apartó, pues se negaba a rendirse. En su lugar, se abrió paso como pudo entre los arbustos grandes de lilas. Las hojas húmedas y las ramitas se le enganchaban en la piel, la arañaban y la enfriaban. Ingrid las hizo a un lado y se adentró más y más entre los matorrales. Tras un rato, terminó llegando hasta el otro lado, desde donde podía ver el campo abierto que se curvaba hacia el mar. Y por allí, entre la luz cada vez más escasa, había una niñita corriendo hacia el bosquecillo que había al otro lado. Iba descalza, enfundada en un vestido largo y sencillo, quizás un camisón. Y el cabello le ondeaba en el viento.

—¡Por allí! —exclamó, al notar la presencia de Victor por detrás de ella—. ¿La ves? Allí está.

—Lo siento —dijo él, antes de acariciarle el cabello hasta llegar a su espalda.

Se quedaron allí plantados, uno al lado del otro y con los hombros rozándose. Ingrid podía notar su calor, de modo que dejó que la tocara, que sus manos recorrieran su calidez, su humedad.

—¿Qué edad tendrá? Parecía muy pequeñita —preguntó, tras un rato y casi sin aliento.

Victor no le contestó, sino que le empezó a besar el cuello y, después, le posó las manos sobre los pechos.

Ya no podía ver a la niña. Unas cuantas golondrinas alzaron vuelo y chillaron por el cielo, negro como el ébano. Era un sonido propio del verano, a pesar de que no faltaba mucho para la llegada del otoño. No iban a tardar en emigrar hacia el sur.

—Unos cinco o seis, seguro —se contestó a sí misma, apesadumbrada, mientras observaba a las aves volar.

Victor asintió, de acuerdo con ella, y siguió rodeándola por la cintura con un brazo.

—Pero ¿qué hace corriendo por el campo solita y tan tarde? ¿Acaso no tiene madre o padre que se preocupen por ella? —siguió Ingrid.

—Seguro que sí. Lo que pasa es que las cosas son distintas aquí en el campo. Hay más libertad. Seguro que solo tenía curiosidad. Además, no es tan tarde.

Ingrid notó su suave aliento contra la mejilla y se estremeció cuando él presionó sus labios con delicadeza contra su piel. Bajó los brazos hasta su propio vientre y los dejó allí, inmóviles. Victor posó las manos sobre las suyas, y ella las notó cálidas, una fuente de seguridad.

—Lo volveremos a intentar. Tantas veces como haga falta —le susurró él.

—No sirve de nada —repuso ella, con tristeza, mientras se apartaba de su abrazo.

—Ya se podrá —dijo Victor, tomándola de la mano. Las yemas de los dedos de Ingrid rozaron los de él y se quedaron allí durante algunos segundos antes de aceptar su agarre. Apoyó la cabeza contra su hombro y se percató de que las lágrimas querían anegarle los ojos, y la desesperanza, el corazón.

»Ya se podrá —repitió sin muchas ganas, al tiempo que volvían a adentrarse en los arbustos para regresar hacia el gran jardín. Ingrid se quedó plantada sobre la hierba. La enorme casa amarilla y de madera se alzaba frente a ella con sus molduras decorativas con forma de flores. Había siete ventanas en el piso de arriba, muy grandes y a cuadros. En la planta baja había cuatro, además del gigantesco solario. Era tan grande que la había dejado sin aliento.

—Y pensar que mi abuela nos ha dejado todo esto —dijo ella, cubriéndose la boca con una mano, como si acabara de caer en la cuenta de que aquella casa les pertenecía.

—Märta sabía que cuidarías bien de Solhem. Sabía lo mucho que te gustaba esta casa.

—Habría preferido que se quedara con nosotros un tiempo más. Ay, cómo la echo de menos. Ni siquiera pude despedirme de ella ni llegará a conocer a nuestros hijos.

—Así es la vida. Uno no puede escapar de la muerte, pues termina alcanzándonos a todos. Hasta entonces, tenemos que vivir.

Ingrid se puso de puntillas y dejó un beso en los labios de Victor antes de apartarse un poquitín, sin llegar a separarse del todo.

—¿Cuándo se supone que iban a llegar? —preguntó, al tiempo que le desabotonaba la camisa.

—Se supone que ya pronto. De hecho, ya tendrían que haber llegado.

—Aún tenemos algo de tiempo...

Había una mesa larga en el salón, adornada con un surtido de manteles individuales. Unos colores estridentes se entremezclaban con un encaje bordado. Unos retales de lino y otros de algodón arrugado, todos blancos y con unos patrones florales, sin ningún orden en particular. Ingrid se abotonó el vestido y se acomodó el cabello según caminaba hasta hacerse un recogido sencillo. Le echó un vistazo al reloj. Aunque ya pasaban de las ocho, sus amigos tan bohemios nunca llegaban a tiempo. Rodeó la mesa mientras acomodaba los platos en su sitio. Cuando se le acababa un juego de vajilla, llevaba uno nuevo, con un patrón distinto. En las alacenas de la cocina, que llegaban hasta lo alto, había muchísimos de ellos. Era vajilla que su abuela había acumulado con el transcurso de los años, pero que casi no había usado. Ingrid sacó unos jarrones pequeños y los llenó de flores del jardín, aquellas que aún no se habían marchitado, y repartió unos arreglos de centaurea, orégano, bocado del diablo y milenrama. El corazón le latía muy rápido por la anticipación, por lo que se marcó un bailecito por el suelo de parqué de roble en dirección a la cocina y a todos los aromas que contenía: comino, tomillo y vino tinto. Había una olla muy grande en uno de los fogones, que había estado hirviendo durante horas. Una nube de vapor se elevó por los aires cuando la destapó para apreciar lo bien que olía.

Victor amasaba pan en la encimera. Separó la masa ya crecida en unos rollitos esponjosos y los marcó con unas tijeras antes de colocarlos en una bandeja. Ingrid cascó un huevo en un vaso y lo batió con un tenedor.

La gravilla crujió cuando un coche se adentró en el jardín delantero. La correa soltó un chillido estruendoso y luego se quedó en silencio. Ingrid dejó a un lado el vaso con el huevo, se apresuró hacia el exterior y extendió los brazos hacia el coche para darles la bienvenida a sus invitados. Repartió abrazos y conversaciones breves, al tiempo que señalaba cosas y presentaba su nuevo hogar a todos sus amigos que habían ido a verla. Los coches continuaron llegando, y el último de ellos fue una caravana con grandes flores coloridas pintadas en las puertas y en la parte delantera.

Ingrid les mostró la casa, mientras señalaba por doquier y contaba historias. Parecía más pequeña al estar llena con todos sus amigos, risas y música. Alguien empezó a rasgar una guitarra. Una montaña de sacos de dormir y de mochilas para pasar la noche se amontonaron al lado de todas las cajas de mudanza que aún no habían abierto.

Victor llevó la olla y los panecillos recién horneados y los colocó en la mesa. Ingrid fue a por las patatas. Abrieron botellas de vino, y aquel líquido de color rojo oscuro borboteó al llenar copas de cristal.

Victor se sentó y tiró de Ingrid hacia él. Ella chilló cuando su silla se echó hacia atrás, pero uno de sus amigos consiguió atajar el respaldo y hacer que volviera a su lugar.

—Queridos amigos —exclamó Victor—. Me gustaría hacer un brindis. Por el futuro y por un hogar que tenga espacio para todos vosotros y para los pequeñines también.

La sonrisa de Ingrid murió en sus labios cuando Victor le dejó un beso en la mejilla. Tragó en seco el nudo que se le había formado en la garganta, sin atreverse a creer el sueño que le estaba describiendo, al menos no del todo. Quizás aquella casa solo fuera para ellos dos; quizá nunca tuvieran hijos. Y, una vez que sus amigos empezaran a formar sus propias familias, seguro que se cansarían de aquellas fiestas.

Las sillas arañaron el suelo. Las ollas estaban vacías, de modo que los invitados se pusieron de pie y se dispersaron por todos los rincones posibles de la casa. Algunos se reunieron en la cocina, otros se tumbaron en el sofá que había en la sala de estar y una parejita se sentó en las escaleras para compartir un beso largo y apasionado. Dado que ya era tarde en aquella noche de verano tan larga, tenían todas las puertas abiertas. Alguien había extendido una manta en el jardín y un grupito se había sentado allí en círculo para ponerse a cantar. Otra persona se había llevado la guitarra con ellos y se había puesto a tocar un poco. Ingrid tarareaba al son de la melodía mientras recogía los platos de la mesa y les quitaba los restos. Los fue apilando y se llevó la montañita de platos hasta la cocina. Se valió de la cadera para empujar la puerta y poder entrar, pero se quedó de piedra al ver de nuevo a la niña, quien se había arrodillado detrás de la puerta de la alacena. Tenía el pelo hecho una maraña enredada en la parte de atrás de la cabeza y las plantas de los pies que se asomaban por debajo de ella se veían negras por la suciedad.

Ingrid dejó los platos en el suelo, justo detrás de la puerta, y se acercó a gatas y con cuidado hasta donde estaba la niña.

—Hola —le dijo, en voz baja—. Hola, cariño, no tengas miedo.

La niña se hizo una bolita detrás de la puerta de la alacena y escondió la cabeza entre las rodillas. Ingrid le apoyó una mano en la espalda.

—Te veo —volvió a susurrar—. Así que no tiene sentido que te escondas. ¿Qué haces aquí tan tarde? ¿Qué es lo que buscas?

La niña se encogió un poco más y la observó con miedo.

—Eres muy pequeña para estar fuera de casa tan tarde —siguió Ingrid—. Deja que te lleve a tu casa con tu mami. No tienes por qué temerle a la oscuridad, te acompañaré hasta que lleguemos hasta allí.

La niña soltó un chillido y negó con la cabeza.

—No, no. No puedo volver a casa. Se suponía que tenía que venir aquí, con Märta —le dijo.

—¿Conocías a mi abuela? ¿A Märta?

La niña asintió, muy convencida.

—Pero no la encuentro. ¿Dónde está? ¿Qué haces tú aquí? ¿Por qué hay tanta gente? —preguntó, con timidez. Alzó la vista hacia Ingrid, nerviosa, sin atreverse a devolverle la mirada.

—¿Acaso no lo sabes?

La niña negó con la cabeza.

—Me suele dar galletitas. Y las guarda aquí, en la alacena, en una lata roja. Pero no la encuentro —le dijo, con una voz melodiosa que solo era propia de los niños. Parecía muy pequeña y muerta de miedo. Ingrid quería envolverla entre sus brazos y cuidar de ella. Solo que no se atrevía, pues no quería asustarla más.

—Märta era mi abuela —le explicó—. Pero me temo que falleció y ya no vive en esta casa. Ahora Victor y yo viviremos aquí.

—¿Qué es «falleció»?

—¿No lo sabes?

La niña parecía confundida.

—Significa que ya no está. En este mundo, quiero decir. Con algo de suerte, ahora es un ángel.

—Como Raja, que murió —dijo la niña, clavando la vista en el suelo.

—Raja, sí —repitió Ingrid—. ¿Era alguien que conocías?

—Era una perrita. Solo que ya no puedo verla porque se murió —contestó, con tristeza.

—Estoy segura de que Märta está cuidando muy bien de Raja. Quizás ahora mismo estén jugando en el cielo, donde van todos los que mueren.

Ingrid alzó la vista hacia el techo, y la niña aprovechó la oportunidad para salir corriendo por la puerta abierta. Ingrid ni siquiera había conseguido ponerse de pie del todo cuando la niña ya había desaparecido, por lo que salió a toda prisa detrás de ella, pero se dio de bruces con Victor en la puerta. Aturullada, intentó sortearlo, hasta que él la sujetó de los brazos.

—¿Qué pasa? Ingrid, tranquilízate.

La he vuelto a ver. A la niñita. Estaba aquí.

Victor la sujetó con fuerza con ambas manos, y ella agitó los brazos para intentar liberarse.

—¡Suéltame! —le chilló.

—Has bebido demasiado y ya estás imaginándote cosas otra vez. No hay ninguna niña, perdimos al bebé.

—Ha vuelto, he hablado con ella. Es la niña que he visto antes. Acaba de salir corriendo, a oscuras. Iba descalza y solo con un camisón muy finito.

Uno de sus amigos se acercó a Victor por detrás, con una copa en la mano, y bebió un sorbo antes de hablar.

—Tiene razón —dijo—. Había una niña pequeña por aquí. Estaba sucia y despeinada. Yo también la he visto. Ha salido corriendo hacia el jardín, hacia los arbustos de allá.

—¿Lo ves? —soltó Ingrid, apartándose del agarre de Victor—. Siempre crees que estoy loca, pero no es así.

Victor le echó un vistazo a su reloj, con una mueca de preocupación.

—Es tarde, tenemos que llamar a la policía —dijo, muy convencido—. Si se ha escapado, podría perderse con todo tan oscuro.

—Le he dicho que la iba a llevar a su casa con su madre y se ha puesto a gritar, como si fuese algo peligroso.

Solo que Victor ya se había acercado al teléfono. Empezó a marcar el número de emergencia, haciendo girar el dial. Les explicó por qué llamaba y, tras ello, se quedó callado.

—¿Qué dicen? —preguntó Ingrid con urgencia, por detrás de él.

—Me van a comunicar con la comisaría del pueblo —le contestó.

Ingrid se situó a su lado y se puso de puntillas para poder oír lo que le decían. Cuando el agente de policía del pueblo le contestó, Victor volvió a contar lo sucedido.

—*Y llama desde Solhem, me dice* —dijo la voz—. *¿Dónde está Märta, entonces?*

—Muerta. Mi abuela murió. ¿Es que no se enteró nadie? —preguntó Ingrid.

—*¿Quién es la que está hablando?* —preguntó la voz por el teléfono.

—Es mi mujer —explicó Victor—. Lo hemos llamado los dos.

—*Ya veo. Lamento mucho su pérdida. Märta era una mujer encantadora* —dijo el agente.

—Pero lo hemos llamado por la niña. ¿Pueden enviar una patrulla a buscarla? —quiso saber Victor.

—Era muy pequeñita y delgada. Quizá de unos cinco o seis años. Tenía el cabello rizado y los ojos verdes con motitas marrones. Y estaba solita a estas horas de la noche —dijo Ingrid.

El agente de policía se echó a reír, por lo que Ingrid miró a su marido sin poder creérselo. Victor tenía el ceño fruncido; él tampoco entendía nada.

—¿De qué se ríe? Hay una niña sola por ahí, en mitad de la noche —dijo su marido, empezando a enfadarse.

—*Dudo que haya nada de lo que preocuparse. La niña que me ha descrito parecer ser la diablilla de Knut. Seguro que le ha dado hambre. A lo mejor se ha olvidado de darle de cenar. La niña suele ir a ver a Märta.*

—Pero ¿cómo puede estar tan seguro? ¿Y si le pasa algo por estar fuera de noche y con este frío?

—*Ya habrá vuelto a su casa y estará metida en la cama, pueden quedarse tranquilos. Seguro que se ha asustado a más no poder al ver gente nueva en Solhem. A mí también me habría pasado.*

—Pero si es una niñita —insistió Ingrid, apartándose del teléfono. Aunque Victor siguió hablando con el agente, Ingrid dejó de escuchar lo que decía. Se sentó a la mesa de la cocina, bebió un gran sorbo de vino y se quedó oyendo el zumbido de los distintos sonidos que había por casa. Las conversaciones, las canciones, la música. Las voces alegres de sus amigos. Cuando Victor le apoyó las manos en los hombros, pegó un bote.

—El agente parecía convencido de que la niña no está en peligro. Parece que vive en una cabañita roja que hay en la linde del bosque, al otro lado del campo. Ha prometido que iba a llamarlos —le contó, antes de agacharse y depositarle un suave beso en la mejilla.

—Pienso ir a verlos mañana. El tal Knut ese se va a enterar. No merece tener hijos —murmuró Ingrid por lo bajo. Tras beber otro sorbo de vino, se terminó tragando el resto de la copa, sin respirar.

—Ya no le des más vueltas. La próxima vez que venga, nos aseguraremos de que nos conozca, así no vuelve a salir corriendo.

Cuando despertó a la mañana siguiente, Ingrid tuvo que esquivar y pasar por encima de sus amigos que seguían durmiendo. Algunos habían terminado encontrando las habitaciones de invitados en la planta de arriba, mientras que otros se habían arrebujado en sus sacos de dormir y se habían tumbado donde bien habían podido. Yacían en el suelo del vestíbulo y del despacho, y había un olor amargo en el aire, a vino tinto y sudor. Ingrid abrió de par en par las puertas del solario, se aseguró de que se quedaran abiertas al apoyar un par de rocas grandes contra ellas y salió descalza hasta los escalones de piedra que había fuera de la casa. Los notó ásperos bajo la piel, y el aire estaba frío y olía a limpio. Cerró los ojos y respiró hondo unas cuantas veces. Era más sencillo respirar allí fuera, más que en la ciudad, donde ella y Victor habían estado apretujados en un estudio diminuto pensado para universitarios. Y de allí habían pasado a tener todo lo que tenía enfrente. Casi no podía creérselo.

Se ató un par de zapatos y se envolvió los hombros con un chal grueso de lana roja, uno que había sido de su abuela. Aún olía a ella, por lo que Ingrid enterró la nariz en la prenda. Había muchas cosas de las que no había querido deshacerse. Siempre que aquellos objetos siguieran allí, era como si su abuela no se hubiera ido, como si su muerte no fuese nada más que una pesadilla.

Salió al jardín, atravesó los matorrales de lilas y siguió andando por la colina. Un caminito la condujo hasta el sendero angosto que había entre los campos. Se puso a correr, y el barro endurecido y liso le pareció resbaladizo bajo los pies.

Se detuvo al llegar a la linde del bosque. Los cantos de los pájaros la envolvieron. Un grupo de picos canos pareció rodearla con su arreglo de gorjeos, y el follaje de un color verde oscuro se agitó conforme se desplazaban de rama en rama. Ingrid curioseó entre los troncos de los árboles hasta que atisbó el tejado de una cabaña roja que había en un claro al otro lado, por lo que siguió el camino desgastado que serpenteaba por el bosque.

Un pequeño riachuelo seguía su curso justo por al lado de la cabaña, entre piedras y tocones. Los rayos de sol hacían que el agua brillara como si se tratara de bronce. Tras tomar carrerilla, lo cruzó de un salto, pero terminó con los talones aún metidos en el agua. Estos se le hundieron en el musgo suave, y el agua estaba tan fría que la hizo temblar cuando se le filtró en los zapatos. Pese a ello, siguió avanzando sin detenerse en dirección a la cabaña.

Conforme se acercaba, oyó una vocecita muy aguda cantando y a alguien que tocaba una melodía. Impulsada por la curiosidad, se asomó por una esquina de la casa, hacia el jardín delantero. Había un hombre sentado en el porche, con una enorme barriga que se mecía al ritmo de la música. Tocaba la armónica, y el metal plateado relucía entre sus manos fuertes, una junto a la otra. Sus ojos de color avellana sonreían, y unas arrugas provocadas por la risa le marcaban la piel. Tenía un ojo morado e hinchado y también un corte sobre la ceja, con unas manchitas de sangre seca que rodeaban la herida. La barbilla y las mejillas las tenía cubiertas de una barba gris muy poblada. Y, frente a él y subida en un banquito, se encontraba la niña. Cantaba y hacía trastadas, mientras zapateaba un poco y agitaba su falda entre carcajadas. Le habían cepillado el pelo y se lo habían atado en dos trenzas, una ligeramente más gruesa que la otra. El hombre aumentó el ritmo de la canción y tocó más y más rápido. La música invitaba a bailar, por lo que Ingrid no pudo evitar sonreír al acercarse hacia ellos. Solo que, cuando la niña la vio, se congeló en su sitio. Se hizo una bolita en el banco y escondió la carita con timidez entre las rodillas. El hombre dejó de tocar y miró a Ingrid con sospecha.

—¿Es una asistente social? —quiso saber.

Ingrid negó con la cabeza.

—Para nada. Soy su nueva vecina, vivo en Solhem. Soy la nieta de Märta, me llamo Ingrid.

El hombre se meció hacia adelante y hacia atrás unas cuantas veces, para cobrar impulso y ponerse de pie. El suelo del porche crujió según él avanzaba con torpeza en sus zuecos gastados. La parte de los talones era lo más desgastado, además de torcido, y el cuero estaba salpicado de pintura.

Estiró una de sus grandes manos en su dirección, y ella se la estrechó. Le pareció hinchada y cálida.

—Y ya he conocido a su hija, ¿verdad? —preguntó Ingrid, antes de ponerse de cuclillas. Saludó con la mano a la niña, pero esta no le contestó.

—Es un poco tímida, pero se le pasará en cuanto la conozca —le explicó el hombre—. Yo soy Knut. Y esta de aquí no es mi hija, sino mi nieta.

Ingrid asintió. Pues claro, el hombre parecía demasiado mayor como para tener una hija tan pequeña.

—¿Viven los dos aquí solos?

—Sí. Y la mar de bien, la verdad.

Ingrid echó un vistazo a su alrededor. En el otro extremo del claro había una casita del árbol. Estaba construida en forma de triángulo, entre tres pinos muy altos. Una escalera de cuerda colgaba de un lado, y consiguió ver unas cortinas florales que se asomaban por la ventana.

—Pero qué casa del árbol más mona —dijo—. ¿La hicieron ustedes?

La niña se escondió detrás de Knut y le rodeó una pierna con los brazos.

—¿Me puedes mostrar cómo subes hasta allí arriba?

La niña vaciló un instante, aunque no tardó en salir corriendo sin pronunciar palabra. La escalera golpeteó contra el tronco del árbol mientras subía, un escalón a la vez. Una vez que la vio meterse en la casita, Ingrid se volvió hacia Knut.

—¿Sabe que anoche estuvo correteando por ahí? Solita, descalza y con un camisón como único abrigo —siseó.

—Lo sé.

—Pues muy mal. Es una niña pequeña, debería vigilarla con más cuidado.

Knut se metió la armónica en el bolsillo de su camisa y le hizo un ademán con el brazo en dirección a la puerta.

—Pase, se lo explicaré todo. No quiero que mi nieta nos oiga.

Ingrid echó un vistazo a la puerta abierta. El lugar parecía un cuchitril; había pilas de libros y revistas, y la mesa de la cocina estaba llena de latas y herramientas. Una colección muy extraña de ramitas yacía amontonada en el suelo, con unos trozos de cerámica. Se adentró en la cabaña, un solo paso, y luego se detuvo.

—Sí sabe que Märta murió, ¿verdad? —le preguntó—. Asumo que la niña se lo ha contado.

—No, ¿qué dice?

—Märta, mi abuela. Falleció.

Cuando Ingrid se volvió para mirarlo, se percató de que el anciano se había apoyado en la baranda y tenía la vista perdida en el infinito, como si no pudiese creer lo que le estaba contando. Era obvio que no lo sabía.

—¿Qué le pasó?

—Sufrió un infarto —explicó ella—. Pero eso fue hace semanas. Seguro que se enteró de algo, si la conocía.

Knut negó con la cabeza. Volvió a estirar una mano para apoyarse en algo, aquella vez en la puerta, y tuvo que guardar silencio unos instantes, antes de poder continuar. Una vez que consiguió llegar a la cocina, se sentó a la mesa.

—Mi nieta iba a verla a veces. Y Märta le daba fruta y galletitas. Pero yo suelo quedarme en casa.

—Bueno, pues ya lo sabe. Märta ya no está. De todos modos, lo ideal es que las niñas pequeñas estén durmiendo cuando da la medianoche. No es momento para que vayan corriendo a casa de la vecina —añadió Ingrid, de forma cortante y fulminándolo con la mirada.

—Y así suele ser. La niña duerme sus horas y vivimos una vida tranquila. Lo que pasa es que ayer sucedió algo. Su madre vino y… —Knut se señaló el rostro con discreción—. No está bien, y trajo consigo a un hombre peligroso. Como bien puede ver, me dio una buena tunda. Fui yo quien le dijo a mi nieta que fuera a casa de Märta. Fue por su propio bien. Aunque tardó bastante, asumí que era allí donde había estado. No me dijo nada sobre Märta cuando volvió, lo cual fue un poco extraño. ¿Le contó sobre su muerte?

—Sí, pero me pareció que estaba un poco alterada, quizá no me entendió.

—Estaba asustada, claro. Y supongo que incluso más cuando no encontró a Märta en casa. No puedo creer que esté muerta, de verdad.

—¿Y qué le pasa a su madre? ¿Por qué no vive con ella?

La puerta crujió con suavidad al abrirse de nuevo, y la niña entró en la cocina. Se le había soltado una trenza y tenía las rodillas cubiertas de barro. Tras apoyarse en el marco de la puerta, se los quedó mirando. Y eso fue lo único que hizo: quedarse allí y mirarlos. Knut también se quedó en silencio; parecía que no quería decir nada más, no mientras su nieta pudiera oírlo.

—Creo que será mejor que me marche. Pero pueden venir a vernos cuando quieran, yo también tengo galletitas —les dijo, al tiempo que se arreglaba el cabello. Entonces cayó en la cuenta de que ni siquiera le había preguntado a la niña cómo se llamaba—. Ha sido un placer, Knut y…

Estiró una mano y dobló un poco las rodillas, para quedar más a la altura de la niña.

—Hanna —murmuró ella, con la vista clavada en el suelo y las manitas detrás de la espalda.

—Hanna banana, la nena favorita del abu —entonó Knut, al tiempo que se sacaba la armónica del bolsillo—. Anoche pasamos un susto, pero hoy ya no hay disgusto, mira tú qué gusto.

Conforme Ingrid se marchaba, Knut se llevó la armónica a los labios y comenzó a tocar. Cuando se volvió para cerrar la puerta, vio que la niña estaba sentada, quietecita al lado de su abuelo y prendida a su brazo.

3

MODERNA MUSEET,

20 DE SEPTIEMBRE DE 2022

Están hablando sobre ella. Hanna lo oye, por mucho que la puerta no esté abierta. Una retahíla de palabras, en la que su nombre sale una y otra vez. John está sentado en el sofá, con un periódico abierto en el regazo. No obstante, no tiene los ojos puestos en las palabras, sino que los tiene cerrados. Está dormido. De vez en cuando, un silbido se le escapa cuando exhala. Las mangas largas de su camisa no esconden sus tatuajes, los cuales se le extienden por el dorso de las manos en un entramado de colores verdes y azules. Lleva unos anillos gruesos y de plata en tres de sus dedos rojos e hinchados.

—Nunca en mi vida he oído tanto parloteo —murmura ella, al tiempo que se pone de pie y se acerca a la puerta. Al abrirla, un destello brillante la hace pegar un bote—. Cielos, pero qué entusiasta —le dice con una risita al fotógrafo, cuya cara queda cubierta por completo por la cámara—. Pasad y así empezamos. Os juro que no muerdo y que aún no se me ha ido la olla.

Su agente es la primera en entrar, muy decidida, y se acomoda en el sofá al lado de John. Solo que Hanna mantiene la puerta abierta y le hace un ademán para que se vuelva a marchar.

—Me encantaría quedarme a escuchar.

—Ya lo sé. Pero no puedes.

—Hanna.

—Sara.

Hanna la despide con la mano.

—Fuera, que la que toma las decisiones aquí soy yo. Es mi exposición y es mi arte —dice, con firmeza.

Tras unos segundos en los que Sara vacila, finalmente hace lo que le pide, aunque, cuando cierra la puerta, lo hace con más fuerza de la necesaria para mostrar su inconformidad. Hanna se vuelve hacia John y se le escapa la risa, por lo que se cubre la boca con una mano.

—¿Quieres que me vaya yo también? —le pregunta él, medio dormido, al tiempo que deja su periódico sobre una mesita.

Hanna niega con la cabeza, para luego sonreírles al periodista y al fotógrafo, quienes siguen de pie, en medio de la estancia. Les pide que se sienten, y John hace el ademán de ponerse de pie, pero Hanna alza una mano y se lo impide con un gesto.

—No. Quédate, por favor. Prefiero que estés aquí —le dice, en un susurro.

El periodista se sienta al lado de John, en el sofá, y luego se inclina hacia adelante para rebuscar en el morral que ha dejado en el suelo, del cual saca una libreta muy gastada y un lápiz. Pasa unas cuantas páginas llenas de garabatos hasta que llega a una vacía. Escribe rápidamente unas cuantas palabras, en silencio. Un suave zumbido se oye en la habitación, debido al ventilador de techo. Y solo cuando Hanna carraspea un poco, el periodista alza la cabeza.

—Sí, eh... perdona —dice, nervioso, mientras mueve sin pensar el lápiz entre los dedos.

—Solo tienes quince minutos —le recuerda Hanna.

—Lo sé. Pensaba que podía empezar con algunas preguntas sobre...

Alza la vista hacia ella, aunque sin articular ninguna pregunta.

—Sobre... —lo anima ella, al ver que no termina de hablar.

—Pues, sobre esta... obra de arte más reciente. ¿Qué nos puedes contar sobre ella?

—¿Te ha gustado?

—Es... Bueno, quizá me esperaba algo de un estilo más similar a tus obras anteriores.

—Ya, claro. Solo que una artista siempre debe innovar. Así son las cosas.

—Sí, por supuesto.

— A mí me parece que es una progresión natural de mi trabajo —dice ella, acomodándose su falda roja para que no se arrugue.

—Pero es completamente distinto a lo que hemos visto hasta ahora. Supongo que lo que estaba esperando era una escultura de bronce. ¿Cómo es que decidiste empezar a trabajar con... eh... madera?

—Quieres decir con basura —dice Hanna, con una risita.

—¿Basura? No, no lo llamaría así. Más bien algo como... materiales reciclados, quizá.

—Sí, exacto. Reciclados, con una historia que contar. ¿Qué podría ser más bonito que eso? ¿O más real?

El periodista alza la mirada, de pronto interesado en sus palabras.

—¿Y qué historia quieres contar? ¿Nos podrías hablar un poco sobre eso?

Se pone a escribir antes de que Hanna tenga oportunidad de hablar. El lápiz baila por la página y crea unos garabatos que son ilegibles para cualquier otra persona que no sea él. El fotógrafo ya se ha instalado. Toma una foto, ajusta la cámara para ver el resultado y luego cambia la configuración para hacer otra. Hanna le pide con delicadeza que se detenga y que espere a que hayan terminado con la entrevista.

—Tienes razón. Cada material que he usado en esta instalación tiene una historia que contar. Varias historias, en realidad —explica ella.

—¿Y qué es lo que han presenciado esos materiales? ¿Qué nos puedes contar?

—Pues la vida y el amor, la pérdida y las desgracias. De todo un poco. Y también alegría. Muchísima alegría.

—Es un poco difícil entenderte cuando te expresas de forma tan abstracta.

—Sí, soy consciente de ello. Pero me temo que es así como debe ser. Ya he acabado con esta obra, así que ahora corresponde que quien la observe la interprete.

El periodista se queda callado, sin mover el lápiz.

—Vale, entonces, ¿es acertado decir que los materiales son importantes para ti? Que hay una razón por la que decidiste usarlos.

—Sí, es cierto. Pero también son importantes para otras personas. Tienen muchas historias que contar, del mismo modo que cualquier material viejo o trozo de chatarra que haya pasado de generación en generación. Lo que resulta feo para algunos puede ser hermoso para otros.

—¿Y cuáles son las historias que estos... trozos de madera tienen por contar? Por ejemplo, el panel de cristal que hay en el medio... ¿qué ha visto?

Hanna infla las mejillas y alza la vista hacia el techo, mientras piensa.

—No te has pensado esas respuestas, ¿verdad? —le dice el periodista.

Hanna suelta un suspiro y se lleva una mano al estómago. La mirada que le dedica al periodista demuestra su sufrimiento.

—No, es que pensé que quedaba bien ahí. Y eso es importante. ¿No te basta con esa respuesta? ¿Tienes alguna otra pregunta? Una que no esté específicamente ligada a esta obra, a poder ser. Tal vez te podría contar un poco más sobre lo que solía hacer.

—Quieres decir las esculturas de bronce, los gigantescos cuadros de ángeles y todas esas obras que todos esperábamos ver el día de hoy.

Hanna asiente, escondiendo una risita. El estómago le da un vuelco bajo el vestido, y ella hace un mohín con los labios.

—Sí, es que me fui por otro derrotero —contesta ella, tras un rato.

—Esos cuadros de ángeles fueron tus obras más impresionantes. Y han estado presentes durante toda tu trayectoria.

—Sí, así es.

—Y la primera vez que los exhibiste fue en una galería en Brooklyn, donde te criaste. Con ayuda de una tal Daisy Ericsen, ¿verdad?

—Sí, gracias a Daisy, exacto. Me enseñó muchas cosas.

—Ajá, recuerdo que ya comentaste algo así. Solo tenías dieciocho años cuando tuviste tu primera exhibición, ¿no es así?

—Sí. Cómo se nota que te van los detalles. Me alegro.

El periodista parece complacido.

—Me alegro mucho de tener esta oportunidad de hablar contigo.

—Y yo.

Hanna se vuelve a llevar una mano a la barriga, mira de reojo a John y exhala poco a poco mientras espera la siguiente pregunta. Rebusca en su bolso hasta encontrar una latita, de la cual saca una pastilla que se traga con discreción. Responde las preguntas sin entrar en detalles, en un tono de voz monótono. Más que nada repite información que el periodista ya sabe; son respuestas que no la hacen pensar en absoluto.

El periodista echa un vistazo a su reloj, nervioso. Parece darse cuenta de que se está quedando sin tiempo, sin que la artista le cuente nada de importancia.

—Creo que…, al igual que muchos otros, vaya… Esta última obra me ha sorprendido… o quizá debería decir decepcionado. En otras ocasiones has dicho que lo que más te importa es la calidad de tu arte, que tienes unos estándares muy altos cuando hablamos de técnicas y materiales. Incluso hasta te has quejado en público sobre ciertos hechos que conciernen al mundo del arte, sobre aquellos que se olvidan de la técnica y no tienen ni siquiera una formación básica y se les presta demasiada atención.

—Es cierto, y lo sostengo.

Alguien llama a la puerta, y Sara asoma la cabeza tras abrirla un poco.

—Os quedan cinco minutos, será mejor que vayáis terminando —les avisa, mostrándoles el cronómetro que tiene en el móvil, el cual sigue en marcha, quitándoles segundos. El periodista se endereza en su sitio antes de inclinarse en dirección a Hanna.

—Una última pregunta y ya... ¿Dónde crees que podemos encontrar la calidad en esta última obra? Es que, la verdad, me cuesta un poco verla. Me temo que me parece un poco chapucera, a falta de una mejor palabra.

Ha empezado a hablar un poco más rápido, con más ansias. Mientras espera que le responda, se da golpecitos en la mano con el lápiz.

—¿Chapucera dices? Es que no te enteras —le dice Hanna—. Es lo mejor que he hecho en toda mi carrera como artista. Lo más importante, como mínimo.

El periodista hace un mohín y se muerde ligeramente el labio inferior.

—Me has dado unas respuestas muy vagas a todo lo que te he preguntado.

—¿Eso crees?

—Sí. Te agradecería mucho si pudieses darnos algo más concreto. Por ejemplo, esas ramitas, ¿qué representan?

—La niñez. Los juegos.

—¿Lo crudo y lo imperfecto?

—Lo crudo también puede ser perfecto. No tiene por qué ser sinónimo de imperfección. En ocasiones se debe permitir que las cosas sean lo que son en realidad.

—Ya veo. Pero, entonces, ¿de qué sirve el arte o la ciencia? ¿No recae todo eso en el refinamiento? Tú misma has dicho que eso es lo más importante para un artista.

—Tienes muchas opiniones, ¿sabes?

—Sí, y muchas preguntas también. Solo que no sé cómo hacértelas. De verdad que no entiendo por qué has decidido hacer esto. Por qué has decidido cambiar tu estilo por completo y abandonar todas tus convicciones.

—Quizás es que no tienes que entenderlo hoy, sino que tienes que procesarlo. Sal y observa de nuevo la obra, dale un poco de tiempo, ve si consigue hablarte. Sí que es una obra refinada, solo que de un modo diferente. Está compuesta de cosas que simulan… la vida. Siempre con algunas asperezas.

El periodista cierra la libreta con un movimiento brusco. Mete el lápiz en la espiral y se pone de pie muy rápido antes de recoger su morral.

—Muchas gracias, Hanna —le dice, entre dientes.

Está convencida de que no va a escribir nada que sea positivo, sino que su crítica la va a dejar por los suelos.

Qué se le va a hacer. *Ya lo entenderán algún día,* piensa Hanna, mientras observa al periodista marcharse. Cuando la puerta se cierra, se vuelve para contemplar el agua que hay más allá y se acerca poco a poco hacia los ventanales. Apoya la frente y las palmas de las manos sobre el cristal frío.

—Tantas preguntas y nada de comprensión —murmura.

—Tú solita te has metido en este embrollo, ahora no puedes pedirles que te entiendan —contesta John. Bosteza por todo lo alto y se estira en el sofá, antes de subir los pies al reposabrazos.

Hanna se vuelve a sentar en la butaca, apoya la cabeza en el respaldo y cierra los ojos.

—Quizá debería contarles cómo es que encaja todo. Solo que no sabría por dónde empezar. No, es demasiado arriesgado. Podría perjudicarnos.

Tres cajoncitos.

Puerta de alacena. Cubertería de plata.

Ingrid

SOLHEM, FEBRERO DE 1973

Victor daba pisotones para deshacerse de la nieve que tenía en las botas. Empezó en los escalones del porche, y subió casi dando saltos, con un estruendo que acompañaba cada paso que daba. Ingrid salió a la puerta a recibirlo. Soltó una risita al ver los carámbanos que se le habían formado en el bigote y se estiró para quitárselos.

—¿Aún crees que ir en bici hasta la tienda es una buena idea? —le preguntó, mientras le secaba la cara con cuidado con su propia manga.

Victor le entregó la bolsa de tela que llevaba en una mano.

—No, quizá no. Pero bueno, no tenían crema de almendras, así que he traído de turrón —le informó.

—En ese caso haremos rollitos de turrón, ningún problema. También vale.

Victor se dejó la chaqueta puesta mientras entraban en la cocina. Hacía frío en el vestíbulo y en las escaleras también; la puerta de la cocina había sido aislada con lana de fieltro para mantener el calor. Era demasiado caro calentar la casa entera, y de todos modos no usaban todas las estancias. Ingrid abrió la puerta de la cocina con la cadera. Victor ya estaba arrodillado junto a la estufa de leños y sostenía las manos cerca de la compuerta, frotándoselas para entrar en calor.

—¿Has visto a Hanna? —le preguntó él, al tiempo que metía otro leño. El fuego chisporroteó cuando abrió la compuerta y ardió aún más debido a la corriente de aire.

—No, ¿por? Debe de estar en el cole a esta hora.

Victor se puso de pie y se sacudió las virutas de madera que se le habían pegado a los pantalones.

—Parece que no. No ha asistido en toda la semana.

—¿Cómo lo sabes?

—Me lo ha contado Kajsa, mientras pagaba la compra. Aunque no sé cómo lo sabe ella. Quizás ha visto a la profe de Hanna. Todo el pueblo compra en esa tienda, así que deben conocer a todo quisque.

Ingrid dejó caer la masa que había estado fermentando en un cuenco hasta dejarla sobre la encimera de la cocina. Cuando empezó a amasarla, perdió todo su volumen.

—Su hijo August está en la misma clase que Hanna, seguro que es así como lo sabe.

Aplanó la mitad de la masa y empezó a pasarle el rodillo. Una vez que estuvo lo bastante delgada, la cubrió de mantequilla y de virutas de turrón, para luego doblarla en dos y cortarla en unas tiras finas que luego enroscó hasta formar rollitos.

Mientras tanto, Victor se había sentado a la mesa de la cocina, con una pila de papeles escritos a máquina en una mano. Las páginas estaban desgastadas y con las esquinas dobladas, además de llenas de anotaciones. Leía muy concentrado y de vez en cuando dejaba escapar un suspiro o un murmullo según dejaba una página tras otra sobre la mesa.

—Este es malísimo —le dijo, desanimado, antes de alzar la vista hacia ella. La mirada que le dedicó estaba llena de tristeza y preocupación.

—¿Cuándo empezáis a grabar?

—En teoría, la semana que viene. Pero el guion no parece terminado, no va a salir nada bueno.

—Quizá solo son los nervios. Eso te hace pensar que todo es horrible.

—No. No se puede hacer una buena película de esta basura. No tiene argumento, no tiene emoción.

Dejó la montaña de papeles sobre la mesa, se acercó a la ventana y contempló los campos cubiertos de nieve.

—Debería volverme granjero y ponerme a cultivar cosas. Con todo el terreno que tenemos ahora.

Ingrid se acercó hasta donde estaba su marido y le apoyó la mejilla en la espalda antes de rodearlo con los brazos y descansar las manos en su estómago. Lo notó moverse mientras que él parloteaba sobre las cosas que podrían plantar y dónde podrían poner a pastar a los animales. Ella se rio y, tras un rato, lo interrumpió.

—Siempre quieres cambiar de trabajo cuando te estresas. Pero somos gente de ciudad, Victor. Nunca podríamos ser granjeros. Estamos viviendo aquí y está muy bien, ¿no crees? Y a ti te encantan las películas y por fin puedes hacer lo que siempre habías soñado.

—Pero te sentirás muy sola cuando esté fuera por las grabaciones. Me iré durante semanas, tal vez hasta meses. Eso no puede ser.

—Bah, estaré bien. Así son las cosas y siempre voy a apoyarte.

Victor alzó los brazos para estirarse, y de pronto se le iluminó la expresión.

—Tomates. Voy a plantar tomates. Montaré un invernadero ahí en el campo —le dijo, señalando por la ventana.

—Para ya. Serás un director estupendo. Eso es lo que se supone que debes hacer. No tienes pasta de granjero.

—Pero todo podría irse al traste. Si esta película no tiene éxito, me iré a la ruina. Nunca tendré otra oportunidad.

—Pero todo irá bien. Ya lo verás.

Ingrid le dio un beso en la mejilla, lo soltó y volvió a la encimera. Metió las bandejas en el horno y luego se sentó en una silla justo enfrente para observar cómo la masa iba creciendo.

—Cuando estén listos los rollitos, me pasaré por casa de Knut para ver cómo está Hanna.

—Pero no te contagies de nada si es que está enferma. No puedo ponerme malo en las grabaciones.

Ingrid lo fulminó con la mirada, aunque decidió no contestarle.

—Te preocupas demasiado por ella —siguió Victor.

Había vuelto a su montaña de papeles y tenía las gafas apoyadas en la punta de la nariz y la mirada clavada en el texto. A Ingrid le encantaba verlo de aquel modo, completamente ensimismado en su trabajo. Por alguna razón la expresión que ponía conseguía tranquilizarla: le daba la sensación de que estaba allí, con ella, y a la vez no.

—Porque es la única niña por la que puedo preocuparme —dijo ella, con tristeza, al tiempo que abría la puerta del horno solo un poquitito. Los rollitos comenzaban a ponerse de un color dorado.

—La próxima será —le dijo él, distraído, mientras subrayaba algo en su texto. Había tanto silencio en la cocina que podía oír el rasgar del bolígrafo sobre el papel.

La próxima será, pensó ella, antes de sentir que el estómago se le contraía y se le hacía un nudo. *Y entonces se morirá también.* Como todas las veces en las que se había quedado embarazada. Estaba harta de todo eso. De la sangre, de las lágrimas. De la añoranza y de la esperanza.

Ingrid tuvo que abrirse paso entre las capas profundas de nieve y no vio ninguna huella además de las suyas. Hacía muchísimo frío, y lo notaba en especial en las mejillas, que traía descubiertas, por lo que se ajustó más la bufanda alrededor de la cara para protegérsela del viento. Notaba cómo se le tensaba la piel, cómo se le empezaban a adormecer los labios. Nunca le había gustado mucho el invierno: echaba de menos la primavera, los días en los que los rayos del sol le ofrecían algo de calidez, cuando unas florecillas blancas empezaran a brotar alrededor de la casa.

La cabaña parecía desolada, sin ni siquiera un rastro del humo que se enroscaba al salir de la chimenea. Ingrid se detuvo y clavó la vista en el cielo, preguntándose si era posible que el humo se estuviese camuflando con las nubes blancas y grisáceas. Pero no, el fuego no estaba encendido.

Se dio prisa para llegar a la cabaña, pisó la capa de nieve que se había formado en el porche y llamó a la puerta. ¿Se habrían mudado? ¿Sin decirle nada? Cuando nadie le abrió, se puso a rodear la casa y se detuvo en la ventana de la cocina. Entornó los ojos y trató de avistar algo en el interior, mientras se ponía las manos alrededor de los ojos para ver mejor. La tapa del sofá estaba fuera de su sitio y había alguien tumbado dentro. Llamó con insistencia a la ventana y le hizo unos gestos a la niña cuando esta se asomó. Se veía muy pálida, con mucho frío. Tenía los labios morados y la piel bajo los ojos muy oscura.

—¡Abre la puerta! ¡Corre! —exclamó Ingrid, volviendo a dar golpecitos en la ventana.

La niña dijo algo en el interior, y el vapor se alzó como una nube blanca alrededor de su cabeza cada vez que respiraba. Hacía tanto frío dentro como fuera. Ingrid se estremeció. La niña se envolvió en su edredón y se movió hacia donde no podía verla.

Ingrid se dirigió de nuevo hacia el porche. Intentó apartar la nieve del camino con el pie, para dejarle espacio a la puerta cuando se abriera, pero hacía tanto tiempo que estaba ahí que ya se había convertido en hielo.

—El abu no se despierta —le dijo la niña, nerviosa, por la rendija que se había formado al abrir la puerta un poco.

Ingrid le dio una patada a la capa de hielo, para luego ponerse de rodillas y empezar a quitar la nieve sólida con las manos descubiertas.

—¿No se despierta? ¿Cuánto rato lleva dormido? —le preguntó a la niña mientras cavaba, con las puntas de los dedos rojas por el frío.

—Mucho tiempo. Mucho muchísimo tiempo —contestó Hanna, apesadumbrada. Tenía los ojitos rojos e hinchados—. Pero a veces dice cosas —siguió—, así que no debe tardar mucho en despertar. Lo he cubierto con todas las mantas para que no pase frío.

—Pero ¿qué ha sucedido? ¿Tu madre se ha pasado por aquí otra vez? ¿Alguien le ha hecho daño?

Ingrid empujó la puerta con todas sus fuerzas y consiguió abrirla lo suficiente como para colarse en el interior.

—No, hace mucho que no viene. Y al abu… de golpe le dio mucho sueño. Y está caliente, aunque hace mucho frío.

—¿Por qué no has ido a buscarme?

Ingrid dejó a la niña atrás y se adentró en la pequeña habitación en la que estaba la cama de Knut. El anciano yacía tendido allí, pálido y con los labios muy secos. Cuando le tocó la frente, vio que estaba hirviendo.

—Cariño, tu abu está muy muy malito —le dijo a la niña, al tiempo que volvía al salón y empezaba a buscar el teléfono por todos lados. Lo encontró, pero, cuando levantó el auricular, no había línea. El aparato no funcionaba.

—¿Tenéis algún otro teléfono?

Hanna negó con la cabeza.

—Está roto. O quizás… El abu no ha pagado la factura aún. Pero me dijo que iba a hacerlo pronto. En cuanto le llegara la manutención.

Ingrid salió corriendo hacia la puerta, aunque se detuvo al llegar al porche y se volvió hacia Hanna.

—Quédate aquí. Iré a por ayuda. Enciende la estufa para que entréis en calor.

—Pero no puedo usar las cerillas si el abu no me vigila.

—No te preocupes por eso. No quieres congelarte, ¿verdad? Ya eres una niña grande.

Ingrid salió corriendo sin cerrar la puerta siquiera. La nieve ya no le impedía moverse, sino que se le agitaba en torno a las piernas.

Lo único que se veía de ella era el cabello, en unos mechoncitos enredados y alborotados. El edredón le llegaba hasta tan arriba que tenía toda la carita oculta, aunque ni siquiera eso conseguía esconder los sollozos. Ingrid estaba sentada en el borde de una cama en Solhem, tarareando la melodía de una canción de jazz sueca que sabía bien que Knut solía tocar, un lamento romántico sobre el paso del verano. Lo único que se sabía era el primer verso: *Oíd mi encantador vals del verano.* Cantó esa partecita una y otra vez, y luego tarareó el resto de la melodía, hasta que Hanna asomó sus ojos verdes con motitas marrones por encima del edredón.

—*Se acabaron las chicas paseando por los embarcaderos todo el día. Ya no más bailes ni risas ni alegría...* —entonó bajito, con la voz ronca por todas las lágrimas que había derramado, y se sorbió la nariz.

Ingrid le apoyó una mano en la frente y vio que la tenía hirviendo. Hanna también tenía fiebre.

—Ay, cariño —le dijo, apartándole el flequillo hacia un lado—. Aún no puedo creer que hayas estado solita tantos días. ¿Por qué no viniste a buscarnos? ¿Por qué no pediste ayuda?

—Es que no podía abrir la puerta, por la nieve. Lo intenté y lo intenté, pero nada.

Las lágrimas le inundaron los ojos al hablar. Se le escapó una tos, por lo que volvió a esconder la cabeza bajo el edredón. Su cuerpo menudito se sacudió por los sollozos.

—Y el teléfono que no funcionaba...

Sus sollozos se volvieron más fuertes bajo el edredón. Ingrid se inclinó sobre la niña para abrazarla. Notaba cómo las lágrimas le mojaban la blusa.

—Pero ya no pasa nada. Tu abu se pondrá bueno pronto, están cuidando de él en el hospital. Y hasta que se recupere, te puedes quedar aquí, conmigo. Yo te cuidaré, te lo prometo.

—Pero echo de menos a Mirami.

—¿Quién es Mirami? —preguntó Ingrid, confundida.

—Mi muñeca.

Ingrid sonrió.

—Ya veo, conque así se llama. Voy a mandar a Victor a que la busque y que te traiga algo de ropa y algunas cosas que puedas necesitar.

Ingrid bajó las escaleras y se dirigió a la cocina, de donde sacó una libretita y un boli y los dejó sobre una bandeja. Tras ello, calentó un poco de leche y sacó unos cuantos rollitos, los cuales metió en una cestita que había cerca del fogón de leños. El turrón relució cuando empezó a derretirse por el calor.

El olor y los sonidos que hacía animaron a Hanna a bajar. Se adentró en la cocina de puntillas y se sentó en una de las sillas antiguas. Había llevado el edredón consigo y se había envuelto con él de modo que lo único que se podía ver de ella era un brazo y un hombro. Ingrid se colocó a sus espaldas y, con mucho cuidado, empezó a deshacer los nudos que tenía en el cabello, mientras pasaba los dedos por los enredos apelmazados que se le habían hecho en los rizos.

—¿El abu se va a morir también? ¿Como Märta y Raja? —preguntó Hanna en una vocecita tan baja que Ingrid apenas consiguió oírla.

Dejó de peinarla y bajó las manos, antes de rodear a la niña, agacharse frente a ella y envolverle las manos con las suyas.

—Los médicos están haciendo todo lo que pueden por él. Está muy delicado, pero eso no quiere decir que se vaya a morir —la tranquilizó.

—No, porque entonces me quedaría sola —dijo la niña, para luego cerrar los ojos, como si no quisiera ver a Ingrid cuando esta le respondiera.

—¿Y tu mami y tu papi? —le preguntó Ingrid. Aunque se lo había preguntado varias veces a Knut, nunca le había dado una respuesta de verdad. Solo evasivas, porque no le gustaba hablar del tema. Al principio Ingrid había mencionado el tema cada vez que se veían, pues quería alguna explicación para entender la paliza que había recibido, su miedo. Sin embargo, con el tiempo había terminado rindiéndose.

—Es que no son buenos —murmuró Hanna.

—Ya, eso suponía. Pero ¿por qué?

—El abu dice que les gustan más las drogas que yo. Pero al abu le gusto más yo que ellos, así que da igual.

—Qué listo él.

Una corriente fría entró en la cocina cuando Victor abrió la puerta. Llevaba algo en los brazos: algo envuelto en una manta, y se movía. Se agachó, le quitó la mantita y les mostró lo que era.

—¡Un gatito! —chilló Hanna, antes de lanzarse de panza al suelo y quedarse embobada mirando a la criaturita que se tambaleaba un poco al moverse.

Rosmarie se presentó en Solhem sin avisar. Pese a que ya habían hablado con ella en el hospital, la mujer tenía más preguntas que hacerles. Cuando se sentó a la mesa de la cocina, se puso a anotar todo lo que le decían, con la vista fija en su libreta. Ingrid y Victor se sentaron al otro lado de la mesa, y Hanna en un extremo. Muy seria y concentrada.

—¿Y ambos tienen tiempo para cuidar de la niña? ¿No tienen que trabajar?

—No, yo sí trabajo. Y debo viajar de vez en cuando —contestó Victor, echándole un vistazo al reloj de la pared. Aunque iba tarde para una reunión, Ingrid le había insistido en que tenía que quedarse.

—Y yo doy clases en una escuela de arte en la ciudad. Pero eso no es importante, ni siquiera sé si seguiré trabajando allí ahora que nos hemos mudado. Puedo tomarme unas vacaciones para cuidar de Hanna. Hasta que Knut se recupere, claro —dijo Ingrid, mirando de reojo a su marido.

Él asintió y moduló un «No hay problema» que la hizo dedicarle una sonrisa, aliviada.

Si bien parecía que Rosmarie ya no tenía más preguntas, acabó alzando la vista de su libreta.

—¿Y tú, Hanna? ¿Te gustaría quedarte aquí mientras tu abuelo está en el hospital? —le preguntó.

Hanna estiró una mano por encima de la mesa para apoyarla sobre la de Ingrid.

—Mirami y yo ya nos estamos quedando aquí —contestó, como si la pregunta la confundiera.

—¿Mirami? —preguntó Rosmarie, volviendo a por su bolígrafo para seguir anotando cosas.

—Es su muñeca —explicó Ingrid.

—Las dos queremos quedarnos aquí —añadió Hanna.

—Eso es lo que haremos, entonces. Aquí os quedaréis hasta que Knut se encuentre mejor —dijo, antes de añadir—: Y, si no vuelve a casa, pues ya buscaremos otra solución.

Aquellas palabras tan duras hicieron que Hanna diera un respingo. Apartó la mano y se cruzó de brazos. Al notarlo, Ingrid movió su silla más cerca de la de la niña y le pasó un brazo por los hombros.

—El abu se va a poner bueno pronto, ya verás que no tardará en volver a casa —le dijo, en un susurro.

Rosmarie se puso de pie, se metió la libreta y el boli en el bolso y carraspeó de forma muy exagerada.

—No es recomendable darles falsas esperanzas. La verdad es que está muy enfermo —anunció, con la mirada clavada en Ingrid.

—Sí, pero, si uno no sabe lo que va a pasar, siempre es mejor tener esperanzas que rendirse sin más —repuso Ingrid, dedicándole un ademán tranquilizador a Hanna.

—Y tiene que asegurarse de que vuelva al colegio. Ya ha perdido dos semanas enteras de clases, es demasiado.

—Es que ha estado enferma por todos esos días y noches fríos que pasó en la cabaña —explicó Ingrid.

—Ahora no me parece que esté muy enferma.

Rosmarie le apoyó la muñeca en la frente a Hanna.

—No, nada enferma, de hecho —comentó.

—Hoy se encuentra mejor.

—En ese caso, mañana mismo debería volver a su pupitre. A los niños les viene bien que se respeten sus rutinas.

Hanna se negaba a levantarse. Lloraba y pataleaba y se aferraba con uñas y dientes al poste de la cama.

—Tienes que ir, cariño. Ya oíste lo que dijo Rosmarie. —Ingrid intentó persuadirla, mientras trataba de soltarle los dedos del poste de la cama con delicadeza.

Pero Hanna no se soltó. Respiraba con fuerza y tenía los ojos bien cerrados, como si estuviese intentando desaparecer del planeta solo con su fuerza de voluntad.

—Estoy mala, estoy muy mala —repetía.

Ingrid le acarició la frente, y Victor se sentó en el borde de la cama.

—Hanna, no estás mala —dijo él.

—¡Que sí! —sollozó Hanna—. Estoy muy mala, ¿no lo veis?

A Ingrid le estaba costando mucho no ponerse a llorar. Hanna la miraba con unos ojazos suplicantes y parecía muy triste, más desdichada que nunca. Ingrid tomó la ropa que había dejado extendida sobre una silla: una camiseta con rayitas y unos pantalones nuevos. Le había pedido a Victor que condujera hasta el pueblo y los comprara.

—Es que tienes que ir, tesoro. Si no vas al cole, no dejarán que te quedes aquí con nosotros, y entonces quizá debas ir con gente que no conoces —le explicó, mostrándole la camiseta—. Póntela, ¿vale?

—No pasará nada. Puedo acompañarte al cole —le dijo Victor—. No tengo ninguna reunión hoy y puedo leer el guion por la noche.

—Quiero a mi abu —musitó la niña—. Quiero que el abu vuelva a casa.

Ingrid y Victor intercambiaron una mirada. La entendían, y no creían poder obligarla. Victor le agarró la mano a Ingrid y la condujo fuera de la habitación.

—¿Qué hacemos? —preguntó ella, en un susurro.

—Tendremos que convencerla de algún modo —dijo él. Alzó a la gatita en brazos y volvió a la habitación, donde la cama de la niña se encontraba junto a la de ellos. Hanna se había movido hasta la pared y estaba tumbada dándoles la espalda. Victor dejó a la gatita sobre la cama, y esta se tambaleó un poco sobre la manta mientras tropezaba con los dobleces.

—Si te levantas y te vas para el cole, dejaremos que te quedes con Tosse. Será toda tuya.

Hanna se sentó de golpe y tanteó en la cama hasta dar con la gatita. Tras sostenerla en brazos, le acarició su suave pelaje con la mejilla.

—¿Mía? —preguntó, sin poder creérselo.

—Tuya. Toda tuya —le aseguró Victor.

—El abu no me deja tener mascotas. Dice que es muy triste cuando se mueren.

—Si no puedes tenerla en la cabaña, puede quedarse aquí. Y tú puedes venir a verla siempre que quieras.

Hanna parecía feliz por primera vez desde que Ingrid la había rescatado de aquella cabaña congelada. Alzó a la gatita frente a su rostro.

—Tosse, mi bolita de pelo, ¡cómo te quiero! —le dijo.

—Pero tienes que ir al cole —le recordó Victor.

La niña apretó la mandíbula y dejó a la gatita en el suelo con mucho cuidado, tras lo cual bajó de la cama a regañadientes y se puso la camiseta y los pantalones. Ingrid se agachó para ayudarla con los calcetines.

—Yo puedo sola —se quejó.

—Lo sé, pero a veces está bien dejar que te mimen un poco —repuso Ingrid, acariciando el piececito que tenía entre las manos.

Victor apenas llevaba cinco minutos en casa tras haber dejado a Hanna en el cole cuando oyeron el teléfono. Ingrid lo miró nerviosa y dejó que timbrara.

—¿Crees que llaman del colegio? ¿Para decirnos que Hanna quiere volver ya?

Victor se apresuró hacia el teléfono y contestó.

—O del hospital —añadió Ingrid, cubriéndose la boca con una mano.

Oyó a su marido contestar que sí y que no, y luego que tendría que hablarlo con su mujer. Cuando colgó y se volvió para mirarla, parecía consternado.

—¿Era el hospital? —le preguntó, con el entrecejo fruncido por la preocupación—. ¿Knut se ha puesto peor?

Victor negó con la cabeza.

—No, era la asistente social, Rosmarie. Quería saber si podíamos cuidar de otro niño aquí en Solhem. Solo durante un tiempo.

—¿Otro niño? ¿Qué implica eso?

—Pues sería como una especie de hogar de acogida temporal, dado que ahora te quedarás en casa con Hanna de todos modos. Debe de ser alguna emergencia, parece que no hay nadie más que pueda hacerse cargo.

Ingrid se puso de pie y comenzó a recoger todo lo que había desperdigado por la mesa. Periódicos, cartas, ceras y libretas. Los dibujos coloridos de Hanna. Tazas de café que se habían quedado sin lavar.

—Pero no podríamos… La casa está hecha un desastre. Y tú vas a empezar con las grabaciones, pasarás mucho tiempo fuera de casa.

—Nos pagarían. Y el dinero nos vendría bien. Pasará un buen tiempo antes de que me paguen por la película. Quizá deberíamos escucharla y ver qué tiene en mente.

Ingrid dejó lo que tenía en las manos y se quedó quieta para pensar. Miró a su marido, insegura.

—Pero ¿de dónde viene este niño? Hanna nos necesita, no podemos alterárselo todo ahora, no cuando le preocupa tanto Knut.

—Es un pequeñín de cinco años. Rosmarie quiere venir esta tarde para contarnos más sobre él. Me ha parecido muy estresada y alicaída, como si de verdad no tuviera otra opción.

Ingrid estaba de pie y con las manos apoyadas en el fregadero cuando alguien llamó a la puerta. Dejó la taza que aún tenía jabón y que había estado lavando en el escurridor de platos, se desató el delantal y se secó las manos mientras iba de camino hacia el vestíbulo. Victor ya había abierto la puerta. Hanna se encontraba detrás de él, rodeándole la pierna con uno de los bracitos y asomándose para curiosear por un solo ojo. Se aferraba a la tela de los pantalones de su marido, medio escondida, como si tuviese miedo de que fueran malas noticias. Sin embargo, Rosmarie ni siquiera pareció reparar en su existencia. Tampoco los saludó. Observó el vestíbulo de un lado para otro y, tras haber bajado corriendo del coche y subido los escalones del porche a toda prisa, jadeaba. Pasó hecha un bólido por su lado para adentrarse en la casa, casi como si algo la estuviera persiguiendo.

—Me alegro de que estén en casa —dijo, sin aliento—. Este no suele ser el procedimiento y definitivamente no es lo ideal, pero ahora mismo no tengo más opciones. Necesito su ayuda.

—¿Qué ha pasado? —preguntó Victor, mientras la ayudaba a quitarse el abrigo.

—No se lo van a creer. Es horrible, una desgracia.

Ingrid abrió la puerta de la cocina y les hizo un ademán al resto para que pasaran.

—Venga, no dejéis que se escape el calor —dijo, casi haciendo que los otros tres entraran en la cocina a empujones.

La cafetera estaba lista, esperándolos en el fogón de leños, y el vapor salía del pitorro con un ligero silbido. Ingrid vertió el líquido caliente en tres tazas y las llevó hasta la mesa. Hanna se había sentado en el extremo más alejado. Se había puesto a dibujar unas figuritas diminutas en una esquina de una de las hojas más grandes que le había dado Ingrid. Rosmarie se asomó hacia ella y estiró el cuello para ver qué era lo que dibujaba.

—¿Por qué no usas todo el espacio? —le preguntó, antes de beber un gran sorbo de su café. No tuvo la paciencia suficiente como para esperar una respuesta, sino que, en cuanto tragó el líquido, se volvió hacia Ingrid y Victor y empezó a hablar—: A ver, la cuestión es esta —empezó a explicarse—. Hace unos días encontraron a un niño pequeño en una gasolinera a unos veinte kilómetros de aquí. Estaba solito, mal abrigado para ser que ya estamos en invierno y tiritaba de frío. No pudo contarnos cómo era que había llegado hasta allí, pero tenía un trozo de papel en el bolsillo y nos lo entregó.

Rosmarie se detuvo y tragó en seco, como si las palabras fueran demasiado dolorosas como para pronunciarlas siquiera.

—¿Y qué decía el papel? —la animó Ingrid a continuar, tras unos segundos en silencio.

Hanna alzó la vista, y su lápiz cayó contra la mesa. Ella también esperaba oír cómo continuaba la historia; los tres querían saberlo. Solo que Rosmarie no pudo obligarse a seguir hablando, no con Hanna allí con ellos. Se lo indicó con señas a Ingrid, que le pidiera a la niña que los esperara fuera de la cocina.

—No se preocupe, seguro que Hanna puede oírlo —dijo Ingrid, no del todo segura.

Rosmarie vaciló un segundo, pero luego se inclinó sobre la mesa, se cubrió un poco la boca con las manos y susurró:

—Decía: «Adiós, John. Haces demasiado ruido, ya no te soporto. Tendrás que arreglártelas por tu cuenta. Buena suerte».

Ingrid no supo qué decir. La lengua se le había quedado pegada al paladar.

—¿Cómo? ¿Su madre lo dejó allí sin más? ¿Lo abandonó? ¿Cuántos años tiene? —preguntó, cuando por fin pudo articular palabra.

—Sí. O su padre. No lo sabemos. Y creemos que tiene unos cinco años.

—No me lo puedo creer. ¿Qué clase de monstruo abandonaría a su hijo así sin más? —dijo Victor, dándole un golpe a la mesa con el puño con tanta fuerza que hizo que Hanna pegara un bote. La línea que la niña estaba dibujando salió torcida, por lo que se dispuso a frotarla con un dedo para intentar arreglar su error. Al darse cuenta de ello, Ingrid sacó una nueva hoja de papel, pero Hanna no la quiso, sino que siguió intentando arreglarlo con el dedo.

Rosmarie abrió su bolso y sacó un fajo de papeles.

—No se imaginan. Hay montones de personas a las que no se les debería permitir tener hijos —dijo, al tiempo que dividía los documentos en dos pilas.

—Pero no lo entiendo. ¿Fue la madre o el padre quien lo dejó ahí? ¿O es que alguien lo secuestró? ¿Han notificado a la policía? ¿Qué ha dicho el niño? —quiso saber Ingrid, mientras tanteaba en un estuche en busca de una goma de borrar. Cuando la encontró, se la entregó a Hanna—. Frota suavecito para que el papel no se rompa —le dijo en un susurro, observando la imagen difusa que había surgido de las líneas que la niña había trazado: era un niño patizambo que tenía los pantalones rasgados, y la línea que se le había torcido se le extendía por el estómago. Hanna la borró con sumo cuidado.

Rosmarie se aclaró la garganta y dio un golpecito con su bolígrafo en la mesa. Ingrid se enderezó de inmediato.

—Perdón —dijo.

—Están investigándolo todo, claro. Pero no parece que nadie haya visto nada. No sabemos dónde está la madre ni quién es, siquiera.

—¿Y dónde está el niño? —preguntó Victor—. ¿Quién lo está cuidando?

—Ese es el problema. Está en el hospital, aunque no está enfermo. La cosa es que no hemos encontrado a nadie que pueda cuidar de él. Entonces me acordé de ustedes y de esta casa tan grande. Necesita estabilidad tan pronto como sea posible. Un hogar. Es un niño muy dulce.

—Un hogar —dijo Ingrid, por lo bajo. Un sinfín de ideas se le cruzaron por la cabeza, de todo lo que iban a tener que comprar antes de que el niño llegara: ropa, juguetes, otra camita para niños.

—Soy consciente de que es una gran responsabilidad, además de lo de Hanna, pero Knut debe recuperarse pronto. He hablado con su médico y me ha dicho que está mejorando. Además, solo sería algo temporal. Intentaremos buscarle una familia de acogida de verdad que pueda encargarse de él.

Hanna sonrió de oreja a oreja, inclinó su dibujo para que Rosmarie pudiera verlo y señaló hacia el espacio en blanco que había junto al niño.

—Es una tormenta de nieve, por eso solo estoy dibujando en una esquinita —le explicó.

—Una tormenta de nieve —repitió Rosmarie, no del todo convencida—. Las cosas que se te ocurren. A mí me parece un desperdicio de papel, pero bueno.

Ingrid hizo una mueca y puso los ojos en blanco a espaldas de la asistente social, de modo que solo Hanna pudiera verla. A la niña se le escapó una risita y se llevó las manos a la boca para impedir que las carcajadas salieran.

Rosmarie miró a su alrededor, confundida y sin ser capaz de ver qué podía ser tan gracioso cuando hablaban de un tema tan delicado.

—¿Pueden ayudarnos? ¿Puedo traer al niño para que se quede con ustedes? —preguntó.

—Pues… siempre he querido tener una casa llena de vida y de risas y de niños —dijo Ingrid, apoyando una mano sobre la de su marido, quien la atrajo hacia él y le dejó un beso en la frente.

—Tráigalo —dijo él.

Los tres se fueron al hospital en coche: Victor, Ingrid y Hanna. Primero pasaron a visitar a Knut. Hanna se subió a la cama y se dejó caer sobre la gran barriga de su abuelo, ante lo cual él se echó a reír, contento.

—Cuánto te he echado de menos, pequeñaja. Pronto podré volver a casa y tocaré la armónica para ti —le dijo, acariciándole el cabello con una de sus grandes manos. Tenía una vía pegada al dorso, además de un moretón considerable que la rodeaba.

Ingrid y Victor se quedaron en la puerta, observándolos. Victor la abrazaba por la cintura e Ingrid se sentía cálida y a salvo.

—Gracias —les dijo Knut, volviéndose hacia ellos. Les dedicó una débil sonrisa, muy pálido y ojeroso.

—Somos nosotros los que deberíamos darle las gracias —contestó Victor—. Por prestarnos un ratito a Hanna. Estamos encantados de tenerla con nosotros.

—¿No les ha dado problemas? —quiso saber Knut.

—Ninguno. Ha sido como un regalo de Navidad tardío, ha llenado la casa de vida y de carcajadas.

—Y hemos comido pastitas todos los días —dijo Hanna, con la carita escondida en el cuello de su abuelo. Él la abrazó con fuerza, y, cuando le dejó un beso en la frente, Ingrid pudo ver la tristeza en sus ojos.

—Llegó a mi vida cuando era tan solo una ratoncita —les explicó, casi sin voz—. De tan solo unos meses.

—Y tú te encariñaste conmigo de inmediato —dijo Hanna, alzando la cabeza para darle un beso en la mejilla a su abuelo. Y luego otro y otro más.

—Así es.

Hanna se incorporó, sin dejar de apoyar un brazo sobre la barriga de Knut. De pronto, se puso muy seria y ladeó la cabeza ligeramente.

—Me alegro mucho de que no hayas muerto —sentenció.

Knut se echó a reír, y las carcajadas se vieron acompañadas por un traqueteo que le surgía desde el fondo de la garganta. Le vino un ataque de tos, por lo que Ingrid se apresuró hacia la ventana, a por el vaso de agua que había en aquel lugar, y se lo tendió. Knut bebió un sorbo y la tos cesó. Entonces alzó una mano hacia la mejilla de su nieta.

—¿Lo ves, pequeña? —le dijo—. Estoy fuerte y sano.

—Como un oso —asintió Hanna, antes de abrir la boca y soltar un rugido desde las profundidades de su ser.

—Como un oso —repitió Knut, para luego imitarla.

Parecía muy cansado, como si estuviese luchando para mantenerse despierto. Los párpados se le cerraban una y otra vez, antes de volver a abrirse de improviso.

—Tu abu es fuerte como un oso —dijo, en un susurro.

Hanna se volvió a tumbar a su lado y le dio un apretón. Solo que Knut ya se había quedado dormido, y un ronquido le surgió desde lo más hondo del pecho.

—El oso se ha quedado dormido —dijo Ingrid, a media voz—. Venga, es hora de irnos.

Hanna no quería soltarlo, por lo que se aferró a su abuelo y le enterró la carita en el cuello. Victor tuvo que llevársela a rastras, tras apartarle los dedos que había clavado en la cama y consolarla cuando ya no pudo contener las lágrimas. La sacó de la habitación en brazos, e Ingrid oyó los intentos desesperados de su marido por bromear con ella, por hacerla reír y reemplazar las lágrimas con carcajadas y calmarla.

Ingrid se quedó algunos segundos más en la habitación. Volvió a llenar el vaso de agua y lo dejó en la mesita de noche de modo que Knut pudiera alcanzarlo por su cuenta.

—¡Ingrid!

Knut se despertó de golpe, y ella apoyó una mano en la suya y la acarició suavemente para calmarlo.

—Aquí estoy, tranquilo —le dijo.

—Va a… Va a cuidar de ella, ¿verdad? —le preguntó, en un susurro.

—¿A qué se refiere? Por supuesto que voy a cuidar de ella, ya lo sabe.

—Prepárese para que ya sabe quién se presente a montarle un numerito. Pero, haga lo que haga, no la invite a pasar.

Nunca se sabe con quién puede estar. No deje que se lleve a Hanna.

Knut se aclaró la garganta, aunque respiraba con dificultad, con un fuerte silbido en el pecho. Ingrid le pasó una mano por la frente.

—Descanse tranquilo, no hay de qué preocuparse. Hanna está bien con nosotros, y yo me encargaré de ella. Nadie se la va a llevar a ningún lado.

—Son las drogas… Las drogas y las malas compañías con las que anda. Hacen que su madre se vuelva peligrosa. Muy muy peligrosa.

—¿Han vuelto a discutir? ¿Por eso se ha enfermado?

Knut alzó la vista hacia ella y negó con la cabeza levemente.

—No, pero quería proceder con la adopción y me temo que me digan que no. Porque estoy demasiado débil. ¿Y si le entregan a Hanna? ¿Y si Hanna tiene que irse a vivir con ella en algún lugar que podría convertirse en un antro de drogas en cualquier momento?

—No se preocupe, yo lo ayudaré. Siempre estoy en casa, y cuidaré de Hanna, se lo prometo —dijo Ingrid, obligándose a sonreír—. Usted descanse. Descanse y recupere las fuerzas. Y así volverá a casa antes de lo que se imagina.

Victor y Hanna habían vuelto a asomarse a la puerta. Hanna se debatió hasta que consiguió liberarse y correr de vuelta hacia Knut. Se subió a la cama y apoyó una de sus manitas en la mejilla de su abuelo.

—Vuelve a casa, abu. Vuelve pronto —le pidió.

Lo único que separaba la zona del hospital donde se encontraba Knut de la zona infantil era una puerta. Y el pasillo pareció cambiar por completo: de un papel pintado austero y con florecillas a un mural lleno de colores que cubría las paredes y el techo. Tenía jirafas, leones, globos y hasta un barco. Hanna retrocedió para verlo mejor y apreció cada detalle.

—Alguien ha dibujado en el techo —dijo, horrorizada. Pasó los dedos para reseguir cada dibujo, como si estuviera pintándolos con la mano, y luego se puso de puntillas para llegar tan alto como le fuera posible.

—Así se supone que debe ser. Lo ha hecho un artista —le explicó Ingrid, al mostrarle la firma que había en una esquinita.

—¿Cómo? ¿Los artistas pueden hacer eso? —preguntó Hanna, boquiabierta.

Victor la cargó en brazos para que pudiera llegar hasta el techo, donde acarició los monitos que colgaban boca abajo desde las lianas que había en los árboles.

—Los artistas pueden hacer un poco lo que les viene en gana. Esa es la parte bonita de esa actividad. Y que les paguen por ello —dijo Victor, guiñándole un ojo a su mujer de forma juguetona.

—Si tienen suerte, sí —añadió Ingrid, y le mandó un beso a Victor—. Pero no le llenes la cabeza de ideas. Los artistas no hacen lo que les viene en gana.

El pasillo estaba totalmente vacío, y ningún trabajador del hospital salió a recibirlos. Avanzaron despacio por la zona infantil y se asomaron por cada puerta que vieron. Vieron niños enfermitos metidos en cama y a sus padres cuidándolos.

Tras un rato, dieron con la habitación que buscaban, la cinco. El niño estaba metido en la cama, acurrucado en una esquinita, como si no quisiera ocupar nada de espacio. A un lado tenía un osito de peluche, grande y marrón. Parecía nuevo, en lugar de desgastado y apachurrado como solían ser los ositos de los niños de cinco años. ¿Acaso tendría su propio osito? ¿Se habría olvidado su madre de dárselo cuando lo abandonó? Pensar en ello resultaba muy perturbador. Ingrid le pidió a Victor y a Hanna que los esperaran fuera y avanzó con cuidado por el suelo de vinilo amarillento.

La habitación no estaba muy iluminada, pues solo tenía una lámpara pequeñita y de luz blanca que brillaba en la ventana.

Era muy extraño que el niño estuviese solo, sin que nadie lo estuviese vigilando, sin que nadie se hubiera quedado para hacerlo sentir cómodo. Parecía como un pajarillo cansado que se había caído del nido y se había hecho daño.

Solito y abandonado.

Pero no. No estaba solo. En un rincón, sentada en una butaca, había una enfermera que se había quedado dormida. Al oír los pasos de Ingrid, se despertó.

—Lo siento, me he quedado dormida —dijo la enfermera, aún medio dormida y mientras se ponía de pie. Se alisó su bata blanca—. ¿Es usted... quien lo acogerá por el momento? ¿Ha venido a por él?

Ingrid asintió. Aunque intentó buscarle la mirada al niño, este hizo todo lo que pudo para no devolvérsela, hasta que terminó escondiendo la cabeza entre las rodillas. Tenía los nudillos tensos, y la piel que los cubría se volvió pálida por la tensión con la que se rodeaba las piernas. Parecía algo doloroso. Las uñas se le clavaban en la piel.

Ingrid se sentó con cuidado en el borde de la cama y estiró una mano para dejarla sobre el colchón, justo a su lado, pero sin tocarlo.

—Hola, cariño —dijo—. He venido a buscarte.

El niño empezó a hamacarse de adelante hacia atrás. Como si su cuerpecito fuese una mecedora que conseguía calmarlo. Lloriqueó un poco, y el sonido se parecía a una melodía que iba aumentando de volumen cada vez más. Ingrid se volvió hacia la enfermera.

—¿Qué hago? —le preguntó.

La enfermera se encogió de hombros, ella tampoco lo sabía.

—Siéntese aquí un rato, si no tiene prisa por volver a casa. Lo más probable es que deje de hacerlo pronto. Está asustado y es comprensible. No habla mucho, tampoco. Casi no ha dicho ni «mu».

Solo que Ingrid no podía quedarse allí sin más. Era como si el niño estuviese en medio de un ataque psicótico; parecía como si no estuviese con ellos. Volvió hacia el pasillo, hacia donde Victor y Hanna la esperaban sentados en un banco.

—No puedo hablar con él —les explicó—. Es un poco raro…, está como en un trance y solo se mece de atrás para adelante. Ni siquiera me ha devuelto la mirada.

—Quizás es tímido —propuso Hanna.

—Sí, y seguro que está muy asustado.

Ingrid se sentó entre ambos y se meneó un poco para que le hicieran espacio.

—Yo también lo estaba cuando el abu estaba enfermo.

—Pues sí, sí que lo estabas. ¿Te gustaría entrar conmigo y contárselo al niño? Quizás eso ayude.

—¿Cómo se llama?

—John. Estaba en el papel que tenía en el bolsillo.

Hanna se bajó del banco. Como se había quitado las botas, las dejó en el suelo y entró de puntillas en la habitación, solo con calcetines. Ingrid la siguió, aunque se detuvo en el marco de la puerta. Hanna se quedó a un lado de la cama y se puso a hablar. Ingrid nunca la había oído hablar tanto. Le contó al niño sobre el terreno en el campo y su enorme mansión amarilla, sobre la alacena en la que se guardaban las galletitas y sobre el huerto de fresas en verano, sobre el muelle y el mar y el caminito que conducía hasta su cabaña, y también sobre lo bien que se lo iban a pasar dado que iban a convertirse en vecinos. Y el niño pareció escucharla; se soltó las piernas y las bajó de la cama. Empezó a estrujarse las manos y a parpadear de vez en cuando, aunque su rostro permaneció serio, sin expresión. Hasta que Hanna le dijo algo que pareció hacer que su mirada cobrara vida:

—Mi mami también me odia.

Un escalofrío recorrió a Ingrid de pies a cabeza cuando oyó que Hanna pronunciaba aquellas palabras, cuando vio lo mucho que entendía.

Entró a la habitación sin demora y se quedó a un lado de Hanna, mientras la veía acariciar con mucho cuidado la mano del niño.

—Pero eso no importa, ¿sabes? —siguió hablando la niña—. Siempre que encuentres a alguien que te quiera. Entonces todo va bien.

Ingrid se sentó en el borde de la cama, y el niño retrocedió y se hizo una bolita sobre la almohada, hasta apretujarse contra la pared.

—Ven a vivir con nosotros, John. No puedes quedarte en el hospital —le dijo, para intentar convencerlo. Las palabras le provocaron un nudo en la garganta y tuvo que carraspear un poco para conseguir tragarlo.

—Todo irá bien —le aseguró Hanna, al tiempo que se subía a la cama y se acomodaba a un lado del niño, también sobre la almohada—. Te prometo que son buenos. Puedes confiar en mí.

Sostuvo la mano frente a él, con la palma hacia arriba, y esperó con paciencia. El cuerpecito del niño temblaba entero, por lo que ocultó la carita entre las piernas. Hanna acercó la mano un poquitín más a la suya. Cuando las puntas de los dedos de John rozaron la palma de Hanna, ella cerró la mano con suavidad y se aferró tan solo a las puntas de sus dedos.

Ingrid colocó una de sus manos sobre las de los niños y la otra por debajo, como si fuese un caparazón protector.

—Vámonos a casa —les susurró.

SOLHEM, SEPTIEMBRE DE 1974

La mansión amarilla se alzaba en la cima de la colina como si de un sol se tratara. Ingrid pedaleó para subir por la cuesta y se puso de pie para tomar más impulso. La cadena oxidada traqueteaba y chirriaba, y la cesta iba a rebosar, llena hasta arriba con comida y bebidas para el fin de semana. Sus amigos iban a ir a visitarla, y tenía muchas ganas de oír todas las canciones y las risas y las conversaciones. Y, lo que era mejor aún, Victor por fin estaba de camino a casa, tras haberse pasado un mes fuera grabando, en aquella ocasión en la isla de Gotland. Prácticamente no habían hablado durante todo ese tiempo; Victor había trabajado y trabajado, en unos días sin fin, y no habían tenido tiempo para llamadas telefónicas. Ingrid estiró el cuello para ver si ya podía ver el coche aparcado en la entrada, si la estaba esperando en el porche. Sin embargo, lo que la recibió fue algo completamente distinto. Una silueta encorvada se movía por el techo a dos aguas, y subía por la escalera de servicio que tenían sujeta a las tejas. Ingrid pedaleó con más fuerza, y se esforzó tanto que los músculos de los muslos empezaron a dolerle. Mantuvo la vista fija en la silueta y, cuando se acercó un poco más, alcanzó a ver quién era.

—¡John! —exclamó a voz en cuello—. ¿Qué haces ahí? ¡Baja ahora mismo!

Hanna se encontraba en el jardín delantero, en calcetines, y tiraba de una escalera que procedió a intentar apoyar en la fachada de la mansión. Tenía el cochecito de bebé a un lado, sin la cubierta puesta. Ingrid dejó caer la bicicleta y, con ello, toda la comida salió disparada por el césped. Una botella de vino se rompió y su contenido tiñó la gravilla de un rojo oscuro. Corrió hacia el cochecito y encontró a la bebé dormida, una pequeñita que se quedaba con ellos de vez en cuando para darle un respiro a su madre soltera. Después se apresuró a ayudar a Hanna a levantar la escalera. La hundió bien en la gravilla para asegurarse de que estuviera estable antes de apoyar un pie en el primer peldaño. En lo más alto, sentado en el borde del tejado de la mansión, estaba John. Las miraba desde aquella altura con la espalda encorvada, como si fuese un pajarillo en un cable de alta tensión.

—Sostenla bien, con ambas manos. Y no sueltes —le instruyó Ingrid a Hanna, antes de empezar a subir por la escalera. Un peldaño a la vez, muy despacio, para no asustar al niño.

—Ha dicho que iba a esperar a Victor —le explicó Hanna—. Y lo estaba vigilando, lo prometo, pero Ellen justo se había quedado dormida y no quería dejarla solita.

Ingrid había terminado de subir por la escalera de mano. Se inclinó hacia adelante, se aferró al último peldaño y se impulsó todo lo que pudo sin llegar a pisarlo. John se había puesto a soltar soniditos por lo bajo, de forma monótona y compulsiva, como hacía cada vez que se daba cuenta de que había hecho algo mal. Siempre le entraba ansiedad en aquellos momentos, como si aún temiese las consecuencias. De recibir una paliza, quizá. Por mucho que Ingrid prácticamente ni le hubiese alzado la voz. Lo que le había pasado antes de llegar a Solhem era algo muy arraigado en él.

—Venga, baja de ahí —le pidió, extendiendo una mano en su dirección.

—Llego a ver el mar Báltico. Seguro que el barco de Victor llegará pronto, quiero esperar hasta que lo vea —dijo, señalando hacia el agua. Estiró las piernas y empezó a darle golpecitos a las tejas del tejado con los talones. *Pum, pum, pum.* Las pataditas hicieron que la escalera se pusiera a temblar.

—Puedes morir si te caes —le explicó Ingrid, aferrándose al peldaño con más fuerza—. Lo sabes, ¿verdad?

John dejó de mover las piernas y los pies y se quedó quieto como una estatua. Pasó la mirada de un lado para otro, como si no supiera hacia dónde mirar. Ingrid ya había presenciado aquella escena muchas veces, cuando tenía una sobrecarga sensorial y la vergüenza podía con él. Era como si el cerebrito le fuese a toda pastilla, como si sus ideas y sentimientos dieran vueltas y vueltas en una centrifugadora.

—Por favor, cariño, ven aquí. Ven conmigo. Esto es muy peligroso, pero no estoy enfadada. No puedes ver el barco de Victor desde aquí, va a llegar a Nynäshamn y eso está muy pero muy lejos —le insistió, estirando la mano en su dirección con una pequeña sonrisa.

John le devolvió la mirada y empezó a bajar, moviendo el trasero de un peldaño a otro por la escalera. Sin embargo, tras haber bajado un par de escalones, volvió a subirlos, para estirar los brazos en el aire y sacudirlos de arriba abajo.

—Soy un pájaro, ¡puedo volar! —exclamó, antes de soltar una carcajada estruendosa y con la boca bien abierta. Solo que era una risa falsa que no contenía nada de alegría, sino que estaba llena de nervios y estrés.

—Puedes usar mis lápices más bonitos si bajas, los de colores —chilló Hanna desde abajo. Aún sostenía la escalera con ambas manos y tenía el cuello estirado hacia atrás.

Pero John no la escuchó, porque no podía. Ingrid veía que estaba en su propio mundo. Hacía mucho tiempo que no pasaba algo así. Ingrid se acercó un paso más y se estiró para tocarle una pierna, aunque no lo alcanzó.

Se quedó en la escalera, suplicándole. De rato en rato, John bajaba unos cuantos escalones hacia ella, solo para volver a subirlos una vez más.

Ingrid echó un vistazo hacia la avenida delineada con árboles que conducía hasta la mansión. Estaba vacía, desierta. Intentó oír el sonido del Saab, el motor escandaloso que siempre podían reconocer desde lejos. Pero nada, no llegaba. Lo único que oían eran los chillidos de las gaviotas y el crujido de los árboles.

—Victor no tardará en llegar, ¿no quieres venir? —siguió suplicando—. El barco ya debe haber atracado y el coche no tardará en asomarse. ¿Y si vamos hacia la carretera para esperarlo? Seguro que eso lo pone muy contento.

John se volvió de forma tan súbita que una teja se salió de su sitio. Se deslizó hacia Ingrid y chocó con la escalera antes de terminar cayendo hacia la canaleta. Ingrid notó que el miedo se apoderaba de ella, por lo que tanteó con el pie hasta dar con el primer peldaño de la escalera de mano y así poder bajar. En la distancia, por fin, oyó el sonido que había estado esperando: el de un motor.

—Quédate ahí, no te muevas —le indicó a John, antes de empezar a bajar muy muy despacio.

Mientras tanto, en el cochecito, Ellen ya se había despertado. Lloraba y lloraba y luchaba por que el aire le llegara a los pulmones entre sus chillidos atronadores. Ingrid la alzó en brazos al vuelo e intentó calmarla según corría para darle alcance al coche. Hanna soltó la escalera y salió corriendo tras ellas. Entonces Ingrid no pudo contener más sus emociones y se puso a llorar, con la bebé en un brazo mientras agitaba el otro en el aire, lo más alto que podía.

—¡Ayuda! —exclamó—. ¡Por favor!

—Jolín. ¿Para qué lo has subido hasta allí arriba? —le preguntó Victor, guiñándole un ojo en lo que se bajaba del coche.

No tardó en llegar hasta la escalera, pero, antes de empezar a subirse, se volvió para ver el espectáculo que le ofrecían ellas tres en el suelo: una gritaba, otra lloraba y la otra estaba plantada sobre el barro con los calcetines empapados.

«Bienvenido a casa», le dijo Ingrid sin voz, sonriendo a pesar de las lágrimas. Con la mano, se las secó como pudo.

—Bájalo de ahí, por favor. Se puede caer y romperse el cuello —le pidió, entre sollozos.

Victor no tardó nada en subir hasta el tejado, desde donde atrapó la pernera del niño y tiró de él con suavidad hasta tenerlo en brazos. John se puso a gritar y a golpearlo, pues no quería que lo cargara. La fuerza de sus golpes era tanta que la escalera se sacudía mientras Victor bajaba, por lo que Ingrid y Hanna tuvieron que apoyarse en ella con todo su peso para conseguir estabilizarla. Victor se las arregló para mantenerse tranquilo y siguió bajando poco a poco con John firme bajo uno de sus brazos. Dado que el niño pesaba —pues ningún crío de seis años seguía siendo ligero—, para cuando llegaron a la altura de la ventana de la cocina, era tanto lo que este se debatía entre los brazos de Victor que terminó por escaparse de su agarre. John cayó directo sobre la gravilla. Ingrid se acercó a él de inmediato e intentó ayudarlo a ponerse de pie, pero John soltó un grito angustiado. Era el tobillo; el ángulo en el que había caído el pie era el incorrecto, y una protuberancia violeta empezaba a formársele bajo la piel. Se quedó tendido sobre la hierba mojada, y Hanna se agachó a su lado.

—Serás tontorrón. ¿Por qué te has subido al tejado? —le preguntó.

No recibió ninguna respuesta. El niño se quedó tendido allí, con los ojos cerrados con fuerza y soltando unos lamentos en voz baja.

Victor hizo retroceder el coche hasta dejarlo junto a John. Abrió una de las puertas de atrás y, con sumo cuidado, depositó al niño en el asiento, mientras Ingrid le ponía una mano por debajo del pie, para protegérselo. A pesar de que era obvio que tenía que doler, la expresión de John no cambió. Había dejado de llorar y de gritar y se había limitado a quedarse con la vista clavada en el horizonte. Tenía las cejas tan hundidas sobre los ojos que estos solo parecían unas rendijas.

—¿Puedes quedarte un ratito más, Hanna? ¿Puedes cuidar de Ellen hasta que volvamos?

Ingrid le entregó la bebé a Hanna y se subió al asiento trasero, con la cabeza de John apoyada en el regazo. Conforme el coche se alejaba, alzó una mano para despedirse por la ventana trasera del coche. Aunque Hanna solo era tres años mayor que John, era muchísimo más madura de lo que debía ser para su edad. Y así se quedó cargando con el peso del cuerpecito de Ellen como pudo.

—Una casa llena de niños, ¿eh? ¿Y esto es lo que nos espera?

Victor se apoyó en el respaldo del banco que había en la sala de espera del hospital, con las manos detrás de la cabeza. Bostezó en voz alta y sin cubrirse la boca.

—Y justo que estoy tan agotado después de grabar. Podría dormir una semana entera.

—Tendríamos que habernos traído a Ellen —dijo Ingrid, nerviosa—. Hanna es demasiado pequeña para cuidarla tanto rato. ¿Y si pasa algo?

Le echó un vistazo al reloj enorme y redondo que había en la pared, donde el minutero avanzaba muy muy despacio.

—No pasará nada, y, si no puede con la bebé, puede llevarla con Knut. Al fin y al cabo, se ha quedado con el cochecito.

Ingrid meneó la cabeza. Knut no la iba a poder ayudar demasiado; tenía los pulmones muy débiles y necesitaba descansar.

—Solo tiene nueve años, es una niñita. Somos nosotros los que deberíamos encargarnos de Ellen, y también de Hanna. Le prometí a Knut que eso haríamos cuando no tuviese las fuerzas para hacerlo él mismo.

—¿Hanna ya lo sabe?

Ingrid negó con la cabeza.

—¿Cuándo va a contárselo? —insistió Victor.

—Por mí, nunca.

—Venga ya, Knut tiene que contarle que es posible que su madre vuelva a tener su custodia. No está bien que todos lo sepamos menos ella. Tú misma lo has dicho, es muy madura para su edad.

—No pienso dejar que se le acerque esa supuesta madre que tiene.

—¿Y cómo piensas hacer eso?

Ingrid se inclinó hacia adelante, con una mueca, como si las ideas que le pasaban por la cabeza le causaran dolor, como si fueran una tortura.

—No lo sé aún, pero ya se me ocurrirá algo. Haré que entiendan que Knut cuenta con nosotros, con nuestra ayuda. Además, la mujer es una drogadicta, y los drogadictos no pueden encargarse de un niño —farfulló.

—¿Y si ya no consume? Nos guste o no, es la madre de Hanna. Quizá sea bueno darle una oportunidad, después de todos los años que han pasado —dijo él, estirándose para aferrarle la mano. Tras entrelazar los dedos con los suyos, se llevó los nudillos de Ingrid hasta los labios y dejó un beso en cada uno de los dedos.

—No ha querido una oportunidad en nueve años. Por mí, puede irse mucho al cuerno. Lo único que quiero es que firme los documentos de adopción. Eso es lo que ha desatado todo este problema. Ni siquiera visitaba a Hanna antes de eso.

—Sí, eso sería lo mejor.

—Dice que ya no consume, que está intentando poner su vida en orden. Pero yo no le creo ni media palabra.

—Ya, imagino que Knut tampoco se lo cree —repuso Victor.

—Hanna no puede volver con ella. Jamás. Tenemos que asegurarnos de que así sea. Y de que pueda quedar a nuestro cargo si algo le pasa a Knut en algún momento.

Su conversación se vio interrumpida por una enfermera, quien se dirigía hacia ellos con John a su lado. El niño iba rebotando despacio con la ayuda de un par de muletas, con la pierna envuelta en un vendaje grueso y con unos trocitos de yeso blanco que la salpicaban allí donde le habían tenido que cortar la pernera de los pantalones. Tenía la cabeza gacha y la mirada fija en el suelo, con una expresión triste y concentrada, y su entrecejo fruncido era la única indicación del dolor que estaba sintiendo.

—Solo Superman puede volar, ¿no lo sabías, pequeñajo? —le dijo Victor, entre risas. Se puso de pie, apoyó una mano sobre la cabecita del niño y le alborotó sus rizos rubios con los dedos.

Ingrid tomó una de las manitas de John entre las suyas y se agachó para quedar frente a él.

—¿Cómo se te ocurre subirte al tejado? No hacía falta algo así, ¿no crees? —le dijo.

—No hacía falta en absoluto —repuso la enfermera, antes de entregarle a Ingrid una hoja de papel—. Esta vez no ha sido nada grave, tiene una fractura en el pie y una ligera conmoción. Asegúrense de que se quede en cama durante algunos días, sin almohada, y que mantenga el pie en alto. Ya lo he notificado a los servicios sociales.

—¿Servicios sociales? Pero John vive con nosotros, somos su familia de acogida.

—Es el procedimiento que debemos seguir con las familias de acogida. Hemos hablado con él y nos ha dicho que no le han hecho daño. Así que tendremos que creerle.

—¿Tendrán que creerle? —repitió Victor.

—Pero si nunca le… —Ingrid se quedó mirando a la enfermera, quien les dedicó un ademán con la cabeza, cortante, antes de marcharse. Victor alzó a John, y este le rodeó el cuello con los bracitos.

—Lo siento. Es que quería ver el mar —les dijo, en un susurro—. Quería ver el barco en el que ibas a volver.

Victor lo abrazó con fuerza y rodeó la figura menudita del niño como si fuese un salvavidas. Ingrid se sumó al abrazo; se acomodó a un lado y colocó los brazos sobre los de Victor en un abrazo de tres.

—¿Estáis muy enfadados? —les preguntó John.

—No —contestó ella—. Lo que estamos es aliviados de que no te hayas hecho más daño del que ya te has hecho.

—Sí, las cosas podrían haber acabado muy mal, así que no puedes hacer algo así nunca más. Ahora tenemos que volver a casa, con Hanna y Ellen —dijo Victor, entregándole las muletas a Ingrid.

—De vuelta a una casa llena de niños —declaró Ingrid, sonriendo.

—¡Ahora ya lo sé!

John estaba tumbado en el sofá, con la cabeza sin ningún apoyo y las piernas encaramadas en un cojín sobre el regazo de Ingrid. Los deditos que se asomaban por la escayola estaban morados e hinchados. Ingrid había arrastrado el sofá para que quedara más cerca de la chimenea, donde el fuego crepitaba con intensidad y el calorcito hacía que las mejillas se les pusieran coloradas. Podían oír el rugido de las olas al romper contra la costa; se acercaba una tormenta.

—¿Qué sabes? ¿Que no puedes volar? —le preguntó Ingrid, entre risas, mientras apartaba sus agujas de coser.

—Eso también. Pero me refería a otra cosa.

—¿A qué?

—Ya sé cómo sabes que alguien te quiere.

—Qué bonito suena eso. Cuéntame cómo lo sabes.

—Es cuando alguien pronuncia tu nombre diferente. Así lo sabes.

—¿Diferente? ¿En qué sentido?

—Sí, eso. Con más cariño. Como *John*, en lugar de ¡YOOOON!

—Entiendo. ¿Y quién te llama así de enfadado?

Solo que John no quería hablar del tema, nunca quería hablar del tema. Nunca había mencionado a su madre siquiera, la mujer que lo había abandonado con tanta crueldad. Era como si no existiera. No lloraba ni hacía preguntas. No cuando estaba despierto, al menos. Sin embargo, por las noches, sí que lloraba y se revolvía entre las sábanas. Las pesadillas no le daban tregua. Ingrid había perdido la cuenta de las veces que había tenido que sentarse con él a un lado de su cama.

—Prometo siempre llamarte John. Pero, si en algún momento me enfado un poco y digo ¡YOOOON!, no significa que no te quiera. No lo olvides.

—¿Y también vas a seguir queriendo a Hanna cuando se mude con su madre? —le preguntó.

—¿Quién dice que se va a mudar con su madre?

—Tú. Se lo dijiste a Victor en el hospital, te oí. Se lo he preguntado a Hanna, pero no sabía nada.

Ingrid apartó el pie de John con mucho cuidado, se puso de pie y dejó un cojín en su lugar para que tuviera dónde apoyarlo antes de marcharse.

—Tú quietecito aquí. Y nada de moverse, ¿entendido? Tienes una conmoción, y eso significa que tienes que tumbarte quieto como una estatua.

Victor estaba sentado a la mesa de la cocina con Ellen en el regazo. Hojeaba el periódico mientras la niña jugaba con un caballito de madera; lo golpeaba contra la mesa y lo hacía correr sobre sus patas rígidas tan lejos como se lo permitía el bracito, antes de llevarlo de vuelta.

—John ya se lo ha contado —dijo Ingrid.

—¿Cómo dices? —preguntó Victor, quitándose las gafas para ponérselas en la parte alta de la cabeza, donde unos rizos alborotados apuntaban en todas direcciones. Parecía cansado y tenía la piel bajo los ojos hinchada.

—Que la madre de Hanna quiere recuperar la custodia. ¿Qué hacemos?

—Nada —dijo, muy tranquilo, para luego devolver la atención a su periódico.

Ingrid se le acercó y apoyó una mano sobre el texto.

—¿Nada? ¿Cómo que nada?

Victor retiró el papel de su agarre, se giró y siguió leyendo dándole la espalda.

—No puedes protegerla de eso, por mucho que lo intentes. Así son las cosas. Tienes que confiar en que el juez tomará la decisión correcta.

—¿Y si no lo hace? No pretendo quedarme de brazos cruzados y aceptarlo sin más. Voy a pelear por Hanna. Y hasta que llegue ese momento… No está bien que se preocupe. Nadie ha decidido nada aún.

—Pero no puedes ocultárselo. Se entera de más de lo que creemos y también lo entiende. Así son las cosas.

Ingrid sacó un taburete en el que subirse y se estiró hacia la alacena que estaba más arriba. Incluso de puntillas, casi no llegaba, por lo que Victor se puso de pie y se acercó para ayudarla.

—Deja que te eche un cable, ¿qué necesitas? —le preguntó.

—La cubertería buena, la que está en ese estuche —dijo ella, señalándole un rollo de tela en una esquina.

—¿La de plata?

—Sí, para la comida. Voy a hacer que John y Hanna se sientan tan especiales como el rey y la reina. Como mínimo.

John estaba tendido en el sofá, jugando con una pelota. La hacía rebotar sobre los tablones de madera y que volviera de golpe, una y otra vez. Movía el brazo de forma monótona. Cuando Hanna apareció en la entrada, le tiró la pelota a ella, pero se pasó de fuerza y le dio de lleno en la frente. La niña se llevó una mano a la cara e hizo una mueca. Ingrid lo vio todo desde la cocina. Al oír el grito de Hanna, se quedó en la entrada para escucharlos.

—¡Ay! ¿Por qué has hecho eso? —le preguntó Hanna, recogiendo la pelota del suelo. Parecía lista para lanzársela de vuelta, aunque luego cambió de opinión y prefirió quedársela—. Tienes que dejar de portarte así —siguió—. Deja de estar tan enfadado siempre, solo causas problemas. Ándate con cuidado o Ingrid no querrá que te sigas quedando aquí.

John la fulminó con la mirada y hundió las cejas hasta que casi le ocultaron los ojos. Hanna hizo rebotar la pelota unas cuantas veces contra el suelo.

—Es mejor que no vivas con tu madre —siguió ella—. ¿No lo ves? Algunas madres no deberían tener hijos.

John soltó un chillido, enfadado, y se levantó del sofá de un salto, a la pata coja. Se lanzó sobre Hanna con todas sus fuerzas y terminó tirándola al suelo de espaldas. John aterrizó sobre ella y se dispuso a golpearla con los puños, sin parar. Por mucho que fuese menor que Hanna, pesaban lo mismo. Y era bastante más fuerte que ella. Ingrid se apresuró a separarlos, pero John siguió dándole puñetazos al aire y sacudiendo la pierna.

—Tranquilo, John. Cuidado con el pie, que tienes la escayola —le dijo, cortante y casi hasta enfadada. Lo sostuvo con firmeza y se negó a soltarlo.

John se congeló en sus brazos. Su expresión se tornó seria y vacía, y las extremidades se le relajaron y perdieron la tensión.

—Es que me ha quitado la pelota —lloriqueó, en voz baja.

Hanna negó con la cabeza, muy decidida.

—No, no. No ha sido así —repuso, señalándose la frente—. John me la ha tirado, aquí, y me ha dolido.

Ingrid bajó a John con cuidado. Él hizo una mueca cuando su pie tocó el suelo y volvió a levantarlo, a toda prisa. Se aferró a la bata de Ingrid para no perder el equilibrio, con lo que le dejó las piernas al descubierto.

—No hagas que se altere, porfa —le pidió Ingrid a Hanna.

—Pero…

—Me has quitado mi pelota. Eres una tonta —le siseó John.

—Tú me la has tirado a la cara.

—Porque estabas en medio.

Hanna le dedicó una mirada suplicante a Ingrid.

—No he hecho nada —dijo, en un susurro, antes de sacarse la pelota del bolsillo. La lanzó con suavidad al estómago de John y se cruzó de brazos.

Ingrid se la acercó para darle un abrazo, de modo que se quedó con un niño bajo cada brazo.

—Ambos sois unos niños estupendos. Así que dejemos de pelear, ¿vale? —les pidió.

John se liberó de su agarre y fue dando saltitos hasta el sofá, donde se tumbó, cruzó la pierna mala sobre la buena y cerró los ojos. Ingrid fue a por la manta y lo cubrió con ella, envolviéndolo como si estuviese en un capullo. La expresión del niño no cambió en lo más mínimo. Una vez que terminó, tomó a Hanna de la mano y se la llevó con ella.

—Tienes que darle algo de tiempo —le dijo, al llegar a la cocina.

—¿Por qué está tan enfadado todo el día? ¿Por qué siempre es tan malo? Tan malcriado. Dice cosas muy feas, me ha dicho que ya no me van a dejar vivir con el abu.

—Es que lo está pasando mal, eso es todo. Pero no le hagas caso. Y tú también le has dicho cosas feas, que te he oído. Nunca me voy a hartar de John, ni de ti tampoco. Siempre voy a estar aquí para vosotros. Pase lo que pase.

Hanna se dio la vuelta. Parecía estar observando las florecillas rosadas que había en el alféizar. Las mantitas y los cojines del sofá. Las tazas de la estantería. Ingrid encendió las velas que había en la mesa, y la cerilla crujió con fuerza al pasar por el rascador. Tras ello, sacó un cuaderno de dibujo, arrancó una hoja grande y la dejó frente a la niña.

—Dejémoslo un rato tranquilo. Así nosotras nos podemos poner a dibujar.

—¿Es verdad que ya no voy a vivir con el abu?

Hanna ya había elegido un lápiz y tenía la vista clavada en Ingrid a la espera de una respuesta que nunca llegó. Porque Ingrid no sabía qué decirle. Se encogió un poco de hombros, con una mueca de preocupación.

La niña se conformó con aquella respuesta, pues podía ver la seriedad detrás de su expresión. Tocó la punta del lápiz antes de apoyarlo en el papel, para asegurarse de que estuviese lo bastante afilado.

—Los objetos que están lejos parecen más pequeños que los que tenemos cerca —explicó Ingrid, mientras dibujaba con rapidez los contornos de unos cuantos árboles y una carretera curvada.

Le entregó a Hanna unos cuantos lápices de color verde.

—Ahora dibuja tú las hojas y piensa un poco en la perspectiva.

Hanna empezó con los árboles de más cerca y dibujó unas hojas pequeñas de contornos definidos.

—De cerca se ven mejor los detalles —dijo, sin alzar la vista del papel.

—¿Y qué hay de este árbol? ¿Cómo se verían las de este? —preguntó Ingrid.

Hanna alzó el lápiz y pasó al árbol que estaba más al fondo. Lo puso de lado y empezó a sombrear con la punta hasta hacer unas manchitas de color sin forma definida.

—Perfecto. Justo así.

Ingrid se sentó junto a ella, agarró un lápiz de color verde y se puso a dibujar también. Trabajaron en silencio, lado a lado, con el crepitar del fuego como único sonido de fondo. Y, de vez en cuando, el golpeteo de una pelota contra el suelo de madera desde el sofá en el salón donde John seguía tumbado.

—¿Por qué está tan enfadado cuando vive tan bien aquí con vosotros? —preguntó Hanna.

Ingrid dejó de mover el lápiz y alzó la vista.

—Es difícil de explicar —empezó, haciendo girar el lápiz entre los dedos—. A veces queremos a las personas que nos hacen daño porque no sabemos que tenemos otra alternativa. John llora por su madre por las noches. Lo más seguro es que la eche de menos.

—La policía debería mandarla a la cárcel para que se pudriera ahí dentro.

—Lo que hizo no estuvo nada bien, la verdad. Pero estoy segura de que había drogas de por medio. Sin ellas seguro que sería más agradable, ¿no crees?

—Mi madre puede ser agradable incluso sin dejar las drogas. Me envía cosas bonitas, siempre lo ha hecho.

—Pues sí, es cierto —asintió Ingrid, al tiempo que se ponía a dibujar más árboles.

—Pero el tipo con el que está es el malo. Se busca peleas.

—Lo sé, cariño. Pero nunca va a hacerte daño.

—¿Han encontrado a la madre de John? No va a llevárselo, ¿verdad?

Ingrid siguió dibujando. Tras escoger un lápiz de color gris, empezó a trazar la textura de la carretera y añadió unas cuantas sombras delicadas.

—No, y espero que nunca la encuentren —le dijo—. Seguro que eso será lo mejor para John.

Ingrid acababa de meterse en la cama y de apagar las luces cuando sonó el teléfono. Tras envolverse con el edredón, corrió hacia el rellano para contestar. Victor se quejó, estiró una mano hacia la lámpara y la encendió.

—Pero ¿quién llama tan tarde? —farfulló, fastidiado.

—Debe ser importante —dijo Ingrid, antes de levantar el auricular—. Casa Solhem, ¿diga?

Pero nadie le contestó.

—¿Hola? ¿Diga? —repitió, presionándose el auricular contra la oreja.

»No oigo nada, no hay nadie —le dijo a Victor en voz alta.

—Pues cuelga, se habrán equivocado de número —musitó—. Venga, vamos a dormir.

Solo que, justo cuando estaba a punto de colgar, Ingrid oyó algo: voces distantes, golpes.

—Hanna, ¿eres tú? —preguntó, y oyó un suave hipido en respuesta.

»Hanna, ¿qué pasa? —insistió—. Di algo, ¿necesitas ayuda?

La angustia en la voz de Ingrid sacó a Victor de la cama. Al reparar en la urgencia de la situación, se acercó a ella y se inclinó para posar la oreja sobre el auricular.

—Hanna, ¿estás en peligro? Haz un sonido, cualquier sonido vale —dijo él.

Pero no recibió ninguna respuesta que no fueran las voces a lo lejos. Parecía que se habían puesto a gritar.

Ingrid soltó el auricular, el cual se quedó allí colgando, balanceándose de un lado para otro como si fuese un péndulo. Corrió hacia la planta baja, se puso un par de botas de agua a toda prisa y manoteó una chaqueta. Y entonces salió corriendo derechita hacia el camino que se encontraba detrás de los arbustos de lilas. Victor la siguió, con tan solo una chaqueta abierta que no dejaba de golpetearle contra el pecho desnudo mientras se movía.

—¿No deberíamos ir por el coche? —exclamó, siguiéndola.

—Por el camino llegaremos antes. Tenemos que darnos prisa, antes de que se la lleven —jadeó Ingrid.

Aceleró el paso al subir por la colina y movió las piernas tan deprisa que perdió el equilibrio. Se cayó, aunque no tardó nada en levantarse de nuevo al usar las manos para volver a ponerse en pie. El suelo estaba mojado y las palmas de las manos se le ensuciaron de barro.

Victor la alcanzó y siguió corriendo. Cuando Ingrid llegó al bosque, tuvo que darles manotazos a las ramas para quitarlas de en medio. Pese a que se había alejado del camino, sabía perfectamente por dónde ir, por lo que no tardó en ver el tejado de la cabaña asomarse entre los troncos de los árboles. Entonces oyó la voz cortante de Victor; él ya había llegado.

—¿Qué coño habéis hecho?

Cuando Ingrid llegó hasta el jardín, vio la silueta oscura de su marido arrodillado en el suelo e inclinándose sobre algo. Y luego lo vio rugir hacia el cielo.

Un coche se encendió de pronto y se alejó a toda prisa. Un Saab anaranjado. Ingrid lo vio traquetear sobre la gravilla.

—Llama a una ambulancia —le gritó Victor, antes de ponerse a bombear aire sobre lo que resultó ser la caja torácica de Knut.

El anciano tenía la camisa llena de sangre, y la mancha se iba extendiendo. El líquido rojo teñía las manos de Victor y, cuando se pasó una mano por la frente para secarse el sudor, se manchó la piel de rojo.

Su marido se agachó en dirección al rostro de Knut y, tras pegar los labios a los suyos, le hizo el boca a boca antes de volver a hacer las compresiones. Ingrid pareció quedarse paralizada. Lo único que podía hacer era mirarlos.

—¡Ingrid! —gritó Victor—. ¡La ambulancia!

Ingrid corrió hacia la cabaña, aún en trance. Tanteó en las estanterías en busca del teléfono, pasando las manos por todos lados, pero no consiguió encontrarlo. Tras un rato, atisbó un cable largo que recorría el suelo y desaparecía dentro del sofá de la cocina. Abrió la tapa y vio que Hanna estaba dentro, acurrucada junto al enorme teléfono.

Cuando Ingrid metió la mano, la niña retrocedió, aferrándose desesperada al auricular con ambas manos. Tenía una de las piernas ensangrentada, con unos arañazos que le cubrían la rodilla y el muslo, y un chichón en la frente.

—Soy yo, Hanna. Soy Ingrid —le dijo, en un susurro—. Estás a salvo, se han ido. Pero tenemos que ayudar a tu abu, así que necesito que me des el teléfono.

Solo que Hanna no pensaba soltarlo; era como si el auricular se le hubiese pegado a la mano. Ingrid apretó la horquilla del auricular con una mano y marcó el teléfono de emergencias con la otra. Cuando le contestaron, se inclinó hacia Hanna y el auricular.

—Hay un hombre herido. Está sangrando. Daos prisa —jadeó, antes de darles la dirección.

4

MODERNA MUSEET,

20 DE SEPTIEMBRE DE 2022

Le suena el móvil, y Hanna lo busca en el bolso, mientras hace a un lado un montón de bolígrafos, libretas y pintalabios. Cuando lo encuentra y se lo coloca frente a ella, hace morritos para mandar un beso al tiempo que acepta la videollamada. Es Maria, la artista con la que comparte un estudio. Pero no está sola, sino que hay otras dos cabezas que se apretujan junto a la suya en la pantalla. Está su amigo Micah y también Daisy, quien la mira entornando los ojos por encima de sus gafas. Como todos hablan a la vez, Hanna no entiende ni media palabra de lo que le dicen.

—Uno a la vez, por favor. Y solo tengo un par de minutos, que estoy en medio de una rueda de prensa —les dice.

—¿Es que se te ha ido la olla? —le dice Micah, con una sonrisa de oreja a oreja.

—¡Por fin! —se burla Maria, al tiempo que le aparta a Micah el cabello rizado y oscuro de la frente. Sus rizos largos le cubren la cabeza entera y parecen apuntar todos en una dirección distinta. Deja de ver a Daisy y la cámara se tambalea, por lo que puede ver un suelo de madera, unas mesas y unas ventanas grandes que dan hacia la calle.

—Ay. ¿Estáis en el Luca's? —les pregunta Hanna—. Echo de menos salir a comer con vosotros. Daisy, ¿cómo estás? ¿Cómo va esa cadera? ¿Estás usando tu nuevo bastón?

—Te echo de menos, ¿puedes volver a casa ya? —le suplica Daisy, haciendo *zoom* en la pantalla hasta que solo se le ven los ojos y la nariz. Las arrugas marcadas que tiene alrededor de los ojos le indican que está sonriendo.

Maria se apretuja para volver a salir en pantalla.

—Pensábamos que habías ido a Suecia para darte un respiro del trabajo. ¿Qué has hecho? Acabamos de ver tu... eh... obra en *The New York Times*.

A Hanna se le tensa un músculo de la mejilla, como le suele pasar cuando se estresa. Se lleva una mano a la cara y se da un masaje para aliviar el dolor.

—¿Ya han publicado al respecto? Aún ni me he reunido con su periodista.

—Sí, claro. —Micah vuelve a estar en la pantalla y alza el móvil un poco apenado para que Hanna pueda leer el titular—. Aunque, bueno, quizá no sea tan positivo como esperabas.

ANSIADA REVELACIÓN SE CONVIERTE EN UN FIASCO TOTAL

Micah vuelve a ponerse en pantalla y le resume el artículo en un tono de voz neutro.

—Un cambio sorprendente de la técnica maravillosa que se suele asociar a las obras de Hanna Stiltje y a la calidad excepcional y la perfección que siempre ha defendido abiertamente. Un público decepcionado. El periodista especula si este llegará a ser el trágico final de tu carrera y si los libros de historia te meterán en el mismo saco que a otros genios artísticos que sufren alguna enfermedad mental.

—¿En serio? Pero si aún no me ha entrevistado, no me ha hecho ni una sola pregunta sobre la obra. ¿Cómo se atreve a escribir algo así? ¿Cómo puede formarse una opinión si ni siquiera entiende...?

—Bienvenida al mundo del periodismo moderno. Las cosas van a toda pastilla —se ríe Micah.

De pronto, a Hanna le entran los calores y tiene que agitarse la tela del vestido para hacerse aire.

—Sí que tiene razón con que esta última obra es muy distinta a tu estilo y calidad usual. La verdad es que está... muy mal —le dice Daisy. Su tono es duro, casi severo.

—Sí, debo decir que a mí también me ha sorprendido —acota Maria—. Es... diferente. ¿Cómo andas? ¿De verdad no has pintado nada nuevo? ¿Es en lo único en lo que has estado trabajando todo el tiempo que has estado fuera?

Hanna asiente.

—Sí. Me ha costado mucho hacer la cajonera. Pero ha salido bien. Es lo más importante que he hecho hasta el momento. Ya lo entenderéis algún día —les dice, cortante.

Micah ladea la cabeza.

—Mmm. Menos mal que ya eres rica, querida —le dice, antes de mandarle un beso.

Hanna nota cómo el enfado crece en su interior. Está a punto de decir algo cuando oye que alguien llama suavemente a la puerta. Cuando se abre un poco, Sara asoma la cabeza.

—¿Lista para el siguiente? —le pregunta.

—Ya casi, dame un minuto, tengo que terminar con esta llamada.

Hanna les echa un vistazo a sus amigos en la pantalla. A las tres cabezas que pertenecen a las personas más importantes en su vida, a sus sonrisas. No puede enfadarse con ellos por las cosas que le dicen, los echa demasiado de menos como para hacer algo así.

—Tengo que irme —les dice, antes de tragar en seco el nudo que se le ha formado en la garganta. Se despide con la mano y les manda varios besos—. ¡Os quiero y os echo mucho de menos!

—¡Vuelve pronto! —le dicen los tres a la vez cuando le pone fin a la llamada.

Se acomoda el vestido y el cabello y deja el móvil con la pantalla hacia abajo sobre su regazo. Tiene que morderse el labio para no ponerse a llorar. Sara está apoyada en el marco de la puerta, mientras espera con impaciencia para dejar entrar al siguiente periodista.

—¿Todo bien? —le pregunta, cuando ve que Hanna tiene los ojos anegados en lágrimas.

—Sí, no pasa nada. Es que necesito... ¿Has visto a John? ¿Puedes decirle que venga antes de que empecemos? —le pide.

—Puedo quedarme yo si no quieres estar sola —se ofrece Sara, antes de dar un paso hacia ella.

—No, necesito a John. A él y solo a él.

Cajoncito bajo la vitrina.
Tablón de la escalera. Soportes del barandal.

Ingrid

SOLHEM, JUNIO DE 1978

Victor había extendido una enorme lona verde sobre la colina que daba hacia el campo y había asegurado las cuatro esquinas con estacas. Se plantó con una manguera en mano y dejó que el agua se deslizara por el plástico en un chorro continuo. John y Hanna correteaban de un lado para otro y se lanzaban sobre la lona de cabeza para deslizarse hasta abajo entre gritos y risitas. Si bien todavía no llegaba el solsticio de verano, hacía tantísimo calor que el ambiente parecía ondear. De vez en cuando, Victor agitaba la manguera y hacía que unos chorros helados llovieran sobre los niños. Estos chillaban, entre carcajadas, y saltaban agitando los brazos. Según el termómetro, estaban a 29 grados en la sombra. Ingrid estaba sentada en los escalones de piedra con una taza de café, contemplándolos. A su lado estaba Ellen, con un vaso de refresco en las manos, el cual bebía con ganas y a grandes tragos. Su madre iba a ir a buscarla pronto, tras haber tenido otro fin de semana para descansar un poco. Hanna la llamó con la mano e intentó tentarla para que se sumara a los juegos para los que ella misma ya casi era demasiado mayor. Sin embargo, la niña estaba más cómoda al estar sentada en los escalones junto a Ingrid.

Con un brazo alrededor de los hombros de Ellen, Ingrid los observó jugar. Cuando los niños eran felices, ella también lo era. Una sensación de armonía se le extendió por el cuerpo, y se permitió relajarse durante algunos segundos, olvidarse de todo lo demás, de todo lo que tenía que hacer, de todo lo que tenía en mente. Los niños parecían una obra de arte. El cabello de Hanna estaba salpicado con briznas de hierba verde y tenía los pies y las rodillas cubiertos de barro, mientras que el cabello rubio de John estaba en punta, como si tuviese un corte mohicano. Dos criaturitas salvajes. Salvajes y preciosas. Ingrid contempló cada detalle y se lo guardó en la memoria, como si se tratara de un cuadro.

También tenía una bebé dormitando en un brazo. Tan solo tenía unos pocos meses y era de piel suavecita con unos rizos oscuros y bien definidos. Era otra niña a la que habían acogido por una emergencia. Aunque les habían dicho que su madre no parecía estar interesada en su hija, por lo que quizás podrían terminar quedándosela. Aún no lo sabían. Se apellidaba Caulin, según indicaba el registro de su cunita de hospital. Sin embargo, Ingrid y Victor le habían dado un nombre propio como correspondía, sin pedirle permiso a nadie: Grace, porque iba a ser una niña que mantuviera la cabeza bien alta a pesar de sus inicios tan duros.

La niña lloraba sin parar, tanto durante el día como por las noches. La abstinencia le torturaba el cuerpecito y hacía que se retorciera por los temblores. Solo se aplacaba cuando le daban de comer, pero los primeros cuatro días habían sido peores, pues había permanecido en una habitación de hospital a oscuras, mientras recibía morfina para calmar el dolor.

¿Cómo se le podía hacer algo así a una bebé? Heroína, por el amor de Dios. Grace había nacido con aquel veneno surcando su sangre inocente.

Era demasiado horrible para pensarlo siquiera. Ingrid, cuyo mayor deseo en el mundo era tener su propio bebé, tenía que luchar contra las probabilidades, mientras que otras se acostaban con cualquier hijo de vecino y se quedaban embarazadas sin querer. E incluso sabiendo eso seguían drogándose hasta descuidar a sus hijos. Hasta abandonarlos. Tragó el nudo que se le había formado en la garganta; se tragó la rabia e intentó apartar todos esos sentimientos de su mente. Lo injusto que era todo. Aquello solo conseguía estresarla, y eso no era bueno para la bebé que tenía en brazos, para los demás niños. Para aquellos que la necesitaban.

La bebé se le aferró al pulgar. Ingrid le acarició muy despacio la frente con un dedo. Su piel era tan suave, tan lisa... Empezó a mecerla, y Ellen la acompañó en sus movimientos. En aquellos peldaños bañados por el sol, las tres se volvieron una, conforme la felicidad y la dicha se desplegaban ante ellas.

Cuando Grace soltó un lloriqueo, Ingrid se puso de pie a regañadientes y volcó su taza de café. El líquido oscuro goteó por el borde de los peldaños, y Victor dejó la manguera a un lado y se situó junto a Ingrid en un santiamén. Tomó a Ellen de la mano.

—Entra tranquila, Ellen puede jugar con nosotros —le dijo.

La mesa estaba llena de montañas de cartas y periódicos. El guion de la siguiente película de Victor leído hasta decir basta. Miguitas de unos sándwiches que se habían hecho a toda prisa, solo para engullirlos de inmediato. Tazas de café vacías. Una jarra de refresco casero cuyos componentes se habían separado y tenía unos cuantos grumos viscosos hundidos en el fondo. Ingrid lo revolvió con una mano mientras mecía a la bebé con la otra, para luego moverla de arriba abajo y beber grandes tragos directo de la jarra. Las risas se colaban por la ventana abierta de la cocina. Una vez que consiguió calmar a la bebé, Ingrid se acercó a la ventana para observar cómo los niños bailoteaban bajo el agua que Victor les lanzaba con la manguera y también corrían y saltaban para cruzarla. Ellen también se había sumado al juego; se había quitado la ropa y correteaba por doquier con las manos en el aire. La niña era tan tímida y recelosa que solía llevarle días salir de su propio caparazón, y para cuando llegaba ese momento ya no quedaba mucho para que tuviera que marcharse de nuevo. Ingrid solía preguntarse cómo sería su vida en casa. De vez en cuando le veía algunos moretones en los brazos, unas marcas de dedos que la habían sujetado con demasiada fuerza. Su madre parecía estar a punto del colapso, siempre agotada y ojerosa. Tenía dos empleos y con ese dinero apenas conseguía pagar el alquiler.

Ingrid abrazó a Grace contra el pecho, con fuerza. Solhem había pasado a estar lleno de niños, como había soñado. Y, si bien no eran sus propios hijos, en cierto modo sí que eran suyos. Se habían hecho un hogar en su corazón, y ella los iba a llevar allí por siempre. Sin embargo, el miedo era algo siempre presente, la preocupación de que en algún momento se verían obligados a volver con sus padres, de que sus madres se desintoxicaran algún día.

Ingrid solo los tenía prestados.

Se le escapó un bostezo y ni siquiera le dio tiempo a cubrirse la boca. Ellen y la bebé se turnaban para mantenerla despierta toda la noche. Ellen se subía a su cama y se tumbaba entre sus pies y los de Victor, como si fuese una cachorrita. Y, pese a que solo tenía seis añitos, siempre tenía la precaución de no moverse mucho ni despertar a nadie. Se escabullía con cuidado, se hacía una bolita y se tumbaba completamente quieta, sin tocarlos a ninguno de los dos. Solo que Ingrid se despertaba de todos modos y se quedaba en la cama oyéndolos respirar, a Ellen y a su marido. Y también a Grace, la nueva bebé.

Tras un rato, la bebé volvió a dormirse, con el peso de su cuerpecito sobre un brazo de Ingrid. Se sentó a la mesa de la cocina, bañada por la luz del sol, y el calor que desprendía la madera áspera de su superficie le llegó hasta los brazos cuando se dispuso a abrir algunas de las cartas que aún no habían leído. Hizo una pila de las que sabía que eran facturas, pero se quedó con un sobre marrón, el cual llevaba la dirección escrita con tinta roja. Como no podía abrirla con una sola mano, se movió un poco hasta sujetarla con la barbilla mientras metía un dedo bajo la solapa del sobre para rasgarlo. Con sumo cuidado, dado que el mínimo movimiento podía despertar a la bebé. Sacó la carta antes de alzar la barbilla. Se trataba de una citación para una reunión con el comité de servicios sociales y la progenitora de Hanna Andersson. Progenitora. Leyó la palabra una y otra vez. Ingrid se había convertido en su tutora, ¿verdad? No podían referirse a…

John y Hanna entraron corriendo a la cocina, chorreando agua desde sus trajes de baño empapados.

—¿Podemos ir a nadar al muelle? —preguntó Hanna, antes de congelarse en su sitio al ver a Ingrid—. ¿Por qué estás sentada ahí con esa cara tan larga? —le preguntó, nerviosa.

Ingrid tragó en seco y le pareció que la garganta se le había cerrado por completo. Apoyó una mano en la mesa para ayudarse a ponerse de pie.

—No tengo la cara larga —le dijo, recogiendo la jarra vacía—. Debéis de tener sed después de haber estado correteando todo este rato.

Llevó la jarra hacia la encimera para preparar otro refresco y revolvió bien el líquido para asegurarse de que no quedara ningún grumo sin disolver. Unas rayas escarlata se agitaron en el líquido. Hanna se quedó junto a la mesa. Cuando Ingrid se volvió a girar, vio que había encontrado la carta y la estaba leyendo. Ingrid se la quitó, la dobló y se la metió en el bolsillo, antes de mover a Grace para sostenerla sobre el hombro en lugar del brazo. Notó la calidez de la carita de la bebé contra el cuello, su aliento que salía en pequeños resoplidos.

—¿Qué reunión es esta? ¿Y con quién? ¿Quién es mi progenitora? ¿Tú? —preguntó Hanna, estirándose para llegar hasta su bolsillo y recuperar la carta—. No me digas que es…

John, al ver su preocupación y comprender de inmediato a qué se debía, se puso a cantar. A pleno pulmón. Soltó unas cuantas risas fingidas y luego cantó un poco más. Unas notas forzadas y tensas.

—No sé —contestó Ingrid—. Es posible.

—Pero ¿por qué? ¿Por qué tiene que ir ella?

John cantaba tan alto que la pregunta de Hanna se perdió entre sus alaridos, e Ingrid no supo cómo responderle. En lugar de pedirle a John que guardara silencio, se puso a cantar con él. Y, cuando Grace se despertó con unos berridos intensos, Ingrid no dejó de cantar, sino que se puso a bailar con John para que el ritmo de sus movimientos calmara a la bebé. Hanna se tapó las orejas.

—¡Parad! ¿Qué hacéis? —chilló—. ¿No ves que la bebé está llorando? ¿No has oído lo que te he preguntado?

John se quedó callado de inmediato y apoyó una mano sobre el piececito de Grace. Ingrid siguió meciéndola de un lado para otro.

—No tenéis que fingir que estáis contentos para no preocuparme —dijo Hanna, de mal humor, al tiempo que les daba la espalda—. Qué más da. Quizás me venga bien largarme de este manicomio y de todos los críos que van y vienen.

Hanna salió de la cocina hecha una furia, dando pisotones, y dio un portazo al marcharse. Las hormonas habían empezado a despertar, pues ya era toda una adolescente. Vivía en Solhem, se había mudado con ellos la noche en la que Knut había muerto, tras el ataque. Y eso había sucedido hacía mucho, varios años ya. Aunque casi nunca hablaba de su abuelo, Ingrid sabía que solía visitar la cabaña y quedarse allí durante horas, por mucho que la hubieran vendido hacía mucho tiempo. Echaba de menos su hogar, sin importar que tuviese uno nuevo. Aun después de todo el tiempo que había pasado, el arreglo seguía pareciendo provisional; no se había tomado ninguna decisión sobre su futuro e Ingrid estaba harta de ello. Al igual que Hanna. Harta de la constante amenaza que era su madre, de que Hanna algún día se viese obligada a mudarse con alguien que apenas conocía, cuyo único vínculo con ella era el sanguíneo, según decía. Menuda madraza. Ingrid soltó un resoplido tan fuerte al pensarlo que Grace pegó un bote del susto y se puso a llorar de nuevo.

—Lo siento —le dijo en un susurro, dándole un beso en su cabecita suave.

Se acercó a la encimera y se dispuso a preparar un poco de fórmula en un cazo. Si bien Grace ya había comido suficiente, el médico les había dicho que alimentarla hacía que sus síntomas de abstinencia se aliviaran un poco, por lo que Ingrid debía darle de comer siempre que estuviera afligida.

—¿Es cierto? Lo que ha dicho Hanna, que su madre se la va a llevar —preguntó John.

—No lo creo. Pero tenemos que esperar y ver qué pasa. Es solo una reunión. Ahora sé bueno y ayúdame a servir esto en un biberón, porfa —le pidió Ingrid, pasándole el cazo.

—Pero lo voy a derramar todo —contestó él, retrocediendo y escondiendo las manos detrás de la espalda.

—No pasa nada. Hacemos más si eso ocurre. Toma, inténtalo. Tú puedes.

Dejó el biberón en el fregadero, con un embudo colocado en la abertura.

—Sujétalo con mucho cuidado y no pasará nada —le dijo, mientras bailoteaba un poco para mecer a la bebé de un lado para otro, pues seguía llorando. Los lamentos se calmaron un poco y Grace jadeó para llenarse los pulmones de aire entre pausa y pausa.

John sostuvo el cazo con ambas manos. Pese a que no dejaba de temblar, lo inclinó hacia un lado y el líquido salió de forma fluida y sin problemas, y prácticamente nada se derramó en el fregadero. Ingrid levantó el biberón y enroscó la tapa.

—Mira mi asistente, qué hábil —le dijo, dándole un empujoncito a John con la cadera. El niño sonrió, con el brillo de vuelta en la mirada. A Ingrid le encantaba cuando eso pasaba. Al principio casi nunca lo veía, pues estaba demasiado enfadado y triste. Por ello se había puesto la meta de sanarlo, de hacer que volviera a ser feliz.

—¿Siempre va a llorar tanto? —le preguntó cuando Ingrid le mostró cómo sujetar el biberón. La boquita de la bebé se prendió a la tetina y su lengua chasqueó con fuerza cuando la leche empezó a salir del biberón.

—No lo sé.

—¿Y la devolverás si se pone muy insoportable? —quiso saber John, antes de soltar la botella y clavar la vista en el suelo.

—Claro que no, pero es posible que su madre la quiera recuperar.

—La mía nunca me quiso —dijo él, con toda la pena del mundo. Le dio una fuerte patada a la puerta de la alacena, sin despegar los ojos del suelo, antes de cruzarse de brazos, ofuscado.

—Pero yo sí —le dijo ella. Pasó un brazo por los hombros del niño y lo atrajo a su lado todo lo que pudo, hasta que estuvo tan cerca que pudo notar cómo le respiraba contra el cuello y le hacía cosquillas.

Por el momento, John no tenía ni idea del numerito que estaba montando su madre para conseguir verlo, para recuperar su custodia. No sabía que la mujer había reaparecido de pronto, con la excusa de que había sido presa de la psicosis cuando lo había abandonado. Tampoco sabía que había habido cartas, abogados, amenazas y promesas. De cómo visitaban su hogar para juzgar sus condiciones, del vórtice infinito al que Victor y ella se habían visto arrastrados. Ya les habían advertido que en cualquier momento se podría llegar a un veredicto. De un día para otro podrían perder a ambos niños: tanto a John como a Hanna. Sus respectivas madres luchaban por rehabilitarse y ganarse una segunda oportunidad. Y quizás, en cierto modo, la merecieran. Cada pizca de progreso que alcanzaban debilitaba los argumentos que aseguraban que los niños debían quedarse donde estaban.

Ingrid no soportaba la idea de que algún día fuera a tener que ponerle fin a sus eternos días de verano para contarles la noticia. Que iba a tener que decirles: «Tenéis que iros, pequeñajos».

Sin embargo, sospechaba que ese día iba a llegar. Y que no iba a tardar mucho en hacerlo.

Hacía muchísimo calor en aquel invernadero largo y angosto. Estaba lleno de interminables filas de tomateras, muy verdes y llenas de vida después de haber tenido semanas de sol, a rebosar de unos tomates regordetes que eran casi todos de color rojo. El ambiente estaba impregnado del olor al estiércol de vaca que Victor había extendido en la tierra. Hanna y John llevaban una cesta cada uno para ir recogiendo la fruta que estuviera ya madura, mientras que Ingrid regaba las plantas. Si bien el invernadero había sido una idea de Victor, dado que él solía estar fuera de casa durante largas temporadas debido a sus grabaciones, les correspondía a ella y a los niños encargarse del lugar.

—¡Mirad este tan grandote! —exclamó John desde el otro lado del invernadero, alzando un tomate en el aire. Era del tamaño de una manzana, casi hasta de una naranja. Como no pudo contenerse, le dio un buen mordisco. El jugo y las semillas del tomate le gotearon por las comisuras de la boca, pero a él no le importó y siguió dándole más y más bocados. Hanna observó los tomates que tenía en su cesta y rebuscó entre ellos hasta que dio con el que buscaba: un fruto de un color rojo intenso que tenía una piel salpicada de unas líneas verde claro.

—Voy a hacer un cuadro de este, es perfecto —dijo, alzando el tomate hacia la luz, con lo que el verde de sus hojas relució bajo el sol.

Hanna creía que el arte podía apreciarse en todos lados y aprovechaba cada oportunidad que tenía para pintar. Era como si la pintura fuese su lugar seguro, donde los colores y las formas podían fluir desde su mano hacia un lienzo en blanco y transformarse en explosiones de luz y color. Como si todo lo demás dejara de existir. Ingrid la motivaba a que lo hiciera.

—Qué suerte que le hayas dejado las hojas, harán un bonito contraste —le dijo Ingrid, tras inspeccionar el tomate en cuestión y darle vueltas en la mano para apreciarlo mejor—. Me gusta cómo el verde que aún no ha madurado sigue ahí, como si fuesen venas. Tienes que intentar capturar eso —añadió.

—¿Con acuarelas? —propuso Hanna.

—No, usa lápices de colores. Te quedará precioso, puedes practicar tus sombras y contrastes.

Ingrid cerró el grifo y dejó la manguera en el suelo.

—John, ¿puedes encargarte de regar un poco cuando termines de recoger la fruta? Vamos a ir un ratito al estudio —le dijo.

—No, me lo voy a comer todo —anunció él antes de recoger un par de tomates y darle un mordisco a cada uno—. Dado que no voy a poder volver a hacerlo en mucho tiempo.

Hanna no entendió lo que dijo. Se le acercó, recogió la cesta que el niño había dejado en el suelo y se la entregó.

—¿Qué dices? Si vamos a comer esto todo el otoño. Termina de recoger la fruta, anda, haz lo que te dice Ingrid.

—Ya no tengo que hacerle caso, porque no voy a vivir aquí —repuso John, antes de ponerse a dar saltos con los dos pies sobre el suelo de hormigón. El sonido resonó bajo el techo de cristal. Calculó bien la distancia y aterrizó en un tomate que había caído al suelo, con lo que lo hizo estallar. El líquido salió disparado en todas direcciones y le manchó los zapatos de semillas. John soltó una fuerte carcajada, se dio la vuelta y volvió a saltar.

—Es kétchup —dijo, entre risitas.

—¿Y a dónde piensas ir, entonces? Ya que no vas a vivir aquí.

John no le contestó, sino que salió corriendo por la puerta y la dejó abierta tras él. Ingrid apenas consiguió atraparla antes de que el viento la cerrara con fuerza y destrozara los delicados paneles de cristal.

—¿Qué pasa con John? —le preguntó Hanna—. ¿Se va a mudar?

Ingrid cerró la puerta con delicadeza a sus espaldas antes de poner los dos pestillos.

—¿Por qué? ¿Qué ha dicho? —preguntó, fingiendo que no había oído nada.

—Que no va a comer más tomates porque ya no vivirá aquí.

—Quizás es que no le gustan los tomates —contestó Ingrid, sacándose el tomate del bolsillo para sostenerlo frente a la cara de Hanna—. Tienes razón, de verdad es muy bonito. Perfecto para dibujarlo.

Hanna le dio una patadita a unas cuantas piedras, las cuales salieron volando hacia la hierba. Ingrid avanzó hasta ellas, las recogió y las devolvió al camino de gravilla.

—No hagas eso, hacen que se estropee el cortacésped —le explicó.

—¿Por qué no me lo cuentas? Soy mayorcita como para enterarme de las cosas.

Ingrid se detuvo en la entrada del solario y vaciló un poco antes de ir a la cocina.

—Dime, ¿qué está pasando con John? —le insistió Hanna, siguiéndola.

—No pasa nada, estoy tratando de resolverlo. Volverá pronto, pero tiene que ir a quedarse con su...

Hanna se cubrió la boca con una mano.

—Con su madre —terminó por ella—. ¡Pero no! No puede ir, le va a hacer daño.

—Vendrá a buscarlo esta noche, pero volverá pronto. No te preocupes.

—¡¿Esta noche?! ¿Y por qué no habías dicho nada? ¿Es que no lo ves? Ya sabes cómo son las madres drogadictas. Las amistades de las que se rodean. Podría ser peligroso.

—Ya no consume drogas y está recibiendo un tratamiento para su enfermedad. Por eso es que puede quedarse unos días con él.

—Lo que pasa es que tienes envidia porque tú no tienes madre —siseó John desde detrás de Hanna. Se sentó en el sofá y empezó a darle pataditas a la base de madera, con lo que producía unos golpes secos.

—Sí que tengo madre —farfulló ella.

—¿Entonces por qué no vives con ella?

—Porque no quiero, ¿vale? Está loca, es una desquiciada. Al igual que la tuya. Lo que pasa es que eres demasiado crío y estúpido como para darte cuenta.

John apretó la mandíbula. Tenía la cara entera tensa. Ingrid regañó a Hanna con la mirada antes de sentarse al lado de John.

Pese a que intentó recobrar la compostura, no tuvo suerte. Las lágrimas le caían por las mejillas y no podía hacer nada para impedirlo. Pero no le importaba. Le daban igual todos los mocos que le llenaban la nariz hasta hacer que casi no pudiera respirar. Sorbió un par de veces y, tras algunos segundos, carraspeó un poco para intentar decir algo.

—Vuelve cuando quieras, esta casa siempre será tu hogar —dijo—. Si pasa cualquier cosa, tienes que prometerme que nos lo dirás. Que volverás a casa.

Entonces dobló un papelito y lo metió en el bolsillo de la chaqueta tejana que llevaba el niño, para luego abotonarlo con cuidado.

—Es un papel importante, así que tienes que cuidarlo mucho. Siempre. Es nuestro número de teléfono.

—Pero si me lo sé de memoria.

—Por si lo olvidas.

—Jamás os olvidaría.

—Si tienes que hacerlo, puedes huir de casa. No hay problema porque lo digo yo. Me llamas y yo iré a buscarte, estés donde estés.

Ya se había hecho de noche cuando, tras una larga espera, un coche aparcó en la entrada. Condujo muy despacio sobre la gravilla, lo que desató unos chasquidos en medio de la noche. Los faros del coche iluminaron con un parpadeo las paredes y la maleta que esperaba en el vestíbulo. Entonces todo se quedó en silencio y a oscuras. Hanna subió las escaleras corriendo, dos escalones a la vez. Ingrid vio su trenza alzarse por detrás de ella en el aire antes de que desapareciera.

—Hanna —la llamó, dando un par de pasos para seguirla—. ¿Qué haces? Vuelve aquí, es hora de despedirnos.

Oyó a Hanna moviendo cosas en la planta de arriba, seguido de algo que caía al suelo, algo pesado. Una puerta abrirse y cerrarse, y un mueble arrastrándose por el suelo.

—Hanna, ¿qué estás haciendo? ¡Baja de una vez! —exclamó Ingrid.

Victor ya había recogido la maleta. Aunque tenía la mano sobre el pomo de la puerta, no la había abierto aún. John estaba justo por detrás de él. Tenía la espalda recta y la cabeza bien alta; intentaba parecer fuerte y valiente. Sin embargo, Ingrid podía ver que estaba temblando, así que le apoyó una mano en el brazo.

—¿Listo? —le preguntó, observándolo con atención. Tenía la expresión seria y muy tensa, sin ningún rastro de emoción, pero movía las pupilas de un lado para otro, como si le estuviera costando concentrarse.

Oyeron pasos fuera, unos tacones que golpeaban los escalones del porche, clic y luego clac. Victor le dedicó un asentimiento con la cabeza a John antes de abrir la puerta y saludar a la mujer que había al otro lado. Llevaba un vestido negro y ceñido, el cual era demasiado corto y ligero para ser apropiado. Unos collares largos de cuentas de distintos colores le colgaban sobre el pecho y el escote, y sus zapatos estaban hechos de un charol tan brillante que uno casi podía verse reflejado en ellos. Estiró ambas manos hacia John, pero el niño se echó atrás. Se arrebujó contra Ingrid y le buscó la mano con la suya. Ella le devolvió el gesto.

—Mira cuánto has crecido, qué diferente estás —dijo la desconocida que era su madre. Sus palabras fueron un susurro tan ligero como las plumas, un intento de reconciliación.

Ingrid vio que John sorbía ligeramente por la nariz, que inhalaba una y otra vez. Como si recordara el aroma, pero no a la mujer. Se quedó quietecito en su lugar en el vestíbulo, con la mirada clavada en su supuesta madre.

—Sí me recuerdas, ¿a que sí? —preguntó la mujer. Se agachó un poco para mirarlo y sonreír. Tenía una mancha de pintalabios rojo en uno de sus dientes delanteros. Cuando John volvió la cara lejos de ella, la mujer posó la mirada en Ingrid y alzó las cejas.

»¿Por qué no me saluda? —articuló, confundida.

—Dele algo de tiempo. Tómeselo con calma y puede traerlo para que se quede con nosotros de vez en cuando —sugirió Ingrid—. Así usted también se da un respiro.

—Pero si ya está hecho todo un hombrecito, va a tener que echarle un cable a la vieja de su madre —dijo la mujer, entre risas.

Solo que la broma no tuvo éxito, pues a nadie más le pareció graciosa. Victor buscó a Ingrid con la mirada. Puso los ojos en blanco, pero no dijo nada. Ingrid sabía que estaba enfadado. No necesitaba que se lo confirmara con palabras.

Oyeron un golpe en las escaleras, y todos se volvieron para ver cómo Hanna bajaba de un salto al vestíbulo. Se detuvo y contempló a la mujer que estaba en el umbral, de pies a cabeza. Entonces se volvió hacia Ingrid y negó con la cabeza casi de forma imperceptible. En la mano llevaba un leoncito. Era muy viejo y la melena se le había soltado un poco, por lo que tenía la mitad de la cabeza calva. Cuando John dio un paso hacia ella, Hanna se lanzó hacia sus brazos. Sostuvo el peluche contra el cuello del niño y le susurró:

—He encontrado a Leo en una caja bajo mi cama. Me ha prometido que va a cuidarte mientras no estés en casa. Prométeme que volverás pronto.

Ingrid los abrazó a ambos, estirando los brazos todo lo que le era posible para envolver a ambos niños en su agarre. Victor se les sumó desde el otro lado. Se quedaron así un largo rato, hasta que oyeron un bocinazo del coche que estaba aparcado fuera que los obligó a separarse.

—Es el amigo que me ha traído hasta aquí —explicó la mujer, echando un vistazo por la puerta abierta. Le hizo un gesto con la mano, enfadada—. Calla —siseó.

—¿No quiere venir a saludar? —preguntó Ingrid, asomándose al porche. Se agachó y entrecerró los ojos para ver al conductor, pero en la oscuridad solo conseguía distinguir una silueta. Aun con todo, sí que podía ver que era un hombre: tenía un bigote muy poblado.

—No, es que tenemos prisa. Solo tenemos el coche unas horas —contestó la mujer—. Vámonos ya, John. —Le quitó la maleta a Victor y bajó los escalones con sus tacones antes de meterla sin cuidado en el maletero del coche.

Ingrid intentó seguirla, pero Victor la sujetó del brazo para detenerla.

—¿Qué haces? —le dijo ella, en voz baja.

—Será mejor que los dejemos marcharse —dijo Victor, haciéndole un ademán a John con la cabeza—. Cuídate, John. Siempre estaremos aquí, lo sabes.

John se había quedado atrás, cerca de Hanna, quien aún le rodeaba la cintura con uno de los brazos. Pese a que se llevaban tres años, eran casi de la misma estatura. Hanna no quiso soltarlo, por lo que Ingrid tuvo que acercarse y apartarle el brazo. Se aferró a la mano de la niña mientras se secaba las lágrimas.

—Sube al coche, John. No pasa nada. Todo irá bien. Nosotros estaremos aquí y puedes venir cuando quieras —dijo, con voz calmada, por mucho que el corazón le latiera desbocado.

La mujer, la madre de John, se había apoyado en el coche con un cigarrillo en la mano. El rojo ardiente brillaba contra la oscuridad de la noche. Soltó el humo en unas cuantas anillas y estiró el cuello hacia atrás para verlas perderse entre las tinieblas.

—Venga, John. Tenemos que irnos ya —dijo, al tiempo que lanzaba el cigarrillo a medio fumar sobre la gravilla, donde lo apagó con un pisotón del talón para luego dejarlo ahí tirado.

Ingrid quiso ponerse a chillarle. ¿Cómo podía haber abandonado a su hijo en una gasolinera? ¿Y luego hacía como si nada? ¿Qué carajos le pasaba?

Pero no dijo nada. Se rodeó el estómago con los brazos, con fuerza, y se mordió el interior de la mejilla para impedir que las lágrimas siguieran cayendo.

—Vuelve pronto, vuelve cuando quieras —le susurró a John cuando él terminó pasando por su lado y bajó los escalones del porche. El niño no se volvió ni le dijo nada, sino que se limitó a subirse al coche. El motor ya estaba encendido, y, en cuanto cerró la puerta, se puso en marcha. Ingrid lo vio alejarse hasta que desapareció en la distancia.

—¿Cómo pueden dejar que se quede con John? —preguntó Hanna. Se sentó en el último peldaño y escondió el rostro entre las manos.

—Porque es su madre.

Hanna se estiró y recogió una piedra afilada para ponerse a hacer unas marcas sobre la madera del peldaño.

—No hagas eso —le dijo Victor.

Pero Hanna no le hizo ni caso. Siguió moviendo la piedra de arriba abajo, tan fuerte como podía. Cuando Victor se dispuso a avanzar hacia ella, Ingrid lo detuvo.

—Está echando a perder el escalón —le dijo.

—Hay que lijarlo y engrasarlo de todos modos —la excusó Ingrid, moviendo a Victor hacia un lado para que pudiera ver por encima del hombro de Hanna. Para que viera lo que estaba haciendo. Las palabras se fueron formando en la superficie.

John estuvo aquí.

SOLHEM, NOCHEBUENA DE 1978

La casa parecía más pequeña cuando estaba llena de gente. Los cristales de las ventanas se habían empañado, y el zumbido de las voces hacía que todo pareciera más cálido y cerrado.

Ingrid iba de un lado para otro entre el fogón y la mesa de la cocina, mientras llenaba los platos de comida y apartaba los cuencos vacíos. Casi se tropezó con Hanna, quien se había agachado en el suelo. La niña le sonrió y señaló algo que quería que viese. Era Grace. Se había metido bajo la mesa, donde estaba sentada tranquilita, rodeada de su vestido de tul rosa. Aunque tenía un cuenco en el regazo, este estaba lleno de galletitas en lugar de comida. Ingrid lo dejó pasar y, tras limpiarse las manos en el delantal que llevaba puesto, se estiró hacia la cámara que estaba sobre el aparador. Entonces se agachó e hizo una foto para capturar ese momento para siempre. La princesita bajo la mesa, con sus galletitas navideñas sobre su vestido rosa. Un recuerdo adorable. Quizá lo pintara en algún momento; seguro que sería un cuadro precioso.

Los amigos que habían llegado de visita habían abierto una botella de aquavit y, como dictaba la tradición, entonaron una canción tradicional antes de zamparse la bebida de un solo trago. Ingrid se les sumó y cantó con tantas ganas que empezó a quedarse sin voz. Victor fue a por su guitarra, se quitó el bléiser y lo dejó caer al suelo antes de ponerse a tocar mientras se adentraba en la estancia y recibía un coro de risas y vítores. Hanna tomó a Grace en brazos y se puso a bailar con ella, con su vestido rojo de terciopelo extendiéndose como una campana a su alrededor según giraba y giraba por el suelo de madera. Ingrid las siguió con la cámara, para luego ir desplazándose por la estancia y documentarlo todo. Capturó las risas, las expresiones, los abrazos y los bailes. Todos sus amigos de la ciudad, aquellos a los que había echado tantísimo de menos. Los artistas, los cineastas. Lo bien que se lo habían pasado durante sus estudios y en los años posteriores a ello.

Cuando sonó el teléfono, el primer instinto de Ingrid le dijo que no contestara. Sin embargo, el aparato siguió sonando, con insistencia, y el ruido le llegó desde el vestíbulo. Se apresuró para contestar y se llevó el auricular a la oreja.

—Casa Solhem, ¡feliz Navidad! —dijo, contenta y aún bailando un poco.

—¿*Ingrid*? —contestó una vocecita que reconoció de inmediato.

—¿John? ¿Eres tú?

—*Ayúdame*.

—¿John? ¿Hola?

Solo que el niño ya no estaba. La llamada se había cortado. Ingrid sacó su abrigo del armario y se puso un gorro. Y entonces volvió corriendo a la sala en la que se encontraban los demás. Victor dejó de tocar. La gente siguió cantando durante algunos segundos más, aunque todas las miradas no tardaron en centrarse en ella.

—Vigila a Grace, volveré pronto —le dijo a su marido, antes de darse la vuelta. Victor corrió para alcanzarla.

—¿A dónde vas? ¿Quién ha llamado?

—John. Necesita ayuda.

—John. Pero si no sabes dónde está. Dónde vive.

—Sí que lo sé. Cotilleé unos documentos y vi una dirección en Västerås que aún recuerdo. Calle Kaserngatan, número 19.

—Pero Västerås… Eso está muy lejos. ¿Cómo piensas…? Es Nochebuena.

—Sí, justo por eso. Es Nochebuena y John está triste y tiene miedo. Ningún niño debería tener que pasar por eso. Voy a conducir hasta allá.

Ingrid salió hacia las ráfagas de nieve del exterior. Victor la observó desde el porche mientras ella quitaba la nieve del coche con un brazo.

—Pero no puedes presentarte allí como si nada. Tienes que llamar a la policía, a los servicios sociales. Ellos se encargarán —le dijo en voz alta.

—Me ha llamado a mí —repuso, quitándose la nieve de los guantes y de las mangas—. Le prometí que siempre estaría ahí para él y es una promesa que pienso cumplir.

—Pero no puedes llevártelo y ya. Es un delito.

Ingrid abrió la puerta del coche de un movimiento brusco y fulminó a su marido con la mirada. La determinación le brillaba en los ojos.

—Me importa un comino —siseó, antes de subirse al asiento del conductor.

Cuando el motor volvió a la vida, el coche sonó como un tractor. Pisó el acelerador varias veces antes de ponerse en marcha, para intentar calentarlo un poco. Entonces salió pitando con un rugido que hizo que la gravilla se disparara detrás de los neumáticos. Vio a Victor por el retrovisor. Él se quedó en el porche, haciéndose cada vez más y más pequeño hasta terminar desapareciendo. Se quedó sola en la carretera rural, con las manchas blancas de la nieve agitándose a su alrededor como única compañía.

John estaba dormido en el asiento trasero, envuelto en una mantita a cuadros que guardaban en el coche para proteger la tapicería de cuero de los asientos. Estaba muy pálido y tenía los ojos hinchados por la falta de sueño. Pese a que solo tenía once años, parecía agotado y mucho mayor de lo que era. Su cuerpecito se sacudió hacia un lado y hacia el otro cuando Ingrid salió de la carretera principal y se metió por una avenida delineada por unos tilos oscuros y cubiertos de nieve. Tras soltar un suave gimoteo, empezó a despertarse. La enorme mansión aún tenía las luces encendidas, y prácticamente cada ventana parecía un rectángulo dorado que iluminaba la oscuridad. Vio gente moviéndose por doquier. Seguían despiertos, a pesar de que la Nochebuena hacía mucho que había pasado a ser Navidad propiamente dicha.

Victor los esperaba en la gravilla de la entrada, enfundado en su abrigo grande y grueso. Parecía que llevaba allí mucho tiempo, pues se le había congelado la barba y tenía las mejillas rojas e hinchadas. Avanzó para darle alcance en el coche, abrió la puerta y se inclinó sobre el hombro de Ingrid. Posó la vista sobre el niño dormido que se encontraba en el asiento trasero.

—¿Qué has hecho? ¿Te lo has traído sin más? —farfulló, antes de dejarle un beso en la frente.

John abrió los ojos, medio dormido. Cuando se dio cuenta de a quién tenía enfrente, se sentó de inmediato y empezó a frotarse los ojos.

—Hola, campeón. Bienvenido a casa —le dijo Victor, abriendo los brazos. John vaciló un segundo, pero luego se lanzó hacia él y se le puso a llorar sobre un hombro.

No llevaba zapatos. Sus calcetines blancos y largos se le habían ido saliendo y le colgaban de las puntas de los pies. Victor intentó cargarlo en brazos, pero el niño se negó. Soltó a Victor y salió corriendo, sobre la nieve y el porche, solo en calcetines. Cruzó la puerta casi deslizándose, e Ingrid vio a Hanna recibirlo en el interior de la casa. Se abrazaron durante un largo rato, como si no quisieran soltarse.

—¿Y a la madre no le ha importado que te lo llevaras? —le preguntó Victor, preocupado.

—No se lo he preguntado —contestó ella, cortante y dándole la espalda. Empezó a caminar hacia la casa, pero Victor la siguió y la detuvo, al sujetarla de los hombros.

—¿Cómo que no? ¿Te lo has llevado y ya?

—Sí.

—Te has vuelto loca. Podrías ir a la cárcel por esto.

—Tendrías que haber visto dónde estaba —siseó Ingrid, con lágrimas en los ojos. Se soltó de su agarre y continuó avanzando hacia el porche—. Si alguien tiene que ir a la cárcel es esa mujer. Esa supuesta madre. John es más feliz aquí, con nosotros.

—Pero no puedes... Es que... No es nuestro hijo, Ingrid.

—Ay, calla. Los lazos de sangre no componen una familia, sino el amor. Tenía que sacarlo de ahí, ¿es que no lo entiendes? —le preguntó—. Y ahora tenemos que darle a John una Navidad de verdad. Ve y prepárale un buen plato de comida. Que quede bonito y festivo. Voy a ver si encuentro algo que podamos envolver para que tenga un regalo.

—Pero primero tenemos que llamar a la policía y decirles que está aquí. Si no te meterás en líos. La semana que viene tengo que irme a grabar, lo sabes. Hanna te necesita. Grace te necesita. No puedes poner en riesgo su estabilidad.

—John también me necesita.

—Será mejor para ti si los llamas y les explicas qué ha pasado.

—¿Mejor para mí?

—Así es.

—Pero la policía tiene que entender que esto no es cosa mía. He encontrado a un niño pequeño, de once años, en un piso que parecía un antro de drogas. Con gente tirada por el suelo, dormida y medio desnuda. Entre botellas de alcohol.

—¿Tan horrible ha sido?

—Espantoso.

—Sigo pensando que deberíamos llamarlos.

—No. Que la policía diga lo que les venga en gana. John ha huido porque el lugar en el que vivía era demasiado horrible. Yo solo le he echado un cable. No van a ponerse a buscarlo hoy, que es Navidad. Además, les llevará un tiempo darse cuenta de que se ha ido. Hazme caso.

Victor se pasó una mano por la barba, y el aliento se le alzó frente al rostro en una nube blanca. Tiritó antes de abrir la puerta. Ingrid pasó por su lado y corrió escaleras arriba, en dirección a la habitación y el armario en el que había escondido los libros y juguetes que había comprado en una oferta. Solo que no llegó a hacerlo, pues John estaba tumbado en su cama. Se había dejado caer sobre el edredón, en su lado de la cama, aún con toda la ropa puesta. Seguía medio dormido, hecho una bolita. Ingrid se tumbó a su lado y le acarició el cabello. Tenía la frente muy caliente y húmeda. Tenía fiebre. Entonces llegó el momento de las lágrimas, porque no fue capaz de contenerlas más tiempo. Dejó que se le deslizaran por las mejillas.

—Ay, cielo —susurró.

Hanna abrió la puerta un poquito y se asomó, también medio dormida y cubierta con el edredón.

—¿Puedo dormir aquí con vosotros? —preguntó, para luego meterse en la cama, al otro lado de John, sin esperar respuesta.

Para cuando Ingrid se levantó de la cama y bajó las escaleras, el ruido del salón se había reducido casi por completo. Unas pocas personas seguían sentadas a la mesa del comedor mientras conversaban sobre algo, muy serios. Debido a sus tonos de voz, Ingrid supo que estaban enfadados. Quizás estuvieran hablando de John. Alguien se había quedado dormido en el sofá. Un hombre estaba sentado en una butaca y tocaba una melodía triste y a poco volumen. El árbol de Navidad estaba rodeado de trozos rasgados de papel de regalo, cintas y agujas de píceas. Las lucecitas parpadearon e hicieron que las bolas del árbol relucieran. Daisy, la mejor amiga de Ingrid de sus tiempos en la escuela de arte, cantaba al ritmo de la canción que el hombre tocaba en la guitarra con la voz aguda que la caracterizaba y su acento norteamericano. Cuando Ingrid se adentró en la estancia, su amiga dejó de cantar.

—¿Cómo está? —le preguntó.

Ingrid se acercó a ella y, cansada, le apoyó la frente en un hombro.

—Se ha quedado dormido, Hanna está con él —contestó. Sorbía por la nariz y le costaba respirar.

Daisy le dio un abrazo, e Ingrid soltó un suspiro, pues no quería apartarse. Se quedó allí de pie y en silencio, en los brazos de su amiga, incapaz de seguir guardándose todo lo que sentía. El cuerpo se le estremeció y se le sacudió. Sus amigos fueron acercándose, incluido Victor, quien la rodeó con un brazo y la ayudó a llegar al sofá.

—Seguro que ha estado viviendo así todo este tiempo. Durante meses. En un antro de drogas. Ni siquiera tenían nada de comida de Navidad. Solo había botellas y latas de cerveza.

—No me puedo creer que te hayas atrevido a entrar en un lugar así —le dijo Daisy, al tiempo que se sentaba a su lado.

Ingrid soltó un resoplido.

—¿Que me haya atrevido? Todos estaban fritos, no había nadie despierto. El lugar olía a vómito, a alcohol y a orina. En Nochebuena. Menudos asistentes sociales de pacotilla. ¿Cómo no se van a dar cuenta de la vida que ha estado viviendo?

Daisy le acarició el cabello y se lo enroscó entre los dedos.

—Quizás es que hoy se han excedido. Las Navidades pueden ser una época complicada para muchas personas.

—Tenía su propia habitación y una cama. Pero no tenía mantas. Ni casi ningún juguete.

—¿Cuánto tiempo lleva viviendo allí?

—Seis meses. Una eternidad en la vida de un niño.

—Conozco a un buen abogado, él podrá ayudarte. Y no te preocupes por el dinero —le dijo Daisy, con firmeza. Daisy era rica; había heredado una fortuna de su padre. Para ella, Suecia y la escuela de arte eran una aventura, pues no necesitaba trabajar ni estudiar para llegar a fin de mes. No iba a tardar mucho en volver a los Estados Unidos.

Victor volvió a la estancia y las interrumpió. Parecía muy serio.

—Acabo de hablar con la policía —les dijo.

Ingrid se levantó del sofá de un salto, con una mirada salvaje.

—¡Y ahora vendrán a llevárselo! —le gritó—. ¿Es que no lo ves? Primero necesita descansar. Necesita un poco de paz y tranquilidad.

Pero Victor no se amedrentó ante su ira. Apretó los labios y le apoyó las manos en los hombros.

—Tranquilízate. No puedes secuestrar a un niño y ya. Entiéndelo. Lo estás arriesgando todo: a Hanna, a Grace. Podrían quitárnoslas.

Ingrid se puso a golpearlo. Lo empujó con las manos abiertas en las costillas, en un intento por apartarse de su agarre.

—Estaba en peligro y lo he salvado. ¿Por qué no lo entiendes?

—Claro que lo entiendo, pero tienes que decírselo a la policía. No tardarán en llegar.

—¿No podemos decir que ha huido? Que se ha presentado aquí y que ha llamado a la puerta.

—No, porque entonces se lo llevarán de vuelta sin pensárselo dos veces —interpuso Daisy. Se coló entre ambos y le rodeó las manos a Ingrid con las suyas. Ingrid se dejó caer entre sus brazos.

—No pueden llevárselo —dijo, sollozando en el hombro de su amiga—. Si me lo quitan, no sé qué voy a hacer.

—Lo mejor será que les contemos la verdad. ¿No crees, Daisy? —preguntó Victor.

—Llamaré a mi amigo abogado. Estoy segura de que él sabrá qué hacer —contestó ella, antes de dirigirse hacia la cocina y el teléfono.

—Tienen que entenderlo. No pueden llevárselo de vuelta con esa... bruja —dijo Ingrid, dejándose caer sobre una butaca, agotada.

—Seguro que lo entenderán —la tranquilizó Victor, acomodándose en el brazo de la butaca, a su lado—. Tienen que hacerlo.

SOLHEM, JUNIO DE 1979

Grace había aprendido a caminar. Se tambaleaba entre las margaritas del jardín, y de vez en cuando daba algunos tumbos en los que evitaba terminar en el suelo al apoyar sus bracitos regordetes en la tierra y elevar el culo al aire. Entonces se volvía a erguir y continuaba. Le había crecido el pelo y tenía unos rizos oscuros que se le enroscaban en la nuca. Ingrid solía preguntarse quién sería su padre, si acaso le gustaría conocerla o si sabría de su existencia siquiera. Su madre estaba en un hospital psiquiátrico y recibía tratamiento para su trastorno bipolar. El litio le daba náuseas, por lo que a sus médicos les estaba costando dar con la dosis y el tratamiento adecuados. Ingrid había ido a verla una vez, cuando Grace tenía cinco meses. Solo que la mujer había evitado mirarlas a los ojos, tanto a ella como a su hija. Quizá nunca le dieran el alta. Aquello era algo que Ingrid no podía evitar: en el fondo del alma, deseaba que así fuera.

Corrió por detrás de Grace y la tomó en brazos, antes de hacerla girar una y otra vez hasta que la bebé estalló en risitas. Tenía unas mejillas regordetas y rosaditas, y los ojos le brillaban. Cómo quería a esa pequeñaja. No se imaginaba una vida sin ella.

John y Hanna estaban leyendo, tendidos en una manta bajo el roble, y Hanna tenía la cabeza apoyada en el estómago de John. Ingrid se les acercó y sentó a Grace sobre la manta.

—¿Podéis vigilarla un ratito? —les pidió, sacándose las llaves del coche del bolsillo de su vestido.

—¿Ya va a llegar? —preguntó John, enderezándose. Colocó una brizna de hierba en el libro para marcar la página antes de cerrarlo.

—¿Cómo se llamaba?

—Erik —contestó Ingrid, al tiempo que sacaba un papel de su bolso para mostrárselo a los niños. Tenía una foto pequeñita y borrosa enganchada con un clip. El niño tenía los ojos casi cerrados, con los párpados caídos, y se veía taciturno, casi hasta malhumorado. Esperaba que no fuese así en realidad, que no fuera a darles muchos problemas.

—¿Va a comportarse como John? —preguntó Hanna, y era obvio que compartían aquella preocupación.

John se giró de sopetón para mirarla.

—¿A qué te refieres con «como John»? —le preguntó, en un siseo.

—Pues enfurruñado. Y algo majareta, como eras tú cuando llegaste a Solhem. La verdad es que estabas un poco chiflado, gritabas y te ponías peleón todo el día.

Ingrid dobló el papel y se lo volvió a meter en el bolso.

—Tendremos que esperar y ver cómo es. Será quien tenga que ser. Sea como fuere, tenemos que asegurarnos de que se sienta como en casa. Y que quede claro que John no estaba enfurruñado. Estaba triste. Aunque parecía enfadado, en realidad estaba afligido…

Se volvió hacia John, quien aún parecía un poco fastidiado. Le acarició la cabeza y pasó un dedo con cuidado sobre la tirita que tenía en la frente, aquella que le cubría el buen corte que se había hecho al estrellarse contra la ventana del sótano. Era cierto, el niño era un poquitín salvaje, pero decidió que eso no lo iba a mencionar.

—Y tenía todas las razones para estarlo —siguió—. Pero ahora le hemos devuelto la felicidad a base de abrazos, ¿verdad? Casi casi del todo. En cualquier caso, creo yo que le vendría bien al menos uno más.

—¿Lo ves, Hanna? No estaba chiflado, ¡ja! —murmuró él, antes de menearse entero para evitar que Ingrid consiguiera rodearlo entre sus brazos y tumbarse de nuevo sobre la manta.

Abrió el libro que estaba leyendo y lo sostuvo de modo que le cubriera la cara. El libro tenía la imagen de un niño dormido sobre una balsa. *Las aventuras de Huckleberry Finn.* Y ellos estaban tumbados en la misma posición que la de la imagen: con las piernas recogidas, los pies descalzos y los dedos extendidos. Ingrid se preguntó si John se sentiría identificado con Huck cuando leía, si llevaría consigo los mismos horrores que aquel personaje. Le daba gracias al cielo por cada día que el niño pudiera pasar con ellos, por cada día en el que confiaban así en ella. Sin embargo, todo ello pendía de un hilo terriblemente frágil. La madre de John aún exigía que se le permitiera verlo, y la investigación del caso era algo que aún los atormentaba.

John nunca hablaba sobre lo que le había pasado en la temporada que había vivido con su madre, no estaba dispuesto a decir ni una palabra al respecto. Aun con todo, le había contado a Hanna que le había dado unos buenos golpes y palizas. En cuestión de semanas, el castigo físico en niños por fin iba a estar prohibido en Suecia. Quizás entonces fuera más fácil para ellos poder quedarse con los niños; quizás entonces los servicios sociales dejaran que John se quedara a vivir con Victor y con ella. Y para siempre, en lugar de como era hasta el momento. Estaba hartísima de lo provisional, de que nunca nada fuese permanente. Era como si tuviera a los tres niños prestados.

Y pronto, a cuatro.

Ingrid se paseó de un lado para otro sobre el andén vacío, impaciente, mientras observaba cada rendija que había en el cemento, las manchas de líquidos que se habían derramado y secado sin limpiar, los chicles pegados. De vez en cuando, alzaba la vista y observaba a lo lejos a la espera del tren que ya iba tarde. Esperó y esperó, pero el tiempo parecía atrapado en el vacío, y los segundos se volvieron minutos.

Tras un rato, llegó por fin. Las vías traquetearon antes de que pudiera ver la locomotora, y los gruesos rieles de hierro anunciaron su llegada inminente. Se quedó allí plantada y esperó, acomodándose el cabello y cuadrando los hombros. Quizás tendría que haber llevado un cartelito con su nombre. Solo que estaba sola en el andén, no había nadie más esperando. Así que se dijo a sí misma que seguramente todo iba a salir bien. Se iban a encontrar. Volvió a sacar el papel, lo extendió y observó la imagen. Parecía más joven que los dieciséis años que tenía. Quizá la foto fuera vieja. En la imagen aún tenía las mejillas redondeadas y regordetas.

El tren se adentró en el andén, con un ligero pero aun así visible velo de humo que provenía de su motor diésel. Los frenos chirriaron cuando se detuvo. Las puertas se abrieron y los pasajeros bajaron de los distintos vagones. Miró por doquier. Contó ocho: cinco mujeres y tres hombres. Solo que no había ningún adolescente, ningún niño. ¿A dónde habría ido?

Ingrid se puso de puntillas antes de empezar a pasearse por el andén y asomarse para ver el interior de los compartimentos a través de las ventanas sucias. A mitad de camino se encontró con el revisor, que iba asegurándose de que todas las puertas estuvieran cerradas.

—Busco a un niño, se suponía que iba a venir en este tren —le dijo, mientras avanzaba a su lado.

—No he visto a ningún niño que viajara solo. Todos los que querían bajar ya lo han hecho. Ahora debemos irnos —contestó el hombre, sujetándose al pasamanos antes de subir de un salto al último vagón.

Ingrid se quedó allí hasta que el tren se marchó. Entonces, muy despacio, volvió hacia el pequeño edificio amarillo que era la estación. Uno de los hombres seguía allí, sentado en un banco. A su lado había una mochila de deporte desgastada hecha de yute negro y una maleta de cuero marrón. Cuando su mirada se cruzó con la de ella, le hizo un ademán con la mano. Ella alzó la suya, insegura, y se apresuró a acercarse a su lado.

—¿Erik? —le preguntó, sorprendida.

Él asintió. Tenía una mirada suave, y, cuando le sonrió, los ojos le parecieron brillar. Era altísimo, mucho más que ella, y tenía los brazos bronceados y musculosos, con las mangas enrolladas hasta los codos. Aquel no era ningún niño, sino que ya era todo un hombrecito.

—Ay, es que te esperaba más jovencito. Bienvenido —le dijo, estirándose hacia una de las maletas. Solo que él se le adelantó.

—Yo me encargo —le dijo, de buen humor.

No parecía nada desdichado, ni como si hubiese sufrido de abusos o maltratos. Era un joven fuerte y feliz. Y bien vestido, casi como un caballero.

—¿Y tu coche? —le preguntó.

Ingrid se lo señaló.

—Es el Saab que está por allí, el azul.

—Genial. Mi abuelo tiene un Saab, sé conducirlo.

—Pero si no…

—No, no tengo carné. Pero es que no nos molestamos en sacarlo. Solía necesitar que lo ayudase con la compra y con demás recados. Ya está senil, no sé si te lo dijeron. Así que lo mandarán a una residencia. Prácticamente ya no me reconoce.

—Ay, qué terrible. Debe haber sido muy duro para ti. Nadie me había dicho nada de eso, no. Lo único que me dijeron fue que no tenías padres y que tus demás familiares eran demasiado mayores como para hacerse cargo de ti.

—Me las arreglo como puedo. Pronto seré mayor de edad. No me dejan vivir solo aún, por mucho que quiera. Es una tontería, llevo años valiéndome por mí mismo, la verdad.

—Estarás bien con nosotros. Está bien tener algo de compañía, alguien con quien hablar.

—No pretendo quedarme mucho tiempo. No falta mucho para que empiecen las clases, así que me iré a vivir al internado.

5

MODERNA MUSEET,

20 DE SEPTIEMBRE DE 2022

John se apretuja al pasar por la rendija de la puerta para luego cerrarla a toda prisa a sus espaldas. Huele a humo, y la peste que lo rodea es tan intensa que hace que Hanna arrugue la nariz.

—Lo dejaré —le dice él, como si pudiera leerle la mente.

—Me alegro.

—Hay un huevo de gente fuera. ¿Siempre es así cuando trabajas?

—No, la verdad. Ser artista es un trabajo bastante solitario.

—¿Y por qué todos te hablan en inglés? ¿Acaso no saben que hablas sueco?

Hanna suelta una risita antes de cubrirse la boca con la mano para esconderla.

—Pues parece que no. Seguro que no tienen ni idea. En cualquier caso, no les he dicho nada.

—Pero… ¿no te han oído hablar conmigo? —le pregunta él, rascándose la cabeza. Uno de sus rizos se sale de su sitio y se queda apuntando hacia arriba. Hanna se lo acomoda con una caricia.

—Creo que no. Casi siempre hablamos cuando estamos los dos solos. Tú no hablas mucho si hay más gente alrededor.

John da unos pasos hacia la ventana, se apoya las manos en la zona lumbar y contempla el mar.

—¿No podemos ir a por algo de comer? —le pregunta—. De todos modos, todos parecen estar enfadados contigo, como si los hubieses decepcionado. No deberíamos haber escondido los cuadros. ¿Por qué has hecho eso? No lo entiendo.

—Porque creo que la cajonera es mi mejor obra. Y la más importante.

—Pero... no lo es. No es ni la mitad de buena que tus cuadros y esculturas. Esas son obras magníficas. Fenomenales. Y esa cajonera es...

—Lo es todo. Tiene todo lo que compone el arte: la vida, el dolor. Los recuerdos y los sentimientos. Y así es el arte. El arte de verdad.

John suelta un suspiro al volver a dejarse caer en el sofá. Se acomoda un poco hacia abajo de modo que pueda apoyar la cabeza en el respaldo y cierra los ojos.

—¿De verdad tienes que hacer todas estas entrevistas? Vamos a estar aquí todo el santo día —se queja.

—Pues sí. Muchos han viajado hasta aquí solo para ver esta exposición. No te vayas, puedes quedarte sentado en el sofá escuchando.

—¿No te avergüenzo? ¿No te parezco un incordio?

Entonces alguien llama a la puerta, y Sara asoma la cabeza. Con una mano alzada, menea el índice de un lado para otro.

—*Tic, tac, tic, tac* —dice, impaciente—. Se nos va el día y ya vamos tarde.

—Dos minutos más —le dice Hanna, con firmeza. Cuando la puerta se vuelve a cerrar, se gira hacia John.

»Nunca has sido un incordio, y por supuesto que no me avergüenzas. Espero que lo sepas —recalca, sin apartar la vista de él. John nunca se sienta completamente quieto: mueve las manos y rota constantemente la mandíbula, como si esta se le hubiese soltado. No se atreve a devolverle la mirada.

—La camisa me pica —se queja, dándole un ligero tirón al cuello de la prenda. Hanna se le acerca, le suelta el botón de más arriba y le alisa las arrugas que tiene en los hombros.

—Es porque es nueva, se volverá más suave después de lavarla. Y te queda la mar de bien. Me alegro mucho de que hayas venido —añade.

Cajón del medio.
Molduras decorativas del solario.

Erik

SOLHEM, JUNIO DE 1979

La mujer que iba en el asiento del conductor no dejaba de hablar. Conducía con unos movimientos como barridos, doblaba las curvas demasiado rápido y se inclinaba hacia el lado en el que giraba el volante, como si no le quedara más remedio que comprometerse por completo y seguir los movimientos del coche. Parecía un poco nerviosa. Ya se había olvidado de cómo se llamaba, pues no había estado escuchándola cuando se lo había dicho. Sus palabras se transformaron en una melodía larga e infinita, un zumbido que iba en sintonía con el motor. Erik tragó el nudo que se le había formado en la garganta y se preguntó dónde estaría su abuelo en aquellos momentos; si también estaría en un coche mientras lo llevaban a algún lado. A un edificio de puertas cerradas, un lugar para aquellos que habían perdido el juicio o se habían vuelto seniles. Erik se había esforzado mucho tiempo, lo había ayudado con todo lo que había podido: con los recados, la comida, la higiene personal. Pero el anciano caminaba dormido por las noches y meaba en el armario. Y, de buenas a primeras, dejó de poder leer la pila de libros que tanto le habían gustado en su momento.

Al final, los habían descubierto. La vecina se había chivado, y tras ello los asistentes sociales se habían presentado con sus caras serias y sus libretas. Según parecía, era aterrador el modo en el que él y su abuelo habían vivido durante el último par de años. Erik no entendía a qué se referían. Creía que se las habían arreglado bastante bien, así que le parecía raro que no lo estuviesen felicitando ni siquiera un poco. Quería quedarse con su abuelo hasta el final y seguir viviendo en el piso en el que había crecido. Donde habían tenido su propia rutina desde que sus padres habían muerto en un accidente de coche cuando él no era más que un bebé.

Erik se inclinó sobre la ventana, apoyó la frente en el cristal frío y contempló el exterior: todos los árboles que dejaban atrás, el firmamento y las aves que volaban por él. Las casitas rojas que salpicaban el terreno como pequeños oasis en medio de los campos, rodeadas por jardines verdes y frondosos.

Parecía muy distinto a como eran las cosas en Estocolmo. Muy desolado.

El coche giró hacia una carretera más pequeña y luego hacia una avenida delineada por árboles. Fue rebotando por encima de los baches que se habían formado en la gravilla. Algo arañó la parte de abajo del coche y la mujer soltó un «¡ups!» antes de echarse a reír. Era bastante maja; en cierto modo, como alocada. Y olía a las mil maravillas, casi como un prado en verano. Erik sonrió.

Vio la entrada a lo lejos, las puertas dobles de roble. La enorme mansión amarilla parecía más y más alta conforme se acercaban a ella. Era descomunal.

La mujer pegó un frenazo en mitad de la entrada y luego dio un par de bocinazos con impaciencia antes de bajarse del coche. Durante unos pocos segundos, todo permaneció en calma y tranquilo, hasta que las puertas dobles se abrieron de par en par. Unos niños salieron corriendo, seguidos de un hombre que no tardó nada en acercarse y asomarse por la ventana abierta del coche.

—Bienvenido, Erik. Soy Victor. Me alegro de que Ingrid haya conseguido encontrarte en la estación —dijo, abriendo la puerta para que Erik bajara.

—Qué casa más grande. ¿Vivís aquí? —preguntó Erik, sin poder creérselo, mientras alzaba la vista. Según bajaba del coche, pasó la mirada por todas las ventanas que tenía la casa. Había muchísimas—. ¿Cuántas habitaciones tiene? ¿Tenéis vuestra propia biblioteca?

—Ingrid puede mostrártelo todo más tarde. Pero primero quiero que conozcas a los demás. Estamos muy contentos de tenerte aquí con nosotros.

—Habla por ti —murmuró Erik para sí mismo mientras terminaba de salir del coche y se enderezaba. Casi le sacaba una cabeza entera a Victor.

—Haré como que no he oído eso —le dijo Victor, guiñándole un ojo. Alzó a una niñita en brazos y esta le dio un abrazo antes de enterrarle la carita en el cuello para ocultarse del desconocido.

»Esta ratoncilla tan tímida es Grace. Suele ser un encanto la mayor parte del tiempo, pero cuando se pone a llorar parece una tuba.

—Y este es John —dijo Ingrid, dándole un empujoncito hacia adelante a un niño con el cabello alborotado y manchas de hierba en las rodillas—. Es amable e indomable a partes iguales.

John extendió una mano hacia él, y cuando Erik se la estrechó, el niño le devolvió el gesto con una floritura bastante exagerada para luego hacerle una reverencia que hizo que doblara el cuerpo hasta que tuvo la cabeza a la altura de las rodillas. Erik se echó a reír.

—Menudos modales, madre mía. Muy bien educado —dijo, echando un vistazo por encima de la cabeza del niño. En los peldaños del porche había una joven, alta y delgada, con unos rizos espesos y castaños que le caían hasta llegarle a la cintura. Lo observaba con recelo y con los ojos ligeramente entrecerrados, como si los estuviese entornando por culpa del sol. Cuando Erik le sonrió, ella le devolvió la sonrisa. Sin embargo, no se acercó, sino que se quedó allí medio apoyada en el barandal, casi aferrada a él, de hecho.

—Hanna, ven aquí —la llamó Victor—. Tú también tienes que saludar.

Erik la observó mientras se acercaba hasta donde estaban todos. La brisa le agitó su vestido amarillo y la falda le ondeó por las piernas. En lugar de acercarse hasta donde estaba Erik, se detuvo al llegar al lado de Ingrid y le apoyó la cabeza un poco en un brazo.

—Hola —lo saludó con timidez.

—Hola —contestó Erik, alzando la mano para saludarla.

La mesa estaba puesta con todo y había ollas y cuencos llenos de comida. Patatas, arroz, estofado de carne, alitas de pollo y una ensalada de unos tomates rojos deliciosos y unas hojas de espinaca delgadas. Y muchas salsas. Ingrid y Hanna iban y venían. Las servilletas se asomaban desde los bordes de los vasos, todas de diferentes colores y diseños: florales, azules, verdes y rosadas. Le parecía extraño que hubiera tanta comida, tantos aromas distintos. En casa, Erik solía cocinar salchichas y patatas. Varitas de pescado y patatas tostadas con mantequilla. Platos que eran fáciles y rápidos de preparar. Su abuelo y él comían juntos, aunque a menudo se pasaban el rato ensimismados cada uno en su propio libro. No tenían mucho de lo que hablar. Allí, sin embargo, la situación era diferente. Las voces resonaban por toda la estancia y todos parecían tener algo que decir.

—Escoge un color —le dijo John, tirándole de la mano. Erik abandonó la butaca en contra de su voluntad y observó la mesa y todas las servilletas. Escogió una verde y sencilla.

»Verde que no muerde —siguió hablando John, mientras se sentaba a su lado, cerca de una servilleta decorada con rosas grandes.

—Rosa... —A Erik no se le ocurrió nada que rimara con esa palabra.

—Amorosa —dijo Hanna, con una risita.

—Sí, las rosas sí que son amorosas —afirmó John, antes de sacar la servilleta de su vaso. Se la colocó en el regazo y se la acomodó de modo que los pantalones le quedaran cubiertos del todo. Entonces se balanceó de un lado para otro, como si estuviera bailando—. ¿Vas a vivir con nosotros a partir de ahora? —le preguntó a Erik.

—Solo durante el verano. Después me iré a un internado.

—Un internado. ¿Qué es eso? —quiso saber Hanna.

—Es una escuela que está en un edificio que es como un hotel. Voy a vivir allí.

—Pero allí no habrá padres que te cuiden y te abracen, ¿no? Ingrid dice que eso es lo que necesitamos todos los niños. Y no tienen que ser tus padres de verdad, puede ser cualquier adulto —le explicó John, para luego sacar la lengua e intentar tocarse la nariz con ella. Los ojos se le pusieron bizcos por el esfuerzo.

—Sí que hay adultos, aunque no sé yo si van repartiendo abrazos —repuso Erik, entre risas, mientras observaba al niño. Parecía costarle quedarse sentado y quieto, como si fuera algo imposible para él.

—Puaj, qué pesadilla sería vivir en la escuela. ¿Por qué querrías vivir allí cuando puedes vivir aquí? —preguntó Hanna, antes de alzar los hombros y estremecerse con un escalofrío.

Erik no hizo caso de su comentario. Estaba convencido de que todo iría bien en el internado. Era algo que su abuelo podía permitirse pagar y lo habían hablado cuando aún estaba en sus cabales. Le daría los contactos que necesitaba y una buena educación para el futuro. Se quedó sentado con las manos en el regazo, a la espera de poder hincarle el diente a toda aquella comida. Lo bien que olía todo hacía que el estómago le gruñera y que no recordara la última vez que había comido. Todo había sucedido muy deprisa: los asistentes sociales se habían adentrado en el piso con sus preguntas y se lo habían llevado de inmediato. Y tan solo unos cuantos días después lo habían metido en un tren con las indicaciones de dónde debía bajarse. Quizá tendría que haberse resistido un poco más. O tal vez haber saltado del tren en movimiento y haber escapado.

Victor fue el último en sentarse. Sacó la servilleta rosa que tenía en su copa y se la puso en el cuello de la camisa, como si fuese un pañuelo esponjoso. Entonces se estiró hacia la olla con un ruidito de satisfacción muy prolongado y se sirvió dos buenas cucharadas. La salsa se extendió sobre el plato, brillante por el aceite, y Victor pasó un dedo por el borde para evitar que la salsa se escapara antes de lamérselo.

—Qué buen banquete —dijo, alzando su copa. Ingrid se apresuró a llenársela, con un vino tinto que burbujeó en la botella. Victor bebió un sorbo sin esperar a que los demás tuvieran sus copas llenas y procedió a aclararse la garganta.

»Erik —lo llamó—. ¿Cuál es tu recuerdo más preciado?

A Erik lo sorprendió la pregunta, pues era demasiado personal e indiscreta, y lo hizo fruncir el ceño.

—Piénsatelo —le dijo Victor, al ver que no le respondía—. Cuando todo en la vida es un desastre, es importante que uno no olvide ese tipo de cosas.

—Puedo ir yo primera y contar el mío —se ofreció Ingrid.

Los niños se giraron hacia un extremo de la mesa con expresiones llenas de expectativa, hacia donde se encontraba Ingrid sentada. Ella frunció un poco los labios y cerró los ojos.

—A ver... La verdad es que tengo muchísimos, así que me cuesta escoger solo uno —dijo, dándose golpecitos en los labios con el índice.

—Eso es bueno —comentó Victor—. Buenos recuerdos es lo único que uno debería coleccionar en la vida. El dinero, la posición social y los cachivaches materiales son cosas que se pueden perder. Pero nadie te puede quitar los recuerdos.

—Bueno, la demencia sí que puede —dijo Erik en voz baja, antes de cerrar la boca.

—Ay, es cierto. Pues ya lidiaremos con ello si llega a pasar —repuso Ingrid, para luego respirar hondo y decirle algo a Victor sin pronunciar las palabras. Erik la vio modular un: «Chitón».

—Venga, cuéntanos qué pasa en tu recuerdo. ¿Conociste a un león de verdad o qué? —le preguntó John, entusiasmado.

—No. O bueno, supongo que en cierto modo sí —dijo, mirando de reojo a Victor y su melena alborotada y pelirroja—.

Conocí a alguien que tenía la melena de un león. Alguien de quien me enamoré perdidamente.

—¡Vicky Ricky! —interpuso John, muy animado.

—Exacto. Era Victor.

—Cuéntanos más, porfa. ¿Cómo os conocisteis? Nunca me lo has contado —dijo Hanna, inclinándose hacia adelante mientras apoyaba la barbilla en la mano y los codos sobre la mesa.

—Pues estaba tomándome un café en una terraza con unos amigos cuando de pronto aparece este señor al doblar una esquina y se dirige directo hacia nosotros, sin quitarme la mirada de encima. Le vi algo especial en los ojos, eran como… imanes para mí. Se aferraron a los míos y nunca más me soltaron.

—¿Y ya? ¿No pasó nada más? ¡Qué aburrido! —soltó John, decepcionado, mientras se dejaba caer sobre el respaldo de su silla. Se balanceó sobre las patas traseras, de atrás hacia adelante.

—¿Y qué pasó después? Cuéntanos más —pidió Hanna.

—Eso fue lo único que hizo falta: un solo momento que valió más que todas las montañas de dinero y de diamantes en el mundo. Un poco más tarde esa misma noche, nos vimos de nuevo. ¿Te acuerdas, Victor? Te sentaste a mi lado en el restaurante. Yo no sabía qué plato escoger, porque la carta estaba en francés y no sabía qué significaba nada. Pero tú sí y sugeriste que compartiéramos unos cuantos platos en lugar de cada uno pedir por nuestra cuenta.

—Sí, y tú caíste en la trampa así de fácil —dijo Victor, entre risas—. Fue una buena estrategia para tener algo de lo que hablar.

—¿Caí en la trampa? Pero si me enamoré ahí mismo. Quería que siempre te sentaras a mi lado. Por el resto de nuestras vidas —dijo Ingrid, antes de ponerse de pie, con lo que el mantel de la mesa se arrugó un poco. Se inclinó en dirección a su marido haciendo morritos e hizo que él se levantara y le diera alcance para devolverle el beso.

—Perdona, siempre son así —le susurró Hanna a Erik, con los ojos abiertos de par en par. Solo que Erik no se había sorprendido. Creía que era un gesto bonito. Algo muy preciado que tener.

—El pasado es una serie de momentos y ya —dijo Erik, tras pensárselo un poco.

—¿A qué te refieres? —le preguntó Ingrid, tras soltarle la mano a su marido. Se volvió a sentar en su silla y recogió su servilleta, la cual se había caído al suelo cuando se había levantado.

—A que nadie lo recuerda todo. Solo recordamos aquello que fue importante para nosotros, de modo que el pasado termina siendo… una reconstrucción de nuestras emociones —se explicó Erik.

—Ay, no. Que tenemos un filósofo en la familia —dijo Victor, muy satisfecho.

—Bueno, pues yo me alegro de haber sentido eso en su momento y de poder recordarlo ahora —señaló Ingrid.

—¿Y cómo terminasteis aquí? En esta casa tan grande —les preguntó Erik.

—Porque a todos nos llegan cosas buenas. Hoy has llegado tú, por ejemplo. Heredamos esta casa de Märta, la abuela de Ingrid. Pese a que era demasiado grande y demasiado cara para nosotros, no pudimos negarnos —le explicó Victor.

—Y entonces Hanna apareció en el arbusto de lilas —añadió Ingrid—. Ese es otro recuerdo que atesoro. Uno de esos bonitos momentos del pasado.

—¿En el arbusto de lilas? ¿Es que nació allí? —preguntó Erik, sorprendido.

Hanna soltó una risita y se cubrió la boca con la mano.

—No, claro que no —dijo Ingrid, poniéndose de pie. Mientras buscaba en una cajonera, añadió—: También somos su familia de acogida. De todos vosotros. Solo os tenemos prestados un tiempo.

—Así que será mejor que nos comportemos —añadió Victor, antes de soltar una sonora carcajada.

Ingrid sacó una videocámara de un cajón, una Súper 8 portátil que se puso a zumbar ligeramente cuando la encendió. La alzó y apuntó hacia la mesa, antes de desplazarse poco a poco por la estancia, haciendo *zoom* en cada uno de ellos y saludándolos con la mano para que le devolvieran el gesto.

—Compartamos más recuerdos —propuso ella, según seguía moviendo la cámara por toda la mesa—. ¿Quién quiere empezar?

—¡Yo! —chilló John, alzando la mano en un gesto desesperado.

Ingrid se agachó frente a él y apoyó los codos sobre las rodillas para estabilizar la cámara.

—Cuéntanos —articuló, asintiendo.

—Una vez estaba paseando por el bosque y estaba todo muy oscuro porque era de noche y muy tarde. Y de pronto apareció un… —Los ojos se le desplazaron hacia arriba y clavó la vista en el techo mientras pensaba—. ¡Un elefante! —exclamó, al tiempo que aplaudía un par de veces, emocionado.

—Venga ya, que aquí no hay elefantes —dijo Hanna, tras soltar un largo suspiro.

Ingrid volvió la cámara hacia ella, y Hanna le hizo una mueca. Todos se echaron a reír. La cinta se acabó, pues solo le habían quedado unos pocos minutos. Ingrid bajó la cámara y volvió deprisa hacia la cajonera.

—Sí que hay —repuso John, cruzándose de brazos. Con los labios fruncidos, le dedicó a Hanna una mirada malhumorada. Ingrid consiguió encontrar una nueva cinta y cambió el cartucho.

—Espera, espera, no digas nada. Ahora sigo grabando —dijo Ingrid, haciéndole un ademán con la mano.

—Deja de decir mentiras —lo regañó Hanna.

Victor volvió su silla hacia John y cruzó las piernas.

—A mí me parece muy emocionante —comentó—. Cuéntanos qué más pasó. Quiero saber cómo era el elefante.

A John se le iluminó la mirada. Se subió a su silla con tanta prisa que esta se tambaleó un poco, por lo que Victor tuvo que estirarse y sujetar el respaldo. John se puso a bailar mientras contaba el resto de su historia: dobló las rodillas, meneó las caderas y sacudió las manos. Ingrid, que ya había vuelto con la cámara, lo grabó de cerca.

—Tenía la trompa así de larga. Y yo me senté sobre ella y salí volando hacia arriba. Entonces me quedé colgado en la curva de su rodilla y lo vi todo bocabajo… y entonces llegó un… un loro y se me posó en el pie. No, mentira, que no había ningún loro.

Se echó a reír por su propia broma y volvió a sentarse, con un golpe seco. Los demás también se rieron. Erik se apoyó en el respaldo de su silla y se percató de que tenía las mejillas acaloradas y la barriga llena. La risa y la compañía le transmitían una sensación como de algodón, y los hombros, los cuales había tenido muy tensos hasta el momento, se le relajaron y bajaron un poco. Esperaba que su abuelo también estuviera bien, que no se estuviera cabreando cuando lo ayudaran en la residencia, como solía hacer con Erik. Todo eso era culpa de la enfermedad, de la pérdida de memoria. Porque antes de que sufriera esas cosas siempre había sido amable.

El suelo crujió cuando Hanna y Erik pasaron por encima de los viejos tablones de madera del rellano. La luz tenue no conseguía iluminar las habitaciones, por lo que estaban casi a oscuras. Hanna llevaba consigo una vela que había estado en la mesa de la cena y le explicó que no todas las habitaciones tenían una lámpara. Avanzaba despacio a la luz de la llama parpadeante, según hablaba y le señalaba cosas. Muchas de las habitaciones estaban vacías y los muebles estaban cubiertos por unos trozos de tela mugrientos para evitar que se destiñeran por culpa del sol. Abrieron y cerraron muchas puertas.

—Aquí duermen Ingrid y Victor y también Grace, nuestra hermanita, porque nunca quiere dormir sola. Y a veces también John, aunque puedes hacer como que no te he contado eso último —le dijo, empujando la puerta para abrirla un poquitín.

Extendió la mano en la que llevaba la vela para que él pudiera echar un vistazo, pero no encendió la luz. En la habitación había una cama grande, la cual tenía una camita más pequeña a un lado y una cuna en el otro. Uno de los bracitos de Grace colgaba por entre las barras de la baranda de la cuna, pues estaba profundamente dormida. Hanna tiró de la puerta con delicadeza para que solo quedara abierta un resquicio.

»Esta es mi habitación —comentó, dándole un golpecito a la puerta de la habitación que tenían enfrente.

Había un cuadro, una pintura elegante de unas flores silvestres que formaban las letras del nombre de Hanna. Erik se detuvo para contemplarlo, pero Hanna siguió avanzando.

—Y esta de aquí en el rincón será la tuya —le dijo, abriendo la puerta de par en par. Encendió la luz del techo y sopló la vela para apagarla.

Erik cruzó el umbral y se detuvo en seco.

—Vaya —soltó, mirando a su alrededor. La estantería estaba llena de libros, decenas de ellos, acompañados de un globo terráqueo. Dos almohadones de color verde brillante reposaban sobre el edredón gris y también había una alfombra de rayas verdes.

»Es perfecta —dijo, al tiempo que depositaba su mochila de deporte en la cama. La abrió y sacó dos libros desgastados y de cubierta de cuero que dejó con cuidado sobre la estantería.

—¿El verde es tu color favorito?

Erik asintió.

—¿Cómo lo ha sabido? Y que me gustan tanto los libros.

—Por la servilleta. Has escogido la verde —le explicó Hanna—. Es lo que ella hace siempre, cuando llega un niño nuevo a Solhem. Tiene almohadas y alfombras de todos los colores. A veces se equivoca, pero la mayoría de las veces acierta. Es muy tiquismiquis con los colores.

Erik respiró hondo por la nariz y cerró los ojos. La chica olía a las mil maravillas. Cada vez que se movía, el aroma se volvía más y más intenso. Erik alzó la mirada y la clavó en ella, para estudiarla de pies a cabeza. Hanna se puso nerviosa y se removió en su sitio antes de jorobarse un poco. Entonces se volvió de un salto y salió corriendo sin mediar palabra.

Erik no podía dormir. Todo estaba oscuro y tan en silencio que lo único que oía eran las hojas del árbol que había fuera, las cuales se agitaban suavemente cuando las ramas cedían por el viento. Aquel lugar no le parecía su hogar en lo más mínimo. Echaba de menos los ruidos: el tráfico, los ronquidos de su abuelo, el zumbido de la nevera. Así como el brillo de las farolas, que hacía que la pared de su habitación se tiñera de un tono amarillo dorado.

Se levantó de la cama, se envolvió con una manta y salió a escondidas. Conforme pasaba por la puerta de Ingrid y Victor, oyó algo rechinar dentro de la habitación, así que se detuvo a escuchar. Era un sonido extraño, un pulso suave, como si algo se estuviese moviendo de atrás hacia adelante. Se volvió más y más intenso hasta que otro sonido se le unió: unos golpes amortiguados contra la pared. Cuando se percató de qué era lo que estaba oyendo, las mejillas se le pusieron coloradas. Estaban haciendo el amor. Pese a que nunca había oído aquel sonido antes, sí que había leído al respecto en novelas y hasta lo había soñado por las noches. Unos suspiros y gemidos contenidos, jadeos entrecortados. Cuerpos desnudos, húmedos por culpa del sudor.

Siguió avanzando a hurtadillas, presionándose la entrepierna con una mano, pues esta había empezado a pulsar y a abultarse. La sangre corría rauda por sus venas y no era capaz de apartar los pensamientos que lo invadían.

Cruzó el saloncito que había en la planta superior hasta llegar al rellano que conducía hacia la escalera, ya que quería salir de la casa y respirar un poco de aire fresco. Cuando se sujetó del pasamanos, se congeló en su sitio, con un pie levantado en el aire. Una lucecita parpadeaba en una pared escaleras abajo, como si alguien hubiese encendido una vela. Estiró el cuello tanto como le fue posible, para ver más allá de la curva de las escaleras. Había alguien allí sentado, casi al llegar abajo. Alguien que se había encorvado y había retirado uno de los tablones de los peldaños. Erik se volvió, se presionó la entrepierna y se obligó a sí mismo a pensar en su abuelo y en uno de los desagradables accidentes que había tenido al ir al baño. Y funcionó. Su erección disminuyó.

Bajó unos cuantos escalones, y Hanna pegó un bote al oírlo. Se apresuró a cubrir el peldaño y acomodó el tablón de vuelta en su lugar con su cuerpo.

—¿Qué haces despierta en plena madrugada? —le preguntó Erik, sentándose unos cuantos escalones por encima de donde estaba ella.

Hanna sujetó la vela y se puso de pie tan deprisa que la llama se apagó. La oscuridad los envolvió, y lo único que Erik pudo distinguir fue la silueta de su cuerpo y el contorno de su melena alborotada.

—¿Qué escondes ahí? —quiso saber.

Hanna le dio un pisotón al peldaño, para asegurarse de que los clavos hubiesen vuelto a su lugar original.

—Nada. Me he tropezado y se ha salido —se explicó.

—Pero… —dijo Erik, al tiempo que se apartaba hacia un lado cuando ella pasó junto a él. Su cabello le rozó un brazo, y él se resistió al impulso de acariciarlo. Era muy joven y, aun así, guapísima.

Hanna se detuvo al subir un par de escalones, pero no se giró.

—¿Tu madre también es drogadicta? —le preguntó.

Erik negó con la cabeza.

—No, ni nada que se le parezca. Mi madre murió. ¿La tuya es drogadicta?

Hanna siguió subiendo, despacio, y vaciló al responder.

—Sí, aunque casi desearía que estuviese muerta. Tienes suerte —le dijo, tras unos segundos.

—Espera, no te vayas —le pidió él—. Ya que los dos estamos despiertos, ¿no quieres quedarte y hablar un rato?

—Tengo que ir a dormir, estoy cansada —dijo, para luego bostezar y marcharse de puntillas por el rellano a oscuras. Erik se preguntó si oiría a Victor y a Ingrid, o si ya habrían terminado con lo suyo. Si Hanna entendería lo que estaban haciendo o si era demasiado joven para ello.

Se quedó sentado un rato en las escaleras, mientras oía los ruidos desconocidos de la casa: los crujidos de la madera y el viento en el exterior. Después, salió al porche y respiró unas cuantas bocanadas de aire frío. Una lámpara que colgaba del techo chirrió al balancearse de adelante hacia atrás. Dentro tenía una vela medio gastada. Bajó hasta la gravilla y se dirigió hacia el jardín. Al pisar el rocío, este le pareció hielo bajo los pies. Echó la cabeza hacia atrás para ver el cielo, pero, como estaba nublado, no pudo ver ninguna estrella. Volvió a la casa, haciendo el menor ruido posible, y cerró la puerta antes de subir las escaleras. Cuando había llegado a la mitad, se dio la vuelta y volvió a bajar. La curiosidad pudo más que él. ¿Qué era lo que Hanna estaba escondiendo en aquel lugar? ¿Qué era tan secreto que solo podía ir a verlo por la noche?

Tanteó por la pared en busca del interruptor de la luz, pero no lo encontró. Siguió caminando hasta llegar a la cocina, donde buscó unas cerillas y una vela, la cual encendió y dejó sobre la escalera. Tuvo que intentarlo con algunos peldaños antes de dar con el indicado, el que tenía el tablón suelto. Con mucho cuidado, lo levantó, lo dejó a un lado y se asomó para ver lo que contenía. Parecía una casita de muñecas, con muebles en miniatura y paredes empapeladas con diseños dibujados a mano. Tenía dos habitaciones: una que parecía ser una cocina y otra, un salón, con un sofá que parecía estar hecho a base de fragmentos de vajilla. El resto estaba fabricado con unas ramitas delgadas y cartón marrón, el cual había doblado con delicadeza hasta formar unos ángulos afilados.

Era un hogar en miniatura.

Victor acababa de volver a casa después de un viaje. Tras dejar la maleta en mitad de la mesa de la cocina, la abrió y sacó varias bolsas de golosinas, además de unas cuantas fotos de colección, las cuales les entregó a John, Hanna y Erik. Eran fotos de actores, firmadas con rotulador negro. Hanna se apretó la suya contra el pecho.

—¿Y cómo era? ¿Era majo? —quiso saber.

—Pues más o menos, era un poco melindroso —contestó Victor, al tiempo que le entregaba una piruleta a Grace.

Ingrid no tardó nada en quitársela de la mano, y la niña se puso a berrear a moco tendido, con la boca abierta de par en par como si fuese un polluelo.

—Es muy pequeña, se podría atragantar con algo así —se quejó Ingrid, para luego abrir una bolsa de gominolas de frambuesa. Partió unas cuantas en unos trozos pequeñitos y las dejó en la mesa frente a la niña.

»Mejor estas, también están muy buenas —le dijo a la niña, pero ella se negó a comerlas. Siguió llorando y señalando la piruleta, mientras estiraba sus bracitos regordetes en esa dirección. Hanna aprovechó la oportunidad, agarró un trocito de gominola que había en la mesa y se lo metió en la boca de un movimiento. Grace dejó de llorar de inmediato y se puso a saborear la golosina.

Erik se apoyó contra el marco de la puerta y los observó. Llevaba puesto un peto azul, sin camiseta debajo. Entre las manchitas blancas que le moteaban los brazos, la tierra y el sudor le brillaban en la piel. Justo había acabado de pintar las molduras de yeso del solario. Victor le ofreció una bolsa de chuches.

—Quédate la bolsa, te la has ganado. Trabajas muy duro todos los días —le dijo.

—Es que me gusta tener las manos ocupadas. Ah, cierto. Esta mañana he pasado la manguera en el invernadero —le contó, antes de meterse un puñado entero de gominolas en la boca. El azúcar se derritió e hizo que la boca se le hiciera agua. Comió unas cuantas más y soltó un ruidito satisfecho—. Me moría de hambre.

—Te daremos algo de dinero por todo el trabajo que estás haciendo. Yo nunca puedo con todo, no sé cómo nos las arreglaremos cuando te vayas al internado.

—Ay, no quiero ni pensarlo —repuso Ingrid, quien tenía un cuenco de tomates de un color rojo intenso y distintos tamaños en la mano—. Hanna y John han estado recogiendo tomates hoy. Ya han empezado a madurar, así que tendremos para todo el verano.

—Deberíais vender algunos —le dijo Erik—. El invernadero está lleno de ellos, podríais montar una tienda.

—Una tienda —dijo Victor, frunciendo un poco el ceño—. Ese no era el plan.

—¿Ah, no? Pero si ibas a hacerte granjero, ¿no te acuerdas? Por eso te pusiste con el invernadero —le recordó Ingrid, entre risas.

—¿Granjero? —preguntó Erik—. Pero ¿no eras director de cine?

—Sí que lo es —dijo Ingrid—. Solo que a veces le da tanto la neura que dice que va a buscarse otro trabajo.

Victor bajó la maleta de la mesa.

—Venga, venga, reíos que parece que no tenéis nada mejor que hacer —murmuró, mientras escogía un tomate muy jugoso del cuenco y le pegaba un mordisco—. Aunque supongo que es algo bueno. A veces nos lleva a poder comer cosas sabrosas, al menos.

—Hablo en serio —siguió Erik—. Una tiendecita de productos orgánicos. Y vosotras dos podéis vender vuestros cuadros ahí, que son estupendos.

Hanna miró a Ingrid, insegura.

—¿Se los has mostrado? —le preguntó, con las mejillas rojas por la vergüenza.

Miró de reojo por la ventana, hacia el estudio improvisado en el gran cobertizo amarillo de macetas que había detrás del invernadero. La puerta se había quedado entreabierta. Erik la había cerrado sin prestar atención, por lo que debía haberse vuelto a abrir. Ingrid no le había dado permiso para entrar, sino que él solito había encontrado la llave mientras limpiaba el invernadero. Y allí, junto a las paredes de madera descubiertas, había lienzos apoyados en caballetes y en rollos. No había podido contenerse y había ojeado algunos.

—Tenía curiosidad, así que he entrado yo solo. ¿Cuál de las dos me ha pintado? —quiso saber—. Asumo que soy yo el que está sentado bajo el manzano.

Hanna salió corriendo sin decir más, y Erik se acercó a la ventana para observarla marcharse. La joven siguió el caminito que conducía al estudio, abrió la puerta de par en par y desapareció en el interior del cobertizo. Era en aquel lugar donde solía pasar la mayor parte de su tiempo, a veces el día entero. Escondida del mundo y sin dejar que nadie la acompañara. Erik había llamado a la puerta varias veces, pero ella siempre salía para hablar con él y nunca lo invitaba a entrar. Y había conseguido hacerla enfadar al haber entrado de todos modos. Se preguntó cuánto tiempo le duraría el enfado.

—Ya te imaginarás quién ha sido —dijo Ingrid, acercándosele por detrás, entre risitas—. Tiene muchísimo talento, y pensar que solo tiene catorce años. De verdad, la técnica con la que trabaja es increíble.

—¿Lo aprendió de ti?

—A veces pintamos juntas, cuando tengo un rato libre. Pero la mayor parte del tiempo está allí metida solita. Es algo natural para ella, como si tuviese las imágenes en su interior. Y sabe a la perfección cómo sacarlas. Venga, vamos a hablar con ella. Así podrás verlo todo.

Incluso desde lejos, podían oír los golpes y el estrépito que se estaba produciendo dentro del cobertizo. Para cuando Erik abrió la puerta, Hanna ya había arrancado varios lienzos de sus marcos y los había enrollado. Los apretujaba en un cajón que ya contenía unos cuantos lienzos enrollados y empujaba para que entraran hasta el fondo.

—¿Qué haces? —le preguntó él, recogiendo los marcos vacíos—. ¿Me has pintado más de una vez?

Hanna decidió no contestarle, aunque el rubor de sus mejillas sugirió que era posible que sí lo hubiera hecho.

—Pues me gustaría comprarte el del manzano, al menos. Era increíble. Te daré… diez coronas.

—No está a la venta —dijo Hanna, por lo bajo.

—Venga, te puedes hacer rica con esto. Tienes mucho talento, chica —dijo Erik, agachándose un poco para poder mirarla a los ojos. Hanna le devolvió la mirada con timidez, solo para apartarla un segundo después y volver a lo que estaba haciendo. Era difícil conectar con ella, como si tuviese un campo de protección invisible que la rodeara.

Ingrid montó un caballete y lo plantó en medio del cobertizo, para luego entregarle a Erik una paleta de pinturas y un pincel.

—A ver, te toca. Intenta pintar a Hanna —propuso.

Erik se sacudió las manos y el barro que tenía pegado en ellas se levantó en una nube de polvo. Tenía las uñas llenas de mugre.

—¿A Hanna? Jolín, si apenas puedo dibujar palitos —dijo, al tiempo que aceptaba el pincel.

—¿Qué colores quieres? —le preguntó Ingrid.

—Rojo —contestó él.

—¿Rojo y ya está? Qué curioso. ¿Así vas a hacer un cuadro como Dios manda?

Ingrid dejó un trozo de cartulina que había por ahí sobre el caballete.

—Ya te daremos un lienzo de verdad cuando tengas más práctica —le explicó.

Erik asintió, apoyó la punta del pincel en la manchita de pintura y la extendió entre las cerdas. Entonces pintó un corazón enorme, con piernas y brazos y unos rizos alborotados que se disparaban en todas direcciones. Al terminar, retrocedió un paso.

—Listo —dijo, satisfecho—. Aunque, ahora que lo veo, bien podría ser cualquiera de vosotras.

Toda la entrada de gravilla situada frente a la mansión estaba llena de cacharros. Muebles viejos, herramientas, ropa, bolsas de la compra llenas de libros y revistas. Cuadros viejos y llenos de polvo. Erik se había dispuesto a sacar todo lo que había en uno de los edificios anexos que flanqueaban la entrada. Tras ello, John lo cargó todo en una carretilla que maniobró de forma temblorosa para llevar las cosas hasta el cobertizo que usaban como trastero.

Había un cartel colgado en la entrada del anexo. *Galería Solhem y artículos diversos,* rezaba. Lo había pintado Hanna, con unas letras negras y elegantes en un fondo de color azul cielo. Erik lo acomodó para que estuviera recto antes de ajustar el último tornillo.

Ingrid se encontraba en el interior, barriendo los tablones de madera con unos movimientos amplios y vigorosos. Había grandes pilas de polvo, tierra, pintura descascarillada, un mortero viejo y telarañas.

—Me pregunto qué dirá Victor de todo esto. Esta noche volverá a casa, aunque solo durante el fin de semana —le contó Ingrid.

—¿Esta noche? ¡Pero se suponía que iba a estar fuera durante semanas! —exclamó Erik—. Será mejor que nos demos prisa, entonces.

Corrió hacia el exterior y tomó una mesa con ambas manos, antes de echarse hacia atrás y levantarla del suelo. Avanzó con dificultad por el jardín en dirección al trastero, con las rodillas dobladas de modo que el pesado objeto se le balanceara sobre los muslos. Hanna corrió detrás de él y agarró un lado con ambas manos para ayudarlo. El peso disminuyó de forma considerable.

—Gracias, así está mucho mejor. Seguro que es más fácil si lo llevamos entre los dos —dijo él, tras dejar la mesa en el suelo y volver a sujetarla mejor.

—¿Por qué vas con tantas prisas? —preguntó Hanna.

—Victor llega esta noche.

—Qué bien, así nos echa un cable.

—No, será más divertido si lo sorprendemos. Tenemos que dejarlo todo listo: colgar todos tus cuadros tan bonitos y recoger los tomates.

—¿Y si no viene nadie?

—¿Cómo que si no viene nadie?

—A comprar los tomates, digo. Se pudrirán.

—Ah, no te preocupes por eso. De vez en cuando uno tiene que arriesgarse un poco. Ahora, levanta.

De forma un poco inestable, avanzaron por el jardín sujetando la mesa entre los dos. Como Erik cargaba con la mayor parte del peso, la mesa se inclinaba un poco en su dirección.

—Siempre pasan cosas divertidas cuando estás cerca. No quiero que te vayas —le dijo Hanna, según dejaban la mesa en el trastero. Erik la puso de lado y la empujó tanto como pudo contra la pared, para hacer sitio para todo lo demás.

—¿Eso crees?

—Sí, es como si no supieras lo que es la tristeza y el dolor, ¿sabes?

—¿A qué te refieres? John y tú parecéis muy contentos. Y Grace también, se pasa el día soltando risitas.

Hanna retrocedió un poco, como si no se atreviese a decir lo que pensaba.

—No lo entiendes —terminó diciéndole, mientras se cruzaba de brazos.

Erik se encogió de hombros.

—Quizá no —dijo, acomodándose el gorro que tenía puesto. Se detuvo al llegar a la puerta y se volvió hacia ella.

—¿Es tu antigua casa? La que está escondida bajo el escalón —le preguntó.

La mirada de Hanna se ensombreció.

—¿Has estado husmeando? —siseó.

—Sí, no me pude contener. Lo siento.

—No tendrías que haberlo hecho. Nadie sabe que está ahí, ni siquiera Ingrid.

—Pero yo sí.

—Pero no tendrías que saberlo.

—Es muy bonita. ¿Vivías allí antes? ¿Con tu madre?

—Con mi abuelo. Mi madre es drogadicta, ya te lo había dicho.

—¿Y qué le pasó a tu abuelo?

—Murió. Y mi madre no pudo hacerse cargo de mí primero porque estaba en la cárcel y ahora porque está en un centro de rehabilitación, así que vine para aquí. Todos los que terminamos aquí hemos perdido algo. ¿Es que no lo entiendes?

—¿Perdido algo?

—Exacto.

Hanna se abrió paso por su lado al salir por la puerta. Corrió por el jardín en dirección a la casa, y Erik oyó que cerraba de un portazo al entrar antes de subir las escaleras dando pisotones.

Pese a que el sol ya se estaba poniendo, quedaba mucho para que la galería estuviera lista. Ingrid limpió con un paño húmedo el par de estanterías que habían decidido que podían quedarse y luego las llenó con frascos de mermelada de tomate y cuencos de tomates frescos. Erik colgó los cuadros. Uno a uno, con unos clavos negros. Los cuadros preciosos que Ingrid había hecho de unos paisajes, con colores apagados que se entremezclaban para formar campos y cielos y árboles y lagos. Y también las pinturas traviesas que Hanna había hecho de animales: conejos, zorros, vacas, cada uno con su propia personalidad, y en ocasiones hasta con ropa y sombrero. Un zorro tenía la apariencia de un rey, con todo y su corona dorada. Tenía las orejitas en punta, rojas y peludas. Erik apartó ese a un lado.

—No voy a colgar este, quiero quedármelo —anunció, decidido, mientras se lo mostraba a Ingrid.

—Te va muy bien, sí. Es precioso. Llévatelo cuando te vayas al internado, puedes colgarlo en tu habitación.

—Primero tengo que preguntarle a Hanna si puedo comprarlo. ¿Dónde se ha metido?

—No, no le digas nada. Le da mucha vergüenza. Llévatelo y ya está.

—¿Seguro?

—Sí, lo más probable es que ni siquiera lo note. Pinta sin parar.

—Eso me lo creo. Parece muy... meticulosa al respecto.

Ingrid dejó el trapo en el cubo y retrocedió unos cuantos pasos. Las estanterías estaban medio llenas. Y los cuencos de tomates de color rojo intenso parecían obras de arte a la luz dorada del crepúsculo.

—Es cierto, nuestra Hanna es muy inteligente y meticulosa. Solo que vive prácticamente en su propio mundo. Es como si quisiera dejar fuera todo lo demás. Como si solo cuando pinta se sintiera a salvo de verdad, como si solo entonces pudiera ser ella misma.

—Tiene una casita en las escaleras de entrada. ¿Lo sabías?

—¿Una casita?

—Sí, la hizo ella. Es como una casita de muñecas, escondida bajo uno de los peldaños. Y solo tiene dos habitaciones: una cocina y un salón.

—Como la cabaña de Knut —dijo Ingrid, limpiándose las manos en la falda.

—¿Así se llamaba su abuelo?

—Sí. Vosotros dos tenéis unas cuantas cosas en común. Hanna se crio con su abuelo, al igual que tú. Aunque creo que tu situación fue un poco más llevadera que la de ellos. Las cosas fueron bastante complicadas para Knut y Hanna en esa cabaña. Pasaron muchas adversidades. Deberías ir con cuidado cuando tratas con ella, no ha tenido una vida fácil.

—¿La cabaña está cerca de aquí?

Ingrid salió del anexo y señaló más allá del campo, donde el sol que se ocultaba extendía sus rayos rojos sobre el horizonte hasta casi hacerlo brillar. Unas golondrinas volaban en círculos por el campo.

—Está por allí, por el bosquecillo. Es una cabañita roja. Ahora vive otra persona allí, pero ella se mete a escondidas de todos modos. Lo más probable es que siga haciéndolo mientras viva aquí con nosotros.

—¿No seguirá viviendo con vosotros para siempre?

—Uno nunca sabe —contestó Ingrid, resignada, antes de volver al anexo. Encendió un par de velas y las dejó sobre una mesita baja. Erik la siguió. Y también Hanna, quien de pronto estaba allí con ellos.

—Sí que lo sabes. No pienso irme de aquí —dijo ella con firmeza, para luego darle a Erik una patada en la pierna.

—¡Ay! ¿Por qué me pateas?

—Porque… te he oído. Tendrías que haberte quedado calladito —le siseó.

Tenía la cartera muy abultada, llena de un montón de billetes de cien, impecables y muy lisos. Erik la había sacado del escritorio de su abuelo antes de que alguien lo notara, así como algunas joyas que habían pertenecido a su abuela. Al principio se había sentido culpable, como si fuese un ladronzuelo. Pero terminó convenciéndose de que su abuelo no iba a poder usar aquel dinero en la residencia, por lo que probablemente habría terminado dándoselo a él, si se lo hubiese pedido.

Erik sacó un billete, lo dobló en dos y se lo metió en el bolsillo trasero de los pantalones. Después, devolvió la cartera a su escondite bajo el colchón.

Era muy temprano y no había nadie despierto, ni siquiera Grace. Por si las moscas, se detuvo fuera de la habitación de Victor e Ingrid, pero no oyó ningún sonido en el interior. Siguió avanzando de puntillas, bajó las escaleras y salió al jardín delantero.

Fuera de la galería, el suelo estaba salpicado de confeti: trocitos de papel de diversos colores y formas. Un par de globos que habían pegado a las canaletas se agitaban suavemente con el viento. De camino, recogió unos cuantos vasos con los que se encontró, uno de vino y unos cuantos de refresco que se habían quedado tirados por la gravilla. Cuando Victor había llegado a casa, habían organizado una fiesta de inauguración improvisada. Había llegado con un par de amigos del equipo de grabación, un cámara y su asistente. Todos habían hablado en voz alta y los habían obsequiado con historias de la grabación y anécdotas divertidísimas que hicieron que se desternillaran de la risa. Sin embargo, no les interesaron los cuadros, por lo que no compraron ninguno. Se limitaron a echar un vistazo rápido por la estancia sin hacer ninguna pregunta.

Hanna no había estado con ellos. Ingrid había subido a su habitación varias veces para ver cómo estaba, pero cada vez que volvía lo hacía sola porque Hanna se negaba a bajar. Estaba demasiado nerviosa.

Erik se adentró en la galería y levantó uno de sus cuadros del clavo que lo sostenía. Lo envolvió en papel de embalar y le ató una cinta alrededor. Escribió su propio nombre con rotulador, así como la dirección del internado. Tras ello, lo ató al transportín de su bici y se fue hasta la oficina de correos. Pese a que el trayecto fue largo, hacía una mañana preciosa. La niebla se veía espesa sobre las planicies y danzaba bajo los rayos tenues del sol. Pedaleó y pedaleó para luego estirar las piernas colina abajo y dejar que los pedales giraran por sí mismos, con unos chirridos agudos. El viento le agitaba el cabello y lo notó cálido, casi como una caricia.

—Ten, es tuyo —dijo Erik, extendiéndole a Hanna el billete de cien coronas.

Hanna estaba tumbada en la cama con los zapatos puestos y la vista clavada en el techo. Cuando Erik agitó el billete en su dirección, ella se giró para darle la espalda.

—¿Qué pasa? ¿Te vas a quedar aquí tumbada durante el resto de tus días? —le preguntó.

—Exacto.

Sonaba bastante decidida. Soltó un fuerte suspiro y se acurrucó aún más, hasta convertirse en una bolita en medio de la cama grande. Pero cuando Erik se volvió para marcharse, se incorporó de sopetón.

—¿Por qué no te guardaste el secreto?

—¿Cómo dices?

—Lo del escalón.

—No sé. Me pareció muy triste, aunque también muy bonito. Lo siento, ¿aún estás enfadada? ¿Por eso no fuiste a la fiesta de anoche?

Hanna soltó un gruñido.

—Es mi casa. Solo mía. No tendrías que haberla visto. Ni tú ni nadie.

—Lo siento. No tendría que haber husmeado.

—No. No debiste.

—¿No puedes ponerte contenta por esto y ya? —le preguntó. Volvió a extenderle el billete y dejó que cayera suavemente sobre ella.

Hanna lo atrapó en el aire y lo giró de un lado a otro para contemplarlo.

—Cien coronas —dijo, sorprendida.

—Sí. Eres una artista de verdad —anunció Erik, sonriendo.

—¿De verdad alguien ha comprado uno de mis cuadros?

—Que sí, ya te lo he dicho. La galería ha sido una buena idea.

—Pero ¿quién lo ha comprado? ¿Has sido tú?

—Vino alguien. No sé quién era.

—¡Dime! ¿Cómo era? ¿Era una mujer? Dime que no era una mujer.

De pronto, le pareció que Hanna tenía miedo. Se puso de pie y se acercó a la ventana. La abrió y se asomó, de puntillas. Erik se le acercó por detrás y la sujetó de la camiseta, para evitar que se cayera.

—Ten cuidado, que está muy alto —le dijo, tirando de ella con suavidad hacia el interior.

—¿Sigue ahí? —preguntó Hanna, nerviosa y sin dejar que tirara de ella.

—¿Quién?

—La persona que compró la pintura. ¿Cómo era? ¿Vino sola?

Se había puesto a temblar, Erik pudo notarlo. Los brazos y los hombros se le sacudían sin control.

—Ya te lo he dicho, no sé quién era. Supongo que alguien que vio la tienda, que vio el cartel que colgamos en la carretera. Tranquila.

—Prométeme que me esconderás si vuelve. Es importante.

—¿Si vuelve quién?

—Mi madre. Le da problemas a Ingrid. Dice que vendrá a llevarme lejos. Que debo vivir con ella ahora que ha salido del centro de rehabilitación. Hacía lo mismo con mi abuelo, era…

—¿Cómo sabes todo eso?

—He leído sus cartas a escondidas. Está furiosa. Ha amenazado a Ingrid muchas veces, le escribe cosas horribles.

—No ha sido ella quien ha comprado el cuadro. No ha venido por aquí, no tienes de qué preocuparte.

—¿Qué sabrás tú? Si ni siquiera la conoces. Además, podría ser uno de sus amigos. Tiene amigos peligrosos, violentos y malvados.

—Que te digo que no ha sido ella. Hazme caso y quédate tranquila. Eres rica.

Hanna volvió a su cama y se acurrucó contra el cabecero. Sujetó el billete de cien coronas entre el pulgar y el índice y lo agitó como si se tratara de una bandera.

—Sí que soy rica —dijo, de mejor humor.

—Y eres una artista que ha vendido su primer cuadro —añadió Erik.

—No quiero que te vayas de esta casa, Erik. Por favor, quédate con nosotros. No vayas al internado.

—¿Y si lo dejas estar y vuelves dentro?

John llevaba horas sentado en los escalones del porche. Desde el mediodía hasta las últimas horas del atardecer. Llevaba puestos sus pantalones beis elegantes y una camisa celeste que no había tardado nada en arrugarse. Si bien antes había estado muy bien peinado con una raya a un lado, en aquellos momentos tenía la cabeza toda despeinada y con los mechones apuntando en todas direcciones. No reaccionó cuando Erik le habló, por lo que este se quedó apoyado en el umbral.

—Ingrid dice que te dará helado si pasas. Ni siquiera tienes que comerte la cena primero.

—No me apetece —murmuró el niño. Se quedó sentado e inmóvil, contemplando el atardecer de agosto con una mirada vidriosa.

Hanna apareció por detrás de Erik. Llevaba a Grace en brazos y la dejó con cuidado en el suelo. Erik se apartó un poco para dejarlas pasar.

—Corre a darle un abrazo a John —le dijo Hanna a la niña, dándole un empujoncito en dirección a su hermano. Grace hizo lo que Hanna le había pedido. Se acercó a John a toda prisa, le rodeó el cuello con los brazos y se le colgó de la espalda. Él hizo como que se caía hacia un lado y Grace terminó tumbándose sobre su estómago. Hanna se les acercó, se sentó al lado de John y apoyó la cabeza en su hombro para consolarlo.

—Eres consciente de que hoy tampoco va a venir, ¿verdad? —preguntó Erik con dureza, mientras se acercaba unos pocos pasos.

—Lo sabe. Y se alegra de que así sea —contestó Hanna, antes de hacerle cosquillas a John hasta que él no pudo evitar echarse a reír.

Entonces Ingrid y Victor fueron con ellos. Se sentaron uno a cada lado de John y Hanna, y Grace se acomodó en el regazo de Ingrid. John se abrazó las rodillas y apoyó la frente sobre ellas para empezar a balancearse de atrás hacia adelante.

—¡Parad! —soltó por lo bajo—. No es tan horrible como la pintáis. A veces es buena.

—Es culpa de las drogas —dijo Hanna, en un hilo de voz.

—Sí, la culpa la tienen las drogas —dijo Ingrid, sin creérselo de verdad. Envolvió a John con los brazos para hacer que dejara de balancearse y le dio un beso en la frente.

Erik entró en la casa y fue a por una manta. Una grande y de lana. La extendió sobre el césped.

—Apagad las luces y venid para aquí. Os voy a mostrar algo —les dijo.

Todos obedecieron y, uno a uno, se fueron tumbando de espaldas sobre la manta. La cubrieron entera al recostarse uno al lado del otro, como sardinas extendidas en una latita. Incluso la gatita se les unió; se paseó entre sus cuerpos entre ronroneos hasta finalmente acomodarse al lado del brazo de Erik.

El cielo nocturno que se extendía sobre ellos parecía infinito. Negro y dorado gracias a las estrellas y su brillo.

—Mirad —dijo Erik, señalando directo hacia arriba—, esa es la Vía Láctea. A fines de verano se ve con mayor claridad.

—Es como si a alguien se le hubiera derramado la leche en el cielo —comentó John.

—A mí me parece un poco un camino —acotó Hanna.

—Bueno, técnicamente sí que es un camino. El nuestro —dijo Victor—. La Tierra forma parte de la Vía Láctea, ¿lo sabíais?

—¡Hay mogollón de estrellas! No puedo contarlas, deben de ser miles. ¿Hay gente viviendo en todas ellas? —quiso saber John. Se movió sobre la manta para girarse y ver en todas direcciones. Al final terminó quedando por encima de los demás, sobre las piernas de Ingrid y Victor.

—Hay más de miles. Hay miles de millones de estrellas —le dijo Erik, para luego señalarle las constelaciones sobre las que su abuelo le había hablado. El Carro y el Cinturón de Orión, el Cisne y Casiopea. Las fue describiendo conforme las señalaba, mientras que los demás intentaban seguirle el rastro y ver los grupos de estrellas.

Grace se quedó dormida, con uno de sus bracitos extendidos sobre el estómago de Erik. Lo notó cálido y pesado. Con cuidado, le acarició la manita y se percató de que tenía los dedos pegajosos por el helado que había comido.

—¿Y si hay alguien en alguna de esas estrellas que también está tumbado mirándonos? —preguntó John.

—Exacto. ¿Y si ellos también han estirado una manta en el jardín para toda la familia? ¿Y si tienen binoculares para vernos aquí tumbados? ¡Hola, alienígenas! —los saludó Hanna, agitando la mano hacia el cielo.

—Así es… Solo que, si eso pasara, no nos verían a nosotros —dijo Erik, mientras se giraba para tumbarse bocabajo y apoyar la cabeza sobre las manos.

—¿Cómo que no? Claro que tendrían que vernos, si somos los que estamos tumbados aquí —repuso Hanna.

—Contemplar las estrellas es como intentar echar la vista atrás hace miles o millones de años. Es lo que tarda la luz en viajar por el universo.

John empezó a dar pataditas; comenzaba a ponerse inquieto, por el cansancio. Se frotó los ojos con la mano.

—Ya, ahí me has perdido —dijo.

Los demás se echaron a reír.

—¡No hace falta que lo entiendas —lo tranquilizó Erik—. Tú observa y ya. Es muy bonito. Las estrellas llevan consigo el tiempo que ha pasado.

—Ajá —dijo Victor, incorporándose hasta quedar sentado—. Entonces todos esos momentos que componen el pasado… ¿están allí en alguna parte?

—Exacto —dijo Erik, con una risita—. Solo tienes que verlos desde la distancia adecuada.

Todos se quedaron dormidos sobre la manta. Grace en los brazos de John, bocabajo y prácticamente tumbada sobre él. Victor e Ingrid de lado, con las manos unidas y el brazo de él rodeándola. Hanna con la frente apoyada en el brazo de Erik. Sus rizos le cubrían la cara y se derramaban sobre el brazo del adolescente como una manta de seda.

El único despierto era Erik. El ambiente nocturno empezaba a humedecerse, con una brisa fría que provenía del mar para agitar las hojas y, desde la hierba alta que se había secado por ser casi fines de verano, se oían los chirridos de los grillos. Las nubes se habían desplazado hasta oscurecer ciertos tramos del cielo nocturno. Erik se apartó con delicadeza, se levantó y se llevó a Grace en brazos. La niña gimoteó un poquito cuando la movió, pero no tardó en volverse a dormir. Erik la llevó hasta su cunita y la arropó bajo las mantas. Era la hermanita a la que todos querían, la que a él también le había robado el corazón desde hacía mucho tiempo. *Mi hermanita*, pensó mientras respiraba el aroma de su cabello.

Cuando volvió a salir de la casa, Ingrid y Victor se habían despertado. Victor había cargado a John en brazos y avanzaba con dificultad debido al peso del niño. John se quejó medio dormido, pues quería que lo bajaran. Victor lo dejó ir por su propio pie, aunque lo tomó de la mano y lo guio hasta su cama.

Hanna se había quedado tumbada, con los brazos por encima de la cabeza, como una niña pequeña. Dormía a pierna suelta y tenía la boca ligeramente abierta.

—¿Por qué Hanna odia tanto a su madre? —quiso saber Erik—. ¿Y por qué John no odia a la suya?

Ingrid soltó un resoplido.

—Él también tendría que odiarla —contestó—. Lo abandonó en una gasolinera cuando solo tenía cinco años. Lo dejó ahí tirado, por eso terminó con nosotros.

—Qué horrible.

—Sí, él tampoco ha tenido una vida fácil. Su madre ha intentado llevárselo con ella varias veces, pero siempre acaba todo igual.

—¿Igual en qué sentido?

—No puede con la responsabilidad. Se emborracha o se droga y lo acaba dejando a su suerte.

—Y, aun así, ¿John quiere volver con ella? Se arregla y la espera durante horas y horas.

—Sí. Es todo un misterio.

—No lo entiendo.

—Ni yo. Supongo que así son las cosas cuando hay amor.

—¿Amor? ¿A qué te refieres?

—Es que la mujer puede ser muy agradable cuando no ha bebido. Muy graciosa. Los he oído reírse juntos, tienen el mismo sentido del humor. Así que él la perdona. Una y otra vez. Nunca pierde la esperanza de que algún día sea una madre normal.

—¿Y entonces qué pasa con Hanna? ¿Es más fuerte? ¿Por qué ella no perdona a su madre?

—Hanna es maravillosa. De eso no tengo duda. Pero creo que lo de ella también es culpa del amor. Más de una vez vio cómo los tipos con los que se enrollaba su madre le daban palizas a su abuelo, y eso es algo que no puede olvidar. Es algo muy difícil de perdonar.

Ingrid se agachó, apoyó una mano en la espalda de Hanna y la movió un poquito.

—¿Quieres decir que es más sencillo reconocer el abuso cuando le sucede a otra persona? —inquirió Erik—. Que como John no se preocupa por sí mismo, no ve lo que sucede en realidad. No puede ser.

—Sí que puede. Quizás ese sea el problema de toda la humanidad. Que ofrecemos nuestro perdón demasiado a la ligera —dijo Ingrid.

—Pero perdonar es algo bueno —repuso él.

Le costaba entender lo que Ingrid le decía, le parecía demasiado cruel.

—Sí, pero es incluso mejor tratarnos bien desde el principio —dijo ella, con firmeza.

Le apartó el cabello a Hanna de la cara y dejó que se le enredara en los dedos. Hanna despertó, aunque solo para volverse a enroscar y hacerse una bolita mientras se quejaba en voz baja, como si todo ello fuese un sueño y ya.

—Tenemos que volver a la casa, cariño —le dijo Ingrid, susurrándole las palabras casi a la oreja—. Hace demasiado frío como para dormir aquí fuera.

Pero Hanna no quería despertar. Se cubrió la cara con las manos, para esconderse. Erik se puso en cuclillas, le pasó una mano por la cintura y otra alrededor de los hombros y la levantó en brazos. Era tan menudita que no pesaba nada. Hanna le escondió el rostro en el pecho y cerró los ojos.

—Duerme tranquila —le susurró él—. Ya te llevo yo.

6

MODERNA MUSEET,

20 DE SEPTIEMBRE DE 2022

Los ronquidos brotan desde la garganta de John; lo oye sisear, gorjear y borbotear. Pese a que Hanna no deja que eso la avergüence, la periodista que tiene sentada enfrente echa un vistazo a su alrededor, claramente incómoda y sin saber qué decir.

—Que se te acaba el tiempo —le recuerda Hanna, con impaciencia.

—Ah, sí. ¿En qué nos habíamos quedado? —le pregunta la periodista, para luego abrir su libreta y hojearla.

Hanna hace una mueca de aburrimiento y deja caer la cabeza hacia un lado.

—¿Sabes qué? No tengo ni idea. La periodista eres tú, así que tú haces las preguntas.

—Sí, es que...

Hanna casi siente lástima por ella. Se ve muy confundida, escondida detrás de su libreta que le cubre la mitad de la cara. Todas las personas con las que Hanna se reúne parecen confundidas: nadie sabe qué decirle, qué preguntas hacerle. Y ella tampoco sabe cómo responderles, en realidad. Quizá John tenga razón; a lo mejor no tendrían que haber escondido todos los cuadros. Tal vez debería hablar con Sara en el siguiente descanso y pedirle que haga que los vuelvan a colgar. Parece un poco desconsiderado burlarse así.

—¿Te está gustando Suecia? —pregunta la periodista por fin, mirándola por encima de los bordes oscuros de sus gafas.

—Me encanta, es todo muy bonito.

—Entonces...

Las manos le tiemblan un poco cuando alza el bolígrafo, y Hanna se percata de que la mujer intenta ocultarlo. Tiene los labios secos. Es obvio que está muy nerviosa.

—¿Qué importancia tiene Suecia para ti?

Hanna posa la mirada sobre John, quien sigue dormido. Tiene los párpados rojos y agrietados, muy secos. Una lágrima le brilla en la comisura de un ojo.

—He vivido y trabajado aquí.

—Entiendo. Y también tienes familia aquí, ¿verdad? Lo mencionaste en una entrevista hace algunos años.

Hanna se inclina ligeramente hacia adelante, apoya una mano sobre la rodilla y deja caer la cabeza un poco entre los hombros.

—¿Eso hice? ¿Por qué quieres hablar de eso? —pregunta en respuesta.

—Es que... conozco a John. Nos hemos cruzado varias veces en City Mission, la institución que aboga por las personas sin hogar —le dice, haciendo un ademán hacia el hombre dormido.

—¿Ah, sí? John es un viejo amigo.

—¿Sin hogar?

—No, yo diría que no. Al menos ya no.

Hanna se pone de pie y empieza a pasearse, inquieta, de un lado para otro por la sala.

—Pero estamos aquí para hablar de arte, ¿no es así? ¿No tienes ninguna pregunta al respecto?

—Es que es un poco complicado. No me esperaba...

—¿Qué?

—Esta exposición es muy distinta. Es solo un mueble y unos cuantos cachivaches. Tus cuadros no están expuestos, tus esculturas tampoco. ¿Sabías eso?

—Sí, lo sabía.

—Entonces, ¿dónde están las obras de arte de verdad?

—¿Las de verdad? Has visto mi última obra ahí fuera, la cajonera. ¿O es que has llegado tarde y te has perdido la inauguración?

—No, sí que he estado ahí, pero no es…

—¿No es qué?

—No es lo que esperaba ver. No es una obra de arte de tu calibre, sino algo completamente diferente. Ya he visto tus cuadros con anterioridad y son estupendos. Eso es lo que quiero ver, de lo que quiero hablarte.

—Ah, ya veo. Pues sí, entiendo que pueda resultar un poco molesto que te pongan a pensar por ti misma —repone Hanna, con una sonrisita divertida que le tira de la comisura de los labios.

—¿A qué te refieres?

—A que he dejado atrás lo que se espera de mí. La guía básica, por decirlo de algún modo.

—Sí, o quizás es que… no estoy preparada. La verdad es que no sé qué pensar.

—¿Te parece muy difícil? ¿Y si hay alguien por ahí escribiendo una reseña positiva sobre mi última obra? Porque es capaz de ver lo magnífica que es. Y aquí estás tú, con una entrevista privada y todo, pero simplemente no la entiendes. Lo único que ves es una pila de basura y su significado se te escapa por completo.

—¿Quizá podrías echarme un cable? Puedes hablarme un poco sobre qué era lo que pensabas mientras trabajabas en ella.

Hanna gira su móvil para ver el cronómetro, para luego ponerse de pie sin decir nada y acercarse a la puerta. La abre con un movimiento brusco y señala la salida con la mano.

—Me temo que nos hemos quedado sin tiempo —le dice, con una sonrisa educada.

La periodista recoge su libreta y su chaqueta con prisas mientras se pone de pie, pero tiene las manos llenas. Un bolígrafo se le cae al suelo, y John, que se ha despertado, se agacha para recogerlo y entregárselo.

—Hola, John. ¿Te acuerdas de mí? —le pregunta.

Él la observa durante un segundo y luego niega con la cabeza.

—Antes ayudaba en el comedor del albergue, ¿te acuerdas? A veces charlábamos un poco.

John sigue negando con la cabeza sin decir nada, aunque le dedica una mirada nerviosa a Hanna. Uno de sus pies empieza a moverse sin control, a golpetear el suelo.

—Me temo que tienes que irte ya, hay una fila muy larga —dice Hanna, impaciente. Vuelve a darle un tirón a la puerta y la señala con la mano para que la periodista entienda que tiene que marcharse—. Seguro que solo se parece a alguien que conoces y ya —añade, cuando la periodista, muy necia, permanece en su sitio y observa el rostro de John, curtido por el tiempo. Tiene el ceño fruncido y la frente arrugada y evita mirar a la mujer, pues tiene su atención fija en Hanna, en busca de apoyo.

—No, no es un error —dice la mujer, con firmeza—. ¿Qué haces aquí, John? ¿Hanna es tu... hermana?

Armario al lado de la vitrina.

Ventanita del cobertizo para barcos.

Trazas del muelle.

Erik

SOLHEM, JUNIO DE 1980

El revisor lo ayudó a sacar la bici del compartimento del tren, mientras Erik se situaba en el andén para recibirla. Esta relucía, de un color azul brillante, con un sillín marrón y unos manillares curvados hacia abajo envueltos en cuero también marrón. La bici era completamente nueva. Como no llevaba transportín, se colgó la mochila deportiva a la espalda y agarró la maleta con una mano para guiar la bici con la otra. La sacó de la estación aún caminando y solo se subió cuando llegó a la carretera principal, tambaleándose un poco por el arcén, pues el peso de la maleta hacía que se inclinara hacia un lado. Poco a poco, avanzó por el bonito paisaje de principios de verano. Había flores silvestres en los bordes de la carretera, en tonos rojos, blancos, rosados y amarillos. Trébol rojo, margaritas, perifollo verde, loto corniculado y campanilla azul; había aprendido todos esos nombres en su clase de biología, y los fue repitiendo mentalmente.

Al ver que la mansión se asomaba desde detrás de unos árboles, empezó a pedalear más deprisa. Nadie sabía de su llegada, pues se había adelantado un día. Tenía la maleta llena de regalos: libros para John, óleos para Hanna, unos bombones para Ingrid y Victor y una muñequita para Grace. También había comprado unas cuantas chuches extra, por si había llegado algún niño nuevo, alguien a quien no hubiera conocido.

El corazón le iba a mil por hora por el esfuerzo, y los muslos empezaron a dolerle. Se tambaleó y perdió el equilibrio al salir de la carretera y doblar hacia la entrada enmarcada por árboles. La rueda patinó por la gravilla e hizo que perdiera el agarre que tenía en la maleta. Erik apoyó un pie en el suelo, se bajó de la bici y avanzó caminando el último tramo, mientras sentía que el sudor se le deslizaba por la espalda.

La entrada de gravilla que había frente a la mansión estaba desierta, y tampoco había rastro del Saab. Lo único que indicaba que alguien vivía allí era una bici infantil que estaba tirada en el jardín. Unas cuantas florecillas medio marchitas que se habían caído de su cesto estaban desperdigadas sobre la hierba. No oyó ni una voz ni una carcajada. No había música.

Rodeó la casa y se dio cuenta de que la parte trasera estaba igual de desierta que la delantera. Se asomó por las ventanas del solario y vio que la mesa que había dentro estaba llena de pilas de papeles y materiales de dibujo. Solo que no había nadie dibujando.

Volvió a la puerta principal para llamar suavemente un par de veces. Y esperó en vano que alguien le abriera.

No estaban en casa. No había nadie en casa.

Se sentó en las escaleras del porche, resignado y decepcionado, con su equipaje olvidado en la gravilla. Se quitó los zapatos y los calcetines para estirar los dedos de sus pies sudados.

Llevaba sentado allí un rato cuando el silencio se vio interrumpido de pronto y oyó algo que no era el crujido de las hojas y el canto de los pájaros. Alguien cantaba una melodía que el viento parecía hacer flotar hacia él. Erik se puso de pie para seguir el sonido. Conforme bajaba por la colina en dirección al estudio, la voz se volvió más fuerte. La puerta estaba ligeramente entreabierta.

¡Era Hanna!

Recorrió el último tramo corriendo a toda velocidad colina abajo y con los brazos abiertos, como si estuviese listo para un abrazo.

—¡Hanna! —exclamó, al tiempo que abría la puerta de par en par.

Pero Hanna no estaba allí. Era Ingrid, con el cabello revuelto y recogido en un moño en lo alto de la cabeza. Parecía mayor de lo que la recordaba, con una mirada cansada y la piel que le rodeaba los ojos hinchada y llena de arrugas. Al verlo, esbozó una sonrisa radiante y sus ojos parecieron volver a la vida. Dejó el pincel en un vaso de agua y se limpió las manos en un trapo viejo que habían aprovechado de una sábana rota. Parecía sonreír con toda la cara, y las palabras escaparon de ella entre risas de felicidad.

—Ay, Erik, cariño, ¿eres tú de verdad? ¿Has vuelto? —le preguntó—. Se suponía que debía ir a buscarte mañana, ¿no era eso lo que habíamos acordado?

—Sí, pero he salido con un día de anticipación. Quería daros una sorpresa. ¿Dónde están los demás? La casa está vacía, hay tanto silencio que no parece normal.

Ingrid dio un paso hacia él con los brazos abiertos, y Erik no pudo evitar notar que tenía los ojos llenos de lágrimas mientras se refugiaba entre sus brazos.

—¿Qué ha pasado? —le preguntó él, dándole un abrazo con fuerza—. ¿Por qué estás tan triste?

—No estoy triste. Estoy feliz porque estás aquí. Pero no hay nadie más en casa y todo me parece muy abandonado y extraño —explicó ella, con un sollozo que la dejó sin aliento—. Ay, pero qué tonta soy. Menos mal que has llegado antes, ni siquiera podía concentrarme en lo que estoy pintando.

—¿Cómo que no hay nadie más en casa? ¿Qué ha pasado?

—Victor está de grabaciones; John está con su madre, pasará unos días con ella. Grace está en el pueblo con su abuela, irán a por té y pastelitos. Y Hanna…

Llegado aquel momento no pudo seguir conteniendo el llanto. Se frotó los ojos e intentó contener los sollozos una y otra vez mientras se disculpaba sin parar.

—¿Dónde está? ¿Dónde está Hanna? Está bien, ¿verdad? —preguntó Erik, echando un vistazo por el estudio. El caballete de Hanna seguía en un rincón, aunque no había ningún cuadro en él. Su paleta ya no tenía colores y no había ningún tubo de pintura tirado por ahí. El delantal que usaba para pintar estaba colgado en su percha.

Ingrid se pasó una mano por la frente y se dejó unas manchas de color azul grisáceo sobre su piel bronceada.

—Al final ganaron. No quería contártelo hasta que volvieras a casa —le dijo, con un suspiro.

—¿Quiénes ganaron?

—Su madre y el hombre con el que vive ahora. Según parece han sentado cabeza y ahora tienen una vida normal. Así que se han quedado con Hanna.

—¿Se la han quedado? ¿Cómo…? ¿Entonces ahora vive con ellos? ¿Acaso quería marcharse?

—No. Peleó y gritó y pataleó tanto que los de los servicios sociales se fueron llenos de moretones. Pero nada de eso importó.

Erik se puso a caminar de un lado a otro por la habitación, angustiado. Le dio una patada a la pared con la punta del pie y luego soltó un alarido cuando la fuerza del golpe hizo que el dolor se le disparara por el pie entero.

—Joder —siseó—. Le prometí que no dejaría que eso pasara. Le prometí que la protegería. ¿Por qué no me avisaste?

—No es culpa tuya. Ni mía. Lo intenté. Todos lo hicimos. Ojalá lo sepa. Pero así son las cosas, así lo dicen las leyes. Es la madre —dijo Ingrid, quitándose el delantal que usaba para pintar.

—¿Por qué no se llevó su caballete?

—No tienen espacio, tienen un piso muy pequeñito.

—Aun así deben de dejarla pintar, ¿no? ¿Crees que pueda pintar?

Ingrid salió del estudio y le hizo un ademán a Erik para que la siguiera.

—Ven, te mostraré lo que ha escrito. De vez en cuando nos llega alguna carta —le contó.

—A mí nunca me ha escrito, a pesar de que me prometió que lo haría. ¿Por qué no lo ha hecho? ¿Por qué no me he enterado de nada?

Volvieron a la casa y entraron por el solario. Lo que había sobre la mesa eran cartas en su mayoría, montones de ellas. Un montón era de cartas escritas a máquina para el gobierno y otro de cartas de Hanna. Su caligrafía era preciosa. Erik sacó una de aquella pila. Estaba decorada con unas guirnaldas de flores que se enredaban por todo el texto; cuando se trataba de dibujar, era obvio que no se podía contener.

—¿Puedo leerla? —preguntó, mirando a Ingrid, quien ya se había sentado y estaba sumergida en otra carta. La alzó para mostrársela. Parte del texto estaba subrayado, con un signo de párrafo al inicio.

—¿Lo ves? Citan la ley y dicen que debe vivir con su madre biológica.

—Pero tiene quince años, es casi una adulta. Y nunca ha vivido con ella. Además de que la madre es una… —dijo Erik, al tiempo que escogía otra carta.

—Una drogadicta —dijo Ingrid, terminando la oración por él.

—Exacto. Y violenta, para colmo. Algo que a las autoridades les consta, incluso fue a la cárcel por ello —siguió él.

Leyó la carta, escrita por ambas caras, en silencio. Hanna había escrito lo último en diagonal, para llenar los espacios en blanco que había en la página.

—No la dejan pintar. Lo único que hace es trabajar. Dice que se siente como si fuese la criada. Ya lo has leído. ¿Qué dice la ley sobre eso? —añadió, según doblaba la carta.

Había una dirección escrita en la parte de atrás de los sobres y, sin que Ingrid se diera cuenta, rompió uno de ellos y se metió el trocito de papel en el bolsillo trasero de sus vaqueros.

—Estamos haciendo todo lo que podemos para que vuelva, Erik. De verdad. Pero es muy complicado.

Solo que Erik había dejado de escucharla. Se había puesto a leer la siguiente carta de la pila.

BAGARMOSSEN,
12 DE MAYO DE 1980

Querida Ingrid:

¿Ya están en flor los manzanos? ¿El jardín está lleno de azafranes y prímulas? ¿Han florecido los tulipanes?

Cuando cierro los ojos, veo el jardín frente a mí. Los caminitos que conducen hasta la cabaña y el mar, los campos y el bosquecillo, los pájaros que salen volando hacia el cielo de color cobalto. Las golondrinas no tardarán en acercarse para hacer sus nidos bajo las tejas y anunciar con su canción que el verano ha llegado. Las lilas no tardarán en florecer y en marchitarse, pues todo sucede muy deprisa en primavera. ¿Lo recuerdas? Fue entonces que nos conocimos, bajo la sombra de esas hojas relucientes y de un verde casi esmeralda. Es un momento que he guardado conmigo, que nadie podrá quitarme nunca.

Aquí en Estocolmo todo es muy distinto. El asfalto está resquebrajado y los campos, pisoteados. Hay dientes de león que surgen por todos lados, incluso en medio del asfalto. Edificios grises, marrones y muy altos. Pasillos que van por el exterior y una peste a humo. Botellas vacías metidas en bolsas de papel que se dejan fuera de las puertas y tintinean como si fuesen música. Paredes que parecen hechas de papel y que dejan que se cuelen todos los sonidos del mundo. Gritos, ruido, carcajadas y música.

Nunca hay silencio.

Comparto habitación con las hijas de la pareja de mi madre. Dormimos en una litera que tiene tres camas. No hay nada de espacio, Ingrid. Si me diera por sentarme en plena noche, me daría un golpe en la cabeza.

A veces dibujo, con lápiz. No hay espacio para un caballete ni un escritorio. Y tampoco tengo pinturas ni lienzos. Los lápices que tengo los robé de la escuela y los afilo con un cuchillo. Si lijo la punta con una aguja, hace que el carboncillo se vuelva más granuloso y más sencillo de borrar.

Estoy practicando los sombreados, como me enseñaste. Dibujo formas que me gustaría poder hacer de verdad, con metal fundido. He empezado a pensar en tres dimensiones, pero el papel no me permite expresarme como me gustaría. No puedo liberar la imaginación todo lo que me gustaría. ¿Qué hago? Echo de menos el estudio y también a ti. A John. A Grace y a sus abrazos. A Victor. Debería venir y hacer una película, ni siquiera necesitaría un guion. Podría limitarse a quedarse en silencio y observar a las familias que hay detrás de las largas filas de ventanas, dejar que la cámara lo grabase todo tras poner unos micrófonos dentro de los pisos. Sería algo más dramático que cualquier película que haya hecho, eso seguro. Por estos lares no hay cómo saber qué es lo que puede pasar.

De verdad que hay mundos muy distintos, Ingrid. Los hay buenos, con desayunos, comidas y cenas cada día. Y a veces una merienda entre ellos, con unos bollitos recién salidos del horno. Con risas y conversaciones y todo lo que puede suceder en medio de ellas. Donde todo es sencillo de entender.

Pero también hay malos. Y en esos no puedes prever lo que va a suceder. Lo que era cierto ayer es un misterio hoy. Lo que era muy cálido se puede congelar en medio segundo y viceversa. No deja de cambiar, como el clima en un día de abril. No es solo mi arte lo que se ha vuelto gris, sino mi vida entera.

Y bueno. Así son las cosas para mí por aquí. Espero que a ti te esté yendo mejor.

Hanna

El equipaje seguía en el suelo, aún sin guardar. Erik estaba sentado en la cama, completamente vestido en la habitación a oscuras y con el montón de cartas de Hanna a un lado. Las había leído todas, y sus palabras no habían conseguido tranquilizarlo ni un poco. No dejaban de darle vueltas por la cabeza. Ni siquiera se había tomado la molestia de encender la lámpara, sino que había dejado que los últimos atisbos de luz del atardecer dieran paso a la oscuridad. Solo entonces decidió tumbarse, a lo ancho de la cama y con los pies colgando del borde. Se quedó mirando el techo, aunque no pudo obligarse a cerrar los ojos y quedarse dormido. No podía dejar de pensar en Hanna, en la chica que representaba Solhem para él, la chica que siempre lo perseguía, corriendo detrás de él con su cabello rizado y alborotado y todas sus preguntas, con quien compartía su pena por un abuelo a quien habían querido muchísimo. No quería que nada malo le pasara, pues solo la idea le causaba dolor. Notó un nudo en el pecho. Recordaba a la perfección lo que le había dicho, lo de su abuelo y la sangre. El pánico que había sentido cuando había pensado que había muerto. La mirada enloquecida y nublada por las drogas de su madre, y el hombre que la acompañaba, aquel que tenía los brazos llenos de venas azules y los ojos amarillentos. El que nunca sonreía, pero que aun así mostraba los dientes. El que la había levantado del suelo y la había lanzado contra una pared con tanta fuerza que había conseguido que se hiciera un corte en el hombro al deslizarse hasta el suelo con un golpe seco. Las drogas que los habían convertido en monstruos.

Erik no conseguía pegar ojo. Se puso de pie, fue a por su mochila deportiva y rebuscó hasta dar con su cartera y la llave del candado de la bici. Entonces salió a hurtadillas de la casa y se marchó.

Montó en la bici bajo el cielo nocturno y brillante del verano y pedaleó por la carretera rural, mientras dejaba atrás pueblo tras pueblo. Casas a oscuras y jardines vacíos. Cuando empezó a hacerse de día, se detuvo en una estación de tren y sacó el trozo de papel que tenía en su bolsillo trasero para ver la dirección. Entonces se sentó en un banco y se dispuso a esperar que la estación abriera. No llevaba nada de equipaje consigo, sino tan solo su cartera y su bici azul. Se preguntó qué diría Ingrid cuando despertara y viera que se había marchado. Si se preocuparía. No le había dejado ninguna nota; por las prisas ni siquiera había pensado en ello. Sin embargo, en aquel momento se preguntó si tendría que haberlo hecho. Rebuscó en sus bolsillos hasta dar con algunas monedas y luego se acercó a una cabina telefónica y marcó el número de Solhem. Nadie contestó, pues era de madrugada y era complicado oír el sonido del teléfono desde la segunda planta de una casa tan grande.

Se decidió a comprar un billete de todos modos, ya que podría llamar luego, cuando hubiera llegado a Estocolmo.

El vagón del tren se sacudió mientras serpenteaba a través de los túneles oscuros de Estocolmo. Erik se encontraba en un extremo del vagón, apoyado contra una pared y con su bici alzada sobre una rueda y bien sujeta bajo uno de sus brazos. Tras un rato, el tren volvió a salir a la luz y siguió avanzando por un puente, a través de la zona residencial del sur de la ciudad. Hammarbyhöjden, Björkhagen, Kärrtorp y, finalmente, Bagarmossen. Cuando se bajó del tren, el andén estaba desierto, con solo unas pocas personas esperando, sentadas en los bancos. Las dejó atrás según se dirigía hacia la salida y luego se dispuso a estudiar el mapa que había cerca de los torniquetes. Byälvsvägen, calle del riachuelo del pueblo. Sonaba muy bonito. Encontró la calle en el mapa y memorizó cómo llegar hasta allí. Estaba bastante lejos. Los edificios por los que pasaba con su bici estaban llenos de pisos, y conforme siguió avanzando se volvieron más altos y más grandes. Detrás de las barandillas rojas se asomaban los pasillos exteriores que Hanna había descrito en sus cartas. Se detuvo y buscó el número correcto, para luego caminar por al lado de los edificios mientras escudriñaba los patios. La buscó sin descanso y a paso rápido, pasando la mirada de un lado para otro. Solo que lo único que vio fue a desconocidos que se apartaban de su mirada intensa, incómodos, y pasaban por su lado en fila.

Tras un largo rato, terminó encontrando el edificio correcto y subió las escaleras a pasos agigantados, aunque no se atrevió a llamar a la puerta. En su lugar, se sentó en un rincón alejado al final del pasillo, desde donde podía observar el piso. Y se dispuso a esperar. Las horas pasaron. Los vecinos iban y venían de vez en cuando, unos niños que pasaban por su lado a toda pastilla y abrían puertas de par en par. Entraban y salían corriendo, arrastrando pelotas y combas detrás de ellos por el pasillo.

Empezó a oscurecer y la puerta del piso de Hanna seguía sin abrirse. Quizá no estuvieran en casa. Al fin y al cabo, eran las vacaciones de verano.

Al final, se animó a acercarse al piso y espiar por la ventana de la cocina. En el alféizar había plantas en macetas con unas hojas verdes y flores moradas. Algunas se habían marchitado y hacía falta que las recortaran.

La luz fluorescente iluminaba el fregadero de una manera intensa, y en él había una pila de platos manchados de kétchup seco, una olla amarillenta con macarrones de esos de sobre y una sartén.

Cuando vio que alguien se acercaba a la cocina, Erik no tardó en agacharse al ver su sombra sobre la pared y se quedó escondido bajo la ventana, conteniendo el aliento. Oía voces, pero no era capaz de comprender lo que decían. A gatas, se las arregló para apartarse como si fuese un cangrejo.

La puerta se abrió a sus espaldas y alguien salió. Al oír unas pisadas acercándose por detrás, unos tacones que golpeaban el hormigón con fuerza, se puso de pie y corrió por el pasillo en dirección a las escaleras.

—¡Fuera de aquí, mirón! —le gritó una mujer a sus espaldas.

Y entonces una voz que sí reconoció dijo:

—¿Quién era?

Hanna. No pudo evitar volverse al oír su voz que le resultaba tan conocida. Hanna se asomó por la puerta y apenas consiguió ver un atisbo de ella antes de que tuviera que doblar la esquina. No se atrevió a detenerse, sino que bajó las escaleras a grandes zancadas hasta llegar al final, donde se apretujó contra la pared. Las oyó acercarse hasta las escaleras.

—Era uno de esos pervertidos, estoy segura —gritó la madre.

—Solo era un chico —dijo Hanna, intentando protegerlo. ¿Se habría dado cuenta de que era él?

—Lástima que Jim no esté en casa, si no le habría dado una paliza al gilipollas ese.

—Era un chico común y corriente.

—¿Y qué hacía por aquí, entonces? ¿Por qué estaba husmeando por la ventana? ¿Y si hubiese estado en pelotas? ¡Será marrano!

Las voces se alejaron hasta desaparecer, y Erik oyó que cerraban dando un portazo. ¡Cuánto había crecido Hanna! Tenía una figura diferente, y el rostro le había cambiado también. Y parecía muy triste. Salió por el portal del edificio, pegado a las paredes para que no pudiesen verlo desde arriba, y luego volvió en bici hasta la estación y la cabina telefónica que había visto allí para llamar a Ingrid.

—¡*Erik!* —dijo ella ni bien le contestó el teléfono, como si hubiese adivinado que era él.

—Sí, soy yo.

—*¡Por fin! ¿Dónde estás? Llevamos todo el día buscándote, nos tenías preocupadísimos.*

—Estoy en Estocolmo.

—*¿En Estocolmo? ¿Por qué?*

—He venido a Bagarmossen, acabo de ver a Hanna. Y está… bien, pero muy cambiada.

—*Ay, Dios, Erik, ¿qué haces ahí? ¿Qué piensas hacer?*

—No te preocupes si algo pasa. Cuidaré de ella, te lo prometo —le dijo, para luego colgar antes de que Ingrid pudiese reclamárselo. La moneda repiqueteó al caer en la caja. Erik salió de la cabina hacia la calle y volvió corriendo por el mismo camino. Entonces se sentó en un columpio que había en un parque justo fuera del bloque de viviendas de Hanna y se dispuso a esperar. Deseó que Ingrid no estuviera muy preocupada, pues podía imaginársela, hablando y agitando los brazos, caminando de un lado para otro en la cocina de Solhem.

Se hizo de noche. ¿Dónde iba a dormir? ¿Qué podría hacer toda la noche?

El neumático del que estaba hecho el columpio en el que Erik estaba sentado estaba frío, y la humedad se le colaba en los pantalones. Mantuvo la vista clavada en el piso. La luz de la cocina seguía encendida, por mucho que ya pasara de la medianoche. Había decidido quedarse en aquel lugar hasta que apagaran las luces y entonces iba a buscar algún lugar en el que pasar la noche, puede que bajo un árbol. Se estremeció ante la idea.

Más y más ventanas del bloque de viviendas se pusieron a oscuras, hasta que por fin lo hicieron las del piso de Hanna. Tras ponerse de pie, avanzó poco a poco hasta la linde del bosque. Notaba las piernas cansadas y adormecidas por haber pasado tantas horas en el columpio.

El sonido de una puerta al abrirse lo hizo detenerse y dar media vuelta. Una silueta se escabulló y corrió hacia él. Sus rizos la delataron.

—¡Hanna! Qué suerte, ya me iba —le dijo, estirando las manos en su dirección.

—Erik, ¿qué haces aquí? —le preguntó ella, antes de lanzarse a sus brazos. Lo abrazó con fuerza y le rodeó la cintura con las piernas.

Erik respiró hondo al captar su aroma, como si quisiera guardarlo en sus recuerdos. Se negó a soltarla hasta que ella se debatió un poco para liberarse.

—¿Qué haces aquí? —insistió.

—Es que volví a Solhem para pasar el verano y no estabas ahí.

—No, ahora vivo aquí. Con mi madre. ¿No te lo ha contado Ingrid?

—Sí, claro. Si no, no habría podido encontrarte. Pero ¿por qué has hecho como si no me conocieras?

—No sé, creí que podría enfadarse.

—¿Se enfada mucho?

—A veces. Bastantes veces, en realidad. Y nunca sé por qué, no es algo que se pueda predecir. Pueden ser nimiedades, como que me ría por algo que no toca o que se quede sin dinero o sin cigarrillos.

—Tenía la esperanza de que vinieras, te he estado esperando.

—Lo sé, te he visto. Pero ha tardado la vida en irse a la cama. Me he escapado en cuanto he podido, en cuanto se han ido a dormir.

Erik le acunó el rostro con las manos y la sostuvo a un brazo de distancia, para contemplarla bajo la luz de las farolas. Vio sus ojos de color verde oscuro con motitas marrones, las pecas que le salpicaban el puente de la nariz y las mejillas y los rizos suaves que le caían por encima de los hombros.

—No has cambiado nada —mintió, mientras le acariciaba una de sus mejillas como el terciopelo. Había crecido muchísimo. Ante él no tenía ninguna niña, sino una señorita.

—Ni tú —murmuró ella por lo bajo y con timidez. Las mejillas se le pusieron coloradas.

—No tendrías que estar aquí. Este lugar no te hace bien.

—Pero tengo que hacerlo. Mi madre ya no consume drogas y casi no bebe.

—Leí tus cartas, Ingrid me las mostró.

Hanna se quedó callada y bajó la vista hacia el suelo inclinado. Erik le apoyó un dedo bajo la barbilla y la hizo alzar la mirada.

—Tendrías que poder pintar.

—No es para tanto.

—¿Quién lo dice?

—Mi madre.

—Pues se equivoca.

Hanna se reajustó la blusa, la cual se le había torcido un poco por el ímpetu del abrazo, y se la metió en la cinturilla de los pantalones.

—Así son las cosas. Y las niñas me necesitan, soy yo quien las cuida. Quién sabe qué sería de ellas si no estuviera yo ahí —dijo, con la vista clavada en sus propios dedos.

—Pero no está bien. Ni siquiera la conoces. No vives con ella desde que eras una bebé. Y las niñas no son tus hermanas de verdad.

—Pero las quiero como si lo fueran. Son muy buenas. Y, por mucho que me pese, ella es mi madre.

—¿Y ella cuida de ti?

—¿A qué te refieres?

—¿Acaso te abraza, te despierta por las mañanas, se asegura de que tengas tus materiales para pintar? ¿De que aprendas cosas nuevas y seas feliz? ¿Te tratan bien?

Hanna retrocedió un par de pasos. Intentó decirle algo, pero las palabras le fallaron.

—Huye conmigo. Vámonos de aquí —le propuso Erik, estirando una mano en su dirección. Ella la aceptó.

—¿Ahora? —le preguntó.

—Sí, ahora. Es verano, no hace frío en la calle. Encontraremos dónde quedarnos y cuidaré de ti. Nunca te abandonaré.

—Pero mis cosas…

—Ya compraremos cosas nuevas. Tengo algo de dinero, y mi abuelo tiene muchísimo. Todo saldrá bien. Será mejor que lo que vives ahora.

Hanna vaciló, y Erik se dio cuenta. La vio echar un vistazo al pasillo exterior, a las ventanas a oscuras.

—Espera, volveré en un ratito —le dijo, y salió corriendo hacia la puerta.

No tardó mucho en volver, y juntos emprendieron la marcha en aquella noche de verano. Erik empujaba la bicicleta a su lado, mientras Hanna cargaba con una mochila en una mano y arrastraba las tiras por el suelo. Caminaron en silencio y dejaron atrás filas y filas de bloques de viviendas idénticos, hasta que la carretera de asfalto se convirtió en gravilla. Entonces se adentraron en un bosque y deambularon hasta sus profundidades por unos senderos bastante transitados. Las aves habían empezado a cantar y el amanecer se acercaba poco a poco.

Hanna siguió andando, a pesar de que cojeaba ligeramente y eso la hacía ir más despacio. Erik le quitó la mochila y se la colgó al hombro.

—Tenemos que alejarnos todo lo que podamos —le explicó—. Así estaremos lo más lejos posible cuando empiecen la búsqueda.

—¿Crees que van a salir a buscarnos de verdad?

—A ti. Nadie sabe que estamos juntos. Porque asumo que no se lo has contado a nadie, ¿verdad?

—¿Y cómo se supone que voy a pintar si vivimos en el bosque? —quiso saber ella.

—No seas tonta, no vamos a vivir en el bosque. Vamos a…

—¿Dónde vamos a vivir, entonces?

Erik no le contestó, porque no sabía qué decirle. Lo único que sabía era que debían darse prisa, de lo contrario los encontrarían.

El bosque los condujo a más edificios. No tenía ni la menor idea de dónde estaban. Cruzaron una zona residencial, donde las filas de casas de madera idénticas estaban rodeadas de jardines. Los coches empezaron a ponerse en marcha y dejaron atrás a ciclistas que iban con maletines de camino al trabajo.

—Si tuvieses un transportín como Dios manda en esa cosa, me podrías haber llevado —dijo Hanna, entre bostezos.

Se quitó las deportivas de lona que llevaba, y Erik vio que tenía los dedos rojos y que le había salido una ampolla en uno de ellos.

—Pobre, ¿te duele mucho? —le preguntó él, mientras apoyaba la bici contra una farola. La ató con el candado y luego se volvió hacia Hanna para darle la mano—. ¿Puedes andar un poco más, así sea descalza? Tenemos que encontrar un coche.

—¿Un coche? —repitió ella, sorprendida.

—Sí, sé conducir. Mi abuelo me enseñó.

—¿Vas a robar un coche?

—Voy a tomarlo prestado, que es diferente.

Pasó un dedo por la mejilla de ella y resiguió el contorno de su pómulo. Tenía los labios entreabiertos y una expresión solemne.

—Tenemos que hacerlo si queremos alejarnos bastante antes de que empiecen a buscarte. No podemos ir en tren, porque así nos encontrarán.

Empezó a deambular por la calle residencial, para asomarse hacia las entradas de las casas. Hanna lo siguió de cerca, llevando sus deportivas en el brazo. Había atado los cordones y estas se bamboleaban mientras caminaba. Avanzaba con cuidado con sus pies descalzos sobre el asfalto duro.

Finalmente, Erik dio con lo que estaba buscando: un Saab rojo del mismo modelo que el de su abuelo. Le lanzó la mochila a Hanna y le hizo un ademán para que se escondiera detrás de un arbusto, entonces se escabulló en el jardín. La puerta de la terraza que había en la parte trasera de la casa estaba entreabierta. Se agachó cerca de la esquina de la casa y se dispuso a buscar señales de vida en el interior. No parecía que nadie estuviera despierto, por lo que se quedó observando y a la espera. Atento.

Un gato negro se asomó por la puerta, distraído. Al ver a Erik, siseó y se erizó, pero este agitó un puño en su dirección.

—Fuera —le siseó de vuelta, sin voz—. Largo de aquí.

Casi sin respirar, Erik se puso de pie y se coló por la puerta por la que el gato había salido. El corazón le latía a mil por hora. Sabía que lo que hacía estaba mal, que no podía meterse en la casa de un desconocido sin más. Pero lo hizo de todos modos. Cruzó estancia por estancia, de puntillas, en busca del pasillo. La casa estaba en calma y en silencio, y el único sonido era el chasquido amortiguado de un contador eléctrico. No había voces ni ningún movimiento.

Encontró las llaves del coche en el pasillo, colgadas en un portallaves muy ordenado. Las llaves tintinearon cuando las tomó, y Erik se congeló en su sitio, sin moverse. Tras ello, abrió la puerta principal y la cerró en silencio a sus espaldas, antes de acercarse de puntillas hasta el coche y subirse. A pesar de que metió la llave, no encendió el coche de inmediato, sino que soltó el embrague y dejó que el vehículo se deslizara hacia adelante por la entrada. Conforme giraba para meterse en la carretera, abrió la puerta del lado del copiloto y llamó a Hanna. Para cuando ella se subió a toda prisa, Erik ya había encendido el coche, y, ni bien Hanna cerró la puerta, él pisó el acelerador hasta el fondo. Hanna soltó un grito cuando Erik dobló la esquina a toda velocidad. Por el retrovisor, vio a un hombre en un albornoz marrón que los seguía corriendo, con la felpa gruesa agitándose alrededor de sus piernas desnudas y cubiertas de pelo.

La foto de Hanna estaba por todos lados. Cada gasolinera tenía el cartel pegado en las puertas, con unas letras negras y enormes que anunciaban a los cuatro vientos que una jovencita se había perdido, quizás incluso que la había secuestrado un desconocido.

Pero no podían detenerse, tenían que seguir huyendo.

Hanna estaba tumbada en el asiento trasero del coche, escondida para que nadie la viera. El indicador de combustible llevaba mucho tiempo bastante cerca del cero, y la punta de la flecha se agitaba en la zona roja. Pese a ello, siguieron conduciendo. Dejaron atrás pueblecitos y unos campos verdes brillantes y espesos. Estaba lloviendo y la noche estaba al caer una vez más.

Erik situó el coche detrás de un camión, para aprovechar su estela y ahorrar todo el combustible que le fuese posible. Sin embargo, llegó el momento en que no pudieron hacer nada más y se quedaron sin gasolina. El motor chisporroteó y se apagó. El coche se deslizó por el arcén hasta que lo último que le quedaba de impulso se agotó y se detuvo.

—¿Y ahora qué hacemos? —preguntó Hanna, incorporándose y abrazándose a su mochila.

Erik apoyó la cabeza en el volante. No lo sabía. Ni siquiera sabía dónde estaban, porque llevaba el día entero conduciendo sin mirar un mapa. Para alejarse todo lo posible de Estocolmo.

— Tendremos que dejar el coche y seguir andando —le dijo, pesaroso.

—¿Y a dónde iremos?

Cuando no le contestó, Hanna se estiró por en medio de los asientos y le apoyó la barbilla en el hombro. Erik notó la suavidad y la calidez de la mejilla de ella contra su piel.

—Serás tontorrón, no tenías nada de esto planeado, ¿verdad? —preguntó ella.

Erik se quejó en voz alta, como si caer en la cuenta de aquel hecho le doliera.

—No, pero no había más remedio. No podías quedarte ahí, eso lo tenía claro.

Un coche bajó la velocidad al pasar por su lado, con la ventanilla abajo. Un hombre se inclinó por la ventana y les dijo algo a gritos, pero Erik lo descartó con un ademán, para hacer que se fuera. El conductor vaciló durante algunos segundos, aunque luego aceleró. Las luces traseras de su coche tiñeron las gotas de lluvia del parabrisas de rojo antes de que el vehículo desapareciera en una nube de agua salpicada.

Erik dejó la llave puesta, abrió la puerta y se bajó del coche. Se puso la capucha de la sudadera que llevaba para protegerse de la lluvia, abrió la puerta trasera y recogió la mochila y las deportivas de Hanna.

—Venga, dejaremos el coche aquí. No pueden vernos en él. Con suerte, nunca sabrán que fuimos nosotros los que nos lo llevamos.

Hanna le dio la mano mientras se apartaban de la carretera, cruzaban un campo y se adentraban en un bosque. Dado que seguía descalza, unos pegotes de barro se le quedaron atrapados entre los dedos de los pies. Se había hecho una herida, y el pie le sangraba, por lo que avanzaba cojeando. Erik tenía la sensación de que iba arrastrando un peso muerto tras él.

Una vez que se adentraron un poco en el bosque, Erik se detuvo y le entregó sus deportivas.

—Póntelas —le dijo, al tiempo que desataba los cordones de una de ellas para que pudiera calzárselas sin problema.

—Es que son muy pequeñas.

—¿Cómo que son muy pequeñas? ¿No son tuyas?

—Sí, pero ya no me quedan. Tengo que encoger los dedos para que me quepan. Prefiero ir descalza.

—Pero ¿no tienes frío?

—Sí.

Hanna tiritaba. El jersey delgadito que llevaba puesto estaba completamente empapado por la lluvia, la cual caía por sus hombros delgados.

Erik la acercó hacia él y la rodeó con los brazos. Notó los latidos de su corazón y sintió cómo le atravesaban la piel y se acompasaban al ritmo de los suyos. Por unos breves segundos, fueron uno. Dejó un beso sobre la frente mojada de ella.

—¿No deberíamos llamar a Ingrid? —le preguntó Hanna, en un susurro y con la mejilla apoyada contra su pecho. Erik notó la calidez de su aliento.

—No podemos. Nos encontrarán —le explicó.

—Ya sabes que Ingrid no sigue las reglas al pie de la letra. No se chivará. Vendrá a buscarnos y nos ayudará. Lo sé porque una vez fue a por John, a pesar de que no debía hacerlo. Cuando su madre tuvo una recaída —le contó ella, antes de ponerse a buscar en derredor y dar una vuelta en círculo.

—¿Qué haces? —preguntó Erik, observándola.

—Busco una cabina de teléfono —contestó.

—¿En mitad del bosque?

—Uno nunca sabe.

—Te buscan a ti, no a mí. Llamé a Ingrid y le conté que estaba en Estocolmo, le dije que no se preocupara.

—Entonces ya sabe que es cosa tuya.

—Si lo dices así parece que te he secuestrado.

—Pues más o menos.

—Solo quería…

Hanna soltó una risita.

—¿Salvarme? ¿Como a la princesa encerrada en la torre? —contestó ella, mientras se enroscaba su largo cabello.

Erik asintió y se quitó la sudadera que llevaba para ponérsela a ella. Como era demasiado grande, le caía hasta los muslos y la cubría como si fuese un vestido. Le puso la capucha y le ajustó las tiras para cerrársela.

—Quédate aquí. Tienes razón, así que iré a llamar a Ingrid. Seguro que puede venir a buscarnos y escondernos.

—¿Y si no sabes cómo volver? ¿Y si nos separamos?

Erik tiritó y se frotó los brazos para entrar en calor. La lluvia estaba muy fría. Señaló una pícea que se encontraba un poco más bosque adentro.

—Escóndete allí, bajo las ramas. Te protegerán de la lluvia. Las píceas siempre son un buen resguardo.

De la mochila de Hanna sacó dos adornos: una cinta y un llavero con un zapatito.

—Oye, no, ¿qué haces? —le dijo ella.

—Los voy a atar a un árbol en la linde del bosque, así sabré por dónde ir para encontrarte.

—Ah, qué listo.

—Volveré, no te preocupes si tardo un poco. Es probable que la gasolinera más cercana esté algo lejos.

Cuando volvió, encontró a Hanna dormida. Estaba tumbada hecha un ovillo, envolviéndose las piernas con los brazos y con la cara escondida por el cabello y la capucha. Erik se sentó a su lado durante un rato para oír su respiración, los suaves suspiros que escapaban como silbidos entre sus labios entreabiertos. Solo que los tenía azules. Erik se tumbó a su lado, la rodeó con el cuerpo entero y enterró el rostro en su cabello, entre el aroma de las flores. Hanna despertó y se removió, inquieta.

—¿Ya viene? ¿Ingrid va a venir a buscarnos? —le preguntó, aún medio dormida.

—Vendrá, pero hay un buen tramo desde Solhem. Nos hemos alejado de Estocolmo por donde no debíamos.

Sacó un periódico enrollado del bolsillo trasero de sus pantalones. A pesar de que no había suficiente luz para leer el texto, la imagen de la primera página era visible. Era una foto escolar antigua en la que Hanna se veía más pequeña de lo que era. Miraba directo a la cámara con una expresión seria.

—¿Qué es eso? —preguntó ella, volviendo la cabeza.

Su rostro quedó cerca del de Erik, casi nariz con nariz. Erik se apartó y se tumbó de espaldas, sobre el suelo húmedo. Extendió el periódico y le mostró el artículo, en las páginas cuatro y cinco. Era una noticia que cubría ambas páginas.

—Dice que desapareciste en algún momento durante la noche. Que vieron a un hombre cerca de tu piso y que creen que puede haber sido él quien te ha secuestrado.

—¡Ajá! Pues no se equivocan. Así fue.

—No es secuestro si tú querías venir conmigo.

—Bueno, más o menos —dijo Hanna, al tiempo que se incorporaba—. ¿Qué más dice? ¿Te describen?

—Sí, pero muy mal. La noticia dice que tengo el cabello algo largo y de color castaño claro y que iba todo de negro.

—¿De negro?

—Sí, es probable que tu madre no me haya visto bien. O quizá vieron a otra persona. Quién sabe, puede que haya montones de pervertidos paseándose por esos pasillos.

—Los hay.

Hanna se sacudió las agujas de pícea que tenía en los pantalones. El suelo estaba seco bajo el árbol. Había dejado de llover y el cielo se había despejado un poco. La luna se asomaba y hacía que las nubes que quedaban por ahí se tiñeran de un verde muy claro.

Se tumbó con la cabeza apoyada en el estómago de Erik y se puso a retorcer las tiras de la capucha entre los dedos.

—¿Cómo nos va a encontrar aquí en mitad del bosque? —quiso saber.

—No seas tonta. Nos reuniremos con ella en la gasolinera, le he dado la dirección. Solo que no llegará hasta mañana, porque estamos muy lejos. Así que tendremos que pasar la noche aquí.

—¿Puedes abrazarme como has hecho antes? —le pidió, antes de tumbarse dándole la espalda.

Erik tiró de la mochila de modo que Hanna pudiese usarla un poco de almohada y luego se acomodó contra ella, rodeándole la cintura con un brazo.

—Estoy agotada —dijo ella, en un susurro.

Su respiración se fue acompasando poco a poco, y Erik la acompañó con la suya, esperando cada vez que exhalaba. A su lado le pareció que encajaba como una pieza de rompecabezas. La pieza que siempre le había hecho falta.

Se agacharon detrás de un armario eléctrico, una caja gris que había en la periferia de la gasolinera. El lugar empezaba a volverse transitado. Los coches iban y venían, los conductores llenaban sus vehículos de combustible y pagaban.

Ya habían cambiado el cartel de la puerta y la foto de Hanna había sido reemplazada por la de un accidente de helicóptero. ¿Se habrían cansado de buscarla ya?

Tuvieron que esperar a Ingrid durante un largo rato, y los minutos se les hicieron eternos. Erik mantuvo la vista fija en la carretera y estudió cada vehículo que pasaba. Atisbó el Saab desde lejos, por lo que se puso de pie y agitó el brazo en lo alto. Hanna se quedó donde estaba, escondida.

—¿Es Ingrid? —quiso saber.

—Sí, ya viene —le dijo Erik, antes de ir a darle alcance al coche.

Ingrid le devolvió el saludo desde detrás del volante. Giró hacia ellos a toda velocidad, se detuvo en seco y con un chirrido frente a Erik y se bajó del coche a toda prisa, antes de que el motor se hubiese quedado en silencio. Era obvio que estaba muy preocupada. Tenía el cabello desordenado y se había abotonado mal la blusa. Parecía que lo había dejado todo de golpe, había salido corriendo de casa y no había dejado de conducir desde entonces. Rodeó el coche en dirección a Hanna, quien se asomaba desde detrás del armario eléctrico, pero Erik la detuvo y consiguió que se calmara primero.

—Ya hablaremos en el coche —le dijo, con firmeza, para luego abrir la puerta del vehículo. Dobló el asiento delantero e hizo que Hanna se metiera en la parte de atrás, mientras la cubría con su cuerpo. Hanna se agachó para que no la vieran desde el otro lado.

»Túmbate —le indicó él, antes de cubrirla con una manta que había en el asiento.

En cuanto cerraron las puertas, Ingrid empezó a hablar. Les preguntó qué había pasado y dónde habían estado, y se mostró horrorizada por las pintas que tenían. Ambos estaban sucios y cubiertos de barro, y Hanna tenía agujas de pícea en el pelo. Ingrid se estiró desde su asiento antes de arrancar el coche para quitárselas una a una y dejarlas caer sobre el suelo del vehículo.

—¿No deberíamos irnos ya? —preguntó Erik, impaciente. Ya se había abrochado el cinturón en el asiento del copiloto.

—Menudo lío habéis montado vosotros dos... —dijo Ingrid, al tiempo que parpadeaba rápidamente y encendía el coche. El motor chirrió un poco cuando pisó el acelerador y se adentró en la carretera rural.

—Me ha secuestrado —murmuró Hanna bajo la manta, tras retirar un poco la tela para poder asomarse.

Ingrid se volvió para mirarla. El coche viró tanto que Erik tuvo que enderezar el volante.

—¿Cómo dices? Erik, ¿qué has hecho? ¿No ha aceptado venir contigo? —le preguntó.

Hanna soltó una risita desde el asiento trasero que terminó transformándose en sonoras carcajadas.

—No, que me ha secuestrado. Has leído las noticias, ¿verdad? Un hombre horrible vestido de negro vino y me secuestró.

—Venga ya —se quejó Erik, dándole un tirón al pie descalzo que se asomaba entre los asientos delanteros—. Claro que no la he secuestrado. ¿Verdad, Hanna?

—Exacto. Vino a salvarme. Como hiciste tú con John, ¿recuerdas? —dijo Hanna, volviendo a incorporarse hasta que la manta dejó de cubrirle la cabeza. Se inclinó para quedar entre los dos asientos delanteros y apoyó la mejilla contra el hombro de Ingrid.

—Claro que lo recuerdo. A veces uno tiene que tomarse la justicia por su propia mano —contestó Ingrid, antes de soltar una mano del volante y apoyarla sobre la cabeza de Hanna—. Ay, cielo. Cómo te he echado de menos. Sin ti la vida no es vida.

—Me alegro de no tener que vivir allí. ¿Cómo sabías que todo era tan horrible, Erik? —quiso saber Hanna.

—Até cabos cuando leí lo que escribiste sobre tu padrastro —contestó él, con la mandíbula tensa.

Hanna se echó hacia atrás. Se hizo un ovillo en el asiento y recogió sus pies descalzos hasta esconderlos bajo ella.

—¿Cómo dices? —preguntó. No parecía recordar lo que había escrito.

—Que se te acercaba demasiado. Que el aliento le apestaba a alcohol.

—Ah, eso —dijo ella, sombría.

—Sí, lo que te hacía. Cuando se acercaba tanto que podías olerle el aliento apestando a tabaco y a alcohol. Cuando te puso las manos encima.

—¿Eso escribí?

Ingrid miró a Erik, horrorizada.

—Eso no lo escribió, ¿verdad?

—No —admitió él—. Pero sí escribiste que olía muy mal y que le apestaba el aliento. Y creí que eso era lo que intentabas decirnos: que se te estaba acercando como no debía.

—¿Eso es cierto, Hanna? —quiso saber Ingrid. Le costaba mantener la atención en la carretera, por lo que el coche viraba de un lado para otro, hasta que frenó y aparcó en el arcén. Se volvió para mirar a Hanna en el asiento trasero, pero la joven tenía la vista clavada en sus propias piernas y en el asiento que tenía bajo ella.

—No quiero hablar sobre eso —murmuró.

El silencio que invadió el coche era espeso. A Erik le empezaron a zumbar los oídos. Quería volver a Estocolmo en aquel mismo instante; por primera vez en la vida sentía el deseo urgente de partirle la cara a alguien. Apretó los puños sobre el regazo y los frotó uno contra el otro.

Ingrid encendió el coche, pisó el embrague y arrancó.

—No vas a volver a ese sitio nunca más. Lo prometo —le aseguró.

7

MODERNA MUSEET,
20 DE SEPTIEMBRE DE 2022

Hanna mantiene la mano en el pomo de la puerta, pero termina cerrándola casi por completo.

—No, no somos hermanos… Así que ya puedes parar con el interrogatorio. Venga, fuera —suelta, volviéndose hacia la periodista que sigue agachada frente a John y sostiene el bolígrafo que él le acaba de entregar.

La mujer se pone de pie y retrocede hacia la silla, donde deja lo que llevaba en los brazos: la chaqueta y el bolso. Rebusca entre sus cosas hasta dar con su libreta y sostiene la punta del boli sobre el papel antes de mirar a Hanna.

—Me ha parecido. Es que sois… bastante similares. O bueno… Os he oído hablar en sueco hace un rato, sé leer los labios.

John suelta una risita desde el sofá.

—Ya, no te lo creerías si te lo contara —contesta, en sueco. Tiene la voz ronca, por lo que carraspea un poco para aclararse la garganta.

Hanna vuelve a hacer un ademán hacia la puerta, pero la periodista se niega a marcharse, con la libreta todavía en la mano. Anota algo, aunque más que nada parecen puros garabatos.

—Casi no sabemos nada sobre ti a nivel personal. Sobre tu familia ni tus parejas. Sobre tu infancia. ¿Por qué nunca has hablado sobre eso? —inquiere.

—Porque no creo que venga al caso —contesta Hanna, con firmeza—. Quiero que mi arte hable por sí mismo. No necesito que la atención se centre en otra cosa. Solo quiero responder preguntas sobre arte, no sobre mi vida privada. Y se te ha acabado el tiempo hace rato.

La periodista sigue anotando cosas en su libreta, con cuidado. Alza la vista, suplicante.

—¿Puedo...? Creo que esta nueva obra es interesante. Supongo que tiene que ver con tu pasado, ¿verdad?

—¿Qué te hace pensar eso?

—Porque dices que es importante. Pero me cuesta comprenderlo como alguien que aprecia tu arte, al relacionarlo con otras de tus creaciones. Porque esta me parece más...

—¿Mierdosa? —contesta Hanna, entre risas.

—No, aunque sí que es muy distinta a tus obras anteriores. Y me pregunto por qué... Me encantaría saber más sobre ella. Pero necesito tu ayuda para eso.

La mujer se saca el móvil del bolsillo y abre una foto de la cajonera. Apoya los dedos en la pantalla y agranda la foto para apreciar los distintos elementos que la componen.

—Está hecha de muchísimas cosas diferentes —continúa—. ¿En qué pensabas mientras la hacías? ¿De dónde sacaste los materiales?

Hanna se queda pensando durante un rato. Observa a Sara de pie fuera de la puerta de cristal, señalando su reloj con impaciencia. La verdad es que no sabe qué decir ni si se atreve a hacerlo.

—¿Puedes contestar solo unas pocas preguntas más? De verdad te lo agradecería muchísimo. Sobre los materiales y la forma en sí.

—Los materiales... —repite Hanna. Estira la palabra, la pronuncia muy despacio, sílaba a sílaba.

La periodista espera con paciencia a que diga algo más. La punta de su bolígrafo está situada sobre el papel, lista para escribir.

—Piénsalo tú misma. Interprétalo como prefieras —contesta Hanna, volviendo a cerrarse. Aunque sostiene la puerta abierta, la mujer se niega a marcharse.

—¿A qué te refieres?

—A lo que harías con cualquier obra de arte. No sé cómo es tu proceso, pero yo suelo ver imágenes o palabras en mi mente. A veces incluso oigo sonidos. Me ayudan a entender cualquier obra de arte —se explica, mordiéndose el labio para intentar suprimir una sonrisa.

—Parece que esto te divierte un poco, ¿no? —comenta la periodista, con el rostro sumido en la confusión. Tiene listo el bolígrafo, como si no estuviese dispuesta a perderse ni una sola palabra que salga de los labios de la artista.

—Pues sí.

—Una cajonera de... materiales reciclados. Sin simetría ni belleza, la verdad. ¿Lo que quieres es causar una reacción? ¿O es que tienes algún mensaje importante que compartir?

Hanna agita la puerta un poco, de un lado a otro. Hace que le dé el aire.

—¿Sabes qué? —le dice—. Me caes bien. Me gusta que seas tan curiosa. Pareces muy lista. Seguro que lo eres. Pero... me temo que se te ha agotado el tiempo. Tenemos un orden y hay muchas otras personas que tienen preguntas que hacer.

La periodista no cede.

—¿Todos los cajones tienen algo que ver con la vida? ¿Con tu vida? ¿Con la de él también? —pregunta.

—En parte, sí. Aunque, cuando estaba trabajando en esta última obra, el resto de mis creaciones dejaron de importar. Y yo también. Yo no importo, no le aporto nada bueno a este mundo. Mi estrella ha caído y otra ha surgido. Puedes citarme, si quieres.

John no puede contenerse más y se parte de risa en el sofá. Hanna lo manda a callar mientras continúa animando a la periodista a marcharse. Cuando por fin cierra la puerta, John se pone de pie.

—Lo siento, ¿vale? Pero no puedo quedarme aquí y seguir escuchando todas estas paridas. Los estás vacilando a todos.

—¿Eso crees?

—Pues sí, la verdad. ¿O no es eso?

—No. Solo hago que reflexionen sobre el arte y su importancia. Sobre qué es lo que nos llama la atención y qué no.

—¿Y cómo se supone que van a entender eso cuando no tienen ni idea de por qué construiste la cajonera? Les estás pidiendo demasiado a esos pobres papanatas.

—Todo a su debido tiempo. Algún día, en no mucho tiempo, lo entenderán. Lo sabes.

John le da un abrazo breve para luego marcharse. Antes de que la puerta se cierre del todo, lo oye hablar con la periodista, quien sigue fuera de la sala, confundida.

—*Tenías razón. Sí que nos parecemos un poco. Pero lo que nos distingue es más importante* —le dice.

Hanna aprieta la oreja contra la superficie fría de la puerta para oír mejor.

—*Ya veo. ¿Y qué es lo que os distingue?* —Oye que la periodista pregunta. Hanna la observa a través del cristal de la ventana. Es joven y tiene ganas de aprender. Y siempre está lista, con su libreta y su boli en mano.

—*Hanna tenía talento. Yo no* —contesta él.

—Calla, John —murmura Hanna por lo bajo.

Solo que no puede contenerse y termina abriendo la puerta de par en par.

—Puede que haya sido así, pero nunca ha valido para nada. A veces, el arte solo es una vía de escape —declara, al encontrarse con sus miradas sorprendidas.

Parte de atrás.
Pintura al óleo. Caballete.

Erik

SOLHEM, JUNIO DE 1980

El pequeño cobertizo para barcos se encontraba escondido en el bosque, a poca distancia de la orilla. La única habitación que componía el edificio estaba llena a rebosar de cacharros y equipo de pesca. Fuera había un bote de remos, y el calafateo de su casco estaba lleno de grumos y grietas. Hacía mucho que la embarcación no podía salir a navegar. Los remos estaban colgados en lo alto del techo, con unas telarañas espesas que pendían entre ambos. Ingrid se asomó por la puerta y empezó a recoger cosas y a dejarlas fuera en el suelo. Cubos, flotadores, redes de pescar, de todo.

—Gira el bote —le pidió a Erik—. Vamos a meterlo todo ahí y luego le pondremos una lona encima.

Erik hizo lo que le pedía. Levantó el bote hasta ponerlo de lado y dejó que cayera hacia el suelo. La embarcación se tambaleó sobre la quilla y se balanceó hacia un costado antes de quedar apoyada de lado. Hanna, quien ya estaba a un costado con los brazos llenos, vació en el bote algunas de las cosas que Ingrid había ido sacando del cobertizo.

Una vez que consiguieron vaciar el lugar, los tres entraron. Parecía más grande, y tenía una ventanita en la pared más angosta.

—Podrás ver el atardecer por ahí —le dijo Ingrid—. Mi abuelo solía sentarse aquí un rato con un whisky, en las tardes de verano.

Si bien habían nadado por allí muchas veces, Erik nunca se había percatado de la cabañita que había en el borde del bosque. Siempre había estado concentrado en el agua y en lo que estaban jugando.

—Traeremos una cama y la pondremos aquí —siguió Ingrid, mientras medía el espacio con las manos—. Y tu caballete y las pinturas pueden ir por allá. Nos turnaremos para traerte la comida.

—¿No puedo ir a la casa? —preguntó Hanna.

Ingrid se volvió hacia ella, le extendió los brazos y la acogió en ellos.

—Es que te están buscando, cariño. Seguro que no tardarán en pasarse por aquí.

—¿Quiénes?

—La policía. En el periódico de hoy decía que habían organizado grupos de búsqueda y que se habían reunido cerca de cien personas. Han recorrido los bosques que hay detrás de Bagarmossen. Todos están muy preocupados por ti.

—No me imaginaba que mi madre fuese a darse cuenta tan rápido de que no estaba.

—Pues sí que lo hizo.

—Seguro que se preguntaba a dónde había ido la sirvienta y la niñera —murmuró Erik, desde el umbral.

Se había apoyado en el marco de la puerta, con los brazos cruzados. Tenía la camiseta muy sucia, con unas marcas grandes y húmedas por el sudor que se le había extendido bajo los brazos. Podía oler su propia peste cada vez que se movía.

—¿Quieres ir a nadar un rato? —le preguntó a Hanna, al tiempo que se quitaba la camiseta. Tenía la piel pegajosa por el sudor.

Hanna negó con la cabeza.

—Venga, id a daros un chapuzón —dijo Ingrid—. Yo iré a por unas toallas. Se está muy bien en el agua en esta época, está calentita.

—Pero no tengo traje de baño —se excusó Hanna, echándole un vistazo tímido a Erik.

—Puedes nadar en ropa interior, ¿a que sí? —sugirió Ingrid—. Nadie os verá aquí.

Se marchó por el caminito que conducía a la mansión. Era un buen trecho que recorrer andando, pues había que cruzar el bosque y un pequeño campo. Hanna se sentó en los escalones del porche del cobertizo y escondió los pies bajo ella. Erik lanzó la camiseta y los pantalones que se había quitado al suelo, a su lado.

—Venga, vamos —le dijo, antes de salir corriendo por el muelle y zambullirse en las aguas oscuras. El muelle se sacudió bajo sus pasos.

Cuando volvió a la superficie, Hanna seguía sentada donde la había dejado. Erik alzó una mano para llamarla.

—Anda, que el agua está muy bien.

Hanna se puso de pie y se quitó los pantalones, aunque se dejó puesta la sudadera de Erik. Le iba bastante grande, por lo que le cubría casi hasta las rodillas. Las heridas que se había hecho en los pies brillaron sobre su piel blanca. Avanzó de puntillas y se sentó en el borde del muelle, para dejar que el agua le enfriara los pies. Erik no pudo evitar darse cuenta de que tenía un moretón grande en la cara interior del muslo. Nadó hasta ella y se impulsó hacia arriba, hasta quedar apoyado sobre los brazos.

—¿Te hiciste daño? —le preguntó, haciendo un ademán hacia su pierna.

Hanna metió las rodillas en la sudadera, hasta que la prenda le cubrió tanto las piernas como los pies. Luego negó con la cabeza.

—No —contestó, aunque demasiado deprisa.

Erik se impulsó para salir del agua y se sentó a su lado. El agua le caía a chorros desde el pelo y le empapaba las mejillas y la frente. Se frotó la cara con las manos, recogió un poco más de agua y se la lavó un par de veces más.

—Aquí estás a salvo. Nadie te hará daño —dijo, antes de lanzarle un poco de agua a Hanna. Esta soltó un gritito cuando el agua le salpicó en la cara y se puso de pie de un salto.

Entonces volvió a ver el moretón que tenía en el muslo. Era como si una mano hubiese dejado su marca en aquel lugar, como si unos dedos la hubiesen agarrado de ahí y le hubiesen apretado la piel. Erik se quedó mirando el moretón y estiró una mano para tocarlo, pero Hanna se echó hacia atrás.

—¿Qué haces? —exclamó, volviendo a bajarse la sudadera todo lo que podía.

—¿Quién te hizo eso? —le preguntó Erik—. ¿Fue tu padrastro? ¿Era eso lo que te hacía cuando le oliste el aliento? ¿Te tocó?

Eran demasiadas preguntas a la vez, y pudo ver que Hanna se estaba poniendo nerviosa. Se enroscó el pelo en un dedo, para luego cruzar los brazos sobre el estómago y ponerse de cuclillas. Como si se sintiese mal.

—No quiero hablar de eso —dijo, tras un rato.

—Nadie puede tocarte. Ningún adulto. Lo sabes, ¿verdad?

Hanna asintió, antes de quitarse la sudadera y mostrarle el interior del brazo. Era lo mismo: unos puntos de color amarillo verdoso, como marcas de dedos.

—Será gilipollas —soltó Erik. Comenzó a darle patadas al agua e hizo que esta saliera volando. Montones de ella. Las gotas agitaron la superficie en calma.

—No hagas eso, lo estás echando a perder —lo regañó Hanna.

Pero Erik no la escuchó, sino que siguió dando patadas. La resistencia que ponía el agua le daba una sensación agradable en la piel. Y las ondas se extendían sobre la superficie. Como anillas y olas.

—¡Para!

Hanna le apoyó una mano en la pierna, para obligarlo a detenerse.

—Estás echando a perder la belleza, el brillo, la paz. Todo lo que hace que el agua parezca un espejo —le explicó—. Echaba muchísimo de menos estar aquí.

—*Stiltje* —comentó Erik.

—¿Eh?

—Es una palabra en sueco que significa lo que has dicho. Esa calma perfecta, esa paz. Cuando el viento no sopla en absoluto.

—*Stiltje*. Es un paisaje precioso. Y la palabra también lo es —dijo ella, para luego repetirla varias veces, mientras probaba a darle distintos énfasis—. *Stiiiltje, Stiltjeee*.

La superficie del agua volvió a quedar quieta y recuperó su brillo. Erik oyó a Hanna respirar, los silbidos que provenían de su garganta. Había tanto silencio a su alrededor que era capaz de oírlo.

—Todo volverá a ser como antes ahora que estás aquí. Podemos pasar las vacaciones de verano juntos —le dijo Erik, mientras hundía un dedo en el reflejo de ella. El contorno borroso de su silueta onduló y se volvió sinuoso hasta dar con la suya.

Ingrid y Erik cargaron con la cama entre los dos. Apenas cabía por el sendero angosto y tiraba de las ramas hasta que las hacía salir disparadas a su posición de nuevo.

—Es lo que creía. Lo ha pasado muy mal en casa de su madre, hasta tiene moretones. Y ese tipo la ha tocado, la ha... —Erik dejó de hablar.

Ingrid tenía los brazos tensos por el peso, y el sudor se le empezaba a concentrar en perlitas sobre la frente. Sin embargo, no dejó de avanzar.

—Lo sé. Ahora lo sé. —Fue lo único que dijo.

—¿Cómo puede ser posible que permitan que eso pase?

—Hiciste bien al ir a buscarla. Lo habría hecho yo misma, de no haber sido por...

—¿Por qué?

—Por Grace. Y John. No quiero perderlos a ellos también. Ya fui a por John una vez. Y todo casi se fue al traste, menos mal que Victor consiguió convencer a la madre para que no nos denunciara.

La cama tembló un poco cuando Erik se tropezó con una raíz y perdió un poco el agarre que tenía. Ingrid apoyó su extremo en el suelo. Se limpió el sudor que le cubría la frente con el antebrazo y se inclinó hacia adelante, sobre el cabecero de la cama. Era rosa y estaba decorado con una guirnalda de florecillas pintadas a mano.

—No podemos decirle a Victor que Hanna está aquí —le dijo.

—¿Por qué no?

—Porque no lo permitirá. No dejará que la tengamos escondida. Llamará a la policía.

—¿Entonces qué hacemos? ¿Qué pasará con Hanna?

—La esconderemos. Eso seguro. No te preocupes por Victor, se va a pasar el verano fuera con sus grabaciones.

Volvieron a sujetar la cama, la levantaron del suelo y siguieron caminando. Erik iba por delante y avanzaba poco a poco entre los árboles y los arbustos.

Sobre la cama había un edredón y una almohada, además de sábanas, materiales para pintar, algunas velas y una linterna.

Hanna no estaba cuando llegaron con la cama, y no conseguían dar con ella por ningún lado. Dejaron la cama fuera del cobertizo y se pusieron a llamarla a gritos mientras la buscaban, incluso en el agua. Tras un rato, terminó saliendo del bosque. Llevaba una larga brizna de hierba en la mano, en la que había entretejido una fila de fresas silvestres.

—He ido a ver la cabaña —explicó, subiéndose a la cama de un salto. Se hizo un ovillo contra el cabecero, se tapó con el edredón y se puso a comer algunas fresas.

—No puedes hacer eso. Alguien podría verte.

—Pero he ido por el bosque.

—Ni se te ocurra ir de nuevo. Podrían decidir buscarte allí también.

—¿Pretendemos tenerla aquí encerrada? No podemos hacer eso, ¿verdad? —preguntó Erik. Empuñó la lámpara, la llevó hasta el cobertizo y la dejó sobre los escalones del porche.

—Sí, ¿qué clase de vida es esa? —preguntó Hanna—. No quiero vivir aquí sola. Quiero vivir en la mansión con vosotros. Quiero ver a Grace y a John y a Victor.

Ingrid se mantuvo ocupada con las cosas que habían llevado desde la mansión y acomodó un par de candelabros de latón brillantes.

—¿Cuánto tiempo la tendremos aquí escondida? —quiso saber Erik.

—No lo sé, pero no mucho —contestó Ingrid—. Ya se me ocurrirá algo. Solo necesito… pensarlo un poco.

—Llama a la policía. Si les cuentas lo que ha tenido que pasar, no volverán a enviarla a esa casa —propuso Erik.

—Pero dirán que estoy mintiendo —dijo Hanna, cubriéndose la cabeza con el edredón—. A mi madre se le da muy bien mentir. Y a ese tipo también.

—Pero tienes moretones. Tienes pruebas de que él te ha hecho daño —repuso Erik.

—Dirán que me los hiciste tú cuando huimos.

—¡¿Yo?!

—Sí. Nadie me creerá.

—Yo sí te creo y siempre lo haré —le dijo Ingrid, con el caballete de Hanna en las manos. Lo desplegó, le ajustó los tornillos y dejó un lienzo sobre él, para luego estirar una mano hacia una bolsa llena de tubos de pintura.

—Ay, he olvidado la paleta. Ya la traeré luego.

—Y pinceles —pidió Hanna, mientras se acercaba al caballete. Pasó el índice por el lienzo y pintó unos patrones que solo ella era capaz de ver.

Erik se situó frente a ella. Alzó los brazos, sacó músculo y se puso de perfil. Entonces movió la barbilla hasta dejar la mandíbula inferior por delante. Hanna soltó una risita.

—Aquí está tu modelo. Ahora te harás rica y famosa —dijo él, inflando las mejillas hasta que le quedaron redondas para luego soltar todo el aire que tenía en ellas de sopetón.

La lluvia golpeteaba contra la ventana, y las gotas se deslizaban por el cristal en unos hilillos delgados. Erik las resiguió con la mirada, sin poder quedarse dormido. El mar relucía como la plata jaspeada bajo la luz de la luna. Se preguntó si el tejado del cobertizo sería a prueba de agua, y si Hanna le tendría miedo a la oscuridad al estar allí sola. Dio vueltas y más vueltas bajo el edredón y le pareció que tenía la almohada llena de bultos. Tras un rato, se cansó de intentar dormir. Buscó una camiseta a su alrededor, se la puso y salió a hurtadillas de su habitación, con los pantalones de pijama y zapatillas de andar por casa.

Bajó las escaleras en silencio, pero se detuvo antes de llegar al final para levantar el tablón suelto. Los muebles seguían allí metidos, cubiertos de polvo y telarañas. Sacó un sofá pequeñito y se preguntó si debería llevarlo consigo o no. Solo que entonces recordó que estaba lloviendo y pensó que probablemente terminaría arruinándolo. Decidió que mejor no lo llevaría y lo devolvió a su sitio. Luego retiró algo de polvo con un soplido, devolvió el tablón del suelo a su lugar y salió de la casa.

Una luz parpadeante iba y venía entre los árboles a oscuras en el bosque. Aparecía y desaparecía, una y otra vez. Era un orbe naranja, como una fogata nocturna. Cuando se acercó, vio que provenía de la ventanita del cobertizo. Hanna estaba despierta, quizá por el miedo. Avanzó más deprisa y recorrió el último tramo corriendo.

Al llamar a la puerta, Hanna soltó un grito, aterrado y a todo pulmón. Erik abrió la puerta de un movimiento y se asomó en el interior del cobertizo.

—No te asustes, soy yo.

Hanna se había subido a la almohada y se había apretujado contra la pared. Su silueta menuda no dejaba de temblar.

—Tranquila, no pasa nada —le dijo, acercándose a ella sin demora para sentarse en el borde de la cama.

—Es que hay muchos ruidos extraños. Algo se agita y da golpes. Es como si hubiese alguien fuera —le explicó ella.

—Te acostumbrarás pronto.

—No quiero quedarme aquí. Al menos no sola.

—Quizá no sea necesario que te quedes aquí mucho tiempo. Hoy ha venido la policía a casa —le contó Erik, al tiempo que se estiraba para darle la mano. Tenía los dedos fríos.

—¿Y qué han dicho?

—Que no hay ni rastro de ti, que no saben dónde buscarte. Que nadie te ha visto.

—Me pregunto si estará preocupada. Puede que empiece a beber de nuevo —dijo Hanna.

—¿Quién?

—Mi madre.

—Ese no es tu problema.

—Es que es algo muy cruel eso de huir de casa y dejar que crea que algo horrible me ha pasado. ¿Y si empieza a beber de nuevo? ¿A drogarse? ¿Y si golpean a las niñas y se olvidan de darles de comer?

—¿Quieres volver, entonces? ¿Quieres que la llamemos?

Hanna negó con la cabeza, aterrada y con tanta vehemencia que el cabello le salió disparado alrededor de su rostro pálido.

—No. Nunca.

—Pues ya está. Tú vives aquí, en Solhem. Y nadie volverá a hacerte daño —le dijo él, empujándola un poquito para conseguir que se moviese. Entonces se tumbó a su lado y ella se acomodó bajo las mantas, para compartir la almohada con él.

»Dormiré aquí contigo todas las noches —le prometió en un susurro, mientras yacían tumbados nariz con nariz—. Así no estarás sola.

Había un policía sentado a la mesa de la cocina. Otro más. Iban y venían sin previo aviso. Aunque habían pasado varias semanas desde la desaparición de Hanna, tenían la esperanza de que pudiera aparecer en Solhem. Habían puesto patas arriba la mansión entera, además de la cabaña y los edificios anexos. Les hacían preguntas una y otra vez, por mucho que ya se las hubiesen respondido todas.

Vete ya, viejales, pensó Erik, con amargura. Estaba sentado en un rincón, con la vista clavada en el agente de policía. *Vete y no vuelvas.*

Solo que el hombre parecía sentirse muy cómodo, como en casa. Se reclinó en su asiento, con las manos rodeando su taza de café mientras Ingrid se mantenía ocupada en la cocina: recogía platos y apartaba restos de pastelitos. Grace gateaba a sus pies y movía un perrito que tenía ruedas sobre el suelo para luego soltar unos ladridos y soniditos varios. El policía se levantó y se agachó frente a la niña.

—Qué perro más bueno —dijo.

Grace siguió gateando. Hizo que el perro pasara por encima de las botas negras del policía y luego por su pierna, mientras soltaba un «guau, guau».

—¿Y qué hay de ti, pequeñaja? ¿Has visto a Hanna? —le preguntó, intentando hacer contacto visual con la niña.

Solo que Grace estaba tan concentrada con su juego que no pareció oírlo. Se dio media vuelta y volvió a jugar en el suelo. Ingrid la tomó en brazos y se la acomodó sobre la cadera, con lo que Grace se echó a llorar de inmediato en protesta.

—Ya está bien, ¿no? Interrogando a una bebé y todo. Ya se lo he dicho, no va a encontrar a Hanna aquí. Estamos tan preocupados como ustedes. Ahora váyase y póngase a buscarla como Dios manda, en lugar de perder el tiempo aquí jugando con una niña —le siseó.

El agente recogió su taza y empezó a dirigirse hacia el fregadero, pero Ingrid se la quitó de la mano y la dejó sobre la mesa con un golpe fuerte.

—Ya hasta parece que esta es su cafetería privada —añadió.

El hombre se detuvo al lado de la ventana y contempló los campos y el bosque, el agua que brillaba más allá de ellos bajo la luz del sol.

—Pues todo es muy bonito por aquí. Y ya pronto termina mi turno, así que creo que iré a darme un chapuzón antes de irme —comentó.

Erik se puso de pie, un poco demasiado rápido, e hizo que su silla arañara el suelo de madera.

—Hay barro en el agua —le dijo—. No va a poder nadar sin llenarse de lodo.

Ingrid le dio la espalda al policía y le hizo un ademán a Erik para que cerrara el pico.

—Tonterías, solía nadar allí todos los días cuando era pequeño. Se está muy bien y la orilla está llena de piedras, nunca hay lodo —contestó el policía—. Además, he visto que tenéis toallas secándose en el tendedero. Habéis ido a nadar.

Erik avanzó hacia la puerta, de espaldas, preparado para salir corriendo. Solo que, al hacerlo, vio la cabecita de John pasar corriendo por la ventana. El niño se agachó al pasar frente a ellos y luego se escabulló por la colina, en dirección al camino y al cobertizo.

¿Acaso sabría que Hanna estaba allí? No podía ser. Se habían asegurado de que Hanna fuera un secreto para Victor y los demás niños.

Erik se aclaró la garganta.

—Bueno, la verdad es que depende del viento. Algunos días son mejores que otros.

El agente se puso su sombrero y asintió.

—En ese caso, me arriesgaré y diré que hoy es un buen día —dijo—. No tendrá una toalla que le sobre y pueda prestarme, ¿verdad?

Ingrid soltó un suspiro, muy harta.

—Esta casa no es un hotel por el que pueda pasarse cada vez que no tiene ganas de trabajar.

El agente la miró sorprendido y se plantó bien frente a ella.

—Me extraña que se muestre tan agresiva cuando a quien estamos buscando es a una de las niñas que está bajo su cuidado. ¿No debería mostrarse más dispuesta a cooperar? Me da la impresión de que me está ocultando algo. Llevo tiempo pensándolo, así que seguiré pasándome por aquí. Y se lo aseguro: si la está escondiendo en algún lugar, voy a encontrarla —le prometió.

Entonces oyeron un pitido del *walkie-talkie* que tenía enganchado en un hombro. Alguien dijo algo, en un código que no supieron descifrar. El hombre contestó de forma igual de críptica, para luego salir de casa a toda prisa y subirse a su coche. Lo arrancó y se marchó sin demora.

—No puede seguir quedándose allí —declaró Ingrid, mientras se desataba el delantal—. No tardará en dar con ella. Sabe que está aquí, por eso no deja de pasarse a husmear.

Recogió un cesto de comida que había preparado antes de la llegada del policía y se lo entregó a Erik.

—Llévaselo, anda. Seguro que tiene hambre.

Erik recibió el cesto y se lo colgó del brazo. Según avanzaba por el pasillo, oyó que Ingrid llamaba a alguien por teléfono. Empezó hablando en inglés, aunque luego pasó al sueco.

—Por favor, necesito que me ayudes. Es urgente. Ven apenas puedas y te lo contaré todo —suplicó.

Urgente, pensó Erik. ¿Qué podía ser urgente? ¿Qué plan tenía Ingrid guardado bajo la manga? Se quedó en el umbral, intentando escuchar a escondidas, pero Ingrid no dijo nada más. Había sido una conversación corta y ya había llegado a su fin.

Cuando Erik llegó al cobertizo, Hanna y John estaban sentados en los escalones del porche, descalzos y con el pelo mojado. Habían estado nadando, podía verlo en las huellas de pies que salpicaban el muelle.

—John —empezó Erik, en tono serio—. ¿Qué haces aquí? Se supone que no tenías que enterarte de que...

—Pfff. Si lo sabe desde el principio —lo interrumpió Hanna, al tiempo que tomaba la mano de John entre las suyas—. No es idiota, ¿a que no?

—Exacto —afirmó John—. No soy idiota. Ni demasiado pequeño. Hanna es mi hermana y tengo tanto derecho a verla como tú.

—Pero sí que eres demasiado pequeño. Lo dice Ingrid, y su palabra es ley. Se te va a escapar delante de Victor o te irás de la lengua con el policía y sus preguntas. Lo único que vas a hacer es dar problemas, como siempre.

—De eso nada. De hecho, John ha venido a advertirme que el policía iba a venir a nadar. Pero entonces lo hemos oído irse en su coche.

—Así que hemos ido a nadar nosotros. Hanna me ha enseñado a zambullirme desde el muelle, como le enseñaste tú —siguió John, alzando los brazos por encima de la cabeza para luego juntar las manos y doblar las rodillas.

—El policía sospecha que estás aquí, en algún lado. Lo más probable es que vuelva pronto.

—En ese caso, me esconderé. Me escabulliré bajo el cobertizo, Ingrid me ha enseñado dónde —dijo Hanna.

—¿Y si no consigues esconderte a tiempo?

—Sí que lo haré. Siempre estoy atenta. A los sonidos, a los coches. Estaré lista.

Hanna se puso de pie, entró en el cobertizo y, cuando volvió, llevaba consigo un cuadro. Le dio la vuelta para mostrárselo. Se trataba del paisaje que veía desde el cobertizo: el muelle, el agua que parecía un espejo y una garza que alzaba el vuelo, con sus patas largas estiradas detrás del cuerpo. También había dos siluetas sentadas en el borde del muelle. El cuadro estaba pintado con tanta meticulosidad que parecía una fotografía.

—*Stiltje* —dijo, volviéndose hacia Erik con una sonrisa—. ¿Lo ves? Lo he pintado. Para ti.

Le entregó el cuadro y él lo aceptó. Se lo apoyó sobre las rodillas y lo contempló, fascinado.

—¿Cómo haces para capturarlo todo con tanta precisión? —le preguntó, maravillado.

—Cuando cierro los ojos, es como si pudiera verlo todo frente a mí. ¿Recuerdas cuando nos sentamos allí? ¿Los dos? Justo después de que me trajerais aquí.

—Sí, y no lo olvidaré nunca. Lamento que hayamos llegado a esto, que tengas que quedarte escondida. No sé qué es lo que quiere hacer Ingrid.

—Yo sí, me lo ha contado —dijo Hanna, mientras se volvía a sentar. Atrajo a John hacia ella y le envolvió los hombros con un brazo antes de hacerle un ademán a Erik para que se acercara también.

—¿Iréis a la comisaría? —preguntó Erik, haciéndose espacio bajo el otro brazo de Hanna. Apenas cabían los tres en los escalones del porche, y Erik tenía una pierna colgando por el borde.

—No —contestó ella, en voz baja—. Pero tendré que irme pronto.

Ingrid estaba sentada y encorvada sobre la mesa que había en el solario, mientras abría sobres y ordenaba el correo en distintas pilas. Siempre recibían muchísimas cartas, mucho por leer sobre cada niño que quedaba a su cargo. Era como un trabajo que duraba las veinticuatro horas del día, aunque ella nunca se quejaba. Al menos no cuando Erik podía oírla.

John estaba tumbado bocabajo a sus pies, hojeando un cómic. A su lado había un libro de mates, abierto y con un lápiz a un lado.

—Estás practicando tus ejercicios, ¿verdad? —preguntó Ingrid, sin bajar la mirada hacia él.

—Para nada —contestó Erik, antes de avanzar a gatas hasta donde estaba John y tumbarse a su lado.

—Pero estamos de vacaciones —se quejó John, tumbándose de espaldas para sostener el cómic y leerlo hacia arriba.

—Te ayudo, podemos hacerlos juntos —propuso Erik. Tiró del libro para tenerlo más cerca y se puso a estudiar las páginas, que contenían unos ejercicios sencillos, de multiplicaciones y divisiones, con un problema matemático al final de cada página.

—Haz lo que te dice Erik, deja que te ayude —dijo Ingrid, mientras usaba la perforadora en unos documentos.

—Pero estamos de vacaciones —se volvió a quejar John, lanzando su cómic contra la pared.

—Recuerda lo que dijo tu profe, tienes que seguir practicando mates durante las vacaciones si quieres aprobar el año que viene.

—Y si quieres convertirte en capitán de barco, también —acotó Erik.

—Un capitán no necesita saber mates —murmuró John, mientras se arrastraba por el suelo para ir a buscar su cómic.

Erik se incorporó y apartó la silla junto a la de Ingrid.

—¿Necesitas que te ayude con algo? ¿Qué haces?

Ingrid alzó las manos, resignada, y soltó un suspiro.

—Intento mantenerlo todo en orden, todo este papeleo sobre vosotros. Nos envían muchísimas cosas.

—¿Es muy difícil?

Ingrid dejó lo que estaba haciendo para girar su silla hacia él y tomar sus manos entre las suyas.

—No, Erik. Si todo es pan comido —le dijo, guiñándole un ojo, como si no hablara en serio.

Erik le echó un vistazo a John a escondidas, quien le daba pataditas al suelo. Un golpeteo amortiguado. Entonces se aburrió, dejó el libro a un lado y salió corriendo.

—Ah, ahí va el terremotito. De verdad te tocan todos los problemáticos, ¿no? Los que nadie más quiere. Los que sobran.

Ingrid se echó a reír y se apartó el pelo de un movimiento.

—Tú no eres difícil ni ninguna sobra, y Hanna y Grace tampoco lo son. Y ya que estamos, tampoco lo es John. Lo que pasa es que está lleno de vida y de energía y de algunas emociones complicadas, pero todo irá bien. Me aseguraré de que así sea.

Erik escogió un trozo de papel que había en la mesa. Era una carta escrita a mano, de parte de la madre de John. La página estaba cubierta de principio a fin con una caligrafía apretada y pequeña, con oraciones que llegaban hasta los bordes de la página. Eran palabras de afecto y de gratitud hacia Ingrid, además de reflexiones sobre la vida.

—Parece un poco… intensa —comentó Erik, dejando la carta sobre la mesa.

—Sí, a veces le entra un poco la neura… Quizá de ahí le venga a John toda esa energía acumulada. Puede que los dos juntos no sean una buena…

—¿Te preocupa que pueda recuperar la custodia?

Ingrid asintió, para luego dirigirse a la cocina, donde Erik oyó el traqueteo de la vajilla en el fregadero. Fue tras ella.

—¿A dónde va a ir Hanna? Me dijo que iba a mudarse.

—¿Eso te dijo?

—Sí. ¿A dónde irá?

—Sabes que no puedo contártelo.

—Pero ¿podré verla? ¿Vivirá cerca?

—Ayúdame con la tetera, anda —le pidió Ingrid, haciendo como que no había oído lo que le había preguntado. Se puso a picar una cebolla, y luego le echó la culpa a eso de sus lágrimas. Erik quiso insistir para que le diera más información, pero no pudo, no cuando la veía tan triste.

»Pásame unas cebolletas del huerto, porfa —le pidió, llorosa.

Hanna seguía despierta cuando Erik llegó al cobertizo después de escabullirse por el bosque. A pesar de que todo estaba a oscuras, había recorrido el sendero tantas veces que ya era capaz de orientarse por aquel caminito angosto. Siempre lo hacía de noche, para hacerle compañía y que no pasara miedo por todos los sonidos nocturnos.

Hanna apartó las mantas al verlo asomarse por la puerta. Erik se metió en la cama sin decir nada. Los ojos de Hanna eran grandes, de un color verde con motitas marrones, y se llenaron de ternura al mirarlo. Pudo oír los latidos de su corazón mientras se movía en la cama para acercarse a él.

—No quiero perderte —murmuró Erik, antes de dejar que su aroma tan dulce lo envolviera.

Hanna se humedeció los labios con la punta de la lengua. Erik notó que su aliento cálido le llegaba hasta su boca. Con los ojos cerrados, inclinó la cabeza hacia un lado y acercó la barbilla hasta que sus labios encontraron los de ella. Eran suaves y cálidos, y él movió la lengua despacio mientras hundía los dedos en su melena espesa.

—Yo tampoco quiero perderte —le susurró ella, antes de quitarse la camiseta. Esta se le atascó en el cabello, y Erik la ayudó a liberarse para luego lanzar la prenda al suelo.

Se echó un poco hacia atrás, de modo que pudiese contemplarla según dejaba que sus manos rodearan sus pechos desnudos. Estos eran pequeños y redondeados, y Erik se inclinó para besarlos, uno por uno, pasarle la lengua por los pezones y acariciarlos suavemente. Con cuidado, la hizo girar hasta situarla bajo su cuerpo. La melena de Hanna se extendió por la almohada.

La quería tanto que no podía parar, estaba hambriento de más. Deslizó una mano por el estómago de ella, hasta dirigirla al interior de sus muslos y acariciarla allí, con delicadeza. Hacía mucho que los moretones habían desaparecido, y notó su piel pálida y fina bajo el roce de sus dedos. Cuando la tocaba, parecía estar hecha de seda. Hanna soltó un gemido, se retorció bajo su cuerpo y se aferró a su espalda para acercarlo hacia ella. Se acomodó para recibirlo entre sus piernas y juntó sus labios con los de él. Ambos respiraron como si fueran uno, una unidad indivisible. Con el cuerpo apretado contra el del otro, se movieron y se deslizaron a un ritmo acompasado, como si estuvieran bailando.

Entonces llegó la calma. Un suspiro de dicha.

Se quedaron dormidos a la luz de una vela. Con el cuerpo brillando por el sudor y enroscado en el del otro y una sábana enredada y húmeda por la transpiración.

Había un coche desconocido aparcado fuera de la mansión. Erik lo vio desde lejos mientras se escabullía de vuelta a casa al amanecer, conforme la luz tenue se colaba entre la neblina. Rodeó el vehículo y vio que la pintura era brillante y estaba limpia, por lo que era obvio que era nuevo. Había un poco de rocío en el parabrisas, unas gotitas que se deslizaban hacia el capó del coche. No pudo evitar tocarlo y pasar los dedos sobre el líquido hasta dejar el contorno de un corazón de tamaño grande. El capó seguía caliente, como si hiciese poco tiempo que hubiesen apagado el motor.

En el vestíbulo había una maleta y, a su lado, un gran tubo de cartón. Erik le quitó la tapa de plástico con cuidado y se asomó para ver lo que tenía. Estaba lleno de lienzos enrollados, montones de ellos. El olor a óleos y aguarrás lo invadió. Era el mismo aroma que había en la habitación que Hanna tenía en el cobertizo.

También había un maletín. Cuando lo abrió, vio que estaba lleno de dibujos hechos a lápiz, cientos de ellos. Había bocetos de brazos y piernas, así como rostros, insectos, flores y árboles.

Entonces se produjo un estruendo en la cocina y le llegó el aroma del café recién hecho. Oyó la voz de Ingrid, así como otra voz femenina. Quizás era alguien nuevo que había enviado la policía. Erik se acomodó el cabello y se pasó los dedos una y otra vez hasta que consiguió domárselo hacia un lado. Todavía podía oler a Hanna en él cuando se movía; seguía presente como una capa invisible sobre su piel.

—¿Despierto tan temprano, Erik?

Ingrid lo sorprendió en el vestíbulo. Llevaba un camisón rosa y tenía el pelo alborotado y recogido en un moño despeinado. Otra mujer se asomó por detrás de ella, enfundada en un vestido floral de falda ancha. Llevaba el cabello suelto, con una permanente alborotada y un flequillo espeso.

—¿Te acuerdas de Daisy? Os conocisteis en la fiesta del solsticio de verano, el año pasado —le dijo Ingrid, haciendo un ademán hacia la mujer.

—Hola, Erik.

La mujer salió de la cocina, con la mano estirada hacia él. Tenía un acento característico al hablar, como si las palabras se le redondearan en la garganta.

—Fuimos juntas a la escuela de arte —le contó Ingrid—. Es artista y vive en Nueva York, así que no viene muy seguido, solo unas cuantas semanas cada verano.

Erik le estrechó la mano, un poco inseguro, pero con educación.

—¿Y has venido de madrugada? ¿Por qué?

—Esas cosas no se le dicen a un invitado —lo regañó Ingrid—. Aquí en Solhem recibimos a todos con los brazos abiertos, sea la hora que fuere. Lo sabes de sobra.

—Sí, pero…

Las siguió a la cocina, donde sacó una silla y se sentó a la mesa. Aceptó la taza de café que Ingrid le sirvió y bebió un gran sorbo de inmediato. Lo fuerte que era hizo que hiciera una mueca.

—¿Y tú qué? ¿Qué haces despierto tan temprano? —quiso saber Ingrid.

—He ido a dar un paseo. Se está muy bien por las mañanas. Hace fresco.

—¿Has pasado por el cobertizo? ¿Sabes si Hanna está despierta?

—No, pero no creo que lo esté. Seguro que sigue dormida.

Notó que las mejillas se le sonrojaban y se preguntó si Ingrid lo notaría también. Si se daría cuenta. Clavó la vista sobre la madera de la mesa y se puso a juguetear con unas miguitas que se habían quedado allí desde la cena.

8

MODERNA MUSEET,

20 DE SEPTIEMBRE DE 2022

Hanna toma a John del brazo y tira de él de vuelta a la sala en la que estaban. John tiene un cigarrillo colgando de la comisura de los labios, sin encender, y la fulmina con la mirada mientras se deja arrastrar a regañadientes.

—¿Qué crees que haces? —le reclama—. Solo quería ir a por tabaco y un café.

—Ya, pero no me fío de ti —contesta ella, cerrando de un portazo—. Mientras haya periodistas fuera, te quedarás aquí.

—¿Por qué? ¿Qué crees que voy a decir?

—Demasiado. Y luego nos descubrirán, lo sabes bien. Así que venga, siéntate y ya le pediré a alguien que te traiga un café.

—¿Y el cigarro?

—Eso te lo puedes ahorrar. No te vas a morir por no fumar.

John juguetea con su cigarrillo y lo hace rodar por el labio inferior con la lengua. Hanna se lo quita de la boca, lo parte en dos y lanza las dos mitades a la papelera.

—¿Qué c...?

—Dijiste que lo ibas a dejar. ¿No te acuerdas? No te hace bien.

John se hunde en el sofá, entre refunfuños, y procede a extender un periódico frente a él que le esconde toda la cara. Sara se asoma por una rendija en la puerta.

—Vamos con mucho retraso y se están poniendo impacientes. ¿Puedes dejar pasar al siguiente, por favor?

Su agente se remueve en su sitio, cambiando el peso de un pie a otro, con impaciencia y el ceño fruncido.

—Sí, ya estoy lista —dice Hanna, acomodándose en su butaca—. ¿Podrías traernos un café a John y a mí? Y un vaso de agua, también. Gracias.

Sara ya le ha dado la espalda, mientras lee algo en el móvil.

—Boris Pears, del *Washington Post* —lo llama.

Un hombre enfundado en un traje marrón da un paso adelante. Parece muy estricto, con una expresión seria que no se altera. Lleva sus gafas de bordes metálicos ligeramente más abajo de lo que debería, sobre el puente de la nariz.

—No te olvides del café —le recuerda Hanna a Sara cuando esta se vuelve para sostenerle la puerta abierta al periodista.

El hombre entra en la sala y se sienta en la silla frente a Hanna. Ella lo conoce bastante bien, pues se han visto en varias ocasiones.

—Hola, Boris. ¿Has volado hasta aquí solo para verme? Cuéntame qué te parece la obra —le pide.

—Muy interesante —contesta él, dando golpecitos a su pequeña libreta con el boli que lleva en la mano. Las páginas ya están llenas, y Hanna se pregunta si la información es de una entrevista anterior o si todo ello lo ha escrito aquel día, mientras admiraba su trabajo.

—Me alegro —contesta ella, con una sonrisa—. A veces una tiene que hacer algo inesperado.

—¡Y que lo digas! De verdad que «inesperado» se queda corto en este caso —dice, según anota unas cuantas palabras en su libreta.

—Así es.

Hanna se acomoda la falda, la alisa y juguetea con un hilillo que se asoma desde una de las costuras. Se sienta en silencio a la espera de más preguntas, aunque no le llega ninguna. Tras algunos segundos, alza la vista y se encuentra con la mirada penetrante de Boris. Él suele ser muy locuaz, no deja nunca de hablar y dispara las preguntas casi como una ametralladora.

—¿No vas a hacerme más preguntas? —inquiere ella.

Solo que el hombre no llega a contestarle, pues Sara vuelve a adentrarse en la sala, hecha un bólido, y deja que la puerta se cierre con un movimiento brusco a sus espaldas.

—Perdone, señor Pears, debo pedirle que interrumpa la entrevista y salga. Tenemos un… altercado.

—Pero no ha terminado de hacer sus preguntas. De hecho, ni siquiera ha empezado aún. No puede irse —protesta Hanna.

Sara parece muy estresada. Tiene unas manchas rojas en el cuello y está cubierta en sudor. Con la mano, se seca un poco del que tiene en la frente.

—Tiene que irse, Hanna. En este mismo instante.

—Pero…

Es lo único que puede pronunciar antes de que la puerta detrás de Sara se abra de par en par y dos agentes de policía entren en la sala.

Parte de arriba.

Chimenea de granito.

Daisy

SOLHEM, JULIO DE 1980

Daisy no pudo contenerse y terminó agachándose para tocar el suelo de madera desgastada que había en la cocina. Notó la superficie áspera contra la palma, llena de arañazos y muescas, además de unas marcas negras como el carbón, donde habían saltado chispas desde la estufa. Había dos caminos deteriorados distintos: uno que iba desde la puerta hasta la estufa y otro desde la mesa hasta la encimera.

—Nunca lijes este suelo, ¿me oyes? Solo pásale aceite —instruyó Daisy, al tiempo que alzaba la mirada hacia Ingrid, quien iba de aquí para allá en la cocina.

—Sí, tiene una pátina, lo he notado.

—Es el suelo más bonito que he visto en mi vida. Con un toque ajado perfecto. Se pondrá más y más bonito con el tiempo, ya lo verás.

Daisy se puso de pie y se acercó a la ventana. El sol empezaba a asomarse por detrás de las copas de los árboles, y sus rayos se extendían sobre el paisaje y creaban unos caminitos de luz dorada. Pronto todo iba a estar bañado por la luz del sol. Respiró hondo y alzó los brazos por encima de la cabeza.

—Y pensar que puedes vivir así, en esta casa. Es preciosa —comentó.

Ingrid dejó un plato sobre la mesa que contenía una tajada de pan rústico con pepino y queso por encima. Erik se la devoró en tres enormes bocados.

—Vaya, qué rápido. ¿Quieres que te prepare otra? —le preguntó Ingrid, aunque no esperó a que le contestara, sino que se volvió hacia la encimera para hacerlo.

—Conque diecisiete, ¿eh? —dijo Daisy, observando con atención al adolescente—. Es la mejor edad de todas. ¿Los estás disfrutando?

Erik evitó mirarla a los ojos, y Daisy se percató de la incomodidad que su comentario había despertado en él, pues prácticamente irradiaba desde su mueca de labios tensos. Aun así, continuó:

—Lo malo de la edad es que uno no sabe lo muy feliz que es hasta que los años pasan. Y, antes de que te des cuenta, la juventud se ha ido y con la adultez llegan las responsabilidades y los pesares. Y también las arrugas.

Ingrid dejó el plato sobre la mesa con fuerza y le dedicó una mirada cargada de significado.

—Daisy, ¿qué haces tú hablando de cosas de las que no tienes ni idea? Erik ya ha cargado con su buena dosis de responsabilidades. Demasiadas, de hecho. Dudo que un par de arruguitas de nada en esa cara tan bonita que tienes puedan compararse.

Daisy se mordió el labio y se quedó donde estaba, contemplando el jardín.

—Lo siento —murmuró por lo bajo.

—No te preocupes, Daisy. Estoy bien. Aquí en Solhem todos lo estamos —dijo Erik, poniéndose de pie tan rápido que las patas de su silla arañaron un poco el suelo. Dejó un beso rápido en la mejilla de Ingrid antes de abandonar la cocina con la nueva rebanada de pan y un poco de queso en la mano.

—Eres increíble —le dijo Daisy a su amiga—. Cuidas de todos estos niños ajenos de sol a sol. ¿De dónde sacas tanta energía?

—Niños ajenos —repitió Ingrid, con aprensión, como si nunca hubiese pensado en ellos de ese modo. Apartó una silla y se sentó. Inspiró una bocanada de aire, como si se estuviese preparando para explicarle algo o quizás incluso para regañarla.

—Me refiero a que no son tuyos —añadió Daisy, intentando restarle importancia a lo que había dicho.

—La cosa es que los hijos no son propiedad de nadie, ¿verdad? —comentó Ingrid—. Solo los tenemos prestados un tiempo, vengan del modo en que vengan.

—Hanna ha crecido muchísimo, pero no ha cambiado nada. La reconocí cuando vi esa carita tan mona que tiene en primera plana; estaba en todos los periódicos el día que aterricé en Arlanda. Menudo caos. ¿Dónde está? ¿Dónde la tienes escondida?

—Está… Primero prométeme que me vas a ayudar.

—Es que… no tengo ni idea de cómo podríamos hacer algo así. Lo que me pides es bastante complicado.

Ingrid fue hacia el vestíbulo a por la carpeta con los dibujos de Hanna. Los empezó a dejar sobre la mesa, uno a uno.

—Mira estos. Solo tiene quince años, pero ya domina las técnicas como si fuese un prodigio. Tiene que poder pintar, tiene que poder vivir a salvo.

Daisy escogió algunas páginas y se puso a observarlas con atención, con la nariz casi rozando contra el papel.

—Sí, la verdad es que es muy buena. Aunque también hay algo de ingenuidad en sus trazos, una incertidumbre que necesita afinar —comentó Daisy, mientras apilaba un dibujo tras otro.

Se quedó observando un retrato. Era de Erik, hecho con una paleta amplia de colores: unos tonos piel, además de algunos trazos morados, celestes y rojos. Era como si el muchacho siguiera en la cocina con ellas; su mirada, pintada con mucho amor, parecía cobrar vida gracias a los reflejos de sus pupilas negras.

—Tienes que admitir que los dibujos son muy buenos. Yo diría excepcionales —dijo Ingrid.

—Sí. Sí que tiene algo especial, tienes razón. Están llenos de vida.

—Por eso tienes que ayudarme. No puede seguir quedándose aquí con nosotros, la policía no tardará en dar con ella. Tienes que llevártela contigo cuando vuelvas a casa.

—¿Y quieres que la esconda?

—Sí. En aras del arte, ya sabes. Y también por los niños.

—¿En aras del...? Ingrid, ¿qué me estás pidiendo? ¿Sugieres que la rapte, que arriesgue mi propio futuro? O sea, es un delito.

Daisy notó que el rostro se le tensaba entero mientras intentaba procesar lo que su amiga le estaba pidiendo. Dejó los dibujos sobre la mesa y se dejó caer sobre una silla.

—Creía que aún era una de las niñas de las que cuidabas. ¿Ya no lo es? ¿Qué pasó? —añadió.

—No. Lo fue durante mucho tiempo, pero ahora... Las cosas se han complicado.

—Y que lo digas.

—Llévatela a Nueva York cuando vuelvas y deja que se quede allí un tiempo. Te pagaré su manutención y sus materiales de arte.

—¿Sin pasaporte? Es imposible. ¿Y cómo se supone que va a viajar si todo el mundo la está buscando?

—Intentaré conseguirle uno falso. Aún no sé cómo podríamos conseguirlo, solo sé que tenemos que hacer algo ya. Así que no te lo estoy pidiendo, en realidad. Tienes que hacerlo, Daisy, por favor. Es nuestra única alternativa. Ya has visto todo el talento que tiene; tiene que poder pintar, y eso es lo que podrá hacer en tu estudio durante unos años, hasta que cumpla la mayoría de edad. No necesita más estudios si tiene semejante talento para el arte.

Ingrid abrió uno de los cajones de un armario y rebuscó en él hasta dar con un trozo de papel. Lo desplegó y se lo entregó a Daisy. Era el historial médico de alguien.

—¿Quién es este Knut Andersson?

—El abuelo de Hanna. Léetelo todo. Palabra por palabra.

Daisy notó que le entraban náuseas al leer. El historial estaba lleno de heridas: dientes rotos, brazos y dedos partidos, una fractura de cráneo y un bazo perforado. Además de puñaladas.

—Dios, qué horrible. ¿Quién le hizo todo esto?

—Un tipo con el que estaba la madre de Hanna. Él se encargó de la mayor parte, y Hanna estaba allí. El tipo la lanzó contra una pared, con fuerza, cuando intentó proteger a Knut, y después de eso ella solo pudo esconderse en el sofá en el que dormía en la cocina. Se tumbó bajo la tapa, temblando, con una pierna rota y cubierta de arañazos.

—Es un milagro que su abuelo sobreviviera a algo así.

—En realidad no lo hizo. Nunca volvió del hospital. Unos días después sufrió un paro cardiaco. Guardé el historial médico para poder mostrárselo a Hanna cuando se hiciera mayor. Claro que no es como si no lo recordara. Creo que aún lo hace, aunque no habla mucho del tema.

—¿Y después de eso tuvo que mudarse aquí con vosotros?

—Sí, nos convertimos en su familia de acogida durante un tiempo. Ya nos conocíamos bastante bien, y ella solía pasar tiempo aquí con nosotros. Vivía con Knut en una cabaña por allí, al otro lado del bosque. Solo que, una vez que su madre cumplió su condena y dejó las drogas, recuperó la custodia de Hanna. No me entra en la cabeza cómo pudo pasar algo así, pero así fue. Ella y su nueva pareja dijeron que se morían por tenerla con ellos. Pero el tipo es un sobón. Y no se contiene ni siquiera con su hijastra, ¿me explico?

Ingrid guardó silencio después de ello. Jugueteó con una de las esquinas del documento, la enrolló y la volvió a desenrollar.

—Qué hijo de puta —soltó Daisy, mientras volvía a leer el historial—. Patadas y puñetazos y luego heridas de arma blanca. De verdad querían acabar con él. Pero ¿por qué?

—Knut estaba intentando adoptar a Hanna, quien llevaba viviendo con él desde que era bebé y que prácticamente no conocía a su madre. Fue allí donde todo se fue al cuerno. De pronto la madre quería a Hanna a toda costa, a pesar de que nunca le había importado lo más mínimo.

—¿Y cómo es que la dejaron irse con ella después de todo esto? ¿En qué pensaba el juez?

—No tengo ni idea. Aquellos que toman ese tipo de decisiones son igual de ruines que quienes causan las heridas. Pero nosotras podemos ayudarla. Tú y yo. Así que tenemos esa responsabilidad.

No soportará otro proceso legal, va a acabar con ella. ¿Y si terminan obligándola a vivir en esa casa mientras se resuelve el proceso?

Daisy se quedó mirando a la amiga que conocía desde sus años en la escuela de arte. Su amiga de los vestidos coloridos, del corazón amable, la que siempre se compadecía de los débiles. Aquella que siempre quería echar un cable a todo el mundo, la que la había ayudado cuando acababa de llegar a Estocolmo y casi ni hablaba el idioma.

Dejó el historial sobre la mesa y recogió la carpeta con los dibujos de Hanna, para hojearlos un poco. Ingrid fue a por el tubo de cartón, sacó los cuadros enrollados y se los fue mostrando a Daisy, uno a uno. Paisajes y retratos, todos con unas proporciones precisas y un balance de colores exquisito.

—Y solo tiene quince años. Tienes razón, de verdad es increíble. ¿Le enseñaste tú todo esto? —quiso saber.

—Todo está en su cabecita, y así es desde que era pequeña. Un talento único. Es por eso que necesita estar con personas que la entiendan, que sepan de arte y la dejen ser quien es en realidad —contestó Ingrid.

Tenía los ojos llenos de lágrimas, suplicantes. Daisy tuvo que apartar la mirada.

—Siempre has tenido una forma de ver la belleza que hay en el mundo, en cada persona —dijo—. Pero si un juez dice que debería vivir con su madre, quizá deberías... ¿No se supone que la gente merece una segunda oportunidad?

—Es que ya la tuvo. Y la perdió. ¿Acaso no has oído lo que te he contado sobre su nueva pareja? Es un enfermo. Erik ayudó a Hanna a escapar de allí. Fue él quien se dio cuenta de lo horrible que era todo.

—¿Erik? ¿Lo has involucrado a él también?

—No, él se involucró solito. Se escapó de madrugada y la trajo a casa. Pero tienes razón, tenemos que mantenerlo al margen de todo esto.

—¿Y has dejado que se quedase aquí? ¿Sin llamar a la policía ni comunicárselo?

—Sí.

—¿Y qué te ha dicho Victor de todo esto? ¿Le ha parecido buena idea?

Ingrid se alejó sin contestar su pregunta. Metió de nuevo los lienzos enrollados en el tubo y lo dejó contra una pared en el vestíbulo. Entonces volvió al grifo, lo abrió y se puso a lavar unas tazas, con tanta fuerza que el cepillo rechinaba contra la vajilla.

Daisy se acercó a ella, en silencio.

—¿No se lo has contado? —le preguntó, al tiempo que tomaba una toalla para secar los platos que había colgada en una percha en la pared. Le quitó la taza de las manos a su amiga y se puso a secarla a conciencia.

—No. Está de grabaciones, así que no pasa mucho tiempo en casa —contestó ella.

—Ay, Ingrid, no has cambiado nada —soltó Daisy, dándole un golpecito a su amiga con la cadera—. Seguir las reglas nunca se te ha dado muy bien que digamos. En el fondo eres una artista.

—Pero no como Hanna. Ni de cerca.

—Claro que sí, lo que pasa es que no te das cuenta.

Hanna estaba sentada en el borde del muelle. Parecía una criatura de otro mundo, con su cabello largo y rizado que le caía por la espalda como una cascada, casi hasta rozarle la cintura. Los tonos caoba de su melena relucían como el cobre bajo el sol. Tenía el trasero descubierto y apretujado contra la superficie de madera del muelle, y hacía una ligera curva hasta conectar con su espalda baja. La joven se preparó para zambullirse: alzó los brazos por encima de la cabeza, se inclinó hacia adelante y desapareció bajo la superficie. Unas suaves ondas en el agua fueron los únicos rastros de su presencia.

Daisy sujetó a Ingrid del brazo. Quería esperar un rato en la linde del bosque, pues la escena era tan preciosa que la dejaba sin aliento. Observó a Hanna volver a la superficie, bastante lejos del lugar por el que se había zambullido. Nadaba con unos movimientos deliberados, y cada vez que movía las piernas enviaba unas cascadas de agua salpicada por los aires, brillantes como la plata bajo la luz del sol.

Ingrid estaba ansiosa, por lo que no veía la magia que tenía frente a ella. Al fin y al cabo, aquello era el pan de cada día para ella, de modo que quizá ya no podía apreciar la belleza. Siguió caminando, alzó un brazo y lo agitó para llamar a Hanna. Daisy la siguió a regañadientes, mientras contemplaba los colores y los movimientos y admiraba las ramas de los árboles y la hierba de un color verde oscuro que se inclinaba suavemente debido a la brisa marina.

—Esto es lo que Hanna ha estado pintando, ¿lo reconoces? —le preguntó Ingrid.

Daisy asintió. Sí que lo hacía. Solo que ella lo veía de otro modo y quería reproducirlo con sus propios colores y formas. Notó que aquel deseo intenso la invadía, la inspiración que siempre hacía que quisiera olvidarse del mundo y ponerse a pintar.

Hanna se asomó por el borde del muelle. Parecía tímida y se escondió al verlas. Lo único que podían ver de ella era la frente y los ojos sobre los tablones toscos de madera mojada del muelle.

—¿No tienes frío? —le preguntó Ingrid, al tiempo que avanzaba por el muelle. Este se balanceó sobre su peso y creó unas ondas sobre la superficie reluciente del agua.

Daisy se quitó los zapatos y la siguió, aunque se detuvo a medio camino para hundir un pie en el agua.

—¿Quién es esa? —preguntó Hanna, recelosa y con el ceño fruncido.

Daisy sacó el pie del agua y se acercó un poco más a la joven. Las gotitas heladas la hicieron tiritar.

—¿Te acuerdas de mí? Nos conocimos en la fiesta del solsticio de verano. Soy Daisy.

Estiró una mano en dirección a Hanna, pero ella no hizo ningún intento por acercarse o estrecharla. Se quedó tiritando en el agua, con los labios casi azules y las puntas de los dedos blancas al aferrarse al muelle con fuerza.

—Ay, pobre, si te estás muriendo de frío. Anda, sal del agua —le dijo Daisy. Se giró para buscar por el muelle y hasta la orilla, pero no vio ninguna toalla.

—Suelo estar sola aquí, así que no he traído toalla —se explicó Hanna.

—Ya voy yo —dijo Ingrid, antes de escabullirse por la linde del bosque en dirección al pequeño cobertizo que había allí, escondido entre la vegetación. Daisy la siguió.

—Menuda madre estás hecha. ¿No echas de menos pintar? —le preguntó a su amiga, cuando esta volvió a salir del cobertizo con una gran toalla en las manos.

—¿A qué te refieres?

—O sea, al ver toda esta belleza, al pasar tiempo en ella todos los días. Tú también eres artista… ¿Por qué sigues cuidando de todos estos críos?

Ingrid puso los ojos en blanco.

—Jolín, Daisy. Porque me necesitan. ¿Es que no lo ves? Los niños se han convertido en mi lienzo, uno que lleno constantemente de belleza. Y eso también es arte. Ahora Hanna te necesita a ti, si pretendemos que tenga la maravillosa vida que se merece.

Daisy le dio la espalda a Hanna cuando esta se impulsó para subirse al muelle. El sonido del agua era como música para sus oídos: el tintineo de las gotas, el revuelo del agua, los salpicones. Cuando se volvió a girar, Ingrid había envuelto a la joven en la toalla y le estaba frotando los brazos para que entrara en calor.

—Ha sido muy bonito verte en el agua —le dijo Daisy—. Era como si estuvieses nadando en un cuadro.

—Así era. Estaba nadando en un cuadro que cambia todos los días, que adquiere nuevas dimensiones —contestó Hanna, dándole la espalda. Inclinó el cuello para clavar la vista en el horizonte.

—Y ante el que cada espectador reacciona de un modo distinto. Como el arte mismo —comentó Daisy.

De pronto, Hanna se volvió hacia ella con un brillo en la mirada. Alzó las manos, como para enmarcarla.

—Exacto. Y ahora tú has entrado a la composición y te has convertido en un nuevo sujeto.

Hanna se sentó sobre la cama con las piernas cruzadas y la cabeza gacha. Parecía muy joven y asustada. Los brazos le temblaban. Daisy notó un tirón en el corazón mientras la veía y se llevó las manos al pecho. Ingrid le había explicado a Hanna que ya casi había llegado la hora de que se fuera de Solhem, y que Daisy iba a llevársela lejos. Dentro de poco. En un día o dos. Solo que aún no sabían cuándo.

—El lugar en el que vivo es muy bonito. Se llama Brooklyn. Serás feliz allí.

—¿También hay mar en Brooklyn? —quiso saber Hanna.

—Sí, desde mi estudio puedes verlo.

—¿Tienes un estudio?

Hanna alzó la vista, y la curiosidad invadió su mirada aterrorizada. Daisy le sonrió. Le recordaba a ella misma cuando era joven, a aquel deseo pulsante por crear cosas, aquel anhelo por expresarse, costara lo que costara.

—Daisy es artista, como nosotras —le explicó Ingrid—. Y también es profesora en una escuela de arte en Nueva York. Allá te irá muchísimo mejor que aquí.

Hanna se abrazó a sí misma, como si le doliera el estómago.

—Pero no puedo irme contigo. No puedo irme de Solhem. No puedo dejar a Erik ni a John ni a Grace. No quiero irme, me necesitan.

Ingrid se levantó de la silla en la que estaba sentada, se acercó a la cama para sentarse junto a Hanna y la envolvió entre sus brazos. La joven le apoyó la frente en el pecho y se echó a llorar.

—Ya casi eres una adulta, Hanna —le dijo Ingrid—. Tienes quince años. Ha llegado el momento de que hagas que el arte se convierta en tu vida, de que alces el vuelo. Los demás se las arreglarán sin ti. Yo cuidaré de ellos.

—Pero mi vida está aquí, contigo —protestó Hanna—. Y así me gusta que sea. Puedo pintar aquí. Siempre veo cosas que quiero pintar, siempre encuentro nuevos sujetos. No necesito nada más.

—Sabes que no dejarán que te quedes en esta casa. Ya sospechan que estás por aquí, que te estamos ayudando. Si te quedas aquí, no tardarán mucho en encontrarte. Y entonces te harán volver a ese piso y a esos pasillos exteriores y a todo el asfalto. Y… con ese hombre.

Hanna se acercó a los cuadros que había apoyados contra la pared y empezó a buscar entre ellos. Contempló el arte que había creado con una mirada llena de seriedad.

—Puedo sacar los lienzos de los cuadros y enrollarlos —propuso Ingrid—. Y puedes llevártelos contigo, no tendrás que empezar de cero.

—¿Y Erik? ¿A él también puedo llevármelo? ¿Y a John y a Grace y a ti? Eso es lo que quiero. No quiero dejarlos aquí, no quiero quedarme sola.

—No estarás sola, vivirás con Daisy. Nosotros tampoco queremos perderte, pero tienes que irte. Salvo que quieras terminar de vuelta con tu madre —dijo Ingrid.

Daisy se situó detrás de Hanna y contempló los paisajes que tenía frente a ella. Los colores apagados que fluían hasta convertirse en otro y creaban figuras suaves y unas escenas sugerentes y casi sacadas de un sueño: unas neblinas perfectas; la luz tenue posterior al atardecer, con unas sombras que ocupaban el espacio principal del cuadro; nubes cargadas de lluvia; la luz de la luna bañando el mar.

—Campos simples y sencillos, tierra mojada, lluvia. Y pensar que algunas cosas así de crudas pueden ser tan bonitas —comentó Daisy, al tiempo que escogía un cuadro pintado con tonos ocre oscuro y terracota. Lo dejó sobre una silla y retrocedió unos pasos para admirarlo.

»En este de verdad que has plasmado algo mágico —le dijo a la joven.

—Ese fue en un día de otoño, cuando el sol casi se ocultaba detrás de los árboles y de unas nubes oscuras. Quería capturar la luz y los cambios de los colores en la naturaleza, ¿lo ves ahí? La luz del sol se asoma entre las ramas, entre las hojas secas —le explicó Hanna, mientras intentaba sacar otro lienzo de su cuadro al retirar con las uñas las grapas que lo aseguraban. Parecía que no quería mostrárselo a nadie, aunque Daisy ya lo había visto de reojo. Era el dibujo de un joven tumbado en una butaca, con la camisa desabrochada y el rostro de perfil, mientras contemplaba algo que se encontraba más allá del marco. Una vez que consiguió separar el lienzo, Hanna lo enrolló rápidamente y se lo apretó contra el pecho. Daisy la observó con suma atención.

—¡Mikael! ¿Te acuerdas de Mikael, de la escuela de arte? —La pregunta de Ingrid rompió el silencio.

—Sí, claro que me acuerdo —contestó Daisy, sin apartar la vista de los cuadros.

Ingrid tenía razón; el talento de Hanna era indiscutible. Nunca había visto nada semejante, en ninguno de los alumnos que había tenido. Hanna creaba algo que iba más allá de una representación de la realidad y conseguía que el ambiente pareciera querer escapar del cuadro.

—Tiene una hija. Debe tener la edad de Hanna, ¿no crees?

—Puede ser. Recuerdo que solía llevar a una niña al estudio y que ella jugaba con las pinturas y las derramaba sobre el suelo.

—Y tenía el cabello rizado, como Hanna.

—¿Y eso qué tiene que ver aquí?

—Quizás Hanna pueda usar su pasaporte. Los niños crecen muy rápido. Con algo de suerte, su pasaporte será de hace algunos años. Mikael suele viajar a Berlín, debe haberse llevado a su hija con él alguna vez.

—Pero ¿por qué iba a…?

Daisy soltó una risita cuando el recuerdo la invadió de pronto.

—Ah, ¡es verdad, os besasteis! —dijo—. Lo recuerdo. Os vi.

Ingrid se removió en su sitio, incómoda al recordarlo. Daisy la vio mirar a Hanna de reojo, pero la joven no parecía estar prestándoles atención. Estaba ocupada guardando sus cuadros.

—Es que… Lo que pasó fue que… —murmuró Ingrid.

—Qué más da. La cosa es que sí, es una buena idea. Quizá pueda ayudarnos.

Una campana empezó a repiquetear por el bosque, por todo lo alto, como si alguien la estuviese sacudiendo de un lado para otro con todas sus fuerzas. Daisy se asomó por la ventana y vio que un niño se acercaba corriendo por el bosque, descalzo. Su cabello rubio y fino se agitaba por el viento, y corría sacudiendo los brazos por encima de la cabeza.

—¡Ya está aquí! ¡Ya está aquí! —gritó, antes de frenar en seco justo frente a Daisy—. ¿Y tú quién eres? ¿Tú también quieres quitarnos a Hanna? —le inquirió.

Ingrid lo rodeó entre sus brazos para intentar calmarlo, pero el niño se debatió hasta liberarse, con los puños cerrados.

—¡No la toques! ¡Ni se te ocurra tocarla! ¡No te llevarás a nuestra Hanna! —le siseó a Daisy, con la saliva volando por los aires debido a su ímpetu.

Ingrid alzó la voz para pedirle que se calmara, mientras lo sujetaba de los brazos.

—¡Para! Es una amiga. ¿Quién está aquí? —le preguntó al niño.

—El policía.

John asintió. Entre jadeos y respiraciones entrecortadas debido a la carrera que había dado, se agachó hasta apoyarse las manos sobre las rodillas.

Hanna ya había abandonado el cobertizo. Llevaba una manta en los brazos y no tardó nada en escabullirse bajo los cimientos del edificio. Solo que fue demasiado tarde. El agente apareció al otro lado del cobertizo y se lanzó hacia el suelo. Estiró una de sus manos ásperas bajo los cimientos y se aferró al tobillo de Hanna.

El coche patrulla arrancó con un rugido y empezó a alejarse de ellos con Hanna en su interior, dejando una estela de polvo por su paso entre la avenida delineada por árboles. La nube se agitaba detrás del coche como si tuviese vida, mientras se esparcía debido al viento y se prendía de las hojas de los árboles que ya se habían vuelto blancas gracias al polvo de aquel verano tan seco. Ingrid tenía a Grace en brazos y las lágrimas se le deslizaban por las mejillas y el cuello, sin parar. Se las secó un poco con el cabello de la niña, y Daisy le apoyó una mano en el hombro, sin saber qué decirle que pudiera ser de consuelo.

—¿Y si me quieren quitar a Grace? ¿Y a John? ¿Y qué va a ser de Hanna? Ay, Dios, mis pobres niños. ¿Qué he hecho? —sollozó.

Erik se acercó corriendo desde el porche, con la llave del coche en mano. Pasó a toda prisa por su lado, abrió la puerta del Saab de un tirón y encendió el coche antes de que pudieran detenerlo. Arrancó sin demora, solo que no en dirección a la avenida. Se decidió por el campo, y avanzó a trompicones por el suelo irregular en un intento por interceptar al coche patrulla. El motor iba a tanta velocidad que parecía aullar, con el coche rebotando sobre los montículos de barro. Según conducía lo vieron aferrarse desesperado al volante incluso con el cuerpo entero sacudiéndose con los movimientos del vehículo y la cabeza dándole botes contra el techo.

Cuando el coche patrulla giró hacia la carretera principal, Erik condujo directo hacia el vehículo, como un proyectil que saliera disparado, y consiguió volcar el coche hacia un lado. Oyeron el estallido ensordecedor del metal contra el metal y luego absolutamente nada.

Daisy, Ingrid y John corrieron por el campo, entre gritos, piedras y montículos que les arañaron los pies. Una columna de humo no tardó en surgir de uno de los coches, seguida de una chispa, y luego fue demasiado tarde. El Saab se prendió fuego y las llamas lo devoraron en cuestión de segundos. Estas lamieron la hierba alta que había al lado de la carretera y consiguieron que el coche se convirtiera en una bola de fuego.

Entre la nube de humo, lograron distinguir una silueta que daba tirones desesperados a una de las puertas, sin afectarse por las llamas.

Hanna.

Tenía la cara llena de hollín y cubierta de sangre, el vestido desgarrado que le dejaba los pechos al descubierto y las manos negras y chamuscadas. Entre el olor del humo, también les llegó la peste de la piel carbonizada. Daisy tiró de la joven hacia atrás y la retuvo con fuerza, pero Hanna siguió debatiéndose en dirección al coche, presa del pánico.

—¡Erik! ¡Erik! —no dejaba de gritar. Tenía el rostro retorcido por la angustia, y la boca abierta de par en par. Respiraba de forma entrecortada, con jadeos rápidos, como si el oxígeno no le llegara a los pulmones—. ¡Erik!

Daisy aferró a Hanna con los dos brazos y la arrastró hasta alejarla de las llamas.

—Es demasiado tarde —le dijo, en un susurro—. No hay nada que podamos hacer.

Ingrid soltó un grito mientras rodeaba los restos del coche, en un intento por llegar hasta Erik, por encontrar un resquicio que no se hubiese prendido fuego. Cuando aquello no dio frutos, pasó al coche patrulla.

—Está vivo, las llamas no lo han alcanzado —dijo, tras asomarse hacia el interior.

Daisy soltó a Hanna a regañadientes, quien se dejó caer sobre el suelo, sin fuerzas, y siguió llorando, completamente destrozada.

Ingrid tenía razón: el agente estaba tumbado con la cabeza contra el suelo del vehículo, el cual se había volcado, y la sangre se extendía a su alrededor. Aunque parecía mover uno de los brazos, tenía la mirada clavada en el infinito, como si no estuviera consciente.

—¡Llama a una ambulancia, corre! —le gritó Daisy a John, solo que el niño no pareció oírla, pues se quedó plantado en el campo, como si hubiese echado raíces en su sitio. Tenía el rostro sin expresión, con la boca ligeramente abierta y los hombros y los brazos le colgaban a su lado, sin fuerzas. En su mirada pudo comprobar que estaba en shock.

»¡Corre, John! ¡Ve a pedir ayuda! —insistió Daisy, sacudiéndolo con ambas manos. Sin embargo, el niño no pareció despertar, sino que se limitó a soltar un gimoteo en voz baja, de todo el dolor que había en su interior.

Un poco más atrás, en el campo, Grace se acercó con sus pasitos inestables hasta ellos. Daisy corrió hacia ella y la alzó sin detenerse para luego volver a la casa corriendo. Una vez que llegó, llamó a Emergencias y se puso a gritar por el teléfono. No conseguía articular ninguna oración coherente, sino tan solo palabras sueltas: «¡Auxilio! ¡Necesitamos ayuda!».

Los servicios de emergencia ya habían recibido una llamada de parte de unos vecinos que habían visto lo sucedido. Le dijeron que los paramédicos y los bomberos estaban de camino. Daisy cortó la llamada y volvió corriendo al exterior.

¡Hanna! Iban a tener que esconderla antes de que llegaran los demás.

Habían vuelto al cobertizo. Daisy mojó unas toallitas y las depositó sobre las manos de Hanna. El enrojecimiento se le había extendido por los dedos hasta las muñecas, y unas ampollas pequeñitas hacían que la piel se le levantara como si la tuviese llena de burbujas. Tenía las manos quemadas y aún cubiertas de hollín. Unas sirenas se oyeron a lo lejos, conforme llegaban más y más vehículos. La carretera se había convertido en un infierno de luces azules a sus espaldas según se escabullían entre la cobertura que les ofrecía el bosque. Había personas uniformadas por todos lados: bomberos, paramédicos, agentes de policía. Los lamentos desgarradores de Ingrid, el rugido y los silbidos de las mangueras de los bomberos.

No obstante, en el cobertizo nada había cambiado. El mar seguía quieto y reluciente, como un espejo, y había algún que otro cisne nadando por ahí, con el cuello curvado con elegancia.

—¿Volveré a verlo? ¿Algún día podré abrazarlo de nuevo? —susurró Hanna, casi sin aliento.

El cuerpo no dejaba de temblarle, como si tuviese frío, e hizo una mueca de dolor cuando Daisy le tocó la piel de las manos. La expresión se le distorsionó por la agonía y cerró los ojos con fuerza.

—¿Te duele mucho? —le preguntó Daisy, mientras le sujetaba las manos con delicadeza.

Hanna asintió, y el más ligero de los suspiros se le escapó de los labios. Entonces, los ojos se le llenaron de lágrimas de nuevo.

—¿Se ha muerto? ¿Está muerto de verdad? —le preguntó, casi sin poder respirar, como si la idea la hiciera entrar en pánico.

—No lo sé —contestó Daisy, en un hilo de voz—. Quizá puedan salvarlo. Los bomberos y los paramédicos siguen ahí.

—Estaba ardiendo. Tenía el cuerpo entero prendido fuego. Lo he visto. —Hanna empezó a jadear de nuevo.

Daisy no sabía qué decirle. Le dio la espalda a la joven y se mordió el labio. La tela delgada de su vestido no dejaba de temblarle debido a la forma tan acelerada en la que le latía el corazón.

—Ha muerto. Lo sé. Puedes decirlo —dijo Hanna.

—Ha muerto —repitió Daisy, en un susurro y volviéndose hacia Hanna. La rodeó con los brazos, en un intento por consolarla y refugiarla entre ellos.

Se tumbaron sobre la cama, con Daisy por detrás de Hanna, para abrazarla. Se les habían acabado las palabras; no tenían fuerzas para decir nada más. Casi ni reaccionaron cuando la puerta se abrió e Ingrid se asomó al interior, desconsolada y con el corazón roto, con la cara hinchada y cubierta de hollín. Tras dar un paso dentro del cobertizo, se dejó caer sobre el suelo. No hizo falta que dijera nada, pues ambas la entendieron. El silencio se hizo en aquella pequeña habitación. Lo único que se oía eran sollozos y jadeos, y el viento que agitaba las ramas de los árboles en el exterior. Parecía que una tormenta iba a desatarse, allá en lo alto, al haber recibido a un nuevo invitado antes de tiempo. Uno que no tendría por qué haber llegado.

Ingrid se arrastró hasta los cuadros de Hanna y se dispuso a continuar enrollándolos.

—¿Qué haces? —le preguntó Daisy. Se incorporó hasta sentarse en el borde de la cama y notó los tablones ásperos y fríos del suelo bajo los pies descalzos. Cuando un escalofrío la invadió, se cubrió un poco más con la chaqueta de punto que llevaba puesta—. Descansa un poco. Ya haremos eso después.

Ingrid alzó la mirada hacia ella. Tenía las mejillas manchadas de tierra, y sus arrugas parecían más pronunciadas que nunca.

—No. Tenéis que iros. Ya mismo.

—¿Ya?

—El agente está vivo, se lo han llevado al hospital. Lo contará todo una vez que despierte y pueda volver a hablar.

Daisy paseó la mirada por la habitación. Había una maleta ya lista en un rincón. Hanna la abrió de un tirón, con lo que la ropa que había dentro salió disparada por el suelo.

—¡No quiero irme! —chilló, lanzando la maleta contra la puerta. Ingrid recogió la ropa y la volvió a meter en la maleta, antes de cerrarla y entregársela a Daisy.

—Llévala al coche —le pidió, en un susurro—. Hablaré con ella.

—Pero no quiere ir. No puedo… No voy a llevármela así.

—Tienes que llevártela. Es la única forma de salvarla.

—¿Salvarla de qué?

—Sabes bien de qué. De su madre y del hombre con el que vive. ¡Ha abusado de ella, joder! No puede vivir allí. No puede volver allí y punto. Ni un segundo más, ni siquiera durante un juicio. ¡Así que corre! Id a esconderos a algún lado.

Daisy se volvió para no ver la mirada seria que le dedicaba su amiga, aquellos ojos suplicantes. Hanna estaba sentada en el suelo, con sus piernas delgadas manchadas de hollín. Sostuvo el lienzo que tenía enrollado en los brazos y lo aferró con fuerza, con los ojos vidriosos. Se había quedado sin lágrimas que derramar. Lo único que le quedaba era una sensación de vacío, de desolación. ¿Qué sería de ella si Daisy la dejaba allí, si la obligaban a volver al hogar de su agresor? De sus agresores, en realidad. Un escalofrío recorrió a Daisy al pensarlo.

Así que, cuando Ingrid le entregó la maleta, la aceptó. Su amiga se puso a recoger los cuadros casi sin control, llenándose los brazos de forma tan frenética que Daisy pudo ver que las manos le temblaban. Dejó la maleta sobre el suelo y avanzó hasta ella. Le apoyó una mano en la espalda.

—¿Y si nos envías los cuadros? —propuso—. No hay ninguna prisa, no tenemos que llevárnoslos todos ahora.

Ingrid respiró con dificultad, mientras luchaba por no derrumbarse.

—Por favor, Daisy, tienes que ayudarme. Tienes que ayudar a Hanna —le suplicó—. Les he dedicado mi vida a estos niños, y ahora querrán arrebatármelo todo. Tenemos que salvar a Hanna antes de que sea demasiado tarde. Por favor, llévatela.

—Se te ha ido la olla, Ingrid.

—Quizá. Quizá sea así, pero el mundo entero está patas arriba. El mundo, la violencia, las drogas, la justicia. De verdad que no puedo entenderlo, no entiendo cómo pueden dejar que el mal exista.

—Porque también hay bondad en el mundo —le recordó Daisy en un hilo de voz, al tiempo que volvía a recoger la maleta.

—¿Eso quiere decir que te la llevarás?

Cuando Daisy asintió, Ingrid soltó todo lo que tenía en las manos y la rodeó con los brazos. Tenía el cuerpo muy caliente y olía a sudor, y se dejó caer contra ella mientras soltaba un suspiro lleno de alivio, con la mejilla apoyada en el pecho de Daisy.

—Gracias —le susurró, una y otra vez.

Entre las dos, llevaron el equipaje de Hanna por el bosque hasta el coche de Daisy, el cual seguía aparcado fuera de la mansión. Tuvieron que ir y venir varias veces, para llenar el maletero de lienzos enrollados y bosquejos. Los niños salieron de la mansión, de la mano. Grace pareció sorprenderse al ver a Hanna, y se debatió hasta soltarse de su hermano para echarse a correr y lanzarse a los brazos de la joven, entre gorjeos y risitas.

—Nanna —exclamó la niña, besándole las mejillas a la adolescente.

Hanna se arrodilló sobre la gravilla y aferró a la niña con fuerza, como si no quisiera soltarla nunca. Ingrid casi tuvo que arrancársela de los brazos antes de hacerla subir al asiento trasero.

—Venga, tenéis que iros ya —las instó.

—¿Y Victor? —preguntó Hanna.

—Está de grabaciones, no está en casa. No sabe nada de esto. Aún no se lo he contado —le explicó Ingrid.

—¿Volveré a verlo algún día?

Hanna estaba tan cansada que no tuvo fuerzas para esperar a que le diera una respuesta, sino que se limitó a hacerse un ovillo en el asiento trasero y cerrar los ojos. Ni siquiera quiso darle un abrazo a Ingrid.

Cuando Daisy encendió el coche, Ingrid se asomó por la ventana abierta y dejó un cuaderno de dibujo y un lápiz sobre el estómago de Hanna.

—Son mis bolis preferidos, esos que llevan mis iniciales. Todo irá bien, cariño. Cuando nos eches de menos, dibuja Solhem y nos tendrás a todos allí contigo, en tus recuerdos. Nadie puede quitarte eso —le dijo, en un hilo de voz.

Ingrid sacó la cabeza del coche, y una vez que retrocedió unos cuantos pasos, Daisy arrancó. No tenía idea de a dónde ir. Quizás a un hotel o a la casa de un amigo. Tenía gente en la que podía confiar, gente que confiaba más en lo que le dictaba el corazón que en lo que decían las leyes y la justicia.

Vio a Ingrid por el retrovisor mientras se alejaba despacio por la avenida. La vio derrumbarse bajo el peso de sus sollozos y caer de rodillas, rodeada de John y de Grace. Las siluetas de los tres se fueron haciendo más y más pequeñas, hasta que se entremezclaron con el ocaso y las perdió de vista.

Si bien ya habían despejado los restos del accidente cuando dobló hacia la carretera principal, no había ocurrido lo mismo con las cenizas y los escombros. Los cristales que había sobre el asfalto relucieron bajo la luz de los faros del coche, pero Daisy mantuvo la vista fija en el horizonte y aceleró para alejarse de todo ello. Hanna se impulsó para levantarse y se apoyó en el respaldo del asiento, con la mirada fija en la luna trasera.

—Todo irá bien —le aseguró Daisy.

Era lo único que se le ocurría que podía decirle.

AEROPUERTO DE ARLANDA,
AGOSTO DE 1980

Daisy notaba la funda del pasaporte muy rígida contra los dedos. Lo abrió y pasó las páginas hasta llegar a una foto de alguien que, aunque no era Hanna, sí que guardaba ciertas semejanzas con ella. Contempló la fotografía y luego a la joven que tenía sentada junto a ella en el asiento trasero de un taxi. Hanna se había puesto lentillas a pesar de sus quejas porque estas le irritaban los ojos, pues de ese modo conseguían que su mirada adquiriese el tono marrón correcto. Le habían decolorado los rizos hasta volverlos de un tono rubio ceniza y Daisy le había cortado el flequillo para que le escondiera las cejas. Daba el pego.

Linda Maria Olsson.

Ese era el nombre que iba a adoptar Hanna mientras viajaba con aquel pasaporte que no era suyo. Mikael había decidido ayudarlas una vez que había visto los cuadros de Hanna, una vez que se lo había explicado todo. Sin embargo, había hecho falta invitarlo muchas veces a cenar en la casita prestada en la que Daisy había escondido a la joven. Al final, su amigo había aceptado facilitarles el pasaporte de su hija, además de acompañarlas y hacerse pasar por su padre. En aquellos momentos iba sentado en el asiento del copiloto, al lado del conductor.

—¿Cómo te llamas? —preguntó Daisy.

—Linda —contestó Hanna, cortante.

—¿Y cuál es tu número de identificación?

—650205-3276.

—¿Cuánto mides?

—1,58 según el pasaporte, pero es un error, porque mido 1,72.

—Es de hace cuatro años, así que no hay problema. Los críos crecen, eso todo el mundo lo sabe. Si te lo preguntan, diles cuánto mides de verdad.

Hanna le quitó el pasaporte a Daisy de las manos y se puso a hojear las páginas de color azul grisáceo, mientras observaba todos los sellos de países extranjeros.

—Vaya, sí que habéis viajado muchísimo —le dijo a Mikael.

Él se giró para asomarse entre los respaldos y se inclinó hacia ellas.

—Sí, Linda. Eres toda una aventurera —dijo, haciéndole un guiño a Hanna.

El conductor se detuvo justo frente a la entrada de la terminal y luego procedió a aparcar en marcha atrás y con mucha destreza en un espacio minúsculo entre dos coches. Se bajó del vehículo para sacar las maletas. Algunos de los cuadros y bosquejos de Hanna estaban enrollados en un gran tubo de cartón, pues Daisy ya se había encargado de enviar los demás. Victor le había ido llevando los cuadros poco a poco, y ella los había recogido desde distintos lugares: en sitios de grabación, oficinas y cafeterías. Victor siempre iba muy nervioso, muerto de miedo de que la policía lo estuviese siguiendo a él también. Le había contado que a Ingrid no la dejaban en paz y que siempre la atormentaban con preguntas sobre Hanna. Les habían quitado a todos los niños y los habían asignado a nuevos hogares de acogida, con personas que no habían visto en la vida.

Mikael llenó un carro de equipaje y lo empujó hasta las ventanillas para facturarlo todo mientras Daisy y Hanna llevaban los tubos de cartón en brazos. Como Hanna nunca había viajado ni visitado un aeropuerto, miraba a todas las personas y a las maletas que arrastraban de un lugar a otro con los ojos como platos.

—Intenta hacer como que estás acostumbrada a viajar. Ya has visto todos los sellos que hay en ese pasaporte —instruyó Daisy, entre susurros.

—Y dame la mano si tienes miedo o temes perderte —añadió Mikael, pasándole una mano por la espalda.

Hanna asintió.

—No soy una cría, dejad de preocuparos. Os seguiré y ya está —les contestó, con voz firme.

Aun con todo, Daisy la veía algo vacilante, asustada y perdida. Todos sus instintos le pedían que diera media vuelta, se llevara a Hanna y se la entregara a la policía. Sin embargo, el corazón le dijo que lo iban a conseguir. Y ella decidió hacerle caso a ese último.

Ya habían pasado el chequeo de seguridad cuando un hombre que Daisy reconoció se acercó directo hacia ellos. Daisy sujetó a Hanna del brazo.

—No lo abraces. Haz como si no lo conocieras —bisbiseó, sin soltarla.

Pero no sirvió de nada. Un segundo después, una vez que Hanna se había percatado de quién era, se zafó de su agarre y saltó a los brazos de Victor. Él llevaba puesta una camisa arrugada de color gris oscuro y unos pantalones negros, con su maletín de cuero desgastado al hombro. Daisy nunca lo había visto con otros colores, no en todo el tiempo en que lo conocía. Siempre iba vestido con tonos oscuros, como si estuviese constantemente de luto.

—¿Qué haces aquí? —inquirió.

Mikael se interpuso entre ellos para estrecharle la mano.

—Victor, cuánto tiempo. Me alegro de verte —lo saludó, antes de darle un par de palmadas en el hombro en un intento algo desganado por darle un abrazo. Hanna se quedó al lado de Victor, aferrándolo de la cintura con un brazo.

—¿Te das cuenta de que esto podría echarlo todo a perder? —siseó Daisy.

No hizo ningún ademán de abrazarlo, pues el corazón le iba a mil por hora debido a la ira.

—Yo también me iré de viaje en unas cuantas horas. He venido antes porque no podía soportar la idea de no despedirme. Ingrid no lo sabe. Por favor, no le digáis nada.

Victor abrió su maletín y rebuscó en él hasta dar con algo. Sacó una cadena de plata muy larga con un relicario que quedó colgado entre sus dedos cuando se lo entregó a Hanna. Ella lo aceptó y se puso a mirarlo por todos lados.

—Puedes abrirlo... por aquí —dijo él, enseñándole cómo hacerlo. El relicario se abrió en dos y, dentro de él había una foto diminuta—. Así siempre estaremos contigo, vayas donde vayas, pase lo que pase —le explicó, conforme Hanna pasaba el índice por la imagen de la cara de Ingrid.

Hanna se colgó la cadena del cuello y envolvió el relicario con la mano como si se tratara de un escudo protector.

—Podrías habérselo enviado —le reprochó Daisy, aunque no pudo seguir resistiéndose y terminó dándole un abrazo. Victor parecía tan desdichado, con el rostro pálido enmarcado por sus rizos pelirrojos despeinados. Tenía las mejillas hundidas y los ojos hinchados. Cuando le devolvió el abrazo, exhaló y Daisy notó el peso de su cuerpo sobre los hombros.

—Por favor, cuida de Hanna. No dejes que le pase nada. Ya ha sufrido suficiente —le pidió en un susurro, con la voz cargada de emoción.

BROOKLYN, AGOSTO DE 1980

Las ventanas cubrían una pared entera, cuadradas y con unos paneles de cristal con marcos de hierro que se juntaban para formar una sola unidad. La estancia estaba muy iluminada, y las barras de luz reluciente arrojaban unas sombras cuadradas sobre el suelo de madera alfombrado y salpicado de pintura. Había dos caballetes en medio del estudio, y las paredes estaban cubiertas de armarios y cajoneras: de madera y metal de distintas formas y tamaños. Había montañas de papel apiladas sobre los muebles. El mirador de la ventana que daba a la bahía estaba salpicado con tubos de pinturas y filas de frascos de cristal que contenían pigmentos secos.

En una de las paredes había algunos artículos de prensa pegados, de unas páginas de revistas delgadas y relucientes. Daisy nunca salía sonriendo en las fotos, sino que siempre parecía un poco triste cuando posaba junto a sus obras, con la frente por todo lo alto, pero los ojos distantes. Hanna se quedó un poco por detrás de ella y contempló la pared con curiosidad.

—Ah, no le hagas caso a todo eso —dijo Daisy, poniéndose su delantal. Se recogió el pelo en un moño y se ató un pañuelo rojo alrededor de la cabeza.

Hanna dio vueltas sobre sí misma para observar el estudio, estiró los brazos hacia el techo, hacia el espacio por el que los rayos de sol se filtraban a través de la ventana y parecían velos blancos. Dio un par de pasos en dirección a un caballete y acarició con los dedos los pinceles que había en unos frascos a su lado.

—¿Tienes lápices de grafito? —le preguntó.

Recogió un lienzo grande y negro y lo colocó sobre el caballete, antes de ponerse a dibujar algo invisible con la punta de un dedo, como si la composición ya hubiese cobrado forma dentro de su imaginación y quisiera salir. Las formas que dibujaba con la mano y el brazo hacían que moviera el resto del cuerpo, cual bailarina.

Daisy se agachó en el lugar en el que estaba, frente a un armario, y abrió uno de los cajones, el cual estaba lleno de lápices y carboncillos. Al abrirlo, estos traquetearon en el interior.

—Mira —le dijo—. Aquí tienes todo lo que puedas necesitar. Y mucho más.

Hanna avanzó hasta donde estaba y se agachó a su lado para rebuscar entre todos los lápices que había en el cajón. Fue escogiéndolos uno a uno, para tocar con delicadeza la punta y volver a meter aquellos que la tenían demasiado redondeada, hasta dar con uno que le pareció bien, que era el correcto.

—También debería haber un sacapuntas por ahí —dijo Daisy, al tiempo que se sacaba una pequeña navaja del bolsillo del delantal—. Aunque yo prefiero afilarlos con navaja. Deja aparte aquellos que necesiten afilarse y ya me encargaré yo.

Sacó un banquito, se sentó y comenzó a afilar las puntas de los lápices con la cuchilla de la navaja. Estos chirriaban según los trocitos de mina le iban cayendo sobre la mano y le teñían la piel de color gris. La parte de madera fue quedando con los bordes torcidos e irregulares.

—¿Dónde estamos? —preguntó Hanna por lo bajo, maravillada mientras seguía abriendo cajones llenos de lápices y bolígrafos. De lápices de colores, rotuladores y marcadores gruesos. Daisy dejó de afilar.

—En un lugar en el que el arte puede ser libre —contestó—. Donde siempre hay espacio para los sueños. Estarás bien aquí, te lo prometo.

Hanna se puso de pie de nuevo y se paseó por el estudio, como si quisiera memorizar cada detalle de él. Pero entonces volvió a ponerse seria.

—¿Tendré que esconderme aquí también? ¿O algún día podré tener una vida normal y ser libre?

Daisy se percató de cómo la preocupación hacía mella en su rostro joven e inocente. Tenía la piel pálida y los labios apretados.

—Es por tu propio bien, aunque solo será por unos años. Hasta que cumplas los dieciocho. Aquí conmigo estarás a salvo y podrás practicar tu arte, podrás pintar. Seguir aprendiendo. Tendremos que inventarnos un buen nombre para ti. Un nombre de artista con el que puedas firmar tus obras.

—Stiltje —dijo ella.

—¿Y eso qué es?

—Es lo más bonito que existe en el mundo. Así que quiero que ese sea mi nombre. Hanna Stiltje.

Había un sobre en el suelo del pasillo. Daisy lo abrió y se encontró con un montón de recortes de periódico, aunque solo eso: ninguna carta, ningún mensaje. Todos los recortes eran sobre Hanna. Fotos y entrevistas con vecinos, agentes de policía, la madre y su pareja. Daisy los fue extendiendo uno a uno para leerlos con sumo cuidado. Habían citado a Ingrid en varios de los artículos, en los que contaba mentiras descaradas, mostraba una preocupación fingida y decía estar desolada, todo ello con el único objetivo de que los lectores le creyeran. Lo que decía no era cierto, claro. Todos los detalles eran mentira.

Daisy los ordenó en orden cronológico. Desde los primeros artículos llenos de esperanza, en el que el agente de policía herido afirmaba haber encontrado a la niña cerca de la casa de acogida, por lo que era obvio que debía seguir allí. Llegó hasta los recortes más recientes, donde se sugería que lo más probable era que la joven hubiese muerto. Y cada vez pasaba más tiempo entre artículo y artículo, a veces hasta semanas enteras.

Según ellos, no había ni rastro de Hanna. Y, cuánto más tiempo pasaba, menos esperanzas había de que fueran a encontrarla con vida. Entre líneas podían apreciarse las implicaciones a una muerte violenta. Solo que nadie sabía lo que había sucedido. Nadie que no fuese Mikael, Victor, Ingrid y la propia Daisy.

Una vez que terminó de leer, Daisy se acercó a la chimenea, arrugó los recortes y los tiró al fuego, uno por uno. Observó cómo las llamas amarillas devoraban el rostro de Hanna, para luego derretirlo y volverlo negro, en unas cenizas que se agitaban por lo alto de la chimenea debido al humo.

—¿Qué haces?

Daisy dio un bote cuando Hanna entró a la cocina corriendo, en pijama. Se apresuró a cubrir los recortes de periódicos que aún no se habían carbonizado con más leños.

—Hace mucho frío, así que he encendido la chimenea.

Hanna encontró el sobre que Daisy había dejado en la mesa de la cocina y metió la mano para buscar en su interior.

—¿Dónde está la carta? ¿Qué dice Ingrid? —preguntó, a la expectativa.

—No era de Ingrid.

La mentira hizo que Daisy se sintiera incómoda, por lo que se volvió al notar que la nuca se le iba sonrojando. Se puso a juguetear con unos libros de cocina que había apilados en una repisa.

—Mentira —dijo Hanna, con firmeza.

—No estoy mintiendo.

Pero la joven no se rindió.

—Reconozco su letra. No me mientas.

—Eran unos artículos de periódico y ya. No había ninguna carta.

—¿Artículos sobre qué? ¿Sobre Erik?

De pronto, Hanna se dobló en dos, antes de que Daisy pudiera decirle nada. Se llevó una mano al estómago, con una mueca de dolor. Entonces salió corriendo en dirección al baño, con una mano cubriéndose la boca. Daisy oyó sus arcadas y el vómito que llegó después y terminó cayendo al inodoro.

La siguió y se quedó de pie en el marco de la puerta, mientras contemplaba a la figura menudita que se hallaba de cuclillas frente al baño.

—¿Hay algo de lo que quieras que hablemos? —le preguntó.

—No puedes llamar a este número, lo sabes. —Ingrid hablaba en susurros.

—Lo sé —contestó Daisy—. Pero no me queda más remedio. Hanna...

—¿Quiere volver? ¿Nos echa de menos? ¿Llora por Erik?

—Hanna está bien, pero creo que... creo que...

—Calla, no puedo seguir hablando. Victor ya viene. Le prometí que no arriesgaría nada, que no iba a ponerme en contacto contigo. Así que no me llames. Escribe y mándale las cartas a Mikael.

9

MODERNA MUSEET,

20 DE SEPTIEMBRE DE 2022

El periodista del *Washington Post* se queda tranquilamente sentado en su sitio, con su bolígrafo sobre la libreta. Hanna hace lo mismo. Entrelaza las manos sobre el regazo y espera a que los agentes de policía que hay en la puerta digan algo. Solo que estos se limitan a quedarse allí, en silencio. Sara parece muy estresada: sus movimientos son tensos y su mirada, intensa.

—Lo lamento, señor Pears, pero debo pedirle que abandone la sala un momento —le dice.

Hanna se pone de pie de un salto, llevándose las manos al pecho.

—Por favor. Boris ha venido desde Washington para hacer esta entrevista. Dejen que la termine, estamos en mitad de una conversación importante.

Los agentes de policía intercambian una mirada, y uno de ellos se encoge ligeramente de hombros.

—Tienen quince minutos para acabar. Pero los esperaremos aquí mismo.

John permanece sentado en el sofá, en silencio y con la vista clavada en el regazo, oculta por su cabeza gacha, como si estuviese dormido. No obstante, Hanna puede ver que tiene los ojos abiertos y que las manos le tiemblan ligeramente. Aunque cubre una con la otra, le resulta imposible esconder lo nervioso que está.

—Gracias —les dice Hanna a los policías, al tiempo que mueve su silla de forma casi imperceptible para poder bloquear un poco la parte de arriba de John con su propia figura.

—Es demasiado caótico entrevistarte así —se queja Boris, echando un vistazo a su alrededor: a los policías que están apoyados contra la pared, a Sara y a John. Suelta un gruñido, fastidiado, y cierra su libreta con un movimiento brusco.

Hanna se echa a reír.

—Sí, estoy de acuerdo. ¿Pueden dejarnos a solas un momento, por favor? No soy ninguna delincuente, no pienso saltar por la ventana —les dice, ante lo cual los agentes intercambian otra mirada de soslayo.

Sara se obliga a soltar una carcajada.

—Hanna tiene razón —dice—. Quiero decir, aquí está a salvo. Si bien suele recibir amenazas, estas suelen ser de simples chiflados y ya está. Pueden informarnos más sobre el asunto después. Hanna tiene una larga fila de entrevistas esperándola.

—¿Amenazas? —exclama uno de los agentes, sorprendido—. No hemos venido por ninguna amenaza. ¿Quién le ha dicho eso?

Hanna vuelve a ponerse de pie, se acerca a ellos y los hace abandonar la estancia.

—Dennos quince minutos, ¿vale? Muchas gracias —añade, para luego cerrar la puerta.

—¿Qué está pasando? ¿A qué ha venido la policía? —quiere saber Boris, al tiempo que anota algo en su libreta. Hanna estira el cuello para ver qué es, pero sus garabatos apretujados son indescifrables.

John se ha levantado de su sitio para acercarse a la ventana. Intenta abrirla, dándole tirones y más tirones, pero está cerrada a cal y canto y no cede ni un poco. Unos tics nerviosos empiezan a embargarlo.

—Joder, ahora sí que la hemos cagado —dice, dándole un manotazo con ambas manos al alféizar.

—¿Qué pasa? —insiste Boris, alzando ligeramente las cejas e intentando entender lo que sucede frente a sus ojos.

—No pasa nada —contesta Hanna, con firmeza. Sujeta a John de los hombros y lo obliga a volver a acomodarse en el sofá—. Tranquilízate. Quédate aquí sentado y no pasará nada.

—¿Y este quién es? —pregunta Boris, señalando a John con su boli. Lo apunta con la misma intensidad como si su utensilio se tratase de una flecha—. Si hasta parece un vagabundo, ¿qué hace aquí?

—No es ningún vagabundo. Es mi amigo y se llama John. ¿Podemos volver a la entrevista?

Boris hojea su libreta. Tiene la frente poblada de arrugas, como si no supiera qué pensar. Las gafas se le han deslizado por el puente de la nariz una vez más. Hanna tamborilea los dedos sobre las rodillas.

—Si no tienes más preguntas que hacerme, podemos dejarlo aquí —dice, impaciente.

—Háblame de los ángeles. ¿Por qué los has abandonado después de todos estos años? —le inquiere Boris, alzando la vista por encima del borde de sus gafas.

A Hanna le empiezan a temblar los hombros y, de pronto, le entra frío. Tiene que abrazarse a sí misma y frotarse los brazos para entrar en calor.

Cajón de arriba.
Cabecero del cobertizo.

Daisy

BROOKLYN, MARZO DE 1981

El sudor le inundaba la frente a Hanna. Tenía una de las venas del cuello tan hinchada que parecía que iba a explotarle en cualquier momento. Gritaba, no dejaba de soltar alaridos con la boca abierta de par en par y con la lengua escondida en el fondo de la garganta. Daisy se encontraba sentada en una silla junto a la cama en la que estaba ella, sosteniéndole la mano. Hanna se la apretó con tanta fuerza que el dolor se le disparó por el brazo hasta llegarle a la columna. Aunque, tan solo unos segundos después, se acabó. Hanna la soltó y se relajó. Entre gimoteos, se giró hacia un lado, jadeando. Daisy le secó los mechones bañados en sudor que tenía en la frente.

—Ya casi estás, solo queda un poquitín más —le dijo.

En respuesta, recibió una mueca y luego un chillido. Uno tan fuerte que la hizo pegar un bote. Las patas de la silla chirriaron contra las baldosas del suelo cuando esta retrocedió unos pocos centímetros.

Y entonces todo volvió a empezar.

La mirada de Hanna parecía drogada; los ojos se le movían sin rumbo, como si le fuese imposible enfocarlos. Daisy se inclinó sobre la cama y sacudió a Hanna mientras pedía ayuda a gritos. Parecía que iba a desmayarse en cualquier momento. Sin embargo, nadie la oyó, nadie acudió en su ayuda. Solo estaban ellas dos en la habitación. Daisy soltó a Hanna y se levantó de un salto, con lo que consiguió resbalarse un poco por el suelo dado que solo iba en medias. Abrió la puerta de un tirón justo cuando una enfermera se acercaba corriendo.

—Se va a desmayar, se está muriendo —jadeó Daisy, dejándola pasar.

La enfermera volvió a girar a Hanna hasta tumbarla de espaldas, para luego hacer que levantara las piernas y se recostara sobre su estómago, con lo que consiguió apoyar todo su peso sobre ella. Aunque Hanna parecía inconsciente y sin fuerzas, cuando llegó la siguiente contracción, fue como si volviera a la vida. Echó la cabeza hacia atrás y torció el cuello en un arco rígido.

—Ya no queda mucho. Empuja, resiste —le dijo la enfermera, al tiempo que situaba un banquito frente a las piernas abiertas de Hanna.

Daisy torció el cuello para poder ver. Pese a que las contracciones se sucedían, no había ningún bebé en camino. Tras un rato, el dolor comenzó a disminuir. La piel del rostro de Hanna perdió su tensión cuando ella, desconsolada, intentó incorporarse sobre los codos para empujar con sus propias fuerzas. La enfermera acercó un aparato de succión. Muy concentrada, insertó el extractor hasta unir los aparatos. Entonces tiró: primero en diagonal hacia abajo y luego hacia arriba.

Un cuerpecito minúsculo escapó con el movimiento. Solo que tenía la piel azul y las extremidades quietas. La enfermera puso al bebé bocabajo, le dio un golpe en la espaldita y luego salió corriendo por la puerta.

Hanna se dejó caer sobre las almohadas, agotada y con los ojos cerrados.

—¿Estaba muerto? —balbuceó, llevándose una mano al vientre.

Daisy le tomó una mano entre las suyas, sin decir nada. Se limitó a quedarse allí, a su lado, mientras tarareaba una melodía que consiguió adormecer a Hanna.

Una silueta delgada iba de un lado para otro por el suelo de la cocina. Hanna estaba muy pálida, muy maltrecha, con unos brazos y piernas que parecían simples ramitas. Lo único que quedaba de su embarazo era la redondez de su vientre, como un recuerdo de lo que había sucedido. El jersey ancho que llevaba puesto tenía unas manchas húmedas a la altura de los pechos, a pesar de que los llevaba envueltos con varias capas de vendas. No comía ni dormía. Era medianoche, y la única fuente de luz que iluminaba la cocina diminuta era el brillo de las farolas que dibujaba unas barras de luz sobre el suelo. A Daisy la habían despertado los pasos. La ansiedad devoraba a Hanna día y noche. Y, en sus peores momentos, la joven deambulaba sin cesar y sin detenerse hasta que se tenía que dejar caer de puro agotamiento. Aquella no era la primera noche que Daisy se había levantado a ver cómo estaba, a intentar que conciliara un poco el sueño.

—¿Dónde está? ¿Está vivo? ¿Qué le ha pasado?

De vez en cuando, Hanna se situaba frente a ella y le hacía las mismas preguntas. Daisy se sentó en una de las sillas que había en la cocina. Con paciencia, le repitió la misma respuesta que le daba siempre.

—Lo mejor es que no lo sepas, ¿recuerdas? Eso fue lo que decidimos, lo que tú querías. Deberías intentar dormir un poco, tienes que descansar.

Solo que Hanna siguió caminando de aquí para allá en la cocina, como en trance.

—He cambiado de opinión —dijo—. Quiero saberlo.

—Deja que pasen unos días. Ahora lo que necesitas es descansar.

—¿Eso significa que el bebé murió? ¿O no? ¿Por qué no me lo cuentas? Lo único que quiero es saber si es feliz, si lo quieren. ¿Y si termina viviendo con alguien cruel? ¿Alguien que se drogue y se meta en peleas? Quizás habría sido mejor que se quedara conmigo, no soy como mi madre…

Hanna clavó la mirada en Daisy, con las mejillas empapadas por las lágrimas. Se había quedado sin energía para seguir caminando, incluso para seguir de pie, por lo que se dejó caer y apoyó una mejilla contra el suelo, para que el largo cabello rizado le formara una especie de capa protectora sobre el rostro.

—Sé que todo esto es muy duro, pero tomaste la decisión correcta. Eres demasiado joven para ser madre; tienes toda la vida por delante. Toda la vida y todo tu arte. Te sentirás mejor pronto, ya lo verás —le dijo Daisy, para consolarla, mientras se sentaba a su lado. Hanna se movió hasta apoyarle la cabeza sobre el muslo, y Daisy notó que sus lágrimas le mojaban la tela fina de sus pantalones de pijama.

—Ya no quiero vivir aquí. Quiero volver a casa, a Solhem. Con Erik. Quiero que esté allí y que todo sea como antes —sollozó.

Daisy no supo qué decirle para consolarla, no sabía qué hacer. Todo era un desastre. Su antigua vida libre de preocupaciones había cambiado por completo. En ocasiones no podía evitar maldecir a Ingrid por ello, y esos momentos ocurrían cada vez más seguido. A veces, hacer el bien podía traer mucha amargura consigo. Y esa amargura la estaba envenenando por dentro.

A Hanna se le relajó el cuerpo por fin cuando se quedó dormida allí mismo, sobre el suelo frío y duro de la cocina. Sus respiraciones eran profundas y roncas, pues la pobre estaba completamente agotada.

Daisy se quedó allí durante un rato hasta que se liberó, fue a por una manta y cubrió a Hanna con ella. Se quedó de pie en mitad de la cocina y se encendió un cigarro, para ver como el brillo rojo de la punta se encendía cada vez que inhalaba. Dejó escapar el humo en unos anillos, y estos se alzaron hasta el techo, se expandieron, se dispersaron y, posteriormente, desaparecieron. Quizá debería limitarse a subir a Hanna a un avión y devolvérsela a Ingrid y a todos los que la echaban de menos. A todos los que la estaban buscando. Y que pasase lo que tuviese que pasar.

Unas cortinas gruesas cubrían las ventanas e impedían que siquiera un ápice de luz solar se colara en el interior. La habitación estaba a oscuras y con el ambiente viciado, lleno de sudor, polvo y unos cuantos restos de comida. Había ropa sucia, libros y periódicos apilados sobre el suelo. Sobre la mesita de noche, había una bandeja de comida con un plato que nadie había tocado y cuya comida se había enfriado y secado hasta resultar incomible. Al vaso de leche apenas le había dado unos pocos sorbos.

Daisy se quedó en el umbral de la puerta y contempló la figura encorvada que había bajo las mantas, el cabello enmarañado que hacía mucho tiempo que no cepillaba. Había pasado un mes entero. Un mes sin movimiento, sin palabras ni alegría. La habitación de Hanna parecía un agujero negro, un infierno en la vida real. Una fortaleza de desolación que no permitía que se colara la vida en ella.

De pronto, a Daisy la invadió la ira. Se acercó a la ventana hecha una furia y corrió las cortinas, para luego arrancar el edredón de un movimiento y lanzarlo al suelo.

—Bueno, ya está bien. ¡Arriba! —siseó, muy decidida.

Sin embargo, aquello no consiguió hacer reaccionar a Hanna, sino solo a su miedo. Y, de pronto, no era una jovencita la que estaba tendida sobre la cama, sino una niña pequeña que se había hecho un ovillo contra la pared, temblando aterrada. Entonces llegaron las lágrimas, el pánico y las respiraciones entrecortadas.

—Hanna, lo siento. Perdóname. No quería asustarte.

Daisy se acercó al borde de la cama y la tomó de la mano. La notó temblar.

—Sé que echas de menos Solhem —le dijo—. Pero ahora vives aquí. Y pronto vas a tener que empezar a vivir en serio. Porque la vida es una. Si vuelves, no podrás quedarte con ellos de todos modos. Terminarás en un nuevo hogar de acogida. O, peor aún, con tu madre.

—Debería morirme y ya —farfulló Hanna—. No tengo ninguna razón para vivir. He perdido todo lo que me importaba.

—No es cierto. No me has perdido a mí ni a tu arte. Todo irá bien, te lo prometo.

Aun así, Hanna no reaccionó a sus palabras de consuelo. Parecía un cascarón vacío y roto: como si algo en su interior hubiese muerto. Daisy se quedó cerca de la cama durante un rato, pero terminó rindiéndose. Hanna se había tumbado dándole la espalda, para esconder sus lágrimas en su almohada llena de manchas.

—Voy a ir al estudio. Ven a pintar conmigo —le suplicó Daisy, antes de marcharse de la habitación.

Conforme cerraba la puerta a sus espaldas, oyó que la joven susurraba algo. Indecisa, Daisy dejó la puerta abierta un resquicio y se puso a escuchar. Sin embargo, lo único que pudo oír fueron unas cuantas palabras sueltas, pues la mayoría de ellas se veían entrecortadas por los jadeos y ahogadas por los sollozos.

—Erik… Mi ángel… Ayúdame.

Cuando Daisy levantó el pestillo y empujó las amplias puertas de metal, lo espacioso que resultaba el estudio le pareció toda una liberación. Se encontraba en el edificio al lado de su piso, a tan solo unos pocos metros, y era un viejo almacén en el que la peste rancia a pescado estaba tan incrustada que, cuando hacía calor, aún podía distinguirse.

El suelo de madera estaba desgastado y con marcas, y las paredes desnudas de hormigón hacían que el ambiente pareciera aún más húmedo. Las ventanas cubrían paredes enteras y dejaban que la luz del sol inundara el estudio. Hacía mucho tiempo que aquel lugar era suyo, por lo que estaba lleno de su propio arte, de cuadros apoyados contra las paredes. Incluso había llegado a colgar algunos, para darle un poco de color a la estancia.

En aquel lugar también se guardaban los cuadros de Hanna, todo lo que les habían enviado desde Solhem. El retrato de Erik estaba escondido dentro de un tubo de cartón. Al recordarlo, Daisy se decidió a sacarlo y desplegarlo. Los ojos marrones del adolescente cobraron vida al mirarla. Su piel se veía de un tono bronceado, casi dorado, y Hanna había conseguido capturar toda su intensidad y su vigor, la suavidad propia de su juventud.

Daisy dejó el retrato extendido en el suelo, en pleno estudio. Dejó que la acompañara. Más tarde, pensaba llevárselo a Hanna a su habitación y colgarlo para obligarla a que hiciera frente a su pena y a su dolor.

Se dispuso a acomodar pinturas, pinceles, trapos y un cuenco de aguarrás en una mesita. Extendió un gran lienzo sobre un caballete e hizo el bosquejo de una imagen que le daba vueltas por la cabeza con unos trazos rápidos y concisos en carboncillo. Hacía mucho que no pintaba nada, pues había dedicado toda su energía a cuidar de Hanna. Sin embargo, había llegado a su límite. Si Hanna no se levantaba de aquella cama, pensaba enviarla de vuelta a Suecia y revelarle al mundo la presencia de la fugitiva. Y al cuerno lo que aquello pudiese significar para la joven, pues, dado el estado en el que se encontraba, iba a terminar consumiéndose de todos modos.

Los impulsos de resignación se debatieron en su interior, inclementes, y su bondad combatió con la irritación que prácticamente había pasado a dominarla en su totalidad.

Las líneas que surgieron en el lienzo crearon un retrato abstracto de una chiquilla con unos ojazos aterrados y hundidos, además de unas mejillas huecas. Cuando Daisy reparó en quién era la persona a la que estaba dibujando, tiró el lienzo del caballete con tanta fuerza que salió volando por el suelo. Era tal la forma en la que Hanna ocupaba su mente que incluso se colaba en su creatividad; ni siquiera podía dejarla en paz con su arte. Era como si se hubiese convertido en su presa.

La presa de una persona inocente.

Las palabras que había leído en el historial médico que Ingrid le había mostrado volvieron a aparecer en su mente. El abuelo al que le habían dado una paliza: las patadas, las puñaladas, los dientes que le habían sacado a golpes. La violencia que la madre de Hanna y su séquito eran capaces de emplear cuando las drogas se apoderaban de su mente y su cuerpo. La violencia que Hanna quizá tendría que soportar si Daisy la obligaba a volver, si su madre recaía en las garras de la adicción.

Hundió su pincel en un poco de pintura blanca y, sin pensarlo mucho, lo extendió por las cerdas, mientras las frotaba contra la paleta antes de añadir un poquitín de rojo y amarillo a la mezcla, una gota de azul. Entonces dejó el pincel sobre la paleta para ir a por el lienzo que acababa de tirar por el suelo. Lo volvió a colocar sobre el caballete y se enfrentó a aquellos ojos grandes. Estos la miraron con inocencia, llenos de miedo.

Hanna. Daisy comenzó a pintar sus rasgos con ternura, con unos trazos pequeños que parecían acariciar la pintura hasta hacerla adquirir la textura que necesitaba. Con cada trazo de su pincel, la preocupación volvió a ella. E incluso el cariño.

No podía permitir que Hanna siguiera sufriendo. Ingrid tenía razón. Tenían que protegerla, pasara lo que pasara. Daisy no iba a fallarle.

Cuando volvió del estudio, con el retrato de Erik enrollado bajo el brazo, Hanna por fin había salido de la habitación. Estaba sentada en una butaca, envuelta en una manta, con un cuaderno de dibujo y un carboncillo apoyados sobre el regazo. Sacó una mano que tenía bajo la manta y empuñó la gruesa barra de carboncillo negra. Daisy sonrió al oír el sonido que tanto conocía del instrumento al rasgar el papel. Era como si aquella energía consiguiera que la estancia volviese a estar en armonía, como si aliviara las tensiones que las habían estado atormentado tanto tiempo. Hanna la miró.

—Lo siento —le dijo.

—¿Por qué te disculpas? —le preguntó Daisy.

—Por haberte dicho que no quiero vivir aquí. Sí que quiero. No tengo otro lugar al que ir. Ingrid tiene razón y tú también. No puedo volver a Suecia. No podré quedarme en Solhem, de todos modos.

—Así son las cosas, cariño. Lo siento mucho.

Con sumo cuidado, Daisy sacó el lienzo del tubo de cartón y vaciló un poco antes de desplegarlo. Hanna contuvo el aliento cuando Daisy lo sostuvo frente a ella, como si le costara respirar. Se estiró hacia el cuadro y rozó la superficie con el índice.

—Erik —susurró, recorriendo los contornos de su rostro.

—Es un retrato precioso. Creo que deberías colgarlo —dijo Daisy, mientras dejaba con delicadeza el lienzo sobre la mesita que había frente a la butaca.

—Era increíble, Daisy. No podía dejar de mirarlo. Pintarlo me era sumamente fácil porque ya había observado todos los detalles que lo componían. Y aún los recuerdo, como si fuera real, como si estuviera vivo. Lo único que tengo que hacer es cerrar los ojos y puedo verlo aquí frente a mí.

Hanna se volvió para mirar hacia la pared y se mordió un labio. Los ojos se le anegaron en lágrimas que se contuvo para no derramar.

—Pero no es nada sencillo lo que has hecho, de verdad. Es casi imposible capturar esa chispa de vida en los ojos como has conseguido tú en este cuadro. Es como si lo hubieras preservado. Como si le hubieses dado una vida eterna.

—Vuelve a enrollarlo, por favor. No quiero verlo, no soporto recordarlo. No quiero volver a recordarlo nunca más —dijo Hanna, con la vista clavada en su libreta de dibujo.

Estaba dibujando algo que bien podría ser un ala, con unas plumas esponjosas que parecían suaves y redondas, como el algodón. De sus trazos surgieron unas sombras, contornos y distintas gradaciones. Usó el nudillo para emborronar y suavizar las transiciones. Poco a poco, la página entera se llenó de tonos grises, hasta el último rincón. Sin embargo, una vez que hubo terminado, la joven la arrancó, la arrugó entera y la arrojó al suelo. Entonces se dispuso a empezar de nuevo. La misma imagen, solo que con líneas distintas. Las bolas de papel comenzaron a acumularse a su alrededor. No parecía nada satisfecha, sino obsesionada con alcanzar la imagen perfecta. Dibujó alas enteras y también mitades, además de plumas sueltas. Cuerpos desnudos envueltos en ellas, con una anatomía perfecta y unos músculos claramente definidos. Como si estuviese haciendo un dibujo con modelo vivo, solo que el modelo estaba guardado en sus recuerdos.

Daisy la dejó continuar. Le llevó agua para que se mantuviera hidratada y encendió la lámpara cuando empezó a oscurecer.

—Voy a necesitar hojas de papel más grandes. Muchísimo más grandes —indicó Hanna, una vez que la libreta se le acabó y el suelo quedó cubierto de imágenes fallidas.

—Hay algunas en el estudio, ya lo sabes. Hay papel de todos los tamaños. Deberías ir y pintar un poco.

Hanna se levantó de la butaca, y la manta que tenía encima cayó al suelo. Seguía con el pijama puesto, el cual estaba asqueroso, con unas manchas amarillentas bajo los brazos y salpicaduras marrones de café seco. Unas miguitas cayeron de ella mientras se levantaba, hasta el suelo. Llevaba días sin cambiarse de ropa, sin ducharse. Tenía el cabello rizado completamente enredado en la nuca, con unos mechones que salían disparados en todas direcciones, como si se tratara de un nido de pájaros. Metió los pies en unas deportivas, sin terminar de encajar los talones del todo, y procedió a abrir la puerta y salir de casa, sin cerrarla siquiera detrás de ella. Daisy se apresuró a seguirla, con las llaves en la mano.

BROOKLYN, NOVIEMBRE DE 1983

El espacio enorme estaba lleno de ángeles. Unas alas colosales de bronce, de forma surrealista y retorcidas como si fuesen presas del dolor. Había cuadros de pintura al óleo con una técnica de *impasto* muy gruesa, llenos de yeso. Unos fondos de color marrón y rosa, con toques esmeralda y turquesa y unas delicadas venas doradas y plateadas. Unos rostros y cuerpos desnudos, pintados a la perfección, aunque cubiertos con unos trazos burdos y palabras garabateadas en una caligrafía indescifrable. Lo único que no quedaba tapado de manchas de pintura eran los ojos, que le devolvían la mirada al espectador con una naturalidad que casi daba miedo.

Daisy recorrió la estancia. Sus tacones repiquetearon contra el suelo de cemento, y el eco se alzó y se extendió bajo el techo alto, donde las ventanas iluminadas del rascacielos brillaban como si fuesen estrellas bajo un tragaluz abovedado. Ajustó la iluminación en varias de las esculturas, se subió a una silla y acomodó el foco de luz para que tuviese el ángulo preciso e hiciera que el bronce brillara y que las sombras bordearan a la perfección los contornos de las alas. Su vestido largo y plateado tenía una cola que no dejaba de atascarse con todo, así que la desenganchó y se la enroscó en torno a la muñeca. Entonces siguió avanzando, hacia otras salas que contenían distintos tipos de arte. Reajustó cuadros, acomodó luces y habló con los artistas jóvenes para intentar calmar sus nervios.

Encontró a Hanna en un rincón cerca de la entrada. Estaba muy pálida, y su pintalabios rojo contrastaba muchísimo con su piel de alabastro. Una falda amplia de tul negra le envolvía las piernas, y se había quitado los tacones altos que llevaba puestos para dejarlos junto a sus pies descalzos. Pese a que no dejaba de encoger y estirar los dedos de los pies, más allá de eso, se encontraba completamente quieta.

Apenas habían pasado dos años desde el día en que Hanna había sostenido aquel trozo de carboncillo sobre el papel. Dos años llenos de días largos, de noches interminables y de una creatividad eufórica. De dibujos, pinturas y esculturas. Era como si estuviese obsesionada, pues aquello era lo único que hacía. Prácticamente no hablaba sobre nada que no fuera eso. Su vida era su arte, y Daisy hacía todo lo que podía para guiarla y que pudiera valerse de aquel nuevo medio. En ocasiones le preocupaba la salud mental de la joven, que pudiese perder la cordura. Pero no podía detenerla. Era como si se hubiese convertido en una especie de fuerza primordial.

A pesar de que Hanna no estaba matriculada en la escuela de arte en la que Daisy trabajaba, esta la dejaba recibir la misma educación que al resto de sus alumnos. Le daba muchísima libertad y le permitía trabajar solo en su estudio privado. De hecho, casi ni había tratado con los demás estudiantes que también iban a exponer sus obras junto a las de ella. Daisy había tenido que convencer a los directivos de la escuela para que autorizaran que Hanna exhibiera sus obras con las del resto de los alumnos. Al principio se habían negado, pues Hanna no formaba parte de la institución, pero habían terminado cambiando de parecer cuando Daisy los había invitado a su estudio y les había enseñado las creaciones de Hanna. Obras que estaban listas para abandonar su escondite y que el mundo las viera.

—¿Cómo estás? —le preguntó.

Hanna llenó las mejillas de aire y se llevó los puños cerrados al estómago.

—Como si estuviese a punto de exponerme a mí misma.

—¿En qué sentido?

—¿Quién va a venir a ver todo esto? ¿Por qué tengo que estar aquí? Quiero volver al estudio. ¿Y si se enteran de que no tengo papeles?

Alzó la vista hacia Daisy, y el flequillo prácticamente le cubrió los ojos por completo.

—Ya tienes dieciocho años. Puedes sacarte el pasaporte, porque sigues siendo ciudadana de Suecia. Y luego podrás sacarte la nacionalidad de aquí. No te pasará nada, te lo prometo. Ya ha acabado todo. Eres libre.

—Ya no sé quién soy. Ni a dónde pertenezco.

—Claro que lo sabes. Eres Hanna Stiltje —contestó Daisy, con firmeza—. Y es aquí a donde perteneces. A tu arte. Tu primera exposición está a punto de empezar y todo ha quedado fantástico. Todo está perfecto.

Hanna jugueteó con su falda, hasta volver a acomodársela. Entonces se agachó y volvió a ponerse los zapatos incómodos. Cuando se incorporó, se tambaleó un poco, pues no estaba acostumbrada a los tacones. Dio unos cuantos pasos para practicar y luego se dio media vuelta.

—De hecho, esta no es mi primera exposición —le contó.

—¿Ah, no?

—No. Erik nos hizo una galería a Ingrid y a mí en Solhem, en uno de los anexos. Y vendí un cuadro, uno de mis retratos de animales.

—Qué bonito. ¿Crees que seguirá allí? La galería, digo. No la vi cuando fui.

—No sé, quizá. ¿Podré ir a Solhem después de esto? Si me saco el pasaporte, ¿podré volver a casa?

El primer visitante cruzó la puerta: uno de los periodistas a los que habían invitado para un pequeño adelanto. Daisy lo saludó con educación y luego apoyó una mano en la espalda de Hanna con delicadeza para darle un empujoncito hacia el salón principal, el lugar más grande de la exposición. Aquel que estaba completamente lleno con sus obras, con sus cuadros y esculturas. Daisy tenía claro que iban a ser el centro de atención de la exposición. Que la vida de Hanna estaba a punto de cambiar.

—¿Podré ir? ¿Podré volver a casa? —insistió la joven.

—Sí, si eso es lo que quieres. Podemos llamar a Ingrid más tarde, cuando volvamos a casa —contestó ella.

Hanna hizo un mohín y negó suavemente con la cabeza.

—Quizás otro día. No quiero recordar lo que pasó —murmuró, por lo bajo.

10

MODERNA MUSEET,

20 DE SEPTIEMBRE DE 2022

Boris repite su pregunta.

—¿Has abandonado a tus ángeles?

—¿Por qué dices eso?

—Porque nos estás mostrando algo diferente después de todos estos años. Estás rompiendo un patrón, y eso me parece interesante. Algo debe haber pasado, ¿verdad?

—No los he abandonado. Lo que pasa es que ya no tengo que hacer que los ángeles bajen a la Tierra. Pueden quedarse en su sitio, entre las estrellas. Hasta que yo misma vaya a verlos. «Creo que las estrellas representan los faros de los coches de los ángeles, cuando estos conducen desde el cielo para salvarnos...».

—¿Cómo dices?

—Lo escribió un poeta, David Berman.

—Qué cosa más absurda.

—También podría ser algo muy bonito. Una idea preciosa, como mínimo.

Boris anota algo en su libreta, unos garabatos enredados. ¿Estaría escribiendo lo que pensaba de forma resumida? ¿O quizás estaba haciendo dibujitos y ya?

—¿Qué es lo que quieres saber? —le pregunta Hanna.

El boli del periodista se queda súbitamente quieto, y él alza los ojos hacia ella.

—Los ángeles fueron un éxito inmediato. Los vendiste todos en cuestión de días. Te convertiste en una estrella de un día para otro. Y, desde entonces, te han seguido. Han estado en todas tus exposiciones. Menos en esta —dice Boris, antes de darle un suave mordisco a su boli.

Hanna asiente.

—Sí, he tenido suerte —confirma, volviéndose para mirar a John, el cual sigue muy nervioso. Sigue moviendo uno de los pies de arriba abajo y tamborilea los dedos sobre el borde de su camisa.

—La verdad es que me acuerdo de tu primera exposición. Estuve ahí.

—¿Ah, sí? Pero fue hace muchísimo tiempo.

—Puede ser. Supongo que ya estoy viejo. Compré uno de tus cuadros.

—¿Cuál?

—¿Recuerdas todos los que has pintado?

—Claro.

—Era uno de una cabeza que descansaba sobre el ala de un ángel, con un ojo abierto que contemplaba directo al espectador. Solo que me parecía que estaba tan vivo que no pude dejarlo colgado en mi pared y terminé vendiéndolo. Fue muy tonto por mi parte.

—O muy listo, si no te gustó el cuadro.

—Perdí muchísimo dinero.

—Pero el dinero no lo es todo.

—Eso lo dices tú, que tienes millones en el banco.

John se despereza en el sofá y estira un poco el cuello, como si estuviese haciendo un esfuerzo para prestar atención. Quizás el que estén hablando de dinero le haya llamado la atención. Hanna lo mira de reojo. Tiene la boca abierta, mientras mueve la mandíbula sin parar. Una y otra vez, como si estuviera bailando.

—¿Y ahora qué? —continúa Boris—. ¿Solo veremos unos muebles raros a partir de ahora? ¿Has entrado en una nueva fase o algo así?

—No. Este es el final, ya os lo he dicho. He dejado el arte.

Boris por fin alza la vista de la libreta, aunque continúa moviendo el bolígrafo de un lado para otro y la observa mientras llena la página con palabras. No le hace más preguntas hasta que termina de escribir, y después de ello se pone a dar toquecitos impacientes con el boli sobre el papel.

—Mmm —murmura—. Entonces quieres decir que, habiendo vivido toda tu vida dedicada al arte, ¿vas a dejarlo? ¿Por qué? Si los artistas nunca dejan su arte.

Hanna se pone de pie y se dirige hacia la puerta, aferrando el relicario que lleva alrededor del cuello con una mano.

—Sí que lo hacen. No tiene sentido que siga, así que no seguiré más, como he dicho.

—Pero ¿qué significaban para ti esos ángeles? ¿Puedes contárnoslo? Ahora que ya no harás más obras de arte, quiero decir. Supongo que tú lo sabrás.

Hanna llega a la puerta, la abre y le hace un gesto al periodista para que abandone la estancia.

Los agentes de policía que habían permanecido fuera dan un paso hacia ella al verla en el umbral. Ambos, a la vez, y con la espalda muy recta.

—Ya pueden pasar, hemos acabado —les informa Hanna, con una sonrisa forzada.

Los agentes esperan hasta que Boris pase por al lado de Hanna y abandone la estancia. Entonces una de ellos la sujeta de un brazo, con lo que la hace pegar un bote.

—¿Qué hace?

—Tiene que acompañarnos —le dice la mujer—. Hemos recibido una denuncia en su contra.

Boris vuelve a tomar sus notas frenéticas, y el abrigo que lleva sujeto bajo el brazo se le cae al suelo. Hanna se vuelve hacia él, resignada, mientras deja que la saquen de allí.

—Significaban… —empieza a decirle al periodista, antes de interrumpirse y volver a empezar—: Significaban lo que no pudo ser y lo que podría haber sido.

Borde inferior de la cajonera.
Adorno del tejado.

John

SOLHEM, NOVIEMBRE DE 2021

Los rayos de sol se filtraron por las persianas, como unas punzadas dolorosas que le hacían tanto daño que lo obligaron a mantener los ojos cerrados. John se giró y apretó la nariz contra el respaldo del sofá. Olía horrible, a amoníaco, polvo y frituras varias. Lo invadió una arcada, pero consiguió tragar el ácido estomacal que le había subido por la garganta y se puso de pie con dificultad. La espalda le dolía horrores; la notaba como si fuese una placa de acero, y el dolor le llegaba hasta las piernas. Con una mano cubriéndose la boca y el cuerpo ligeramente inclinado hacia adelante, fue dando tumbos hasta el baño. Aunque se enjuagó la boca con agua fría del grifo, aquello solo consiguió desatar más las náuseas. Hasta que no pudo contenerlas más. Terminó vomitando directo sobre la tapa del inodoro y el suelo.

Una alfombrilla de baño gris absorbió todo el desastre, y una de sus esquinas se fue oscureciendo mientras la mancha se extendía por la tela. John se agachó y pasó la alfombrilla por el suelo, con lo que consiguió recoger la mayoría de los jugos gástricos que había potado. Tras ello, lanzó la tela a un rincón y se dirigió a la habitación, donde había dos siluetas delineadas bajo la delgada funda de un edredón. Lo único que se asomaba desde debajo eran los pies, con las plantas amarillentas y las uñas muy gruesas. Se acercó y levantó un poco la sábana para observar el rostro durmiente de los amigos que habían organizado la fiesta la noche anterior. Aquella que había terminado con él quedándose dormido en su sofá. Ambos estaban muy pálidos, con las mejillas hundidas. Dormían de forma tan profunda que ni siquiera se habían dado cuenta de que estaba allí en la habitación con ellos. Su aliento le hizo picar la nariz, pues apestaba a alcohol, así que los dejó en paz y salió de la habitación.

En la mesa de la cocina había botellas y latas. Vasos llenos de colillas, bolsitas de nicotina y cajetillas de cigarros. Se puso a limpiar: llevó los vasos al fregadero, abrió el grifo y observó cómo la ceniza gris desaparecía por el desagüe mientras que las colillas de los cigarros se concentraban y se quedaban atascadas en el colador.

Había unas cuantas páginas de periódico desperdigadas a un lado del fregadero. Estaban arrugadas, como si las hubiesen usado para envolver algo. John las recogió y estuvo a punto de volver a hacerlas un gurruño para lanzarlas al cubo de la basura cuando vio una imagen que reconoció. Estiró el papel con las manos y contempló el rostro conocido y amigable que había en blanco y negro. El peinado bien arreglado, los pendientes con forma de pequeños corazones, la expresión seria y la ligera sonrisa que le tiraba de la comisura de los labios. Casi podía oler el perfume que siempre llevaba, casi podía oír su voz susurrándole al oído:

—Todo irá bien, John. Todo irá bien.

El nudo que tenía en la garganta se volvió más grande. Apoyó la cabeza en las manos y distinguió las marcas diminutas que se extendían por sus antebrazos conforme las venas se le asomaban por la piel de un tono ligeramente violeta.

Muerta. Repitió la palabra para sus adentros, pero no pudo obligarse a procesarla. No podía ser… No era tan mayor, ¿verdad?

Volvió a alzar la vista y, tras esforzarse un poco, leyó el texto entero. La esquela de Ingrid. Las bellas palabras que habían escrito sobre sus logros como profesora de arte. Sobre su propio arte, los niños que pintaba, aquellos para los que creaba un santuario de juegos en sus lienzos. La foto también incluía uno de sus cuadros: la imagen de unos niños cuyo rostro estaba lleno de dicha y felicidad mientras correteaban desnudos por la hierba, con una manguera lanzando chorros de agua que relucían bajo la luz. Y, de fondo, una enorme mansión amarilla.

Es Solhem, su casa, pensó John. *Estuvimos allí. Estuvimos allí de verdad, no solo en un cuadro.*

Una lágrima se le deslizó por la mejilla cuando dobló la hoja de periódico y se la guardó en el bolsillo trasero de sus vaqueros holgados. Rebuscó un poco en la cocina hasta dar con una bolsa de pan, un poco de jamón de la nevera y un brik de leche. Se lo metió todo en la mochila, aquella que contenía todas sus posesiones, y salió hacia la lluvia de noviembre.

El frío se le coló por las perneras de los vaqueros anchos y tiesos. Le recorrió la piel como una brisa fría y consiguió darle escalofríos. Para cuando salió de la calle principal, el día había dado paso a la noche. Tenía las piernas cansadas, y al apoyar los pies sobre la gravilla notó que los guijarros afilados le hacían daño en las plantas de los pies. Las anfetaminas empezaban a hacerle menos efecto, y su lucidez parecía querer volver a las malas. Los hombros se le sacudieron con un escalofrío. Solo le quedaban algunas tabletas y nada de dinero. Iba a tener que ahorrar un poco, para hacer que le duraran más tiempo. Quizá cortarlas en trozos más pequeños.

Los árboles que delineaban la avenida le parecieron más altos que cuando era pequeño, y también más amenazadores de lo que recordaba. La distancia hasta la casa sí que le pareció más corta. Vio cómo el edificio se alzaba, como un fondo oscuro y desolado.

La puerta estaba cerrada con llave. Aunque le dio varios tirones a la manija de hierro, con fuerza, el óxido se resistió con un tenue chirrido, como si hiciese mucho tiempo que nadie había usado esa entrada. John se volvió y recorrió los amplios tablones de madera del porche. Había rastros de excrementos de ratones en las esquinas bajo los bancos, unas pilas de bolitas negras y madera carcomida. Uno de los tablones cedió un poco —y supo a la perfección cuál era—, por lo que evitó pisarlo mientras se dirigía hacia la entrada de gravilla. La hierba crecía sin control por los jardines de flores que rodeaban la casa y se alzaba hacia los arbustos de rosas que habían crecido demasiado y cuyos tallos gruesos se enroscaban en todas direcciones. Unas cuantas flores habían resistido hasta finales de otoño, petrificadas tanto en su forma como en su color debido al hielo. Algunas blancas y otras rosadas.

Rodeó la esquina de la mansión, en dirección a la ventana del sótano. La misma con la que se había hecho la cicatriz que tenía en la frente cuando era pequeño. Esa línea curvada que solía recorrer con el dedo, esa que hacía que le dedicaran constantes miradas de preocupación. Se había caído y la había atravesado por completo, con la cabeza por delante.

Recogió una de las piedras grandes y redondas que formaban el borde de uno de los jardines de flores. Los bichos bola se arrastraron, sin muchas ganas, hacia nuevas rocas y otros escondites. Unos cuantos se enroscaron, congelados por el miedo, y se limitaron a quedarse allí quietos, bajo la luz tenue de la luna.

John se agachó sobre la tierra y estampó la piedra contra el cristal, con fuerza, hasta que este se rompió e hizo que lloviera un montón de esquirlas hacia el suelo. El sonido fue como el de una granizada breve. Siguió golpeando los bordes serrados para retirar todos los restos de cristal y luego pasó la piedra de un lado a otro por el marco de la ventana, hasta que no quedó nada afilado. Observó en derredor, nervioso, y echó un vistazo hacia el campo y la linde del bosque, hacia la torre de la iglesia que se alzaba sobre unos abedules desnudos y enroscados.

Lanzó su mochila hacia dentro y, tras ello, se sujetó de la parte de arriba del marco de la ventana con ambas manos antes de balancearse hacia el interior, con los pies por delante. Se quedó colgado de allí durante un segundo y luego se dejó caer, con lo que aterrizó sobre el frío suelo de hormigón con tanto ímpetu que un pinchazo de dolor se le disparó por la espalda.

Se dejó caer como un saco, entre jadeos, y rebuscó en su bolsillo hasta dar con la bolsita de plástico que contenía sus anfetas. Se colocó una en la lengua y se obligó a sí mismo a tragar, por mucho que tuviera la boca seca. Entonces cerró los ojos y esperó el subidón, la calma, el alivio. Hacía frío dentro de la casa, un frío intenso y lleno de humedad. Tiritando, empezó a mover los hombros, luego las caderas y, finalmente, levantó un pie del suelo y lo sacudió un poco. Tras un rato, se puso bocabajo y a gatas, antes de incorporarse con la ayuda de una columna que tenía cerca.

Fue avanzando por la pared, tanteando con las manos hasta que dio con el interruptor de la luz e insistió unas cuantas veces para encenderlo. Solo que la bombilla no se encendió y la sala permaneció a oscuras. Tuvo que arreglárselas para encontrar el camino hacia las escaleras a tientas —aunque bien sabía dónde estaban— y las subió despacio, un escalón a la vez. La puerta del sótano no estaba cerrada del todo, por lo que la empujó con suavidad para abrirla. Escuchó con atención por si captaba algún sonido antes de aventurarse por el pasillo e intentó encender más luces, pero parecía que habían cortado el suministro.

Con una mano apoyada en la pared, avanzó hasta llegar a la cocina. Las velas se encontraban en los mismos cajones de siempre, y lo mismo pasaba con las cerillas. Como el rascador estaba viejo y desgastado, le llevó tres intentos conseguir que prendiera una. Tras encender una vela, los contornos de la sala emergieron desde la oscuridad. La cocina estaba exactamente como la recordaba, con sus tonos verdes. La mesa seguía igual, y también las sillas. Aún podía imaginarse a Ingrid frente a él, yendo y viniendo desde la estufa a la encimera con su delantal de flores, mientras horneaba algo. Olía los aromas. Veía a Hanna sentada a la mesa, dibujando. Junto a Erik. Y a Grace. Y a Victor. Todos aquellos que habían sido su familia. ¿Dónde estarían en aquellos momentos?

La casa parecía abandonada, así que John se puso a husmear de estancia en estancia. Alguien había envuelto los muebles con unas sábanas blancas y los había etiquetado con unas notas adhesivas de color rosa brillante. Algunas decían «Vender», mientras que otras simplemente «Tirar». Se detuvo en seco frente a la puerta de la habitación de Victor e Ingrid y ajustó la vela para iluminar todos y cada uno de los rincones. La cama estaba hecha y la cubría la manta de retales que Ingrid había cosido a mano durante muchísimos años. Recordaba que la mujer siempre tenía algo para coser en las manos cuando se ponían a ver las películas de Victor en su proyector que no dejaba de traquetear.

En la pared, sobre el cabecero, había un *collage* de fotos con un marco de oro antiguo. Se acercó y sostuvo la llama tan cerca que la luz se convirtió en una anilla. Había un niño que salía en todas las fotos: uno con el cabello liso y unos ojos grandes y marrones. En una foto estaba sentado en una noria, en otra correteaba desnudo por la playa y en otra se había plantado sobre una roca enorme mientras estiraba los bracitos hacia lo alto. Ingrid también salía en una de ellas: tenía al niño en brazos y le daba un beso en la mejilla. ¿Quién sería? ¿Otro niño que habían acogido en su casa?

John siguió recorriendo la mansión y terminó instalándose en su antigua habitación. Hizo la cama con unas sábanas que encontró en el armario de la ropa blanca, las cuales tenían un monograma bordado con hilo blanco. Una «I» muy bonita que se inclinaba hacia una «V». Se preguntó dónde estaría Victor. Si se habrían divorciado o si él también habría muerto.

Aunque la cama estaba fría, la suave sábana le pareció de seda cuando apoyó la mejilla sobre ella al tumbarse. El colchón era muy blandito y se acomodó a su cuerpo para permitirle descansar un poco. Dado que estaba acostumbrado a dormir al raso, el frío no lo molestaba. Tiró de su gorro para que le cubriera la frente y los ojos y se puso a escuchar el viento en el exterior, cómo agitaba las copas de los árboles. Sin embargo, no consiguió quedarse dormido, pues los recuerdos seguían inundándolo. Las carcajadas, la música, los abrazos llenos de calidez. Casi podía oír los pasos, a los niños escabulléndose de aquí para allá. Hacía mucho tiempo que no pensaba en ello. Hacía mucho que no pensaba que, en algún momento de su vida, él también había sido feliz.

Notó un tirón de hambre en el estómago y recordó, de pronto, que había dejado la mochila en el sótano, y que allí lo esperaban un poco de pan y jamón. Con dificultad, se puso de pie y volvió al piso de abajo a oscuras.

John se había quedado sin leña y no encontraba un hacha con la que cortar más. Llevaba semanas encendiendo la hoguera para hacer que la cocina entrara en calor. Había recorrido la mansión de arriba abajo hasta dar con toda la comida y bebida posible, así como también se había colado en los cobertizos y los anexos donde se guardaba la leña. Pero ya se le había acabado todo.

Había arrastrado el colchón desde el piso de arriba para dejarlo sobre el suelo de la cocina, donde se había pasado los días durmiendo a la luz del fuego que crepitaba detrás de la compuerta de cristal de la estufa. En aquellos momentos, ya no tenía nada de drogas en su sistema, ni tampoco rastro de alcohol. Había pasado de los sudores a los escalofríos y viceversa, una y otra vez. Aún notaba la cabeza llena de una niebla de ansiedad y preocupaciones, por lo que clavó la vista en los pies para forzarlos a dejar de temblar. Solo que no funcionó. Tenía muchísimo frío. Después de haber pasado todo ese tiempo en la mansión, el cuerpo se le había acostumbrado al calor. Y las temperaturas habían bajado aún más en el exterior. Unos copos de nieve ligeros como plumas descendían suavemente sobre el jardín de tonos marrones.

Empezó a recorrer la casa en busca de algunos muebles que tuviesen la palabra «Tirar», pero no consiguió obligarse a destruir ninguno. Había demasiados recuerdos en ellos, demasiada felicidad. Salió hacia el jardín delantero y se dirigió hacia uno de los edificios anexos. Allí encontró una pila de sillas de madera, todas de distintos colores y formas. Levantó la primera, apoyó un pie sobre una de las patas y dio un tirón para arrancar el respaldo. Los ejes delgados se partieron y unas astillas llovieron sobre el suelo. Fue arrancando uno por uno hasta romperlos en trozos más pequeños, y luego pasó a la siguiente silla conforme la pila de madera que tenía en el suelo frente a él se iba haciendo más y más grande. El esfuerzo lo hizo entrar en calor, pese a que seguía teniendo los dedos fríos. El aliento se le transformó en una nube de vapor blanco.

Cuando volvió al exterior, vio que había un coche aparcado en la entrada. *Qué raro*, pensó, pues no había oído nada. Se trataba de una furgoneta pequeña que había aparcado marcha atrás hasta los escalones del porche y que tenía las puertas traseras abiertas. Alguien había entrado en la casa; alguien había usado la puerta para ingresar.

¿Sería el nuevo dueño? ¿Aquel al que Ingrid le había legado todo ello?

Conteniendo el aliento, John cerró la puerta hasta que solo quedó abierta un resquicio, de modo que pudiese seguir viendo lo que sucedía en el exterior. Empezaba a atardecer, pero aún había luz suficiente como para que pudiera distinguir a una figura paseándose de aquí para allá, de estancia en estancia y de ventana en ventana. Del mismo modo que había hecho él cuando había llegado.

Solo que no se trataba de ningún nuevo dueño: la persona iba vestida de negro, una capucha le cubría la cabeza y tenía los ojos ocultos detrás de unas gafas de sol. Entraba y salía de casa, mientras metía cosas en la furgoneta. Quizá se tratara de un ladrón.

John se volvió para buscar algo con lo que defenderse: tal vez un garrote de madera o un tubo de hierro. Dado que no encontró nada que lo convenciera, desenroscó una de las patas de una mesa de jardín que había estado apoyada contra una de las paredes. Arma en mano, se escabulló hacia el exterior y se escondió detrás de la parte delantera de la furgoneta, a la espera de que la persona volviera a salir.

La sombra del ladrón apareció detrás de la ventana que había sobre las puertas dobles, aquella que tenía unos paneles pequeños y coloridos, con forma de diamantes. Vio cómo una mano hacía girar un destornillador.

John se puso de pie, con la pata de la mesa en alto y entró en la casa hecho un bólido. Estampó la cabeza contra el estómago del intruso y consiguió tirarlo al suelo.

O, mejor dicho, a la intrusa.

Cuando la ladrona cayó, las gafas de sol y la capucha dejaron de cubrirla, por lo que John se encontró frente a una mujer con una melena corta y rizada de color gris que lo miraba con los ojos entrecerrados. John se puso de pie a su lado con la pata de la mesa alzada, listo para golpear. Para matar si hacía falta. Solo que entonces la mujer empezó a gritar, aterrada, mientras se cubría el rostro con las manos.

Así que no pudo hacerlo. Bajó los brazos, soltó la pata de la mesa y retrocedió. Podía notar cómo el cuerpo se le agitaba por el nerviosismo, cómo la cabeza se le debatía de un lado para otro. Casi no podía controlar los tics nerviosos.

—¿Qué co…? ¿Qué coño haces aquí? ¿Qué pretendes? —tartamudeó, llevándose una mano a la barbilla para sujetársela en un intento desesperado por detener los tics.

La mujer le devolvió la mirada y no la apartó.

—John —susurró, sorprendida, al tiempo que apoyaba una mano sobre el suelo para incorporarse hasta sentarse—. ¿Eres tú? ¿De verdad eres tú?

John se apartó.

—¿Cómo carajos sabes cómo me llamo? —exigió él, sin dejar de retroceder hasta llegar a la pared. Se apretó contra ella, sin dejar de dar pisotones, nervioso, sobre el suelo.

La mujer estiró una mano en su dirección, mientras soltaba unos soniditos tranquilizadores.

—John, soy yo. ¿Es que no me reconoces? Soy Hanna.

Hanna.

John llevaba sin verla desde el día en que había desaparecido del cobertizo, el día en que Erik había muerto, cuando todo se había salido de control. Por aquel entonces ella era una adolescente larguirucha y él un simple muchacho. En aquel momento, sin embargo, tenía enfrente a una mujer de mediana edad, algo cansada. Con el cabello gris y arrugas. Le escudriñó el rostro en busca de algo que pudiese reconocer, pero la mujer le parecía una desconocida.

—¿No estabas muerta? —preguntó él, confundido.

Ella le contestó con una carcajada. La misma que siempre había tenido: llena de vida y sin ataduras. Y ahí sí que la reconoció.

—Pues no, como puedes ver. ¿Qué haces tú aquí?

—He venido a vivir aquí.

—¿De verdad? ¿Ingrid te dejó la casa?

John vaciló un poco antes de negar con la cabeza, avergonzado.

—No, me colé cuando me enteré de que había muerto. Lo vi en el periódico. La casa estaba abandonada, así que… decidí quedarme un tiempo.

Hanna lo envolvió entre sus brazos. Aquel gesto le parecía muy extraño, por lo que se quedó rígido entre sus brazos, sin moverse y conteniendo el aliento. Tras un rato, Hanna lo soltó, con la nariz arrugada.

—Apestas —le dijo, acariciándole su cabello enmarañado. Lo poco que le quedaba para ocultar toda su calvicie. John retrocedió. Su roce hacía que le entraran cosquillas.

—Es que no hay agua —se excusó, pasándose uno de los nudillos por la cabeza.

—Pero aún puedes nadar en el mar, ¿no? Aún puedes cavar en el hielo, como hacíamos antes. ¿Lo recuerdas?

John hizo una mueca, conteniendo un escalofrío.

—Ni loco —murmuró.

Notó la mirada de Hanna sobre él. Lo estaba estudiando: la ropa y los zapatos que llevaba. Por suerte, estaban limpios. De vez en cuando se cambiaba, tomaba prestadas ciertas cosas de Victor, aquellas que seguían colgadas en los armarios. Un día hasta se había puesto un traje con corbata, pero había sido demasiado incómodo ir con ellos. En aquel momento llevaba un jersey de lana y unos pantalones gruesos de algodón.

—¿Qué haces? —preguntó, al ver a Hanna volver a subir al banquito para desentornillar y sacar la pequeña ventana, la cual dejó con cuidado apoyada contra la pared. Un viento frío se coló en el interior de la casa—. ¿Qué quieres hacer con eso?

—Ingrid las pintó a mano cuando se mudaron. Lo recuerdo. Quiero quedármelas, son bonitas.

—Pero el viento se colará si te las llevas. Hará frío.

—Supongo que tendrás que cubrir los huecos con algo. Quizá con un tablón.

—Ya.

—Si es que pretendes quedarte.

—Pues no tengo planes de marcharme, no, al menos de momento.

—Pero alguien debe haberse quedado con la casa, ¿no te parece?

—No sé yo. No he visto a nadie desde que llegué.

—¿No tienes miedo de que te vaya a atrapar la policía?

—No. Cuando te atrapan los polis se está bien. Hasta te dan de comer varias veces al día.

—¿Cuánto tiempo llevas aquí?

—No estoy seguro. Hacía frío y llovía, pero fue antes de que se cayeran las hojas, antes de la nieve. Quizás algunas semanas.

—Pero… ¿no trabajas? ¿Cómo puedes vivir aquí sin más, John? ¿De dónde sacas la comida? No puedes…

Hanna se lo volvió a quedar mirando, y en aquella ocasión le observó las manos. Las tenía casi azules, con las uñas gruesas y algunas algo amarillentas por los hongos.

—Me las apaño —contestó él, llevándose una mano a la boca. Se mordisqueó con nerviosismo la uña del índice y esperó que no se diera cuenta de todos los dientes que le faltaban. Siempre tenía cuidado de no abrir demasiado la boca al hablar.

—Mmm.

Hanna apartó la vista y recogió el cristal pequeño. Lo llevó al exterior y lo colocó en el asiento trasero del coche, apoyado con delicadeza contra el respaldo y cubierto por una manta, para protegerlo. John se apoyó sobre la baranda del porche y la observó. Notó que de pronto lo invadían las ansias, un antojo intenso por el alcohol y la cerveza. La boca se le puso seca, y una pierna empezó a temblarle tanto que le hacía rebotar la planta del pie sobre el suelo.

—Eh… ¿Crees que podrías acercarme a la licorería? —le pidió.

—¿A la licorería?

—Sí, necesito algo de beber.

Parecía como si Hanna fuese a irse sin él, pues se quedó sentada en el coche con el motor en marcha. Sin embargo, antes de empezar a conducir, abrió la puerta del copiloto y le hizo un gesto para que se subiera al coche.

—Gracias. De verdad te debo una —dijo él, al tiempo que se ponía el cinturón de seguridad. Como tiró con demasiada fuerza, el cinturón se atascó y tuvo que volver a intentarlo. Rebuscó a su alrededor con la hebilla hasta dar con el anclaje, sin dejar de mover los pies y la mandíbula.

Hanna se inclinó sobre él y lo ayudó a atarse. Entonces apagó el motor y se quedó en silencio.

—¿Qué te pasó? ¿Qué pasó con Ingrid después de que me mudara? —quiso saber.

—No lo sé. Me fui de Solhem poco después de lo que te sucedió. Y no había vuelto desde entonces.

—Ni yo. —Hanna alzó las manos hasta situarlas frente a ella—. La verdad es que no sé por qué he esperado tanto tiempo. Por qué he esperado hasta que fue demasiado tarde. Ni siquiera le escribí, no contesté sus cartas, las que me mandaba al principio. Solo me dejé absorber por...

—¿Dónde has estado todos estos años? —la interrumpió John—. Ni siquiera sabía que seguías con vida. Pensaba que habías muerto hacía mucho.

—He estado viviendo con Daisy, en Nueva York.

—¿Daisy?

—La amiga de Ingrid. ¿Te acuerdas de ella?

John rebuscó en sus recuerdos. Ingrid y Victor habían tenido muchos amigos y muchas fiestas. No recordaba el nombre de ninguno de ellos.

—¿Y qué hay de ti? ¿Consiguió recuperarte? —le preguntó Hanna.

—¿Quién?

—Tu madre.

—Sí, durante un tiempo. Unas semanas o quizás unos meses. Pero entonces llegaban nuevas familias adoptivas o centros de acogida para jóvenes. Ya sabes.

—¿Y después? ¿Qué hiciste después?

—Me las he ido arreglando.

John hizo una mueca, mientras notaba cómo la molestia lo iba embargando. Al final, no pudo contenerse más y terminó dándole un puñetazo al salpicadero, con fuerza.

—Conduce, joder. No me da la gana de hablar de estas tonterías.

Se arrepintió en cuanto las palabras se le escaparon. Se arrepintió de la fuerza del golpe que había dado. Hanna no iba a tardar en darse cuenta de en qué clase de persona se había convertido e iba a terminar echándolo. O llamando a la policía.

Solo que no lo hizo. Se limitó a arrancar el coche y empezó a conducir lentamente por la avenida. Las cosas que había sacado de la casa traquetearon en el maletero.

—Puedo comprar algo para comer, si quieres —sugirió ella, con voz suave—. Y prepararnos algo para cenar. Me estoy quedando en la cabaña de mi abuelo.

—¿Cómo dices? ¿No la habías perdido hacía muchos años? ¿Por qué no volviste?

Hanna se echó a reír, con aquella carcajada burbujeante que era tan suya. John la notó como una caricia en el corazón. Un recuerdo y un sentimiento a la vez.

—Lo siento —dijo él, en voz baja.

—¿Por?

—Por haber gritado.

—Necesitas beber, lo entiendo. Puede ser bastante complicado.

John apretó los puños sobre el regazo para luego estrujarse las manos y apretárselas hasta hacerse daño. Hanna ya había descubierto quién era; ya había visto más allá de la ropa decente que había robado.

—Exacto.

—¿Cuánto tiempo hace desde tu última copa?

—Unos días. Quizás unas semanas. Lo dejé cuando ya no encontré nada más en la casa.

—En ese caso, deberías resistir. Compraremos algo para comer. Vamos a por algo rico, un entrecot con salsa bearnesa. ¿Te gusta? Estás en los huesos, tienes que comer.

John separó un poco los labios y se pasó la lengua por las encías desnudas y las curvas en las que el tejido ya había sanado hasta dejar un cráter vacío. Casi no le quedaban dientes, por lo que no podía masticar carne.

—¿Y si comemos pescado? —propuso, en una voz tan baja que casi ni se le podía oír—. Bacalao con patatas, quizá.

—Bacalao con patatas. Puedo intentarlo. Nunca he preparado eso.

—¿Nunca has preparado bacalao?

—No.

Se quedaron sentados en silencio un rato, uno junto al otro. Los limpiaparabrisas pasaban de un lado a otro sobre el cristal, y los pequeños copos de nieve se iban derritiendo. El paisaje pasó de marrón a blanco en su corto viaje hasta el supermercado. Las ramas de los árboles estaban cubiertas de un manto blanco.

—Saliste en las noticias —le contó John.

—¿Qué dijeron?

—Que creían que no había esperanza. Que habías muerto.

—¿Ingrid no te lo contó?

—¿El qué?

—Que estaba bien, que no tenías que preocuparte.

John cerró los ojos cuando los recuerdos de las semanas posteriores a la desaparición de Hanna se reprodujeron en su mente. Las mujeres de los servicios sociales, aquellas que se los habían llevado a Grace y a él. Una lo había obligado a irse con ella, por mucho que estuviese gritando y pataleando para volver al refugio de los brazos de Ingrid. La mujer se había aferrado a él, le había dado tirones a la ropa y a los brazos mientras lo obligaba a subir al coche a pesar de sus berridos y súplicas. Ingrid había gritado, desesperada, y se había puesto a correr detrás del coche. Aquella había sido la última vez que se habían visto.

No quería pensarlo ni tampoco hablar del tema.

—No —contestó, cortante.

Empezó a sacudir los pies de nuevo, con tanta fuerza que golpeaba el salpicadero con las rodillas. No había forma de que los controlara, sin importar lo mucho que se esforzase.

Hanna frenó con delicadeza y aparcó en el arcén. Apagó el motor, aunque mantuvo la radio encendida con una suave música de fondo y estiró ambos brazos hacia él.

—Ven aquí —le pidió en un susurro, para luego abrazarlo mientras él le sollozaba contra el hombro.

11

MODERNA MUSEET,
20 DE SEPTIEMBRE DE 2022

Los agentes de policía intentan hacer que Hanna abandone la sala, pero ella no quiere irse.

—Esperen, por favor.

Vuelve la cabeza hacia la puerta abierta, hacia los periodistas que se encuentran en el pasillo, quienes no dejan de intentar adivinar qué es lo que sucede. Se debate tanto para no avanzar que la agente finalmente se detiene, aunque sin soltarle el brazo.

—No quiero dejar solo a John —les suplica, aquella vez en sueco. La agente la mira con sorpresa.

—Creía que era estadounidense —comenta—. ¿Quién es John?

—Mi hermano, pero no está bien y necesita que me haga cargo de él. Por favor, ¿podemos sentarnos un rato y así me cuentan qué es lo que sucede?

Los agentes de policía intercambian una mirada, confundidos, como si no estuviesen seguros de qué es lo que deberían hacer. Sin embargo, terminan cediendo y todos vuelven a entrar en la sala. Cierran de un portazo, con lo que dejan fuera las miradas curiosas de los periodistas y las preguntas que algunos de ellos no dudan en soltar. John sigue sentando en el sofá. Juguetea con la manga de su camisa, la enrolla y la desenrolla. Cuando vuelven a entrar, se levanta de sopetón, con la espalda y los hombros muy rectos.

—John, ¿qué haces aquí? —le pregunta el otro agente, sorprendido, quien parece haberlo reconocido.

John traga en seco con algo de esfuerzo. Hanna puede ver lo nervioso que está, pues ha empezado a darle golpecitos al suelo con el pie.

—¿Eres...? ¿Eres el hermano de Hanna Stiltje?

John asiente, decidido, y el agente se vuelve hacia Hanna.

—Entonces, ¿usted es sueca? John y yo nos conocemos, nos hemos visto en la calle muchas veces.

—Es una larga historia, pero sí, podemos hablar en sueco, entiendo todo lo que me dicen. Siéntense, por favor.

La autoridad natural de Hanna es lo que termina convenciéndolos. Los agentes se sientan, en el sofá y en una de las sillas, respectivamente. Hanna se queda de pie.

—¿De qué se me acusa? —les pregunta.

—De allanamiento de morada y vandalismo. Tenemos que llevarla a la comisaría.

—¿Y quién me ha denunciado? —inquiere, cruzando los brazos sobre el pecho.

—El dueño.

—¿El dueño de qué?

—De la casa en la que se coló. Ha reconocido unos... materiales, según dice. Unos que usted ha usado y que ha robado. Que ha destruido.

—¿Y eso lo ha visto él? ¿Está aquí en la galería? ¿En este momento? —Hanna se tensa, mientras espera la respuesta de los agentes conteniendo el aliento.

—Sí, debe de haber estado aquí, porque ha llamado con la información. Aunque esta denuncia se interpuso hace mucho tiempo.

—¿La denuncia en mi contra?

—Me temo que no puedo darle más información. Tenemos que llevarla a comisaría para que nos conteste algunas preguntas. Lo normal hubiese sido que recibiera una citación, pero, dado que no cuenta con ningún domicilio en Suecia, hemos decidido venir hasta aquí.

Hanna niega con la cabeza, sostiene la mano de la agente entre las suyas y la mira, suplicante.

—Déjenme hablar con el dueño primero, por favor. Si es que él o ella sigue por aquí. Esto no es más que un malentendido y puedo explicarlo todo, lo juro.

Las patas.
Barandal.

John

LA CABAÑA, NOVIEMBRE DE 2021

La pequeña cabaña estaba tal como la recordaba: una casita roja incrustada en un bosque lleno de plantas, rodeada de unos pinos altos y espesos que extendían sus ramas extravagantes por encima del tejado de la vivienda, de una hierba alta y amarillenta que circundaba la fachada y de unos matorrales silvestres con unas cuantas hojas marrones secas que no habían caído sobre la tierra. No obstante, los años se le notaban: la pintura blanca de las molduras se había desconchado y se podía ver la madera que había debajo. También faltaba el cristal de una ventana, la cual había sido cubierta con un delgado tablón de madera que se usaba como protección. El tablón estaba torcido, como si alguien lo hubiese clavado con una sola mano y suma dificultad.

Hanna hizo retroceder el coche hasta meterlo en el pequeño cobertizo que había a un lado. Tras ello, abrió las puertas y sacó del coche lo que se había llevado desde Solhem. John se quedó en su sitio, aunque abrió la puerta y bajó los pies del coche. Había dejado de nevar, por lo que la fina capa de nieve se derretía para revelar la tierra suave y cálida que había debajo.

—¿Llevas mucho tiempo viviendo aquí? —quiso saber, cuando Hanna volvió a aparecer y empezó a sacar algo del maletero con un tirón. El objeto pareció arrastrarse sobre el suelo, como si fuese muy pesado. John se bajó para ayudarla.

—Solo unos días —contestó ella, al tiempo que soltaba la puerta de la alacena que había estado sosteniendo. La dejó a medias, tendida entre el suelo y el coche—. Acabo de readquirir la cabaña. No estaba a la venta, pero conseguí convencer al dueño. Lleva mucho tiempo deshabitada, como puedes ver.

—¿Unos días?

—Sí, aún no he conseguido acomodarlo bien todo. Hay mucho polvo y el ambiente está estancado y huele a humedad; ninguna de las ventanas cierra como debe ser.

—Entonces, ¿no has vivido aquí todos estos años?

Hanna volvió a sujetar la puerta de la alacena antes de levantarla, de modo que esta le cubrió la cara entera.

—No, claro que no. Si hubiese estado aquí me habría asegurado de buscarte —farfulló desde detrás de la puerta, mientras daba unos cuantos pasos tambaleantes en dirección al cobertizo—. Ni siquiera estaba en Suecia, ya te lo he dicho. Vivía en Estados Unidos, aunque tendría que haber vuelto antes. Tendría que haber ido a visitar a Ingrid cuando aún estaba viva.

Hanna trastabilló, como si hubiese perdido el equilibrio. John se apresuró hacia adelante, agarró la parte de debajo de la puerta y la ayudó a llevarla al interior del edificio. El cobertizo consistía en una sola habitación espaciosa, con unas paredes delgadas hechas de tablones de madera. El lugar estaba frío y bastante vacío. Unos lienzos grandes y extendidos yacían apoyados contra una de las paredes, al lado de unas bolsas llenas de pinceles y pinturas. No había ningún mueble en aquella estancia, sino tan solo una mesa de trabajo en un rincón, por lo que dejaron la puerta allí.

—Es el taller de mi abuelo, ¿lo recuerdas? Su mesa de trabajo seguía aquí, casi no me lo creía cuando la vi.

Apartó la mesa de trabajo de la pared para mostrarle la parte de atrás de los cajones que tenía debajo. Tenía unas figuritas pintadas en distintas situaciones, como si se tratara de un cómic, todas hechas con los trazos inocentes de un niño. Una casita, un sol, un árbol y dos figuras hechas de palitos, una grande y una pequeña. La figura pequeñita en un bosque enorme. Un mar, con una caña de pescar que había conseguido atrapar a un pez. La figura grande y la pequeñita sobre un muelle.

—Mira, aquí siguen todos mis dibujos. El abuelo me dejaba pintar mientras él trabajaba. Dibujaba todo lo que hacíamos juntos —le contó, pasando el índice por los dibujos de colores difuminados.

—Recuerdo a tu abuelo. A Knut —dijo John—. Siempre tocaba la armónica. Y me enseñó a tocarla, aún recuerdo un par de melodías. Hasta tengo la mía en la mochila.

—Él tocaba y nosotros nos poníamos a bailar. ¿Te acuerdas? —le preguntó Hanna, sonriendo. Volvió a empujar la mesa de trabajo contra la pared antes de dar unos cuantos pasos y rodearse el torso con los brazos, como para resguardarse—. Jolín, hace demasiado frío. Quizá deba aislarlo si pretendo usarlo como estudio. Venga, vamos a casa.

John se quedó mirando los objetos que había sobre la mesa de trabajo y el suelo. Los rastros de Solhem.

—¿Por qué has ido a destruir Solhem? ¿Qué piensas hacer con todo eso?

Hanna se llevó una mano a la cabeza y se la rascó un poquitín.

—No sé, pero quería quedarme con todo eso. Son como recuerdos en forma física. No podía dejarlos tirados allí y ya.

Unos chorros de agua fría llovieron sobre el cuerpo desnudo de John. Cerró los ojos y alzó la cara hacia el cabezal de la ducha, mientras dejaba que el agua le cubriera la piel áspera y se le metiera en la boca. Se frotó con jabón y usó los dedos para llegar a todos los rincones del cuerpo y limpiar hasta el último centímetro con la espuma blanca. Olía de maravilla. Se quedó allí plantado hasta que el agua se enfrió aún más, hasta que no quedó ni una sola gota de agua caliente. Solo entonces cerró el grifo a regañadientes.

Se enjuagó la boca a conciencia y se lavó los pocos dientes que le quedaban con el cepillo nuevo que Hanna le había comprado. La pasta dental sabía a menta, y la boca le quedó con una sensación fría después. Pasó una mano por encima del pequeño espejo redondeado, para limpiar la condensación, y sonrió ante su propio reflejo. Las encías le sangraban y hacían que sus dientes amarillentos se tiñeran de unas manchas rosadas. No iba a tardar en perder aquellos también, pues a veces notaba unos pinchazos intensos, el dolor que lo invadía hasta las raíces. Pensar en ello lo puso tan triste que cerró la boca de nuevo. Se quedó cabizbajo y con los hombros hundidos.

Hanna le había dejado una toalla grande y afelpada, la cual usó para envolverse. Hacía muchísimo tiempo que no estaba limpio, y ya hasta había dejado de picarle la cabeza. Se pasó las manos por el pelo hasta peinar los finos mechones hacia un lado. Entonces se plantó frente al espejo y se observó a sí mismo. Ya no sabía quién era, quién era su reflejo. ¿Quién era el hombre que observaba aquel reflejo mutilado? ¿Cómo había llegado a ese extremo?

—¿John? ¿Va todo bien?

Hanna llamó a la puerta. Cuando no le contestó, tiró del pomo con suavidad, lo que consiguió despertar a John de su ensimismamiento.

—Sí, dame un segundo —exclamó, para luego ponerse a toda prisa la ropa interior que habían comprado en el supermercado, hecha de un algodón muy suave. Y, encima de eso, el jersey de Victor y sus pantalones. Cuando salió del baño, Hanna se encontraba cerca de la vieja cocina eléctrica, la cual tenía unas placas negras y gruesas. Se volvió hacia él, aunque sin dejar de remover la salsa.

—Qué bien te veo —le dijo.

John se sentó a la mesa de la cocina. Como la silla estaba inestable, se tambaleó bajo su peso.

—Claro que no —susurró él, en una voz tan baja que apenas se le oía.

Hanna dejó los platos sobre la mesa, una vajilla astillada de los años setenta con unas flores y colores chillones.

—Sé que están horribles, pero vinieron con la cabaña —se disculpó—. La vajilla, los muebles, todo. Algunas cosas son tan viejas que eran de mi abuelo. Tendré que cambiarlo en algún momento, no sé cuánto tiempo me quedaré aquí.

Hanna dejó la sartén de las patatas directamente sobre la mesa, la cual ya estaba bastante desgastada y cubierta de manchas, quemaduras y demás marcas. Sacó el pescado del horno, y la salsa burbujeó, entre silbidos. John notó los tirones del hambre en el estómago. No recordaba cuándo era la última vez que había comido un plato de comida caliente. Hasta el momento había subsistido a base de comida en lata y verduras encurtidas, galletas saladas y agua estancada que había sacado de la bomba de agua del jardín. Estiró el tenedor hasta la carne blanca y gruesa del pescado y se llevó un pequeño bocado directo a la boca. Se lo apretó contra el paladar y se deleitó con el gusto salado de su infancia.

—¿Recuerdas el bacalao que Ingrid solía prepararnos? —preguntó, con la boca llena.

—Sí, a ella le salía muchísimo mejor. Ay, no. Mira, ya he quemado la salsa. Perdona, no suelo cocinar muy seguido.

—Ni yo —contestó él.

Cuando Hanna le mostró la sartén con los grumos marrones que nadaban en la salsa blanca y espesa, John se echó a reír con tanta fuerza que un trozo de pescado se le salió disparado de la boca y dejó al descubierto sus encías sin dientes. No tardó nada en cubrirse la boca con la mano, y Hanna fingió no haberse dado cuenta.

—Ingrid se moriría de la vergüenza —soltó ella, con una risita.

Solo que John se había vuelto a poner serio y negó con la cabeza.

—No, seguiría queriéndonos de todos modos. Porque así era ella. ¿No te acuerdas? No fue su culpa que tuviera que irme de Solhem. Que todos tuviéramos que irnos.

Hanna tiró la salsa arruinada por el fregadero. Abrió un nuevo sobre de salsa y mezcló el polvo con leche. Se puso a batir con más y más fuerza.

—No puedo creer que no haya vuelto en todos estos años. Y ahora es demasiado tarde. Ya no queda nadie. ¿Sabes qué fue de Victor?

John se acomodó el jersey —aquel que le pertenecía al propio Victor— y tiró del cuello de la prenda como si esta lo estuviese sofocando.

—También murió. Encontré su esquela en un cajón.

—Joder. Nunca me di tiempo para lo que importaba de verdad. Dejé que me consumiera el trabajo y me obsesioné. Se volvió todo para mí. Tal vez lo usaba como una vía de escape. Pero nunca olvidé a ninguno de vosotros, no pienses eso. Siempre pensaba en vosotros.

—¿Has visto la tumba de Erik?

Hanna dejó de batir de sopetón. Se quedó allí plantada, sin decir nada, hasta que empezó a salir humo de la salsa.

—Mierda, otra vez —exclamó, sacando la sartén del fuego.

—Podemos comer sin salsa —dijo John, con una sonrisita, mientras se llevaba otra cucharada de pescado y patatas a la boca.

—Creo que no se ha quemado del todo —dijo Hanna, dejando la sartén sobre la mesa—. Pero no raspes lo del fondo, solo come lo de arriba.

Se sentó frente a él, apoyó los codos sobre la mesa y la barbilla sobre las manos. Su cabello gris cayó hacia adelante hasta cubrirle la frente.

—¿Está aquí? ¿En Solhem?

John asintió. Había descubierto el viejo cementerio de la mansión un día mientras vagaba por ahí en busca de leña. La tumba de Erik se encontraba bajo un manzano, marcada con una sencilla cruz de hierro. Una «E» solitaria y escrita en letra bonita hizo que se diera cuenta de que era la de él. Lo habían enterrado en una zona cercana al cobertizo en el que había vivido con Hanna.

—Sé que lo querías —dijo, con la boca llena. John solía escabullirse tras Erik hasta el cobertizo. Oía sus voces y sabía que sus cuerpos desnudos retozaban en el interior del edificio—. Puedo mostrarte su tumba, si quieres. Mañana cuando haya sol.

—Erik —musitó Hanna, y los ojos se le anegaron de lágrimas al pronunciar su nombre. Con un movimiento brusco, sacó una chaqueta del perchero, se la puso y fue a por una linterna—. No, quiero verla ahora —exigió, abriendo la puerta.

—Pero está nevando —protestó John. Se quedó en su sitio y se dispuso a llenarse el tenedor con más comida.

El viento sopló por la puerta abierta y lo hizo tiritar. A regañadientes, se puso de pie y se enfundó en su chaqueta. Siguió los pasos de Hanna a través de la nieve blanca y recién caída que cubría el sendero serpenteante del bosque, aquel que conducía hasta el mar. La luz de la linterna se paseó entre las siluetas oscuras de los árboles. Hanna iba muy deprisa, casi corriendo. John se tambaleó tras ella, tan rápido como se lo permitían las piernas.

Tras un rato, llegaron a la colina que daba hacia el mar. Entonces Hanna se detuvo y le entregó la linterna.

—¿Ahora hacia dónde? —preguntó—. Ve tú primero.

John avanzó unos metros, mientras movía la luz de aquí para allá e intentaba orientarse en medio de la oscuridad. Pasó por delante de la tumba sin darse cuenta y tuvo que volver sobre sus pasos. El haz de luz solo conseguía iluminar la cruz cubierta de nieve.

Hanna avanzó deprisa, se agazapó frente a la tumba y apoyó las manos sobre el suelo frío y húmedo.

—Erik —susurró, en un hilo de voz.

El coche avanzó por la avenida llena de árboles. La gravilla estaba moteada con grandes agujeros llenos de barro que salpicaba hasta meterse por las ventanas. Hanna había insistido en que se quedara con ella en la cabaña calentita y que durmiera en el viejo sofá, pero John había querido volver a la cocina de Solhem, pues no podía soportar los recuerdos y el dolor que le ocasionaban. Al final, Hanna había terminado rindiéndose. Lo había mandado con una bolsa llena de leña y con un poco de comida en un táper. Solo que, cuando John se había bajado del coche al llegar a la mansión, Hanna había hecho lo mismo y había avanzado junto a él hasta la puerta.

—Sabes que no puedes quedarte aquí para siempre, ¿verdad? —le dijo, conforme abría la puerta.

—Lo sé. Me iré pronto.

—¿A dónde?

John se encogió de hombros al tiempo que entraba en la mansión, hacia el vestíbulo congelado. Una montañita de nieve se había colado en el interior de la casa a través del agujero que había quedado después de que Hanna se llevara la ventana. John le dio una patada.

—A donde la vida me lleve. No tengo ninguna atadura.

—¿Y Grace? ¿Sabes qué le pasó o a dónde fue?

Hanna cerró la puerta a sus espaldas y alzó la vista hacia el agujero.

—Perdona —añadió, sin esperar a que le respondiera—. No tendría que haberme llevado la ventana, no sé qué mosca me ha picado.

Levantó la alfombra que había tendida detrás de la puerta, se subió al taburete y la metió en el agujero, para cubrirlo por completo.

—Ya está, al menos así no entrará tanto frío —dijo, satisfecha, al tiempo que bajaba de un salto.

—A Grace también se la llevaron —le contó John—. El mismo día que a mí.

—¿Por qué?

—Por lo que pasó contigo y con Erik. La policía estaba investigando a Ingrid por algo, así que ya no podía seguir haciéndose cargo de nosotros.

—¿Por lo que pasó conmigo? Entonces consiguió salvarme, pero al hacerlo os perdió a vosotros. No lo sabía. Siempre pensé que estabais bien, que seguíais siendo una familia. Si lo hubiese sabido habría vuelto a casa.

—Eso fue hace mucho tiempo, ya no le des más vueltas.

Como John tenía la bolsa de leña en una mano, el cuerpo entero se le inclinaba en aquella dirección. Se quedó plantado allí, a la espera de que Hanna se marchara, con el brazo extendido hacia abajo.

—¿Recuerdas que Ingrid nos grababa cada dos por tres? —preguntó Hanna, antes de soltar el pomo de la puerta y enfilar al salón.

—¿Qué haces? —inquirió él. Dejó la bolsa de leña en el suelo y la siguió.

—Las cintas deben seguir aquí, en algún lado. Quiero verlas —contestó ella, abriendo uno de los cajones de un armario alto. Encontró varios contenedores de plástico redondos, los cuales dejó apilados sobre la mesa. Cada uno estaba marcado con una fecha en una etiqueta pequeñita y escrita a mano. Era la letra de Ingrid.

»Guardaban el proyector en el armario, ¿recuerdas? Y también la pantalla —dijo, para luego salir disparada escaleras arriba.

John oyó sus pasos en la planta de arriba: el golpeteo de sus zapatos contra el suelo de madera, el abrir y cerrar de las puertas del armario. Cuando volvió, lo hizo con los brazos llenos.

—Toma, sostén la pantalla —le dijo, volviéndose hacia él.

John aceptó el gran rollo e hizo un ademán en dirección al proyector.

—Necesita corriente y aquí no hay.

—Ay, es verdad, jolín.

—Llévatelo a la cabaña. Te ayudaré a meterlo en el coche.

John recogió algunas de las cintas, tantas como le cabían en los brazos, aunque tan solo una parte de la enorme pila.

—¿Y tú? ¿No quieres verlas? —preguntó Hanna, mientras cargaba ella con otras cuantas.

John pasó por su lado, en dirección a la puerta.

¿Querría verlas? ¿Querría recordar toda la felicidad que había sentido alguna vez? No estaba seguro, y una sensación incómoda lo embargó por completo.

—Hoy no, quiero planchar la oreja —contestó, sintiendo cómo los tics le volvían a las piernas, al estómago. Lo dejó todo sobre el asiento trasero del coche y volvió al interior de la casa por más.

—No me gusta que estés aquí solo —dijo Hanna, estirando una mano en su dirección, como si quisiera darle un abrazo. John se apartó.

—Estaré bien.

—Ve a la cabaña mañana, apenas te despiertes. Te esperaré —le dijo, según dejaba las últimas cintas en el coche. Entonces se subió al vehículo y lo encendió. John se quedó allí plantado y la observó ir marcha atrás y girar hacia la avenida. La vio marcharse por la avenida llena de árboles, y también la luz roja y danzante de las farolas antes de que la noche la devorara.

Empezó a echar de menos a sus amigos, la compañía y las conversaciones. A lo mejor debería marcharse aquella misma noche y al diablo todo el pasado, todo lo que despertaba su dolor. Pensaba vivir en el presente, la técnica que había pasado tantos años perfeccionando.

Solo que en el lugar en el que se encontraban sus amigos también había drogas y alcohol. Era algo imposible de evitar.

No lograba conciliar el sueño. Yacía tendido sobre el colchón, con los pensamientos y los recuerdos dándole vueltas en la cabeza, demasiados como para poder procesarlos. Siempre le pasaba eso cuando se estresaba. Entonces los sonidos aumentaban de volumen a su alrededor: oía cómo el corazón le latía, cómo crujía la madera y cómo soplaba el viento entre los árboles. Era como si la ansiedad le estuviese dejando unos surcos profundos en el cerebro.

La noche era tan oscura que John podía ver las estrellas en el firmamento a través de la ventana. Se puso a contarlas, en un intento por calmar los zumbidos que le atosigaban el cerebro. Sin embargo, la sensación empeoró cuanto más contemplaba aquel enredo plateado. No sabía qué hora era, pues no llevaba reloj. Quizá no había pasado mucho tiempo desde que Hanna se había marchado. Quizá aún seguía en la cabaña viendo sus cintas viejas.

Se puso de pie, se enfundó en su chaqueta acolchada y se calzó las botas. Entonces salió de la mansión, en dirección a los campos congelados y el bosque. Todo estaba tan oscuro que se vio obligado a arrastrar los pies sobre el suelo para evitar tropezarse y caer. Poco a poco, avanzó por aquel sendero que estaba tan afianzado en sus recuerdos. No le hizo falta la vista, pues pudo encontrar el camino de todos modos.

Conforme le daba la vuelta a la cabaña, consiguió ver una lucecita parpadeante por la ventana de la cocina. Sin hacer ruido, se asomó para ver el interior. Hanna estaba tendida en el sofá, con el edredón cubriéndola hasta la barbilla. Había dispuesto la pantalla frente a ella, y había una cinta reproduciéndose en el proyector, el cual estaba instalado sobre la mesa de la cocina. Vio los movimientos que hacían que la luz parpadeara, las siluetas de los niños en tonos rojos y marrones. Todos correteaban por el jardín. Se acercó un poco más, apoyó las manos en la ventana y entornó los ojos para ver mejor. ¿Era él quien corría por allí? ¿Era así como se sentía uno cuando era feliz?

Se subió a un tronco para ver mejor, pero, como este estaba resbaloso por la lluvia y la nieve, se le patinó un pie y tuvo que aferrarse al saliente de la ventana para evitar darse de bruces contra el suelo. El estruendo hizo que Hanna pegara un bote en el sofá.

—¿Quién está ahí? —chilló, aterrada.

—Soy yo, tranquila —contestó él—. Perdona, es que no podía dormir.

Hanna se acercó hasta la ventana, la abrió y se asomó.

—¿Qué haces ahí fuera? ¿Me estabas espiando?

—No quería despertarte, parecías dormida —contestó, avergonzado y bajando la vista al suelo—. Me iré.

—No, pasa. Tienes que ver esto, es increíble —le dijo, antes de cerrar la ventana.

Unos segundos después, se encontraba en la puerta y la sostenía abierta para dejarlo pasar. John la siguió hasta la cocina. Aunque la cinta había terminado, el proyector seguía encendido y su motor traqueteaba por lo bajo.

—¿Éramos nosotros? —preguntó él, mientras Hanna volvía a meter la cinta. Se sentó en una de las sillas de madera, sin quitarse la chaqueta ni los zapatos, y se cruzó de brazos.

—¿Listo?

Hanna lo miró de reojo antes de dejar que empezara la cinta. Al oír el zumbido del aparato, John cerró los ojos.

—No sé —masculló.

—Claro que lo sabes. Te encantará. Mira, mira.

Hizo lo que le pedía. Y, cuando alzó la vista, se encontró con su propia sonrisa y sus rizos rubios, por lo que no pudo evitar acercarse más y más a la lente, con curiosidad. Entonces dio un salto, con los brazos en el aire. El niño, John de pequeño, correteaba por doquier con sus piernas como palitos, las cuales estaban cubiertas de arañazos y manchas de tierra. Ingrid lo seguía de cerca con la cámara, mientras él perseguía a Hanna y a Grace. Luego tomaba a la niña en brazos y le llenaba las mejillas regordetas de besitos y le hacía cosquillas hasta que Grace estallaba en risitas incontrolables.

—Lástima que no haya sonido —dijo Hanna.

—Puedo oír las carcajadas de todos modos. Las recuerdo, recuerdo todas las risas. Fue así como te reconocí. Así supe que eras tú.

—Tenemos que encontrar a Grace y averiguar qué fue de ella. ¿Cómo haríamos algo así?

—Supongo que en el registro civil. ¿Te acuerdas de su apellido?

—No, ni idea. ¿Y tú?

—Tampoco.

—Registro civil, ¿así se llama? —preguntó Hanna. Sacó su móvil y se puso a buscar algo.

—Parece que no te acuerdas de nada. De verdad que ha pasado mucho tiempo desde que te fuiste.

—Sí… —Hanna vaciló, antes de girar el móvil para enseñarle la página que había encontrado—. Me lleva a la Agencia Tributaria de Suecia, ¿será eso? Mmm. Quién sabe cuántas Grace habrá. ¿Cuándo nació?

—Ni pajolera idea.

Hanna dejó el móvil sobre la mesa y soltó un suspiro, resignada. Se puso de pie y fue a por otra cinta. La colgó en el brazo del proyector y metió el angosto carrete en su sitio.

—Sí que ha pasado mucho tiempo. Me fui a Nueva York con Daisy y me quedé allí con ella. ¿De verdad creías que había muerto?

Se volvió hacia John, y él notó cómo lo invadía un escalofrío, por lo que se arrebujó más en su chaqueta.

—Sí, salió en las noticias y todo. Decían que no había esperanza.

—Pero no fue así como sucedieron las cosas. Estaba bien, Daisy tenía un estudio enorme en el que podía pintar. Y luego… Luego cumplí los dieciocho y me casé y me quedé a vivir allí.

—¿Y tu marido? ¿Por qué no ha venido contigo? ¿Tienes hijos?

Hanna vaciló un segundo, antes de llenarse los pulmones de un aire que no dejó salir. Cerró los ojos. Cuando finalmente contestó, lo hizo con una única exhalación resignada.

—No. No duró mucho. Nos distanciamos y terminamos divorciándonos. Es lo que suele pasar cuando conozco a alguien, así que me es más fácil estar sola. ¿Tú te casaste?

John asintió casi de forma imperceptible y recordó sus años en la casa de la ciudad, con Malin y las niñas. Sin embargo, el recuerdo era demasiado doloroso y no pudo soportar hablar al respecto. No podía hablar de todo lo que había arruinado con su adicción y su comportamiento.

—El amor es bastante complicado —comentó Hanna, al ver que él no le contestaba. Parecía entenderlo y no lo presionó para que le diera más información.

Volvió a encender el proyector, y oyeron un zumbido que le dio la bienvenida a su infancia de vuelta en aquella cocina pequeña y oscura. Aquella vez era un vídeo de Hanna y Erik, acurrucados en los escalones del solario, sumidos en lo que parecía ser una conversación muy íntima. Erik le acariciaba el cabello y se lo apartaba de la cara hasta acomodárselo detrás de una de las orejas. Cuando se percataron de Ingrid y de que los estaba grabando, ambos pegaron un bote por la vergüenza. Entonces el vídeo acababa y la imagen en pantalla se veía reemplazada por un círculo de luz salpicado de unas motitas de polvo. John oyó un jadeo en el sofá, como si a Hanna le costara respirar. Estiró una mano hacia ella, y ninguno de los dos pronunció palabra. La estancia se llenó con el sonido del final de la cinta mientras golpeteaba contra el plástico duro del proyector.

Al despertar, John se encontró con que la cabaña estaba vacía. Hanna le había preparado el sofá para dormir, y él lo había hecho a pierna suelta, tranquilo y arrebujado bajo un edredón suave y mullido. Casi no había soñado ni lo había atormentado la ansiedad.

Había una radio encendida en la cocina, la cual emitía una melodía a bajo volumen. Pero Hanna no estaba allí ni tampoco en la habitación. John la buscó por todos lados hasta que, a través de la ventana de la cocina, vio que la puerta del cobertizo estaba entreabierta.

Se puso un par de zuecos que había en el pasillo y salió de la cabaña. La nieve se había derretido durante la noche y había convertido el jardín delantero en un enorme charco lleno de barro. Los zuecos le iban pequeños, por lo que notó que los talones se le humedecían según los zapatos se iban hundiendo en la tierra. Desde el cobertizo provenía el sonido de un martilleo. Cuando John abrió la puerta y se asomó al interior del edificio, vio que Hanna había cortado un tablón de madera mojado.

—¿Has vuelto al mar? ¿O a la tumba? —le preguntó, y recibió un asentimiento en respuesta.

Hanna dejó el tablón mojado al lado de algunas de las cosas que había sacado de Solhem, y un patrón empezó a formarse en el suelo.

—¿Qué haces?

—Me estoy poniendo creativa —contestó ella, con una sonrisa de oreja a oreja, mientras se frotaba una mano contra la otra.

—¿Creativa?

—Sí. He pensado que podría construir algo. Algo que contenga todos esos recuerdos que llevamos dentro. Algo bonito que nos recuerde las risas y los abrazos.

John se acercó y le echó un vistazo al conjunto de objetos. Había madera desgastada y unos detalles bastante sencillos, de colores y formas diversas.

—¿No es mejor si pintas algo? Eso se te daba bien, al menos antes. Puedes pintarnos cuando éramos pequeños. Una de las escenas de las películas.

—No, quiero hacer algo diferente. Pero no tengo suficientes materiales. Necesito más.

John la observó moverse por el taller. Llevaba una chaqueta gruesa y acolchada, con un gorro de lana en la cabeza. Sus rizos grises se asomaban por debajo de los bordes del gorro. Hanna se puso de cuclillas, sostuvo un trozo de moldura contra uno de madera y los midió con las manos antes de volver a dejarlos en el suelo una vez más. Hacía tanto frío en aquel lugar que su aliento se volvía vapor conforme se alzaba por encima de ella. Y John estaba allí plantado sin chaqueta. Se frotó las manos para entrar en calor.

—¿Vas a seguir destrozando la casa? Si se enteran, será a mí a quien le echen la culpa.

Hanna alzó la vista hacia él.

—Solo una vez más y ya. Y podemos aprovechar para pasar y buscar tus cosas también. Puedes quedarte aquí todo el tiempo que quieras.

—No sé…

John se había puesto a temblar. Hacía demasiado frío como para que estuviese allí plantado solo en jersey, así que se dirigió hacia la puerta.

—Quizá podamos encontrar cómo se apellidaba Grace, también —añadió Hanna, siguiéndolo—. Ingrid debe de haber guardado los documentos en algún lado, en alguna carpeta o cajón. Quiero saber dónde está, qué es de su vida. Quiero saber si está bien.

—Bueno. Quizá.

Hanna lo envolvió entre sus brazos. Estar tan cerca de ella lo hizo sentir incómodo, por lo que se apartó.

—Pero primero desayunemos y pongámonos al día. Te hablaré de Nueva York y de lo que he estado haciendo todos estos años. Y quiero saber más de ti y de todo lo que ha pasado en tu vida. ¿Se te antojan unas tortitas?

El suelo estaba cubierto de papeles. Pilas de distintos documentos y archivos. Facturas antiguas, documentos del gobierno, cartas y postales. Hanna estaba sentada con las piernas estiradas mientras los revisaba. Lo leyó todo. Todos los detalles miserables sobre él, ella y otros niños. Sobre aquellos que solo habían vivido en Solhem durante un tiempo, como Ellen, quien los acompañaba de vez en cuando hasta que había terminado desapareciendo. Además de otros nombres que John casi no recordaba, unos niños que solo habían ido unas pocas veces, mientras se investigaban sus casos.

Se tumbó de espaldas a su lado, con las manos entrelazadas sobre el estómago. No soportaba seguir leyendo, no quería saber más. Las palabras lo golpeaban como puñetazos en el estómago. Se preguntó cuántos niños en el mundo eran víctimas de abuso o negligencias que terminaban convirtiéndose en documentos confidenciales que se acumulaban en los registros de los gobiernos. Cuántos niños jamás recibían ayuda.

—No vamos a encontrar a Grace, ha pasado demasiado tiempo —dijo.

—Pues no pienso rendirme. Quiero saber dónde está y si está bien —contestó Hanna.

—¿No puedes creer que lo está y ya? Que es como tú, que tuvo éxito y fue afortunada. Que es feliz.

Hanna se volvió hacia un lado y se estiró hacia otro archivador.

—No. Quiero saberlo de verdad —contestó cortante, mientras seguía revisando los papeles.

Para cuando encontró el archivador correcto, John ya se había quedado dormido. Era el que contenía todas las cartas y los documentos sobre ella y John y los demás niños.

—Aquí está. ¡Lo sabía! —exclamó.

La voz de Hanna consiguió despertarlo, y se incorporó un poco justo cuando esta le ponía el documento casi en las narices.

—¿Lo ves? Está todo aquí, hasta su número de identificación. Grace Lisa Maja Caulin. Así se llama.

Hanna se puso de pie y se sacó el móvil del bolsillo. Escribió el nombre completo y lo buscó.

—Qué raro, no me sale ningún resultado. Como si no hubiera nadie con ese nombre —dijo, antes de inclinar la pantalla del móvil para mostrársela.

—Busca su número de identificación —propuso John, con un bostezo que se cubrió con el brazo.

—¿Dónde?

—¿Quizás en la Agencia Tributaria?

Hanna tecleó un poco más, pero terminó encogiéndose de hombros, resignada.

—Nada, no sale nada.

—Los servicios, entonces.

—¿Los servicios?

—Los servicios sociales. Tengo un contacto, me sé su número de memoria. ¿Me prestas el móvil? Ya no me queda saldo.

Hanna le entregó su móvil, el cual era muy bonito. Grande y brillante. John pulsó el ícono del teléfono y marcó el número, todos aquellos dígitos que había memorizado con sumo cuidado. Susann era muy amable y siempre intentaba ayudarlo en todo lo que podía. Cuando contestó, lo hizo con mucha formalidad, pues no sabía que era él. John se aclaró la garganta.

—Hola, soy John.

—*John. ¿Ha pasado algo? ¿Por qué no me llamas desde el teléfono que te di?*

—No ha pasado nada, todo va bien. He estado tranquilo un tiempo… He dejado la bebida y todo lo demás.

—*Qué bien, me alegro mucho. ¿Dónde te estás quedando? ¿En el hostal?*

—Con una amiga.

—*¿Qué puedo hacer por ti, entonces?*

—Tengo el número de identificación de una niña que solía vivir en el mismo hogar de acogida que yo y quiero encontrarla. ¿Puedes buscarla en tu sistema? Y decirme dónde vive, así a grandes rasgos.

—*No, John. No puedo hacer eso. Lo siento mucho.*

John se volvió hacia Hanna y negó con la cabeza, pero esta se negó a aceptar un «no» por respuesta. Le quitó el móvil de las manos.

—Hola, soy Hanna. Hanna Stiltje. Soy la hermana de John. Ambos nos criamos con Grace y lo único que queremos es saber que está bien, que ha tenido una buena vida. Por favor, ¿puede decirnos en qué ciudad vive y ya está? Seguiremos buscándola por nuestra cuenta desde ahí.

John no oyó la respuesta de Susann. Lo único que oía era cómo Hanna seguía insistiendo e insistiendo, prometiéndole que no le harían daño a Grace. Se negaba a rendirse.

Dejó de prestar atención y recogió el archivador pesado que tenía en el regazo para hojearlo un poco. En la parte de atrás había unas fundas de plástico llenas de recortes de periódicos. Los de Hanna estaban en uno de ellos, por montones. Y en el otro había un solo recorte. El titular rezaba:

«Muere niña de tres años tras caer por un balcón. Dos detenidos».

Susann les confirmó lo que más temían. El número de identificación pertenecía a una persona que había muerto. Lo más probable era que la niña de tres años de la que hablaba el recorte del periódico fuera Grace. Hanna se puso a gritar por el teléfono.

—¡Alguien tiene que poder darnos más información! Por Dios, ¡que era nuestra hermana!

La respuesta que recibió pareció tranquilizarla, pues cortó la llamada y dejó el móvil a un lado para pasar a clavar la vista en el recorte que John había sacado del archivador.

—He pasado todos estos años imaginando que se había hecho bailarina. ¿Recuerdas cómo le encantaba actuar frente a los demás? Estaba convencida de que estaría sobre algún escenario, recibiendo ovaciones —dijo, con lágrimas en los ojos.

—¿Qué te ha dicho Susann?

—Que intentaría ayudarnos a encontrar más información.

Hanna tomó el artículo y empezó a juguetear con el papel amarillento, a enrollar los bordes y a doblarlo.

—¿Qué haces? ¿Por qué lo rompes?

—Ya no quiero ver el titular —dijo, mientras doblaba con sumo cuidado el recorte hasta convertirlo en una flor de papel.

Retorció los restos de papel bajo el pimpollo de la flor hasta formar un tallo torcido y luego lo arrojó a sus espaldas. John lo recogió.

—Oye, ¿cómo has hecho eso? Es muy bonito y... Y lo has hecho muy rápido.

—Se me da bien transformar las penas en arte, como ves —contestó ella, muy triste—. Parece que es un don.

John no entendió a qué se refería. Aunque sabía que trabajaba como artista en Nueva York, pues se lo había contado, no le había mostrado ninguna de sus obras y tampoco había hablado mucho sobre el tema.

—Entonces somos los únicos que sobrevivimos —dijo Hanna, quitándole la flor de la mano.

—Habla por ti —contestó él, sin ánimos, al tiempo que la dejaba quedarse con la flor de papel.

—Ingrid debe de haber estado muy triste. Lo éramos todo para ella, los pequeñajos que tanto quería.

—Creo que intentó recuperarme durante un tiempo. Recuerdo que me llamaba y escribía y me prometía cosas. Pero entonces ya no supe más. Tuve que mudarme con otras familias de acogida, a otros centros para jóvenes. Quizá no pudo ponerse en contacto conmigo y me perdió la pista. O a lo mejor dejé de importarle. La verdad no lo sé.

—Claro que lo sabes, John. No fue culpa de Ingrid. Jamás te habría dejado ir sin luchar. Te quería muchísimo.

Hanna puso el altavoz cuando Susann los volvió a llamar, y ellos se sentaron en uno de los escalones del porche para escucharla. Hanna apoyó la mejilla sobre el hombro de John mientras oían lo imposible, mientras se enteraban de que los padres de Grace habían recuperado la custodia, del accidente, de que se había caído desde varios pisos de altura hasta una carretera asfaltada. Que habían encontrado narcóticos en su sistema al hacer la autopsia.

Era posible que hubiese ingerido por equivocación lo que sus padres se metían o que ellos se lo hubieran dado a propósito para intentar tenerla tranquila. Nadie lo sabía. Fuera como fuere, los padres habían terminado yendo a la cárcel. Ambos.

La niñita que estaba tan llena de vida en sus recuerdos, aquella que bailaba y se reía en las viejas grabaciones de Ingrid, había muerto. Estaba muerta y enterrada. Como Erik. Y Victor. Y también Ingrid. John notó cómo los ojos se le llenaban de lágrimas, se le desbordaban y se le deslizaban por las mejillas. Más y más lágrimas siguieron a esas, y se las secó con la manga una y otra vez. No podía dejar de llorar; era como si estuviese dejando salir años de tristeza y dolor. Hanna lo abrazó, y, durante unos instantes, pudo revivir su infancia, todos aquellos momentos en los que ella lo había apoyado, cuando él era pequeño y revoltoso y se metía en problemas. Toda la pérdida y la sensación de vacío que lo habían inundado cuando ella había desaparecido. La rebeldía y los encontronazos que habían llegado después.

—Todo irá bien, John. Ya lo verás —le susurró, del mismo modo que había hecho cuando eran pequeños.

Se quedaron allí sentados durante un largo rato, sumergidos en un abrazo sin palabras que no querían que llegase a su fin. Solo que, al final, fue Hanna la que terminó apartándose. Y John la dejó ir a regañadientes. No había dejado de llorar, las lágrimas seguían cayéndole por las mejillas, por lo que sorbió un poco por la nariz.

—Ve a por tus cosas. Puedes quedarte en la cabaña tanto tiempo como quieras. Lo mejor será que no vengamos más a esta casa. Ya ha sido suficiente.

John se levantó sin muchas ganas y subió las escaleras con esfuerzo, valiéndose del barandal como apoyo para ayudarse a avanzar, escalón por escalón. En el suelo de la que había sido su habitación yacían tiradas las prendas que había llevado cuando había llegado. Sucias y rotas. Les dio una patada y las escondió bajo la cama para dejarlas allí amontonadas.

En la habitación de Ingrid y Victor encontró una foto de Ingrid en un cuadro pequeñito. Llevaba un sombrero blanco y grande y unas flores en los brazos. Sonreía a la cámara. Abrió los cierres del marco, sacó la foto y se la metió en el bolsillo trasero de los pantalones.

Recogió algunas cosas más: un candelabro de latón, un pisapapeles de plata, un abrecartas y algunas joyas que había en una cajita. Cosas de valor, cosas que podría vender sin mayor problema.

Dejó el colchón en la cocina, recogió las pocas pertenencias que tenía y se las metió en la mochila. Entonces llamó a Hanna, pero no la encontró. Salió al jardín delantero y rodeó la casa, en dirección al solario y la parte trasera de la mansión. Allí la vio avanzando hacia él, en el camino que volvía desde el mar. Llevaba algo en brazos, una ventana y un trozo de madera rosa. John le dio alcance y la ayudó a cargar con la ventana. Era bastante vieja; el cristal estaba roto y la madera, podrida.

—¿Qué piensas hacer con todo eso?

Ella le dedicó una sonrisita taimada.

—Ya lo verás. Quedará todo perfecto. Son las personas como Ingrid, quienes cuidan de los niños que nadie más quiere, las que son los verdaderos artistas. Son ellos quienes traen la belleza al mundo. Ahora lo entiendo. Lo que he estado haciendo todo este tiempo es... perder el tiempo. Me alejé de las personas que importaban de verdad: Ingrid, Victor y tú.

Ya habían avanzado bastante por la avenida de árboles cuando Hanna dio un frenazo repentino. Abrió la puerta y se bajó del vehículo.

—Espera, me he olvidado de algo —gritó, antes de salir corriendo de vuelta a la mansión. John la vio marcharse. Su cabello gris ondeó al viento, y su abrigo aleteó detrás de ella como si se tratara de la capa de un superhéroe. John sonrió. Aunque Hanna era una adulta, seguía siendo salvaje y feliz como una niña. ¿Cómo era posible que fuese tan alegre, tan fuerte?

Pese a que la esperó lo que le pareció una eternidad, Hanna no volvió. La puerta de la mansión seguía abierta de par en par. ¿Se habría caído y se había hecho daño?

John se bajó del coche y avanzó en dirección a la casa. La llamó unas cuantas veces, pero no obtuvo respuesta. Como estaba seguro de que algo había pasado, se puso a correr, para llegar más rápido. Le dolía horrores la cadera, hacía que se le dispararan unos pinchazos horribles, pero siguió cojeando y avanzó apoyando todo su peso sobre la pierna izquierda.

A través de la puerta abierta, la vio sentada al pie de las escaleras, con la cabeza gacha.

—¿Te has caído? ¿Te has hecho daño? —le preguntó a gritos.

Hanna no se movió, sino que se quedó allí sentada, como si se hubiese congelado. John subió por los escalones del porche en tres pasos rápidos y no tardó en llegar a su lado. Hanna había abierto uno de los escalones y tenía un tablón de madera a un costado. Había un montón de cartas en su regazo, además de unos sobres amarillentos salpicados a su alrededor. Estaba llorando. Ella, quien había estado tan feliz hacía tan solo un rato.

—¿Qué has encontrado? —quiso saber.

Hanna se removió un poco en su sitio hasta alzar la vista hacia él. El rímel se le había corrido y le marcaba las mejillas con unos ríos oscuros, y tenía la nariz roja e hinchada. Sorbiéndose la nariz, señaló al hueco que había bajo el escalón.

—Mi casita sigue allí, no le ha pasado nada. Lo único que quería era verla y llevarme el tablón y unos cuantos muebles.

—¿Tu casita?

John no tenía ni idea de qué le estaba diciendo, por lo que estiró el cuello para ver mejor. Entonces vio los muebles pequeñitos que había dentro, acomodados con mucho cuidado. Parecía una casita de muñecas escondida bajo el escalón. ¿Acaso siempre habría estado allí?

—Ingrid las escondió aquí —dijo Hanna, alzando un trozo de papel—. Las cartas de Daisy. Seguro que sabía que las encontraría si algún día volvía a esta casa. Tendría que haber sabido… que nunca me abandonó. Que siempre estuvo a mi lado.

12

MODERNA MUSEET,

20 DE SEPTIEMBRE DE 2022

Los agentes de policía parecen bastante confundidos mientras intercambian susurros entre ellos. El hombre saca el móvil para hacer una llamada y se aparta hacia un lado. La mujer se vuelve hacia Hanna para explicarse.

—No tenemos muy claro cómo proceder en estas circunstancias, así que debemos consultarlo con nuestro superior. Como le he dicho, lo normal sería que nos acompañase a comisaría para hacerle unas preguntas, pero, como hay riesgo de fuga...

—¿Riesgo de fuga?

—Es que imagino que volverá pronto a casa, ¿no? A Nueva York. Porque allí es donde vive, ¿verdad?

—No. No pienso irme a ningún lado. Por favor, antes de que hagan cualquier cosa, ¿podrían dejarme hablar con el dueño? Para explicarme. Puedo explicarlo todo.

La agente retrocede y se lleva las manos detrás de la espalda.

—Vale, soy toda oídos.

Hanna respira hondo. No tiene ni idea de por dónde empezar.

—Solhem fue mi hogar de acogida —empieza.

—Su hogar de acogida, vale. Pero eso no le da derecho a colarse y cometer actos vandálicos, ¿no cree?

El otro agente se les acerca, con el móvil en la mano, y Sara aprovecha la oportunidad para asomar la cabeza por la puerta.

—¿Qué está pasando? —articula en dirección a Hanna, sin voz.

Hanna hace como que no la ve y se limita a intentar razonar con los agentes.

—Llamen al dueño y pregúntenle si sigue cerca del museo, por favor. Díganle que conocía a Ingrid, que me gustaría explicárselo todo primero.

El agente que acaba de volver a la sala se inclina en dirección a su compañera y le dice algo en voz baja. Señala su reloj. Algo apremia.

—Pero dice que ahora vive aquí, que tiene un domicilio en el país.

El hombre vuelve a marcharse, con el móvil pegado a la oreja y hablando con alguien.

—¿Tiene hijos? —le pregunta Hanna a la agente, quien se ha quedado en la sala con ella.

—¿Por qué lo pregunta?

—¿Estaría dispuesta a hacer cualquier cosa por ellos?

—Por supuesto. Pero ¿eso qué tiene que ver con esto?

—Todo. Solo déjeme hablar con el dueño y ya verá.

La agente le pide a Hanna que la espere dentro y sale junto a su compañero. John está sentado en el sofá en silencio, observándolo todo, pero, en cuanto la puerta se cierra, se pone de pie y empieza a caminar de un lado para otro.

—Gracias —le dice.

—¿Por? —pregunta ella.

—Por no chivarte, cómo no.

Hanna se echa a reír.

—¿No habías dicho que te gustaban las comisarías? Que la comida era buena.

—¿De qué te ríes? No hay nada gracioso aquí. ¿No podemos irnos y ya? —le pregunta, plantándose frente a ella. Parece muy estresado, y los tics le han llegado hasta la cara. Aun con todo, la sonrisa cálida de Hanna es contagiosa y él no puede evitar devolvérsela—. ¿Por qué tenías que ir rompiéndolo todo a tu paso? —murmura, por lo bajo.

—Sí, puede que haya sido un poco tonto hacer eso. Tienes razón. Pero la cajonera ha sido un éxito.

—Una mierda es lo que ha sido.

—Pero mierda de la buena.

Se echan a reír. Hanna tira de él hacia ella y se siente muy bien al recibir un abrazo. Como si todos los músculos se le pudiesen relajar por fin. Los retortijones y los dolores que ha notado en el estómago empiezan a calmarse un poco. Ambos exhalan, y Hanna cierra los ojos. Los tics de John cesan.

—Voy a intentar solucionar todo esto, y, si no puedo, te prometo que asumiré toda la culpa. No me queda tanto tiempo como para asumir el castigo, de todos modos —le dice, justo cuando alguien empieza a abrir la puerta.

Lo empuja hacia el sofá, y antes de que los agentes vuelvan a entrar en la sala, le susurra:

—Tú siéntate aquí y estate calladito.

Entonces se gira hacia los agentes, sonriendo, y estos vuelven a sentarse.

—Podrá encontrarse con él —le dice la agente—. Ya se había alejado un poco, pero nos ha dicho que va a regresar. Podemos esperarlo aquí mismo.

La sala se queda en silencio, y nadie agrega nada más. La tela áspera de los uniformes de los agentes chirría un poco contra los asientos, y el metal de sus armas golpea contra la madera cuando se mueven. Los agentes casi parecen estatuas, con la mirada perdida en el vacío. Hanna los estudia y se percata de las arrugas y las irregularidades, del contorno de su mandíbula, las orejas y los ojos. Las ansias por pintarlos la embargan durante la espera. Cuando se estira hacia una libreta y un lápiz que hay sobre la mesa, ambos vuelven a la vida.

—¿Qué hace? —le pregunta la agente, con curiosidad.

—Deme un segundo.

Hanna gira la libreta de modo que no puedan ver lo que hace. Con unos trazos rápidos, hace el bosquejo de la forma de la cabeza de la mujer, para luego llenar los contornos y los detalles. Todo sucede muy rápido. Sobre el papel surge un retrato, y, cuando lo termina, lo arranca de la libreta y se lo entrega. Entonces procede a hacer lo mismo con el hombre.

—Pero qué increíble, ¿cómo lo ha hecho tan rápido? —pregunta la mujer, sorprendida.

Solo consigue hacer la mitad del retrato del hombre, porque alguien llama a la puerta. Hay una persona fuera, esperando para entrar, y Hanna siente como si el corazón fuese a salírsele del pecho. Se lleva una mano a las costillas y contiene el aliento cuando uno de los agentes se pone de pie para abrir la puerta.

Hay un hombre esperando en el umbral. Lleva de la mano a la niñita de los rizos castaños que Hanna había visto antes. Se pone de pie e intenta avanzar un paso, pero no lo consigue. Vacila, insegura, y se detiene.

—Erik —murmura, horrorizada, contemplando aquellos ojos marrones. Los mismos que lleva pintando desde hacía años en sus cuadros. Aquellos a los que ha intentado con todas sus fuerzas aferrarse tanto en sus recuerdos como en su vida. Y allí los tiene, frente a ella. Tiene que apoyarse en la pared para no caerse.

—¿Erik? —pregunta el hombre, con una expresión confundida—. No, me llamo Magnus. No sé quién es Erik.

Hanna suelta un sollozo contenido.

—Tu padre...

—Mi padre está muerto, pero se llamaba Victor. Y es su casa la que has destrozado —le dice el hombre. Cada vez habla más alto, con una voz ronca y fastidiada.

—No —contesta Hanna—. Es que no lo entiendes.

El hombre tira de la niña hacia él y se vuelve hacia los agentes de policía.

—Parece muy confundida —les dice—, ¿para qué querían que viniese?

Hanna se ha puesto en cuclillas y estira una mano hacia la niña para saludarla.

—Hola, pequeñaja. ¿Cómo te llamas? —le pregunta.

—Maja —contesta la niña con timidez y la vista clavada en sus zapatos.

—¿Te gusta dibujar? A mí me gustaba cuando era así de pequeñita como tú —comenta Hanna, acercándole la libreta.

La niña se sienta en el suelo sin más, escoge un lápiz y se pone a dibujar unas líneas suaves en las áreas blancas que rodean el retrato a medio hacer. Hanna se vuelve a poner de pie y mira al hombre con una expresión suplicante.

—No sé por dónde empezar..., Magnus —suelta, con la voz entrecortada—. Pero, por favor, quédate y escucha lo que tengo que decirte. Hay un fajo de cartas allí fuera, con la obra, ¿podría mostrártelas? ¿Me dejas que te hable de todos los cajones y los armarios, de las personas y los recuerdos que representan? Es que... Verás..., tú y yo compartimos una conexión.

Las cartas de Daisy

BROOKLYN,

2 DE NOVIEMBRE DE 1980

Querida Ingrid:

Iré directa al grano. Lo que quería decirte cuando te llamé es que Hanna está embarazada. Esta niña, tan jovencita y vulnerable, quien ya ha pasado por tantas cosas en la vida, tiene que enfrentarse a un nuevo reto. Dice que Erik es el padre. ¿Lo sabías? ¿Sabías que estaban enamorados?

No sé qué hacer. No sé cómo ayudarla con esto. ¿Qué se supone que debo hacer, Ingrid? ¿A quién le pido ayuda? Tienes que ponerte en contacto conmigo. Tenemos que hablar de esto.

Un abrazo,

Daisy

BROOKLYN,

15 DE NOVIEMBRE DE 1980

Querida Ingrid:

Tu respuesta ha tardado tanto en llegar que ya creía que Mikael se había olvidado de darte la carta. Quería llamarte, pero no me atreví. Es horrible que la policía te esté investigando por la desaparición de Hanna, que te hayan quitado a tus niños, que te hayan separado de John y de Grace. Lo que me cuentas en tu carta es espantoso. Me costó muchísimo leerla y no concibo cómo es que la policía puede desconfiar así de ti.

De ti, que eres toda amor.

De ti, que eres quien podría haber salvado la vida de esos niños.

¿Qué pasará con ellos? ¿En qué manos caerán?

Intentaré contestar tus preguntas sobre Hanna. Ya se le nota la barriguita, así que imagino que concibieron al bebé a principios de verano. Aquí está a salvo, y me encargaré de ella. Te lo prometo.

Tu idea de venir a Estados Unidos con Victor me parece genial, y puedo ayudaros con lo del alojamiento. Juntos podremos dar con una solución para esto.

Con todo mi cariño,

Daisy

BROOKLYN,

10 DE DICIEMBRE DE 1980

Querida Ingrid:

Aunque tengo muchísimas ganas de verte, cuidar juntas del bebé no es opción. Hanna no quiere criarlo, está totalmente segura de eso. Y estoy de acuerdo con ella; es demasiado joven y tiene toda la vida por delante aún. Además, tiene el talento para llegar muy lejos. Dado que es demasiado tarde para que se practique un aborto, ha decidido que dará al bebé en adopción en cuanto nazca. La cuestión es que no tiene papeles, por lo que no será tan sencillo. No podemos ir a un hospital convencional, pues no tardarán en enviarla de vuelta a Suecia. Me estoy volviendo loca buscando otras opciones. Necesito encontrar a alguien que nos pueda ayudar con un parto anónimo y alguien que pueda cuidar del bebé una vez que llegue al mundo.

Es una situación muy complicada y, si te soy sincera, no sé qué hacer.

Con cariño,

Daisy

BROOKLYN,

20 DE DICIEMBRE DE 1980

Querida Ingrid:

La adopción no es algo drástico. Hanna tiene muy claro lo que quiere y debemos respetarlo. El bebé es suyo y de Erik, y es ella quien debe decidir qué hacer. Ella y solo ella. Es demasiado joven para ser madre.

Sé que no quieres que nada malo le pase a ese niño inocente, y yo tampoco. Intenta llamarme desde algún lugar seguro, por favor. Y hazlo tan pronto como puedas. Las cartas tardan demasiado tiempo en llegar y necesitamos hablar sobre esto.

Os deseo que paséis unas bonitas Navidades,

Daisy

BROOKLYN,

25 DE ENERO DE 1981

Querida Ingrid:

He hecho lo que acordamos y os he encontrado un piso no demasiado lejos para ti y para Victor. En el sobre, junto a esta carta, encontrarás la llave y la dirección escrita en el llavero. No olvides que debes traer una copia de tu historial médico que diga que estás embarazada y que te estás atendiendo en una clínica de maternidad en Suecia. Eso hará que todo sea más fácil una vez que nazca el bebé. Así nadie sospechará que el bebé no es vuestro. No creo que sea suficiente que te metas un cojín bajo el vestido mientras viajas. Necesitarás pruebas.

Creo que lo mejor será que Hanna no se entere de nuestros planes y que no la veáis. Cuanto menos sepa, mejor para ella. Ha aceptado su decisión y necesita seguir adelante con su vida lo más pronto posible.

He encontrado a una enfermera que puede ayudarnos con el parto. No falta mucho para que llegue el bebé a este mundo. Sé que lo querrás como si fuese tuyo, no tengo ninguna duda. Y esta es la mejor solución, en eso estoy completamente de acuerdo.

Nos vemos pronto,

Daisy

EPÍLOGO

SOLHEM, OCTUBRE DE 2022

Se han reunido en el jardín. Los invitados, enfundados en ropa de abrigo, se arrebujan unos contra otros para soportar el viento helado que viene desde el mar. Las melenas se alborotan y los peinados bien arreglados se echan a perder. Pese a que el sol ha salido, hace mucho frío; las hojas se agitan en el aire y hacen que las ramas parezcan incluso más desnudas. Maja también espera fuera, con un único globito rosa en la mano. Este se sacude a sus espaldas y por encima de su cabeza mientras la niña va dando pisotones por doquier con sus botitas de agua amarillas, pues es incapaz de estarse quieta. Puede que el globo no tarde mucho en explotar, y quizás entonces la niña se ponga triste. Ella misma lo ha hinchado y ha insistido hasta que la han dejado llevarlo con ella. Era algo que le iba a gustar a la abuela, había dicho. Estaba segura de ello. A su nueva abuela.

Una mujer mayor avanza por el camino de gravilla. Tiene unas piernas delgadas que casi parecen ceder bajo su peso, y las rodillas le tiemblan un poco mientras se tambalea por el suelo irregular y se ayuda de su bastón floral para caminar.

John está ahí y se apresura hasta ella para sujetarla del brazo y ayudarla a caminar. Él también cojea, pero entre los dos se apoyan. Va vestido de traje, uno negro.

Magnus también está ahí y se tira un poco de la corbata hasta destensar el nudo que ha empezado a asfixiarlo conforme ve cómo van llegando los invitados.

Intenta respirar tranquilo. Los largos suspiros se transforman en una nube blanca que le rodea el rostro. Dentro también hace frío, ya que solo ha encendido la calefacción en la cocina y en el solario. Aún no se han mudado a la mansión, pues le costaría demasiado ir a trabajar: la mansión queda muy lejos del teatro.

Sale hacia el porche. Miriam ha dispuesto una mesa allí, una larga, y la ha llenado de la vajilla buena, unas servilletas coloridas y unos platos de comida cubiertos de plástico protector. Hay velas en el alféizar de la ventana, metidas en botellas de vino viejas, y unos pegotes de cera de distintos colores han ido goteando por los costados de las botellas hasta solidificarse.

En la cocina, las ollas se encuentran sobre el fuego, a la espera de que las vuelvan a calentar. Como la puerta de la alacena no ha vuelto a su sitio, Magnus la ha cubierto con un mantel con motivos florales, el cual ha clavado allí de forma temporal. Recuerda la latita de galletas que siempre se encontraba allí, la que Ingrid se aseguraba de que nunca se quedara vacía. La echa de menos. Y no solo ahora, sino siempre.

Aparta el mantel hacia un lado. Aunque la latita sigue allí, no tiene nada dentro.

John se comió todo lo que había en la alacena.

John se lo comió todo y Hanna les rompió la casa.

John, el vagabundo.

Hanna, la artista.

En algún momento, ambos fueron niños que vivieron en aquella casa, como él. Niños que reían, gritaban y lloraban.

Hanna. Su madre. Su nueva madre.

Magnus se abrocha con cuidado el abrigo, hasta arriba. Entonces abre la puerta del solario y sale de la mansión. El césped está húmedo y se hunde bajo su peso según lo pisa en dirección al camino que conduce hasta el cobertizo. Hacia el lugar en el que Erik está enterrado. Su tumba yace bajo un manzano, en una colina, con una vista perfecta hacia el mar.

Cuando llegue la primavera, Magnus piensa plantar otro manzano, pues era lo que ella quería. Los plantará tan juntos que sus ramas se tocarán al florecer en primavera.

No les dice nada a las personas que ha reunido, a aquellas que no conoce, sino que se limita a pasar por su lado. Miriam y Maja lo siguen de cerca. Miriam lleva al nuevo bebé envuelto en un portabebés contra el pecho. Maja se le adelanta dando saltitos con su globo, el cual, pese a rozar las ramas de los árboles una y otra vez, se las arregla para sobrevivir. Lo ve saltar hacia adelante: una mancha de color rosa contra un fondo de ramas desnudas y un cielo que, poco a poco, se va tiñendo de los colores del atardecer.

El inglés y el sueco se entremezclan en el zumbido que lo sigue por el camino. Ha ido mucha gente a Solhem. Gente llena de color, con joyas muy grandes y los labios pintados de rojo, con zapatos extraños y unos detalles que resaltan en contraposición a la austeridad de los trajes y los vestidos.

Ya han cavado un pequeño agujero en la tierra. Magnus avanza hasta él y se asoma para ver su interior. La tierra suelta está apilada a los bordes y, junto al agujero, hay una mesa que tiene una urna sobre ella. La urna está hecha de cerámica negra y lisa y tiene una cruz dorada bastante sencilla. Maja se le acerca e intenta atar el globo alrededor de la urna. Lo primero que se le ocurre es detenerla, pero al final termina dejándola. Será un bonito detalle. La ayuda a atar el nudo y el globo cae hasta el suelo cuando lo sueltan. Se queda allí, como un ancla.

Los invitados se reúnen en un semicírculo frente a él. Algunos se encuentran muy cerca de otros y con los brazos entrelazados. John tiene a un par de jovencitas a su lado. Sus hijas. Hanna lo ayudó a encontrarlas, y ahora se pasan a visitarlo en la cabaña durante los fines de semana. John está muy orgulloso de ambas y las rodea con los brazos.

Cuando Magnus le dedica un asentimiento, John se aparta y saca la armónica que lleva en el bolsillo. Se pone a tocar una suave melodía que va adquiriendo más y más volumen. Es «Fly Me to the Moon».

Alguien se echa a reír.

—Ah, la canción perfecta para ella —exclama otra persona.

Maja se pone a cantar, pues se sabe la canción al dedillo. Los demás se le unen y, en un visto y no visto, todo el grupo está cantando.

Fly me to the moon.

Let me play among the stars.

Let me see what spring is like on Jupiter and Mars...

Cuando John se aparta la armónica de los labios, se hace el silencio y Magnus da un paso hacia adelante. Recoge la urna y la deposita con suavidad en el agujero. El globo rosa se acomoda sobre la urna, como si fuese una tapa. Justo cuando se va a poner a hablar, el globo explota y todos se echan a reír una vez más.

—La última voluntad de Hanna Stiltje fue que la enterraran aquí, junto a este mar enorme y precioso que tenemos —empieza, haciendo un gesto hacia el agua—. Sabía que estaba muriendo, que no le quedaba mucho tiempo. Eso fue lo que finalmente consiguió que viniera, que volviera a Suecia y a Solhem, a la felicidad y el sufrimiento de su niñez y a los recuerdos de su gran amor: Erik.

Se acerca a la cruz sencilla que tiene la primera letra del nombre de Erik grabada en su superficie.

—Aquí yace él. Y Hanna tendrá una cruz idéntica a la suya, con solo una «H» grabada —añade—. Además de su propio manzano, el cual pienso plantar aquí, lo bastante cerca al de Erik como para que sus ramas se toquen. Para que al fin puedan estar juntos. Mis...

Traga en seco cuando le falla la voz. Miriam da un paso hacia él y lo toma de la mano hasta hacer entrelazar sus dedos.

—Mis padres —susurra, aunque muy incómodo al pronunciar las palabras. Hace una pausa antes de seguir hablando, y cambia el peso de un pie a otro.

»Hanna me dijo que me había buscado durante algunas épocas, pero que no había rastro del niño que había dado en adopción, cuando era demasiado joven como para ser madre. No existía en ningún registro, dado que Ingrid, la madre con la que me crie, me había reclamado como suyo después de que

Hanna diera a luz. Hanna terminó rindiéndose y dejó de buscarme para dejarse absorber por su trabajo y su carrera, para maravillar al mundo con sus cuadros, y así dejó atrás su pasado por completo. Solo cuando su cáncer se había extendido tanto que ya no podían hacer nada para tratarlo decidió volver a casa, a Solhem. Y entonces, casi al final de su vida, me encontró. Aunque Hanna siempre se había preocupado por mí, esas preocupaciones desaparecieron en cuanto se enteró de que había sido Ingrid quien me había criado. La mujer que la había salvado a ella también terminó salvándome a mí. Nos dio a ambos una buena vida aquí en Solhem, una que estuvo llena de amor. Porque así era Ingrid: cuidaba de los demás y quería que todos fueran felices, que vivieran llenos de felicidad. Siempre dijo que el mayor reto de la humanidad era no apartar la vista cuando uno se enfrenta al sufrimiento, no cerrar los ojos y permitir que solo la luz se cuele. Su amor…

Magnus tira de Miriam hacia él y deja un beso sobre la cabecita del bebé que duerme entre sus brazos.

—No sé qué más decir —añade—. Solo pasamos unas pocas semanas juntos, así que no puedo decir que haya conocido a Hanna de verdad, no como todos vosotros. Ni siquiera sé cómo describirla…

—Siempre era muy alegre y le encantaba bailar —exclama alguien.

—Sí. Trabajaba mucho, de día y a veces también de noche, pero cuando tocaba irse de fiesta, jolín, sí que se lo pasaba en grande —añade otra persona.

—Le encantaba el chocolate y tenía unos alijos guardados en su estudio.

—¡No le gustaba madrugar! —La señora mayor que John había ayudado a caminar sonríe y alza una mano para saludar, una llena de arrugas y cubierta de anillos dorados—. Y a veces cantaba dormida, unas melodías preciosas.

Es Daisy. La mujer que mejor conoció a Hanna había viajado desde Nueva York para ir a despedirse de ella. Para conocer al bebé que había sostenido entre sus brazos una sola vez antes de entregárselo a Ingrid.

—Era una rompecorazones. El mío me lo rompió varias veces. Creo que era su pasatiempo o algo —murmura un hombre, y los demás invitados se vuelven hacia él, entre risas.

El hombre hace como si se secara unas lágrimas falsas de las mejillas, aunque en realidad está sonriendo detrás de las manos grandes que tiene.

John vuelve a sacar la armónica y toca una última melodía muy triste. Magnus se vuelve para esconder las lágrimas que han empezado a caerle por las mejillas. Clava la vista en el mar, ese que tanto le gusta, aquel que a Hanna le encantaba.

Hay tres siluetas sentadas en el muelle, en el extremo, con las piernas colgando por el borde. Son Maja y las hijas de John, quienes se han cansado de la ceremonia y se han alejado a escondidas. Sus melenas largas les caen por la espalda: dos rubias y una castaña. Están señalando algo, y Maja se pone de pie y corre de vuelta hacia su padre con sus botas de agua empapadas. Se tropieza, se cae y apoya las manos sobre la tierra para evitar caer del todo antes de levantarse a toda prisa y seguir corriendo.

—Papá, ¡mira el cielo! A la luna. La nueva abuelita debe estar ahí ahora —le dice, señalando con insistencia.

Un círculo grande y de color plateado se alza despacio por encima de los árboles y se refleja en un haz de luz brillante que ilumina el mar. El sol se ha ocultado por detrás del bosque, el viento ha dejado de soplar y el agua oscura permanece quieta como un espejo.

Stiltje. Paz.

En ocasiones,
el cielo nocturno se asoma
con un estruendo
o como una caricia silenciosa
que lo envuelve todo en su oscuridad
e impide que los pequeñines vean más allá.
Esos a los que la vida ya les cuesta bastante.
Los que tienen el alma llena de cicatrices
de todas las veces que se han caído
y les ha costado levantarse.
Esos pequeñines.
Los que pierden el rumbo en la oscuridad.
Los que se abren paso a trompicones
entre la vergüenza.
Dales la mano, anda.
Muéstrales el camino con el poder de tu corazón.
Para que puedan seguir avanzando.
Esos pequeñines.

AGRADECIMIENTOS

Tenía tan solo seis o siete años cuando el novio de la madre de mi mejor amiga la estampó contra una pared, cuando intentó protegerla con valentía de los golpes que él le propinaba. Estaba en la misma habitación y lo vi todo: vi el frenesí con el que sujetó a la madre de mi amiga del pelo y la arrastró hasta el coche, con tanta violencia que su vestido se hizo pedazos. Fue por la droga, la heroína, que acababa de llegar a Suecia. Destruyó las vidas de jóvenes completamente normales que se habían criado en familias estables.

Mi amiga tuvo suerte, pues la acogieron sus abuelos y en su hogar estuvo a salvo. En la actualidad es una asistente social que, día tras día, hace una labor inestimable y ayuda a mujeres y niños que sufren de abuso. Es muy difícil dar las gracias por haber vivido una experiencia así, pero, mi querida Felicia, quiero que sepas que esta nunca ha abandonado mis recuerdos. Todos estos años me ha atormentado y se ha quedado conmigo. Y fue esa la escena que me motivó a escribir esta historia.

Me gustaría resaltar que *La última obra de arte* es una historia de ficción de principio a fin, y que no mantiene ninguna relación con la familia de mi amiga. Aun con todo, algunos detalles y sensaciones habrían sido muy difíciles de describir sin el tiempo que pasamos juntas y sin todas las cosas que los niños se cuentan unos a otros.

Hay muchas personas que hacen cosas extraordinarias por los demás todos los días. Mucha bondad que no se suele reconocer. Por ende, me gustaría darle las gracias a la raza humana: a todas y cada una de las personas que se esfuerzan por ayudar a los demás, por apoyar a los más necesitados y por cambiar las cosas.

Tengo a muchas personas así en mi vida, personas que me dan fuerza cuando siento que esta me falta: mi madre y mis hermanas, Cathrin y Helena. Mi adorado hijo, Oskar. Mis queridos amigos: Linda, Sandra, Ulrika, Alyson, Marcus, Henrik, Maria, Theresia, Josefin, Roberth, Karin, Felix y Felix. Mi más sincero agradecimiento para vosotros y vuestras familias por existir. Cuando los enumero como acabo de hacer, me doy cuenta de lo afortunada que soy.

También me gustaría darles las gracias a todos los que me han apoyado durante el proceso de esta novela:

A Julia Angelin, mi agente. Eres extraordinaria.

A Teresa Knochenhauer, mi publicista, y Johan Stridh, mi editor, quien se encarga de pulir mis historias con mucho mimo y ambición. Con cada libro que hacemos juntos, nos volvemos un equipo mejor y más fuerte. Lo agradezco de todo corazón.

A Anna Carlander, Marie Gyllenhammar, Cecilia Imberg Karabollaj, Sarah Hedman Dybeck y todos los de la agencia Salomonsson que se esfuerzan tanto conmigo y mis libros. Vuestro trabajo tiene un valor inestimable y lo aprecio muchísimo.

A Mats. Me diste un vistazo muy importante de lo que es la vida de un sintecho. Me hablaste con sinceridad sobre cómo te dolían los dientes, sobre el frío y la ansiedad que te embargaba por las noches. Sobre las anfetaminas y la sensación de comunidad que hay en las calles.

Al agente de policía Nils Lundmark, quien me ayudó a investigar sobre los detalles relacionados con los delitos cometidos por extranjeros en Suecia y los menores que huyen de casa.

A Mark Bengtsson del Moderna Museet, quien me dedicó mucho tiempo para responder preguntas básicas relacionadas con la exposición de mi artista ficticia.

A mis amigos escritores Rebecka Edgren Aldén, Simona Ahrnstedt, Niklas Natt och Dag, Fredrik Backman y Klas Ekman.

A veces una comida, un paseo en coche o un cafecito virtual es lo único que hace falta para luchar contra el miedo escénico.

Y por último, aunque no menos importante: muchas gracias a todos los que leéis mis historias y compartís palabras tan bonitas sobre ellas.